MATTEO STRUKUL

Die venezianische Verschwörung

 GOLDMANN

Matteo Strukul

Die venezianische Verschwörung

Historischer Kriminalroman

*Aus dem Italienischen
von Ingrid Exo und Christine Heinzius*

GOLDMANN

Penguin Random House Verlagsgruppe FSC® N001967

1. Auflage
Deutsche Erstveröffentlichung Januar 2024
Copyright © der Originalausgabe © 2022 Newton Compton
editori s.r.l., Roma
Copyright © der deutschsprachigen Ausgabe 2024
by Wilhelm Goldmann Verlag, München,
in der Penguin Random House Verlagsgruppe GmbH,
Neumarkter Straße 28, 81673 München
This edition published in agreement with the proprietor through
MalaTesta Literary Agency, Milan
Umschlaggestaltung: UNO Werbeagentur München
Umschlagfoto: © Shutterstock/Valery Sidelnykov, hoanggppham,
Redaktion: Kerstin von Dobschütz
BH · Herstellung: ik
Satz: GGP Media GmbH, Pößneck
Druck und Bindung: GGP Media GmbH, Pößneck
Printed in Germany
ISBN: 978-3-442-49453-8

www.goldmann-verlag.de

Für Silvia
Für mein geliebtes Venedig

Inhalt

1	Sante	13
2	Canaletto	18
3	Der Saal der Qualen	25
4	Eine Unterredung	37
5	Augen	49
6	Isaac Liebermann	54
7	Rat und Hilfe von einem Helden	62
8	Die Überraschung	70
9	Unterwegs als Spion	76
10	Im Caffè Florian	82
11	Murano	90
12	Schmerz	99
13	Maskerade	108
14	Geheimnisse	115
15	Der Bericht	124
16	Die Moeche	132
17	Angst	139
18	Der Pakt	148
19	Campo San Giacomo di Rialto	154
20	Die beiden Frauen	162
21	Der Ire	168

22 Fanatismus 182

23 Charlotte 193

24 Geständnisse 203

25 Der englische Gentleman 209

26 Die fünf 219

27 Im Zentrum der Macht 225

28 Obsession 233

29 Nachts 238

30 Anziehung 242

31 Ein schwieriger Tag 249

32 Der Verfolger 259

33 Glas 264

34 Treffen 270

35 Das Ghetto 275

36 Schurken..................... 284

37 Die Untersuchung 294

38 Entscheidungen 302

39 Rechtfertigungen................ 307

40 Der Friedhof von Venedig 314

41 Das Blut 322

42 Symbol 327

43 Fragen 338

44 Nächtliche Sorgen 343

45 Verschwunden 351

46 Zurück zum Anfang 357

47 Reue 362

48 Eine Lösung suchen 369

49 Den Dogen überzeugen............. 374

50 Sachmet 380

51 Zwischen Masken und Knochen 386

52 Aktion 390

53 Herzen und Pistolen 395

54 Abrechnung 400

55 Ende des Spiels 407

56 Das Fest 417

57 Venedig 423

58 Das Versprechen 427

Anmerkungen des Autors 430

Danksagung 436

Glossar 441

Er prüfte sein Leben, und es erschien ihm
abscheulich; seine Seele, und sie erschien ihm
entsetzlich. Dennoch lag ein mildes Licht über
diesem Leben, dieser Seele.

VICTOR HUGO,
Die Elenden

Das wahre Talent ist immer gutmütig und
treuherzig, offen, ohne Pedanterie; ein spitzes Wort
von ihm schmeichelt dem Geist und trifft nie die
Eigenliebe.

HONORÉ DE BALZAC,
Verlorene Illusionen

Gespenstisch in seinem Dreispitz und altmodischen
Gewand, gleich einem hageren, krummen Geist des
Ancien Régime, beschwor der Chevalier eine ferne
Erinnerung.

JOSEPH CONRAD,
Das Duell

Die Welt würde sein Andenken haben segnen
müssen, wenn er in einer Tugend nicht ausgeschweift
hätte. Das Rechtgefühl aber machte ihn zum Räuber
und Mörder.

HEINRICH VON KLEIST,
Michael Kohlhaas

1

Sante

Die Nacht war furchtbar gewesen.

Sante stand im Boot und brachte das große Ruder nach vorn. Über den Himmel zogen rosafarbene Streifen. Die Morgenröte spiegelte sich in der Lagune, und es sah aus, als würde sie die weiche Wölbung einer riesigen Qualle freigeben, die gleichsam im nassen Leib Venedigs ruhte. Bis vor ein paar Tagen war der glänzende Spiegel der Wasserfläche eine einzige gefrorene Scheibe gewesen. Das war auch früher schon vorgekommen. Die Alten erzählten, dass die Venezianer auch damals schon gezwungen gewesen waren, das Eis aufzuhacken, um aufs Wasser hinauszugelangen. Nachdem der eisige Überzug in den letzten Tagen feine, dunkle Risse bekommen hatte, waren Eisschollen entstanden, von denen nunmehr nur noch ein paar umhertreibende Platten übrig geblieben waren, bleichen Spuren eines Trugbildes gleich.

Die Temperaturen waren zwar ein wenig gestiegen, aber es herrschte immer noch eine furchtbare Kälte. Der Rio dei Mendicanti war durchgängig zu einem bleichen Band gefroren. Ein Stadtstreicher, dessen schwerer, dunkler Mantel so zerlumpt war, dass man meinen konnte, Motten hätten ihn Stück für Stück zerfressen, taumelte den Kanal entlang. In seiner Hand schaukelte mit schwachem Schein eine Laterne. Sante kümmerte sich nicht um ihn. Elendsgestalten waren in einer solchen Gegend nun wirklich keine Überraschung.

Gegenüber der Gondelwerft des Squero erhoben sich dunkle Gebäudemassen und verfallende Baracken in den Himmel, als hätten sich die Ärmsten der Armen im verzweifelten Versuch, Gottes Hand zu erreichen, damit abgemüht, ein Stockwerk auf das nächste zu schichten, um auf diese Weise seiner Gnade oder Vergebung teilhaftig zu werden – was leider jedoch nie geschehen war. Nicht dass sie daran irgendeine Schuld getragen hätten, ausgezehrt, wie sie waren, von Hunger und Not, als Huren einander wie Schwestern, bereit, jeden in dieser Gegend in Stücke zu reißen. Frisch gewaschene Wäsche- und Kleidungsstücke voller Flicken und Löcher hingen zum Trocknen draußen und wurden als steife Lumpen vom eisigen Wind aufgewirbelt und durch die Luft geklatscht, als gehörten sie dem Kreis der Verdammten an.

Während sich das flache Boot, ein typisch venezianisches *sandolo*, weiter durchs Wasser schob, breitete sich rings umher ein fiebriges Licht aus; mit ihm wich die Morgenröte dem kränklichen Aufzittern der Dämmerung. Hier und da stiegen zarte Rauchfahnen aus den Schornsteinen auf. Der dunkle Nachen kam ärgerlich langsam voran, doch Sante hatte keine Lust, kräftiger zu rudern. Es war eine schlaflose Nacht gewesen, er hatte die morschen Balken der Decke angestarrt, während ihm der kalte Schweiß auf der Stirn stand. Die Angst, er könnte vielleicht wieder kein Abendessen zusammenbringen, hatte ihn kein Auge zutun lassen. Nagender Hunger hatte ein Übriges getan.

Schließlich richtete er den Blick auf die große Fassade von San Lazzaro und das Ospedale dei Mendicanti, die er an sich vorbeigleiten ließ.

Lange schon hatte er sich vorgenommen, nicht mehr in Castello zu wohnen. Dieses Sestiere war leider das berüchtigtste von ganz Venedig. Mit den Jahren war es zum Sündenpfuhl der Stadt geworden, die das brennende Verlangen nach ihrem eigenen Untergang zu haben schien und den Eindruck erweckte, sich im nächsten Moment in den Abgrund stürzen zu wollen. Die zügellosen Feste, der nicht enden wollende Karneval, Korruption und Laster waren in diesen Calli zu Hause, in denen jeden Tag neue Absteigen und Bordelle zu entstehen schienen. Alles schien Zeugnis von einem Wettlauf gegen die Zeit abzulegen, vom verzweifelten Versuch, die endgültige Auflösung zu erreichen.

Er wandte sich gedanklich seinem berechtigten Wunsch nach einem Umzug zu, der jedoch angesichts der ausufernden Wohnungspreise zum Scheitern verurteilt war. Einer wie er, ein einfacher Kupferschmied, konnte sich darauf keine Hoffnungen machen. Er musste sich vielmehr mit der bescheidenen Unterkunft begnügen, in der er mit seiner Frau und den drei Kindern lebte.

Wie er so müde vor sich hin ruderte, den Kopf noch voller Sorgen und Gedanken, spürte er, wie sein Boot gegen etwas Festes stieß. Der Aufprall war nicht besonders schlimm, doch vor Überraschung und wegen der Ablenkung durch die Gedanken, denen er nachgehangen hatte, drohte er das Gleichgewicht zu verlieren und ins Wasser zu fallen.

Das Gewicht mit einer ausgewogenen Drehung des Oberkörpers verlagernd, gelang es ihm jedoch, sich auf den Füßen zu halten. Gleichzeitig fiel sein Blick schon fast instinktiv auf die Wasseroberfläche. Auch wenn das gespenstische Licht der Morgendämmerung die Umgebung etwas erhellte, begriff er nicht sofort, worum es sich handelte.

Zunächst erblickte er ein seltsames Gewirr aus dunklen Algen. Doch als er genau hinsah, wurde ihm klar, dass es keineswegs das war, was er gedacht hatte. Im Wasser vor ihm trieb ein Schwall Haare. Und als der Körper sich um die eigene Achse drehte, sah er darunter ein Gesicht zum Vorschein kommen. Es war blass, ja vollkommen bleich, als hätte jemand ihm alles Blut entzogen. Ein verblichenes Gesicht, das einmal sehr schön gewesen sein musste. Nun jedoch machte es ihn erschauern, denn es trug den Hauch des Todes. Sante erstarrte mit offenem Mund, ein Schrei blieb ihm in der Kehle stecken.

Dann appellierte er an seine Tapferkeit und streckte die Arme nach dem Leichnam aus. Seine Hände berührten den Hals und umfassten die Schultern.

Als er die Leiche unter Mühen zu sich heranzog, um sie ins Boot zu hieven, sah er etwas, das ihn fassungslos machte.

Nicht genug, dass die Frau tot war. Jemand hatte ihr mit wilder Wut die Brust aufgeschlitzt und das Herz herausgerissen.

2

Canaletto

E r betrachtete das Ergebnis. Und es gefiel ihm durchaus. Er bemerkte, dass diese Technik, die er immer weiter verfeinerte, ihm erlauben würde, Venedig in einem neuen Licht und aus verändertem Blickwinkel zu zeigen. Nicht mehr bloß die einfache Vedute, das Einfrieren des Augenblicks auf der Leinwand, sondern vielmehr – dank eines Spiels mit Perspektiven und Blickpunkten – eine veränderte Wiedergabe bestimmter Teile der Stadt, alles zu Ehr und Preis der Serenissima.

Antonio Canal betrachtete eingehend die Details des Gemäldes. Er hatte die räumlichen Gegebenheiten frei interpretiert, auch wenn die Darstellung, so wie von ihm beabsichtigt, eine aufmerksame und wahrheitsgetreue Neufassung der Realität war. Er hatte sich ganz und gar einem intensiven, üppigen Farbauftrag mit breiten Pinselstrichen verschrieben, für den größtmöglichen dramatischen Effekt im Chiaroscuro schwelgend.

So mancher brave Bürger befürchtete, er könne dem Theater abgeschworen haben, er habe es gar verbannt. Doch das war keineswegs der Fall! Allein schon der Gedanke, Venedig unabhängig vom Theater zu betrachten, wenn man es malte, grenzte an Verrat! Auch wenn es stimmte, dass er sich eine Pause von den Bühnenbildern für Alessandro Scarlatti gegönnt hatte, und es ebenso wenig zu leugnen war, dass er nach Möglichkeiten suchte, wie er mit seinen Entwürfen der neuen Oper von Antonio Vivaldi, *La fede tradita e vendicata*, am besten gerecht werden konnte.

Das war noch nicht offiziell, und das war auch gut so, wenn man den schon fast subversiven Gehalt der Komposition des großen Musikers bedachte, aber was seine Liebe zum Theater anging, gab es daran wenig zu deuteln. Er lächelte. Seit seine Bilder die gefragtesten von ganz Venedig waren, versuchten sich alle möglichen Leute als Kunstexperten und hielten Vorträge über sein Werk. Umso besser! Die Aufträge würden zunehmen, und genau diese Aussicht brauchte er, langsam, aber sicher.

Denn die Rechnungen zahlten sich nicht von allein. Und dabei ging es nicht nur um Pinsel, Leim und Grundiermittel, Farben und Leinwände – mitnichten. Wenn man wirklich gute Ware wollte, gingen die Preise ins Astronomische. Da waren die optischen Linsen für die Kamera, um nur eines zu nennen. Und dann das Haus. Ein weiteres Stockwerk für das Atelier. Die bisherige Behausung reichte nicht mehr, also hatte er sich entschieden, einen Palazzetto in Castello zu kaufen. Der hatte ein Vermögen gekostet, danach hatte er keinen einzigen Soldo mehr. Ganz zu schweigen von der Tatsache, dass er schon im Monat nach dem Kauf das komplette Dach erneuern lassen musste. Glücklicherweise war dieser neue Auftrag reingekommen, dankenswerterweise vermittelt durch seinen Freund Alessandro Marchesini, dem Veroneser Maler, bei dem er großes Ansehen genoss; dieser hatte ihm geraten, seine Veduten an Stefano Conti, einen reichen Kaufmann aus Lucca zu verkaufen.

Ganz abgesehen davon, dass man auch in angemessener Kleidung auftreten musste, wenn man bei den Kunden einen guten Eindruck machen und neue Aufträge erhalten wollte. Und dann noch das Personal. Nicht dass er besonders viele Dienstboten beschäftigen würde! Nur eine Köchin, ein Dienstmädchen und einen Diener. Aber sie mussten dennoch bezahlt werden! Kurz gesagt: Es war alles nicht so einfach. Doch vor der Arbeit hatte er keine Angst; um genau zu sein, war er ganz vertieft in sein Schaffen, in das Bemühen, dem menschlichen Auge etwas nicht Vorhersehbares zu bieten oder Venedig zum ersten Mal so zu sehen, wie es wirklich war, wenn auch sublimiert in Farbe und Licht.

Was ihn an diesem Gemälde, das er im Auftrag von Stefano Conti angefertigt hatte, jedoch am meisten zufriedenstellte, war das Licht, das das Wasser des Canal Grande in einem lebhaften Grün leuchten ließ. Außerdem die Strahlen auf den Fassaden der Palazzi, ganz besonders der Schimmer auf dem Fondaco dei Tedeschi, der sich am linken Bildrand hell und klar abzeichnete. Er bildete den perfekten Bezugspunkt zur gegenüberliegenden ausgeleuchteten Fläche des kleinen Marktplatzes der Erbaria, die den Palazzo Camerlenghi von den Fabbriche Nuove trennte, die beide jeweils im Schatten lagen. Diese Harmonie von Hell und Dunkel hatte er auf der Grundlage einer Bleistiftzeichnung geschaffen, die er dann mit Feder und brauner Tinte überarbeitet hatte, dabei die Rialtobrücke von der Seite erfassend, zum Fondaco dei Tedeschi hin verlaufend, und zwar vermittels wiederholten Einsatzes einer einfachen Linsenkamera, einer Form von Lochkamera.

Dank eines kleinen Lochs und einer Linse vermochte er das Abbild einer Landschaft, die Ansicht eines bestimmten Abschnittes, eine Piazza, einen Campo oder einen Kanal auf einem mattierten Spiegel zu erhalten, welche sich dann auf einem transparenten Blatt Papier nachzeichnen ließen. Er verwendete diese Vorrichtung mit Vorliebe, um die Umrisse von Architektur und Plätzen festzuhalten. Doch beschränkte er sich eben nicht darauf, sie einfach nur wiederzugeben; er vervielfältigte die Perspektiven, was eine Ausdehnung des Raums zur Folge hatte, und durch unbefangenen Einsatz von Farbe und Hell-Dunkel-Kontrasten gestaltete er die Wirklichkeit neu. Seine Gemälde waren nichts weniger als seine Vision einer Stadt, die auf der Welt einzigartig war.

Er seufzte. Vor den Fenstern seines Palazzetto sah er den Schnee in kleinen Flocken fallen. Der bleigraue Himmel hatte den Nachmittag bereits zum Abend werden lassen, und die Eiseskälte der letzten Tage schien einfach nicht weichen zu wollen. Antonio nahm sich vom Tischchen mit den Säbelbeinen eine Tasse mit heißer Schokolade, die seine Köchin Flora zubereitet hatte. Er hatte das Rezept im Haus von Tomaso Albinoni kennengelernt, der die Schokolade über alles schätzte. Der Komponist war so freundlich gewesen, ihm die Anleitung zur Zubereitung zusammen mit der Einladung zur Uraufführung seiner neuesten Oper zukommen zu lassen. Die ersten Ergebnisse waren nicht so ganz perfekt gewesen, aber nach ein paar Versuchen war ein wunderbares Getränk entstanden: warm, cremig, einen einhüllend. Daran zu nippen und dabei die weißen Flocken fallen zu sehen, hatte oftmals das Aroma eines verbotenen Vergnügens.

Die Hände um eine schöne Tasse aus Meissener Porzellan gelegt, wärmte er sich auf, mit geschlossenen Augen das bittersüße Aroma der Schokolade genießend. Er ging gerade zum Kamin hinüber, als Alvise, sein Diener, sich an der Tür bemerkbar machte. Kaum hatte Antonio ihm gestattet einzutreten, stand dieser schon im Arbeitszimmer.

Wenn Alvise ihn bei seiner Arbeit störte, musste etwas Schwerwiegendes vorgefallen sein.

Daran konnte kein Zweifel bestehen, denn Alvise

war bleich, das Gesicht verzerrt, die Lippen zu einer schmalen roten Linie aufeinandergepresst. »Mio Signore«, sagte er ehrerbietig.

»Alvise?«

»Nun ...«, begann der Diener zögerlich.

»Was ist passiert?«, wollte Antonio wissen, während Alvise ihm das Schreiben aushändigte.

Das Papier trug das Siegel der Serenissima Repubblica, den geflügelten Markuslöwen.

»Was hat das zu bedeuten?«

»Mio Signore, ich habe keine Ahnung«, erwiderte Alvise. »Was ich Euch sagen kann, ist, dass der Hauptmann der Polizeischergen bei der Tür auf Euch wartet.«

»Warum? Was will er?«

»Er sagte, er soll Euch zum Dogenpalast bringen.«

Ohne sich weiter aufzuhalten, griff sich Antonio einen langen Mantel, den er über die Lehne eines Sessels geworfen hatte, und einen dunklen Dreispitz. Er zog feste Schuhe an, und bereits einen Augenblick später war er an der Tür.

Über eine lange Reihe von Treppen gelangte er in den Hof.

Da sah er unter dem Dreispitz den schiefen Blick des Anführers der Schergen aufleuchten. »Signor Antonio Canal, bekannt als Canaletto, ich bitte Euch, mir zu folgen«, brachte der bloß vor.

»Wohin und weswegen?«, wollte Antonio wissen, und das gewiss nicht, um die Anweisungen zu hinterfragen, sondern nur, um sich eine Vorstellung davon machen zu können, was vor sich ging.

»Zum Dogenpalast«, fuhr der Hauptmann ihn an und bestätigte damit, was Alvise bereits gesagt hatte. »Wie aus dem Schreiben hervorgeht, das Ihr in Händen haltet, möchte seine Exzellenz Matteo Dandolo, Inquisitore Rosso, Euch in einer bestimmten Angelegenheit sprechen.« Es war die Art von Antwort, die keinen Widerspruch duldete.

So schloss sich Antonio, eskortiert von zwei Schergen und ohne ein weiteres Wort zu verlieren, dem Hauptmann an und folgte ihm zur Piazza San Marco.

Wie er da bei Einbruch der Abenddämmerung durch heftiges Schneetreiben ging, um zu wer weiß was Stellung zu nehmen, hatte Antonio das deutliche Gefühl, dass das Schlimmste noch bevorstand.

3

Der Saal der Qualen

Ah«, sagte der Staatsinquisitor und klang überrascht, als Antonio Canal, durchnässt von Schnee und Nebel, die Camera del Tormento, den Saal der Qualen, betrat. »Da seid Ihr ja, mio Signore! Eskortiert und mir übergeben, so wie befohlen. Wenigstens ist auf die Polizeischergen in dieser verdammten Stadt noch Verlass.« Mit diesen Worten entließ er den Hauptmann der Wache mit einem Kopfnicken.

Sobald Matteo Dandolo, der Staatsinquisitor der Serenissima Repubblica, mit Antonio allein war, schien er sich zu entspannen. Wenigstens einen Augenblick lang. »Nehmt Platz«, sagte er mit ausladender Geste. Dabei rauschte die rote Robe durch die Luft wie der Flügel eines Raubvogels. Mit seinem purpurfarbenen Handschuh wies er auf einen unbequemen Holzschemel.

Antonio ließ sich das nicht zweimal sagen und setzte sich, weiterhin abwartend. Er versuchte, sich nicht zu sehr von der kargen und einschüchternden Umgebung beeindrucken zu lassen. Er wusste genau, was der Name des Raumes zu bedeuten hatte, doch er vertraute auch auf seinen Ruhm als Maler, der eine wirksame Abschreckung vor jedweder übereilten Entscheidung sein würde. Nicht einmal der Staatsinquisitor würde ihn, einen der wichtigsten Künstler von Venedig, ungestraft einer Folter mit dem Seil unterziehen, das geradewegs vor der Nase hing. Egal, um welche Anklage es sich auch handeln mochte. Aufmerksam beobachtete er den Mann, den er vor sich hatte. Zweifelsohne war der Inquisitor ein Mensch mit immensem Ego, und sein pompöser Auftritt bestätigte das voll und ganz. Es war besser, ihm die Bühne zu überlassen und sich darauf zu beschränken, ihm Paroli zu bieten. Umso mehr, als er nicht die blasseste Ahnung hatte, was der Grund für diese Einberufung war. Sein Blick fiel auf die wenigen entzündeten Kerzen: Sie verbreiteten ein warmes Licht rings umher und ließen einen Großteil der Umgebung im Schatten. In der Tiefe des Raums genau ihm gegenüber war das Dunkel besonders intensiv und beunruhigend.

Als hätte Dandolo seine Gedanken erraten, stellte er ihm die rhetorischste aller Fragen: »Ihr wisst, warum ich Euch habe herbringen lassen?«

»Eigentlich nicht, Euer Exzellenz.«

Der Inquisitor lächelte. »Natürlich. Ich gebe Euch selbstverständlich keinerlei Schuld«, sagte er mit einem Ausdruck der Genugtuung. »Erst recht, da die Angelegenheit recht komplex ist. Nicht nur einer, sondern zwei Magistratsbeamte müssen Euch befragen.«

Kaum hatte er diese Worte ausgesprochen, betrat, als hätte das Dunkel ihn hervorgebracht, Giovanni Morosini, der Capitan Grando, den Raum. Er war das Oberhaupt der Signori di Notte al Criminal und somit der zweite hochstehende Magistrat, zu dessen Aufgaben es gehörte, die Ermittlungen zu all den Delikten zu koordinieren, die nach Sonnenuntergang begangen worden waren. Er trug einen langen Mantel, der völlig durchnässt war, und einen Dreispitz, der ebenso nass war. Als er ihn abnahm, kamen darunter dunkle Haare zum Vorschein, von denen große Tropfen herabrannen. Seine Kleidung konnte jedoch das Futteral des Schwertes nicht verbergen, das unter dem Mantel hervorschaute wie eine etwas verstörende Schwanzspitze aus Eisen. Kniehohe Stiefel und Strümpfe aus schwarzem Samt vervollständigten sein Erscheinungsbild, am Gürtel schimmerte zudem der perlmuttbesetzte Griff eines Dolches.

Die Sache wurde ernst. Allzu ernst. Auch wenn Antonio sich beim besten Willen nicht vorstellen konnte, worauf diese Geschichte hinauslaufen sollte.

»Signor Morosini muss sich Euch nicht vorstellen, nicht wahr?«, sagte der Inquisitor, während der andere nach all dem eisigen Schnee, den er auf seinem Weg durch die Calli abbekommen hatte, husten musste. »Ihr wisst genau, wer er ist. Aber lasst mich Euch eins sagen, Signor Canal: Ihr enttäuscht mich. Doch, wirklich. Und wisst Ihr, warum? Wenn man es sich so anschaut, seid Ihr in Eurer Karriere so weit gekommen, wie es sich viele nur wünschen können. Ihr seid heute bei Weitem der meist geschätzte Künstler der Serenissima. Canaletto nennt man Euch. Und es gibt niemanden, der Euren Namen nicht mit Hochachtung, ja ich würde sogar sagen Ehrfurcht, aussprechen und Eure Werke preisen würde, die mehr als alle anderen den Ruhm Venedigs mehren. Daher frage ich Euch: Warum? Warum habt Ihr das getan?«

»Was getan?« Antonio hatte eigentlich nicht mit einer Gegenfrage antworten wollen, doch er hatte nicht die geringste Ahnung, worum es ging.

»Warum habt Ihr ausgerechnet den Rio dei Mendicanti gemalt?«, rief Morosini aus und betonte dabei die drei Worte des Namens, als stellten sie in ihrer Zusammenstellung eine fürchterliche Unflätigkeit dar.

Antonio begriff immer noch nichts. Doch in jedem Fall versuchte er zu antworten. Er sprach über das, was geschehen war. »In den letzten Jahren habe ich beschlossen, mich einem ganz bestimmten Genre der Malerei zu widmen: der Vedute. Ich bediene mich dafür einer Lochkamera, mithilfe derer ich Proportionen und Perspektiven der Palazzi und Campi, der Kanäle und Piazze festhalte, um im zweiten Schritt der malerischen Ausarbeitung meine Auswahl zu verdichten. Es gibt keinen bestimmten Grund dafür, warum ich den Rio dei Mendicanti gemalt habe. Ich fand das Sujet dieser Vedute einfach reizvoll, um daran einige Techniken auszuprobieren. So wie ich es auch bei der Piazza di San Marco und dem Canal

Grande zwischen Palazzo Balbi und Rialto gemacht habe.«

»Wollt Ihr uns weismachen, dass Ihr willkürlich auswählt, was Ihr malen wollt?«

Antonio räusperte sich. »Nein, das meine ich nicht. Ich wähle eine bestimmte Ansicht, einen perspektivischen Fluchtpunkt, und zwar unter dem Aspekt, wie schwierig sie umzusetzen ist und welche Möglichkeiten sie bietet, eine visionäre Sicht auf unsere geliebte Stadt zu werfen – dabei den malerischen und darstellerischen Kanons folgend, die dafür am meisten in Betracht kommen.«

»Ja, gewiss. Nur dass Ihr bisher die prachtvollen Orte der Serenissima gewählt habt, nicht eine der übelsten und verrufensten Wasserstraßen, die sie zu bieten hat. Mit schmutziger Wäsche, die im Wind hängt, und den Behausungen der Elenden im Vordergrund. Erscheint Euch das angemessen?« Es war bei dieser Frage vollkommen klar, dass der Inquisitor keine Antwort erwartete. »Ganz zu schweigen davon, dass Ihr mit Vivaldi an einem subversiven Werk arbeitet.«

»Subversiv?«

»Uns ist zu Ohren gekommen, dass Antonio Vivaldi – der beste Komponist Venedigs und einer, den die Serenissima seit seinen Anfängen in ihrer Mitte aufgenommen und ermutigt hat, bis er schließlich zu einem der größten Vertreter der europäischen Musik wurde –, dass dieser also eifrig an einer Oper arbeitet. In dieser Oper soll es um eine Thronfolge gehen, um die sich Ränke und Racheakte reihen. Dabei soll es sich um eine Allegorie der Kämpfe zwischen den Patrizierhäusern der Serenissima handeln, die begierig unter sich aufteilen, was sie von der Republik erbeutet haben.«

»Eure Exzellenz, ich weiß nicht, worauf Ihr Euch bezieht.«

»So, das wisst Ihr nicht?«, herrschte ihn Morosini an.

»Ich möchte behaupten, dass das Thema, das der Maestro gewählt hat, in keiner Weise subversiv ist.«

»Das zu beurteilen überlasst Ihr besser uns, meint Ihr nicht?«, unterbrach ihn Dandolo in äußerst schneidendem Ton.

»Natürlich«, stimmte Antonio zu. »Was ich sagen kann, ist, dass ich ein paar Skizzen für das Bühnenbild gemacht habe, doch dann habe ich diese Arbeit aufgegeben, denn wie ich schon mehrmals sagte, habe ich mich vom Theater losgesagt, da es Fiktion ist. Ich hingegen möchte mich als Künstler an der Wiedergabe der Wirklichkeit schulen.« Hier log Antonio, was ihm zuwider war. Er wollte jedoch auch nicht zu viel riskieren, in Anbetracht dessen, welche Wendung die Befragung genommen hatte.

Der Inquisitore Rosso nickte. »Nun gut, ich will Eure Erklärung gelten lassen. Auch wenn ich von verschiedenen Seiten höre, dass Eure ›Lossagung‹ vom Theater bloß so dahingesagt ist, eine Behauptung, die Ihr in die Welt gesetzt habt, um in aller Ruhe weiter

Bühnenbildentwürfe malen zu können. Und doch will ich Euch den Grund für diese Fragen nennen und Euch somit erklären, aus welchem Anlass ich Euch rate, von nun an nicht weiter an einem Verhalten festzuhalten, das alles andere als untadelig ist.« Dann warf Dandolo Morosini einen Blick zu und fügte hinzu: »Daher wird Euch künftig der Chef der Signori di Notte al Criminal beratend zur Seite stehen.«

Der Capitan Grando räusperte sich. Er ging auf die Flammen des Leuchters zu, die Hände nach ihnen ausgestreckt. Es sah so aus, als hätte er das dringende Verlangen nach ein bisschen Wärme. Als er zu sprechen begann, wandte er Antonio den Rücken zu und machte auch keine Anstalten, sich umzudrehen.

»Seht Ihr, Signor Canal, Ihr werdet es nicht glauben, doch vor zwei Tagen erst führte ein Mann sein Boot bei Tagesanbruch den Rio dei Mendicanti hinauf. Sein *sandolo* stieß gegen irgendetwas. Anfangs war ihm nicht klar, worum es sich handelte, dann entpuppte sich das Objekt als die Leiche einer jungen Frau. Nun wird man sicher sagen, dass dies nichts Neues ist. Wie viele Leichen von Prostituierten finden sich wohl in den Kanälen von Venedig in diesen elenden Zeiten? Allzu viele. Und es ist eine Schande, glaubt mir. Arme Geschöpfe, die gezwungen sind, vom Einzigen zu leben, was diese erbarmungslose Stadt im Übermaß zu bieten hat: die Unzucht. Doch diesem Mädchen wurde das Herz herausgerissen. Barbarisch ermordet, auf eine Weise, die einem den

Atem stocken lässt. Und versenkt in der eisigen Lagune. Das Eis hat dafür gesorgt, dass der Leichnam erhalten blieb, sodass jemand sie ›das Alabastermädchen‹ taufte. Doch nicht darüber wollte ich mit Euch sprechen.« Nun endlich drehte sich das Oberhaupt der Signori di Notte al Criminal um und sah Antonio an. »Sondern darüber, dass es doch zumindest außergewöhnlich ist, dass gerade in diesen Tagen Euer Rio dei Mendicanti solch großes Interesse in der Stadt erweckt.« Die letzten Worte standen als unsagbar schändliche Andeutung im Raum.

Antonio hielt nicht länger an sich. »Und dafür habt Ihr mich rufen lassen? Dafür, dass ich einen Schauplatz in Venedig gemalt habe, an dem die Leiche einer armen Frau gefunden wurde?«

»Ihr müsst zugeben, dass es ein merkwürdiger Zufall ist«, betonte der Inquisitore Rosso.

»Gewiss! Doch wie Ihr ganz richtig sagt, handelt es sich um einen Zufall. Eins ist sicher, ich habe bestimmt schon andere Schauplätze dieser Stadt gemalt, an denen bestimmt ebenfalls bereits Tote gefunden wurden.«

»Natürlich. Doch diese Eigentümlichkeit, den Rio dei Mendicanti als Bildmotiv zu wählen, ist sowohl mir wie dem Capitan Grando seltsam erschienen«, wiederholte Dandolo. »Ganz abgesehen von Eurer Beteiligung am Bühnenbild für die Oper von Vivaldi, die Ihr zugegeben habt. Was angesichts des Themas kein gutes Licht auf Euch wirft. Signor Canal – kurz gefasst möchte ich Euch Folgendes sagen: Wir werden Euch ein wenig im Auge behalten. Vermeidet also unangemessene Verhaltensweisen. Ehrlich gesagt glaube ich nicht, dass Ihr in irgendeiner Weise in den schrecklichen Mord an der Frau verwickelt seid, doch hört auf, dem Volk derart frevelhafte Überzeugungen einzuflüstern.«

»Was meint Ihr?«

»Ich bitte Euch, Ihr habt mich verstanden. Ein erfolgreicher Maler wie Ihr, mit gepuderter Perücke und verbrämten Kamisolen mit kostbaren Knöpfen«, sagte Dandolo und wies auf den samtenen Unterfrack, der vornehm mit Perlen verschlossen wurde, »hat es doch nicht nötig, das Elend und die Trostlosigkeit vom Rio dei Mendicanti darzustellen, erst recht nicht, wenn genau dort ein barbarisch verstümmelter Leichnam gefunden wird!«

»Wie hätte ich das wissen sollen? Ich habe schon vor Monaten an diesem Gemälde gearbeitet.«

»Sicher! Und vielleicht ist auch diese Frau schon vor etlichen Wochen getötet worden«, merkte Morosini an. »Ich muss Euch nicht erklären, dass sich eine Leiche in eisigem Wasser sehr viel besser hält als in warmem. Jedenfalls«, fuhr der Capitan Grando fort und räusperte sich, »klagt Euch niemand an, egal weswegen. Unterlasst jedoch nach Möglichkeit jedes Verhalten, das Euch schaden und das Vorstellungsvermögen der Venezianer anregen könnte. Haben wir uns da klar ausgedrückt?«

33

»Und ob«, antwortete Antonio.

»Umso mehr, als sich die Fantasie allzu leicht beflügeln lässt. Ihr wisst, wen man als Erste des Mordes beschuldigt hat?«

Antonio hatte keinen blassen Schimmer.

»Die Juden«, sagte der Inquisitor. »Man wirft ihnen vor, das Blut von Christen zu trinken und gehorsame Dämonen Satans zu sein. Überflüssig zu sagen, dass das Ghetto in Aufruhr ist. Wie sollte es anders sein? Das ist das Letzte, was wir gebrauchen konnten, denn es wird keine Überraschung für Euch sein, dass es nicht nur unserem Empfinden für zivilisierten Umgang zuwiderlaufen würde, die Juden zu vertreiben, es wäre auch ein tödlicher Schlag für die geschundene Wirtschaft der Republik. Ein Schlag, den wir uns, offen gesagt, nicht leisten können. Und dann ist da noch die Frage des Gesamtbildes, Signor Canaletto – vergesst niemals das Gesamtbild! Fügt also zum Beschriebenen die Pockenepidemie hinzu, die dieser Stadt aufs Äußerste zusetzt, und Ihr werdet voll und ganz verstehen, dass Venedig keine Missverständnisse oder unglücklichen Zufälle gebrauchen kann, insbesondere wenn sie Angst oder Hass schüren könnten.«

Antonio nickte. Was sollte er sonst tun?

»Sehr schön, ich freue mich, dass Ihr mir zustimmt«, fuhr der Inquisitor fort. »Seht Ihr, Signor Canal, meine vorrangigste Aufgabe im Dienste der Serenissima Repubblica besteht darin, die öffentliche Ordnung aufrechtzuerhalten, den *status quo ante*, um genau zu sein. Aufgrund dessen bin ich befugt, alles und alle zu entfernen, die dem friedlichen Zusammenleben der Allgemeinheit im Weg stehen. Sollte ich auch nur den Verdacht hegen, dass jemand oder etwas in dieser Hinsicht ein Hindernis darstellt, habe ich die Berechtigung, es zu entfernen. Der Capitan Grando kann selbstverständlich ebenso verfahren, wenn auch mit anderen Mitteln. Er arbeitet eng mit mir zusammen. Wir haben Euch heute rufen lassen, weil wir mit sofortiger Wirksamkeit verhindern möchten, dass Euer Verhalten zu einem Hindernis wird. Doch ich vertraue darauf, dass Ihr mich voll und ganz verstanden habt. Sofern das so ist, seid Ihr hiermit entlassen«, sagte er schließlich. »Und ich bitte Euch ausdrücklich, mit niemandem über unsere Unterredung zu sprechen. Sollte es einen Verstoß gegen diese Schweigepflicht geben, hätte er Konsequenzen. Der Hauptmann der Wachen wird Euch zur Scala dei Giganti zurückbegleiten.« So als sei diese Andeutung einer Drohung eine schlichte Feststellung, verabschiedete Matteo Dandolo Antonio Canal und erteilte ihm die Erlaubnis, sich zu entfernen.

Der Herr über die Polizeischergen wartete an der Tür auf ihn, während Antonio sich mit den Worten »Exzellenz« und »Capitan Grando« gleich zweimal verneigte, ehe er in Begleitung Morosinis den Raum verließ.

Draußen ging es durch lange, schwach beleuchtete Gänge, durch wundervolle Salons und kleine Amts-

stuben. Am oberen Ende der Scala die Giganti ließ ihn
das Oberhaupt der Polizeikräfte allein weitergehen.

Antonio ging zwischen den beiden wunderbaren
Statuen von Sansovino hindurch die Treppe hinab. Es
hatte aufgehört zu schneien, und es hatte den Anschein, als sei die Kälte diese Nacht weniger streng.
Canaletto beeilte sich, durch die Porta della Paglia ins
Freie zu gelangen, als jemand hinter ihm seinen Namen rief.

Noch ehe er sich umdrehen konnte, stand ein Mann
in tadellosem Rock vor ihm. »Signor Canal, der Doge
möchte Euch sprechen, sofort.«

Antonio glaubte seinen Ohren nicht zu trauen.
»Macht Ihr Scherze?«, fragte er der Verzweiflung nah.

»Keineswegs. Ihr werdet ihn gewiss nicht warten
lassen wollen, oder?«

»Natürlich nicht«, erwiderte Antonio und biss sich
auf die Lippen.

Also ging er, ohne noch etwas hinzuzufügen, die
Treppe wieder hinauf, die er gerade erst herabgekom-
men war.

Ganz offensichtlich hatten die Schwierigkeiten eben
erst begonnen.

4
Eine Unterredung

D a seid Ihr ja endlich!«, rief der Doge mit gewisser Ungeduld. »Ich dachte schon, ich bekäme Euch gar nicht mehr zu Gesicht.«

Antonio war vollkommen fassungslos. Nichts hätte er weniger erwartet als eine Unterhaltung mit dem Dogen höchstpersönlich. Er verbeugte sich, und einen Moment lang war sein Blick ganz gefangen von der Pracht der Gemächer – die wundervoll geschnitzten Decken, die riesigen Marmorkamine, reich verziert mit Schmuckelementen, mit Bordüren und Stuckgesimsen. Er bewunderte die Nussbaumtruhen mit Reliefarbeiten, einen Tisch mit Goldlackierung und Säbelbeinen und den entzückenden kleinen Salon, in dem der Doge ihn erwartete. Und zwar nicht allein, um genau zu sein. Neben ihm saß auf einem Polstersessel aus blauem Samt eine schwarz gekleidete Dame. Auch wenn sie eine *moretta*, eine schwarz samtene, ihr Gesicht bedeckende Maske, trug, war doch zu erahnen, dass ihr Antlitz feine Züge hatte. Eine aufwendig frisierte Flut roter Locken betonte ihre weibliche Ausstrahlung. Nach dem geurteilt, was Antonio sehen konnte, war sie von faszinierender Schönheit. Das irritierende Detail der Maske machte dieses nächtliche Mysterium noch größer und unergründlicher. Zumindest kündigte sich dieses neue Rätsel in einem glanzvollen und eleganten Rahmen an, und das war gegenüber der Düsternis der Camera del Tormento ja ein Fortschritt.

Jedenfalls war keine Zeit zu verlieren. »Eure Durchlaucht«, sagte er an den Dogen gewandt und verbeugte sich, »wie kann ich Euch dienlich sein?«

»Ah, ausgezeichnet, das ist es, was ich hören will. Mir zu dienen, mein Freund, ist der richtige Ausdruck, und glaubt mir, dies zu tun, bedeutet, auch der Serenissima von Nutzen zu sein. Mögt Ihr ein Glas Malvasia?«

Antonio dachte, dass ihm an dieser Stelle ein Schluck Wein guttun würde, und nickte.

»Sehr gut. Schenkt ein Glas für mich und eines für Signor Antonio Canal ein«, forderte der Doge, und sofort füllte ein Mundschenk, der wer weiß woher aufgetaucht war, zwei Gläser aus mundgeblasenem Muranoglas und reichte sie dem Dogen und seinem Gesprächspartner. Seine Durchlaucht leerte ihren in wenigen Schlucken und ließ sich erneut nachschenken. Dann entließ er den Diener. Plötzlich legte Alvise Mocenigo die Lebhaftigkeit an den Tag, für die er auf dem Schlachtfeld berühmt war. Auch wenn er nicht mehr jung war, war er doch ein Mann von schlanker Statur und einem offenen und direkten Blick. Zweifelsohne ein Soldat, sogar der Eroberer der türkischen Festung von Imotski.

»Also«, ergriff der Doge erneut das Wort, »lasst mich Euch den Grund für diese Zusammenkunft erklären. Spart Euch vor allem die Mühe, mir zu erzählen, dass Ihr, einbestellt vom Inquisitore Rosso, eben erst in der Camera del Tormento wart, denn das, mein Freund, weiß ich bereits. Tatsache ist, dass eines Eurer Bilder jüngstens für mehr als nur ein wenig Verstimmung gesorgt hat. Ihr fragt Euch natürlich warum, und ich kann Euch gleich sagen, dass der Grund nicht das arme Mädchen ist, das zwei Abende zuvor tot aufgefunden wurde, genau an der Stelle, die das Gemälde zeigt.«

Antonio konnte eine gewisse Verblüffung nicht verhehlen. Dasselbe Bild und zwei verschiedene Gründe, ihn deswegen ins Gericht zu nehmen. Es war zum Verrücktwerden.

»Das habt Ihr nicht erwartet, nicht wahr?« Es wirkte, als wollte der Doge ihm extra zusetzen. »Aber so ist es. So tragisch das Schicksal der Ärmsten auch sein mag, der Grund, aus dem auch ich mit Euch über dieses Bild sprechen möchte, ist ein ganz anderer. Sofern es möglich ist, beschäftigen wir uns mit den Lebenden, lautet mein Motto. Daher frage ich Euch: Erinnert Ihr Euch, auf der Seite des Ospedale drei Männer gemalt zu haben, die die Köpfe zusammenstecken? Der Kleidung auf dem Bild nach scheinen es vornehme Männer zu sein.«

»Das ist richtig, sie tragen Gehrock und Dreispitz«, erwiderte Antonio.

»Sehr gut. Genau darauf wollte ich hinaus: Sind diese Männer Eurer Fantasie entsprungen, oder sind es, wie ich vielmehr fürchte oder glaube, reale Personen aus Fleisch und Blut? Ich habe von Eurem Einsatz der Lochkamera gehört und frage mich deshalb, ob diese drei wirklich dort beim Rio dei Mendicanti waren, als Ihr sie abgebildet habt.« An dieser Stelle schwieg der Doge. Und Antonio Canal musste zum zweiten Mal an diesem Abend sein Werk rechtfertigen. Doch wenn er sich den Fragen des Inquisitore Rosso und des Capitan Grando nicht entzogen hatte, konnte er es beim Dogen erst recht nicht tun. »Eure Durchlaucht, ohne mich lang mit einer technischen Erklärung der Art und Weise, wie ich meine Werke anfertige, aufzuhalten, kann ich Euch Folgendes sagen: Ich habe diesen Bildausschnitt zahlreiche Male studiert. Von verschiedenen Standpunkten aus habe ich mithilfe der Lochkamera Skizzen und Entwürfe angefertigt, bei mindestens drei Gelegenheiten habe ich die Herren gesehen, über die wir hier sprechen.«

»Bei drei Gelegenheiten, sagt Ihr?«

»Immer am selben Wochentag. Immer zur selben Stunde. Wie Ihr bereits sagtet, arbeite ich ganz getreu nach der Realität. Nachdem ich diese Herren nun mal beim Ospedale dei Mendicanti und dem benachbarten Nebenkanal gesehen hatte, habe ich beschlossen, sie ins Gemälde aufzunehmen, um einmal mehr der

Wahrhaftigkeit Genüge zu tun, an der mir so gelegen ist.«

»Ihr habt gut daran getan, Signor Canal, wäre da nicht …«, bei diesen Worten schien der Doge zum ersten Mal zu zögern, »der Mann, den wir von hinten sehen, der im ockerfarbenen Rock, damit wir uns richtig verstehen, ähnelt sehr, wie soll ich das sagen …«

»Meinem Ehemann.« Die in Schwarz Gekleidete hatte das gesagt. Ihre Stimme, die tiefer war, als Antonio erwartet hätte, klang unvorteilhaft, weil die Schöne mit den Zähnen den Knauf im Innern der *moretta* umfasst hielt, die ihr Gesicht bedeckte. Ihre Stimme klang daher gepresst und misstönend wie eine Messerklinge, die über eine Eisenkette gezogen wird. Einen Moment lang schien die Situation wie erstarrt, und düsteres Schweigen erfüllte den schönen Salon des Dogen.

»Und das bedeutet …«, murmelte Antonio.

»Das bedeutet, dass der Ehemann dieser Dame – es genügt, wenn Ihr wisst, dass er zu den nobelsten Kreisen des venezianischen Patriziertums gehört – in den Elendsvierteln verkehrt. Denn wie wir alle wissen, wimmelt es in dieser Gegend von Bordellen und heruntergekommenen Gestalten übelster Sorte. Unnötig zu sagen, dass die Dame hier anonym bleiben möchte, wie man sich aufgrund der *moretta* ja bereits denken kann. Ebenso klar dürfte sein, dass sie natürlich wissen möchte, was ihr Mann in dieser Gegend zu schaffen hat. Immer vorausgesetzt, dass es sich wirklich um ihn handelt. Ich darf annehmen, dass Ihr ihn durch die Linse Eurer Kamera gesehen habt.«

»Nicht nur das.«

»Ah.«

»Ich verwende auch ein Fernglas und verschiedene Linsen, um mir ein möglichst klares Bild vom Schauplatz des Geschehens zu machen, dem, was letztlich die Vedute ausmacht, die gemalt werden soll.«

»Natürlich.«

»Was ich Euch sagen kann, ist, dass dieser Mann lange kastanienbraune Haare hatte und einen ockerfarbenen Gehrock sowie einen Dreispitz trug. Was mir vor allem aufgefallen ist, ist, dass er einen speziellen Gang hatte. Als ich ihn dort ankommen sah, erschien es mir offensichtlich, dass er leicht hinkte. Er humpelte kaum wahrnehmbar, einem weniger achtsamen Auge wäre dieses Detail vielleicht entgangen, doch jemandem mit mehr Erfahrung, jemandem, der den – gestattet mir den Ausdruck – indiskreten Blick zum Mittel seiner Kunst macht, fiel das natürlich auf.«

Mit Mühe nur unterdrückte die schwarz Gekleidete einen Schrei. Sie krümmte sich, als hätte sie einen schweren Schlag auf die Brust erhalten, und sie so niedergeschlagen zu sehen, weckte Antonios Mitgefühl.

»Meine Liebe!«, rief der Doge aus und beeilte sich, ihr seinen Arm zu reichen. Doch mit großer Würde und unerschütterlicher Anmut fing sie sich wieder. Sie führte eine Hand zur Maske, dorthin, wo sie den Mund verbarg. Antonio hätte gerne etwas gesagt, um ihr Mut zu machen. Doch stattdessen hatte er sich ohne jegliches Taktgefühl, ohne den Schmerz zu bedenken, den seine Beschreibung hervorrufen könnte, zu einer kühlen Analyse von bestimmten Merkmalen und Details hinreißen lassen. Wie ungeschickt und unpassend das gewesen war!

»Er ist es wirklich«, sagte die Dame mit hauchdünner Stimme. »Seit seiner Verwundung im Morea-Krieg geht mein Mann so.«

Dieses Mal bemerkte Antonio über die Veränderung durch die Maske hinaus noch einen ungewöhnlichen Beiklang. Genau hätte er es nicht sagen können, doch es schien ihm so, als sei schwach, kaum wahrnehmbar, ein ausländischer Akzent zu hören.

»Also besteht kein Zweifel mehr, meine Liebe«, sagte der Doge mit beinahe ersterbender Stimme. »Ich habe bis zuletzt gehofft, dass wir uns irren.«

»Aber ...«, setzte Antonio an.

»Ich weiß, was Ihr sagen wollt, Signor Canal«, kam ihm Alvise Mocenigo zuvor. »Dass nämlich die bloße Anwesenheit eines Herrn an einem bestimmten Ort noch nichts zu sagen hat, doch glaubt mir: Wenn auch nur der geringste Verdacht besteht, derjenige, über den wir hier sprechen, könnte diesen Teil der Stadt aufsuchen, wäre das verheerend für die Familie.«

»Verstehe.«

»So wie die Dinge stehen, sehe ich mich verpflichtet, Euch um einen Gefallen zu bitten. Und zwar nicht für mich, sondern für die Dame, die Ihr vor Euch seht, und für Venedig.«

Alvise Mocenigo seufzte. Es war klar, dass er keine Wahl hatte und dass er lange darüber nachgedacht haben musste, was zu tun sei. Antonio hatte das Gefühl, dass es nun Schwierigkeiten geben würde. Er hatte gehofft, mit der schlichten Ermahnung davonzukommen, sich der Obrigkeit gegenüber so gehorsam wie möglich zu verhalten – denn genau darum ging es –, doch jetzt würde höchstwahrscheinlich etwas viel Schlimmeres kommen.

»Nun schön, Signor Antonio Canal, worum ich Euch, den herausragenden Maler, von dem man sich in der ganzen Stadt Wunderdinge erzählt, bitten möchte, ist, dass Ihr für mich und im Namen der Republik Nachforschungen anstellt.«

»Nachforschungen?«

»Ganz genau. Im Detail möchte ich gern, dass Ihr herausfindet, warum der Mann vom Gemälde sich abends in der Nähe des Ospedale dei Mendicanti aufhält.«

Antonio war verblüfft. Wie konnte ihn der Doge um so etwas bitten? Selbstverständlich war ihm alles erlaubt. Doch es war nun einmal so, dass er, Antonio, dafür gar nicht die Befähigung hatte. Ganz abgesehen davon, dass es darum ging, einen Mann zu verfolgen, von dem er nichts wusste und der aus seiner Sicht vollkommen unschuldig war. Und selbst wenn er es nicht wäre – wer war er, das Gegenteil zu behaupten? Welche Befugnis hatte er? Diese Fragen bestürmten Antonio alle auf einmal, und er musste seinen ganzen Verstand zusammennehmen, um eine passende Antwort geben zu können. »Eure Durchlaucht, selbst wenn ich wollte, fürchte ich, dass ich nicht besonders von Nutzen sein könnte ...«

»Ihr weigert Euch?«

Antonio nahm im Ton des Dogen eine verdeckte Drohung wahr. Es lag auf der Hand – wie zum Teufel konnte er auch nur daran denken, einer Bitte seiner Durchlaucht nicht nachzukommen? War er verrückt geworden?

»Ich wollte damit sagen, dass ich für eine solche Tätigkeit nicht besonders befähigt bin, denn seht Ihr, es ist nicht mein Metier.«

»Umso besser.«

»Tatsächlich?«

»Sicher. Gerade weil Ihr ein Maler seid, wird Euch niemand verdächtigen, und das gibt Euch mehr Handlungsfreiheit. Ganz abgesehen davon, dass Ihr, wenn ich nicht irre, nicht weit von dort entfernt wohnt. Oder bin ich vielleicht falsch unterrichtet?«

»Keineswegs.«

»Ah! Das will ich auch nicht hoffen! Nun gut, auch wenn es nicht Euer Metier ist, bitte ich Euch herauszufinden, was den Mann vom Gemälde zum Rio dei Mendicanti treibt. Trifft er sich mit jemandem? Sucht er einen bestimmten Ort auf? Unterhält er Beziehungen zu ausländischen Spionen? Gewiss, das sind nur Vermutungen, einige davon sind vielleicht sogar gewagt, aber lieber irre ich mich, als später zu entdecken, dass ich eine solche Eventualität nicht genügend beachtet habe. Seht Ihr, Signor Canal, Informationen sind das Wichtigste, denn Wissen ist Macht. Zudem möchte, so viel dürfte Euch inzwischen klar sein, die hier anwesende Dame gerne wissen, wer ihr Gatte wirklich ist.«

Antonio holte tief Luft. Dieses Anliegen brachte ihn in eine hässliche Lage. Wie sollte er das bewerkstelligen? Vor allem aber: Jemanden zu beschatten oder auszuspionieren – um nichts anderes ging es ja –, war das Letzte, was er tun wollte.

»Natürlich ist mein Ersuchen absolut inoffiziell. Es wird nirgends auftauchen, und Ihr werdet von mir dazu absolut nichts schriftlich bekommen.«

»Verstehe.«

»Dies wird eine noch größere Geheimhaltung gewährleisten«, ergänzte der Doge.

»Das ist mir klar«, sagte Antonio lakonisch. »Und doch muss ich Euch um eine Zusage bitten«, fügte er mit gewisser Geistesgegenwart hinzu.

»Ich weiß nicht, welche Zusage Ihr meinen könntet, aber sagt es nur, und Ihr bekommt sie.«

»Wie ich Euch sagte, werde ich von den Männern des Staatsinquisitors und denen von Capitan Grando beobachtet. Sie werden mein Verhalten nach Maßgabe dessen, was sie mir eben erst sagten, überprüfen wollen. Es liegt auf der Hand, dass mir, sollten sie mich bei der Beschattung erwischen oder dabei, mir heimlich Neuigkeiten oder Informationen über den Mann auf dem Gemälde zu verschaffen, Verhör oder Schlimmeres droht. Daher möchte ich völlige Handlungsfreiheit. Einen Geleitschein brauche ich nicht. Mir reicht Euer Wort.«

»Betrachtet dies als erledigt. Ihr werdet unantastbar sein.«

»Einverstanden.«

»Und Ihr habt mir pünktlich und regelmäßig Bericht zu erstatten. In genau sieben Tagen werdet Ihr zur selben Stunde zu mir kommen und mich über Eure Fortschritte informieren. Und das jede Woche.«

»Ich werde zur Stelle sein.« Bei dieser Antwort zermarterte Antonio sein Hirn, wie er das hinbekommen sollte. Doch was konnte er sonst schon antworten? Konnte irgendjemand in Venedig dem Dogen eine abschlägige Antwort geben? Er glaubte nicht, doch selbst wenn es jemals so eine Person gegeben haben sollte, er war es bestimmt nicht.

»Sehr gut, dann ist auch das geregelt«, schloss der Doge. Dann, an die Dame in Schwarz gewandt: »Geduld, meine Liebe, bald werden sich Eure Zweifel zerstreuen. Zumindest werden wir den Grund für die allwöchentliche Abwesenheit Eures Gatten herausfinden.«

Die Dame schwieg. Antonio konnte nicht begreifen, was geschehen war. Er kam sich vor wie in einem Albtraum, aus dem er so bald wie möglich aufzuwachen hoffte. Doch er wusste, dass er stattdessen, kaum hatte er die Gemächer des Dogen verlassen, erst den ganzen Wahnsinn dieses absurden Vorhabens erfassen würde.

»Nun denn, Signor Canal, ich danke für Eure Aufmerksamkeit und erwarte Euch wie vereinbart heute in sieben Tagen mit den ersten Resultaten.« Noch während er das sagte, war bereits ein Diener in den kleinen Salon getreten, im Begriff, Antonio zur Tür zu geleiten.

»Eure Durchlaucht«, sagte Letzterer, verbeugte sich und mit einem Nicken an die Dame in Schwarz gewandt: »Meine Ehrerbietung, Signora.« Daraufhin wurde Antonio Canal zum zweiten Mal an diesem Abend zur Scala dei Giganti begleitet.

5
Augen

Er war sich nicht sicher, ob das der richtige Mann für diese Aufgabe war, aber zumindest würde er keinen Verdacht erregen. Ein Maler. Sie hatten einen Maler engagiert. Eine gleichzeitig geniale und aberwitzige Entscheidung.

Es fiel dichter Regen, und in einer versteckten Ecke des Campiello zu stehen, den breitkrempigen Hut tief in die Augen gezogen, zu warten und dabei zu versuchen, nicht zu sehr aufzufallen, war keine Kleinigkeit. Erst recht nicht für einen wie ihn, der nicht einmal Venezianer und außerdem wie ein Ausländer gekleidet war. Wenigstens war der Platz nur schlecht beleuchtet, und sein Mantel, der ebenso schwarz war wie die Trikothosen, die *brache*, und die Stiefel, die er trug, hatten den Vorzug, ihn mit dem Dunkel der Nacht verschmelzen zu lassen.

Im Grunde wüsste er ja schon, wie er sich jemand vom Hals schaffen würde, der versuchen sollte, ihm krumm zu kommen.

Er mochte diese Stadt nicht. Es war klirrend kalt, die Lagune teilweise gefroren, Eisschollen trieben auf dem tiefschwarzen Wasser, darüber Nebelschleier. Das ging ihm furchtbar auf die Nerven, mehr, als er erwartet hätte.

Er erinnerte sich an das Reiten ohne Sattel durch unendliche grün wogende Wiesen, deren Gras nach und nach unter der sengenden Sonne verbrannte. Er fuhr mit der Zunge über den dichten Schnurrbart. Er konnte beinahe das scharf-würzige Aroma der Suppen und die pikanten Paprikanoten schmecken. Er schnaubte, es regnete weiterhin in Strömen, und er behielt die Fenster fest im Blick, auf denen sich die Lichter des Hauses funkelnd in den Tropfen spiegelten. Der Maler war noch wach.

Jetzt würde er bestimmt nicht mehr ausgehen, nicht zu dieser Stunde, mitten in der Nacht.

Genauso gut konnte er nun gehen und morgen früh wiederkommen. Er war kurz davor, das auch zu tun, als jemand ihn übel anraunzte. »Ihr da, was zum Teufel macht Ihr hier, Signore, zu dieser nächtlichen Stunde, und starrt die Fenster anderer Leute an?«

»Wieso?«, gab der Mann im schwarzen Mantel prompt zurück. »Ist das vielleicht verboten?«

»Nicht wenn Ihr dabei keine schlechten Absichten habt. Doch dem Schwert nach zu urteilen, das Ihr am Gürtel tragt, habe ich das Gefühl, dass Ihr Ärger suchen könntet, umso mehr, als, das solltet Ihr wissen, Duelle im gesamten Gebiet der Serenissima Repubblica verboten sind.«

Der Mann schüttelte den Kopf. So ein Pech aber auch! Er hatte sich wie ein echter Anfänger ertappen lassen. Derjenige, der mit ihm sprach, war genauso gekleidet wie er, aber im Gegensatz zu ihm selbst trug dieser die Haare unter dem Dreispitz kurz und wohlfrisiert, außerdem eine weiße Maske. Was für ein Mann hatte es nötig, sein Gesicht zu verbergen?

Doch dieser schien nicht das geringste Problem mit seinem Aussehen zu haben, im Gegenteil, ohne Umschweife erklärte er: »Ich bin der Signore di Notte al Criminal im Sestiere von Castello, und aufgrund der Tatsache, dass Ihr ein Schwert tragt, werde ich nun meinen Männern übergeben, und Ihr werdet wegen des Vergehens gegen die Gesetze der Serenissima die Nacht in der Zelle verbringen. Morgen werden wir dann weitersehen.«

Während er das sagte, zählte der Mann in Schwarz seine Gegner. Der Polizeibeamte vor ihm war sicher geübt in Waffen. Zudem hatte er mindestens vier Wachen bei sich. Doch die würden kein Problem darstellen. Sie trugen schlammverschmutzte Mäntel und breitkrempige Hüte, die völlig durchgeweicht waren. Sie sahen aus wie Männer, die von nichts anderem träumten, als sich endlich schlafen zu legen.

Er würde sich nicht an die Regeln halten. Das tat er nie. Daher trat er aus der Nische, in der er sich versteckt gehalten hatte, zog eine Pistole mit kurzem Lauf und feuerte auf den ersten Rüpel, der sich ihm entgegenstellte. Die Bleikugel drang in den Oberarm des Ärmsten ein und zerfetzte die Schulter, dass Blut und Knochensplitter nur so durch die Gegend spritzten. Der Mann stieß einen unmenschlichen Schrei aus, wie ein Tier, das gerade abgeschlachtet wurde, und stürzte zu Boden. Tot war er nicht, aber er würde gewiss kein Schwert mehr ziehen.

Während der Signore di Notte al Criminal seine eigene Klinge zückte, bereit, sie gegen diesen schwarz gekleideten Verrückten zu führen, wich Letzterer einem Ausfall aus, der sonst woher gekommen war, zog den Dolch aus dem Gürtel und führte einen Hieb schräg nach oben und zerfetzte damit den rechten Oberschenkel des zweiten Mannes, der daraufhin ebenfalls zu Boden ging, so als wären seine Beine plötzlich butterweich.

Und Nummer zwei, dachte der Mann in Schwarz.

Doch er hatte nicht vor, noch mehr aufs Spiel zu setzen.

Inzwischen wurden oben die Fenster geöffnet, wahrscheinlich in Reaktion auf die Schüsse und die Schreie. Während er über den zweiten Mann am Boden hinwegstieg und wie von Sinnen in Richtung der hölzernen Brücke rannte, die er linker Hand sah, spürte er hinter sich eine Explosion. Einen Augenblick später flogen Splitter umher, die aus einer Mauer geborsten waren, in der die Bleikugel stecken blieb, die ihm gegolten hatte.

»Ergreift ihn!«, schrie der Signore di Notte al Criminal. Der Mann in Schwarz sah sich nicht um. Er nahm hinter sich ein Getrappel wahr, doch je weiter er sich vom Ort des Geschehens entfernte, merkte er, wie die Verfolger nach und nach zurückblieben.

6

Isaac Liebermann

Die Pockenepidemie breitete sich aus, darüber war sich Isaak im Klaren. Er und einige andere Ärzte hatten ihre liebe Mühe zu erklären, dass die einzige Möglichkeit, die Krankheit zu besiegen, in der Variolation bestand, wie vom Griechen Emmanuel Timoni vorgeschlagen. Die Wirksamkeit dieser Methode war sogar von Jacopo Pylarini bestätigt worden, dem venezianischen Konsul, der ins türkische Smyrna gereist war. Doch andere Kreise der Serenissima warteten noch ab. Worauf warteten sie? Isaak wusste es nicht, aber er war sich sicher, dass sich die Dinge dadurch verschlimmern würden, und zwar schnell. Dabei hatte Emmanuel Timoni einen Abschluss in Padua, auch in Oxford hatte er studiert. Wegen des sträflichen Schweigens der Serenissima hatte er sich deshalb an die Ärzte der Royal Society gewandt und sie gebeten, diese von ihm eingehend erforschte, von der Bevölkerung Kleinasiens übernommene Methode anzuwenden. Bei der Variolation wurde einem gesunden Patienten eitriges Sekret aus frischen Pockenpusteln Genesender durch

Einritzung in die Haut übertragen. Auf diese Weise würde dieser einen nur leichten Verlauf der Erkrankung durchmachen, sie überleben und wäre gegen mögliche weitere Ansteckungen immunisiert.

Doch von mehreren Seiten wurde der Einwand vorgebracht, dass auf die wenigen Individuen, die diese auch Inokulation genannte Prozedur lebend überstanden hatten, viele weitere kamen, die sich bei ihnen ansteckten, weil sie mit den so Infizierten während der Inkubationszeit in Kontakt kamen. Isaak war jedoch der Ansicht, dass man nur auf diese Weise am Leben bleiben konnte. Doch er erhielt keine Erlaubnis, dieses Verfahren anzuwenden. Es war ja schon den venezianischen Ärzten verboten und den jüdischen erst recht. Sicher, er hatte in Padua promoviert, ihm war sogar die Pflicht erlassen worden, außerhalb des Ghettos den gelben Judenhut zu tragen. Doch im Wesentlichen behandelte man ihn immer noch wenn nicht als Scharlatan, so doch zumindest mit wenig Anerkennung. Der Hass auf die Juden hatte nicht abgenommen, er trat nur anders in Erscheinung. Wie sonst sollte man den Raub jüdischer Leichname durch Studenten der Universität Padua zum Zweck der Sezierung auffassen? Die israelitische Gemeinde hatte sogar eine Sonderabgabe dafür bezahlt, diese Barbarei zu unterbinden. Doch der schändliche Wahnwitz ging weiter. Und die Vorurteile ihm und allen anderen jüdischen Ärzten gegenüber blieben bestehen.

Und so verbrachte er die Tage in den Häusern von Männern und Frauen, die, von Wunden entstellt, nur noch ein Schatten ihrer selbst waren, ausgezehrt von der Krankheit und nach wenigen Tagen blind. Ebenso blind wie das Patriziat dieser Stadt, das an seiner eigenen Legende krankte.

Und nun auch noch diese grauenhafte Geschichte mit dem Alabastermädchen. Die Nachricht hatte in den Sestieri die Runde gemacht. Weiß wie eine Lilie war sie, sagte man, doch mit aufgeschlitzter Brust und herausgerissenem Herzen, das wer weiß wohin geschmissen worden war, von einem Kupferschmied herausgefischt aus dem Nebenkanal Rio dei Mendicanti. Es war zum Verrücktwerden. Und das Ghetto war wirklich dabei, verrückt zu werden. Es war wie ein riesiger brodelnder Kessel, und früher oder später würde er nicht mehr zu deckeln sein und alle Übel der Welt auf die Umgebung ausschütten.

Mehrere Male hatte er der Gesundheitsbehörde, den Provveditori alla Sanità, seine Auffassung dargelegt, aber die Antwort war, trotz der angeführten Beispiele wie dem Fall der sieben zum Tode Verurteilten, die durch die von Richard Mad, dem Arzt des englischen Königs, vorgenommene Variolation behandelt worden waren, überlebt hatten und vom Monarchen begnadigt worden waren, stets abschlägig.

»Es ist eine Bestrafung, sage ich dir«, platzte sein Bruder Zygmund heraus. Er stand neben einem Tisch

und streichelte geistesabwesend das lackierte Birn-
baumholz. Es war wunderbar glatt, und wenn er nervös war, fuhr Zygmund gern mit der Handfläche
darüber. Das beruhige ihn, sagte er immer.

Isaak schien keineswegs ruhig zu sein. »Genug!
Verstehst du nicht, dass es das Letzte ist, was wir gebrauchen können? Die Leute sind völlig am Ende!
Wenn du damit weitermachst, wird uns der Zorn
noch überrennen!«

Zygmund war unmöglich. In die Jahre zu kommen,
hatte ihm nicht gutgetan. Statt weiser zu werden,
hatte er immer mehr Groll angesammelt. Gierig, gei-
zig, allein. Er war überzeugt, dass alle Übel der Welt
ihn allein verfolgten, um ihn zu quälen. Doch so war
es natürlich nicht.

»Nun schimpfen sie uns schon Blutsäufer. Weißt du
das wenigstens?«, beharrte Zygmund und brachte all
seinen Groll zum Ausdruck. Er schien seine Gedanken
gelesen zu haben. »Wie lange, glaubst du, wird es
dauern, bis die Bürger der Serenissima anfangen zu
lynchen?«

»Red keinen Unsinn.«

»Woher nimmst du dein Vertrauen in die Venezianer, kannst du mir das erklären?«, wollte Zygmund nochmals wissen. Er hatte schwarz glühende,
tief liegende Augen, und seine markante Nase war
wohl wegen der Kälte draußen gerötet. Sein weißer
Bart umrahmte das magere Gesicht mit den hervor-
stechenden Wangenknochen. An seiner knorrigen,

knochigen Hand drehte er einen goldenen Ring mit einem haselnussgroßen Rubin. Der Stein erstrahlte im Licht der Kerzen auf dem vielarmigen Leuchter aus Muranoglas. Im Unterschied zu ihm war Zygmund ein Steinhändler, ein Juwelier, auch wenn er offiziell immer ein *senser di strazzerie* gewesen war, ein kleiner Händler, der mit der Hilfe eines sich erkenntlich zeigenden venezianischen Juweliers sein eigenes Geschäft in Rialto betrieb.

Das war letztendlich die Art und Weise, wie die Juden in einer Stadt wie dieser überleben konnten: die Regeln zu respektieren, indem sie sie umgingen. Wenn man sein Leben eingepfercht verbringen muss, finden sich tausend Möglichkeiten, sich den Freiheitsbeschränkungen zu entziehen, und sein Bruder beherrschte diese Kunst so meisterlich, dass er sie zu einem Lebensmodell kultiviert hatte. Es stimmte schon, die Geldforderungen seitens der Zunft der Goldmacher und Juweliere waren happig, aber mit Duldsamkeit und Bestechlichkeit sowie ein paar bewährten Methoden des Aufschubs war es Zygmund gelungen, seine eigenen Geschäftsaktivitäten zu entfalten. Immer auf einem schmalen Grat, versteht sich. Was ihn im Übrigen nicht daran gehindert hatte, ein bemerkenswertes Vermögen anzuhäufen. Je reicher er wurde, desto mehr drang er in die Verflechtungen der Bürokratie vor und durchdrang sie mit der scharfen Schneide von Provisionen und Pfründen.

Leicht war ihr Leben nicht, auch wenn Venedig sich dessen bewusst war, wie sehr die eigene Wirtschaft von den Aktivitäten der jüdischen Gemeinde abhing. Gleichwohl war man immer darauf bedacht, sie durch die eigenen Staatsdiener und Funktionsträger im Auge zu behalten. Dabei wünschten sich die Bewohner des Ghettos vor allem, einfach in Ruhe ihren Geschäften nachgehen zu können, ohne jegliche Vergünstigungen oder Bevorteilungen. Einfach nur arbeiten. War es etwa ein Verbrechen, sich das für die Zukunft zu wünschen? Doch der Erfolg erzeugte Neid und Missgunst, und auch wenn die Juden offiziell gewissen Schutz genossen, galten sie doch immer als Bürger zweiter Klasse, wenn man in ihnen nicht gar offen Sklaven und Diener sah.

Isaak verstand die Wut seines Bruders also sehr gut, mochte sie aber nicht noch weiter schüren. Dies zu tun, hätte den offenen Bruch zwischen der Gemeinde und der Autorität des Dogen bedeutet, und das würde er niemals zulassen. Es mochten wenige sein, doch ein paar Rechte hatten die Juden für sich erreichen können. Aufrührerisches oder gar subversives Verhalten würde er nicht unterstützen.

»Wage es nicht, weiter in diesem Ton zu sprechen. Du weißt, wie ich darüber denke. Auch wenn du recht hast, alles, was du damit erreichen wirst, ist, die Stimmung aufzuheizen und die Lage zu verschärfen.«

»Das ist doch schon so, was denkst du denn?«, entgegnete Zygmund und sah ihn schräg von der Seite an. »Verstehst du das denn nicht? Wenn wir nicht bald etwas tun, werden sie uns früher oder später den Garaus machen!«

»Na und? Selbst wenn dem so wäre, was nicht der Fall ist, denkst du, wir bewirken Gutes, wenn wir Schrecken verbreiten?«

»Nicht ich bin es, der das tut. Du hättest sehen sollen, wie sie mich heute im Laden angesehen haben.«

»Vielleicht waren deine Preise zu hoch. Wäre nicht das erste Mal!«

»Das hat damit nichts zu tun! Auch Shimon wurde provoziert!«, rief Zygmund aus.

»Luzzatto?«

Sein Bruder nickte.

»Der Bursche ist zu sehr auf Streit aus, er wird sich noch in Schwierigkeiten bringen«, sagte Isaak.

»Du hast auf alles eine Antwort, oder? Und was sollte Shimon so Provokantes gesagt haben?«

»Er meint, dass die Venezianer uns ausbeuten. Er denkt darüber nach, im Ghetto ein Flugblatt zu verteilen, um damit Betrügereien an uns aufzudecken. Selbst wenn man davon ausgeht, dass es stimmt – was ich damit nicht getan haben will –, kommt das unweigerlich einer Kriegserklärung gleich.«

»Aber er hat recht. Wenn ich jung wäre, würde ich es genauso machen.«

»Das Verbreiten von Hass ist keine Lösung.«

»Aber alles stillschweigend hinzunehmen, ja? Warum uns nicht gleich im Namen Venedigs zum Opfer bringen? Dieses furchtbare Verbrechen hat uns da gerade noch gefehlt!«, schrie Zygmund.

»Schrei nicht so! Bist du verrückt geworden?«

»Und selbst wenn? Dann wärst du mich los.«

Isaak schüttelte den Kopf. Warum sah er das bloß nicht ein? »Du willst es nicht verstehen. Ich könnte dir die ganze Nacht Vorträge halten, du würdest dennoch stur bei deinen Argumenten bleiben. Und ich sage wohlgemerkt nicht, dass sie keine Berechtigung haben. Aber sie nützen uns im Augenblick nichts.«

Zygmund hatte jedoch nicht vor, klein beizugeben. »Du kannst sagen, was du willst, aber hör mir jetzt gut zu: Ob du willst oder nicht, die Lagune wird mit Blut überschwemmt werden.«

Nach dieser düsteren Drohung nahm er seinen Mantel und ging.

7

Rat und Hilfe von einem Helden

Den ganzen nächsten Tag nach der Vorladung im Dogenpalast hatte sich Antonio das Hirn zermartert, was er tun sollte und, noch wichtiger, wie er mit dem Dilemma umgehen sollte. In einer Frage hatte er keinen Zweifel. Er musste bei der Beschattung größtmöglichen Abstand halten. Und so war nach und nach eine Idee gereift.

Er wusste, dass sein guter Freund, der Generalfeldmarschall Graf Johann Matthias von der Schulenburg, ihm eine Hilfe sein könnte. Er hat eine Vergangenheit als Soldat, mehr noch, wegen seiner Einsätze auf Korfu war er ein echter Kriegsheld. Auch wenn er nunmehr in die Jahre gekommen war, kannte er doch bestimmt gewisse Techniken, die ihm höchstwahrscheinlich von Nutzen sein würden. Ganz abgesehen davon, dass Antonio ohne ihn nicht die leiseste Ahnung hatte, wie er sich verhalten sollte.

Er kam sich ganz klar wie der letzte Idiot vor, Schulenburg aufzusuchen und ihm von der Aufgabe zu berichten, die er zu erfüllen hatte. Es war auch nicht auszuschließen, dass dieser herausragende Feldherr –

mochte er auch ein Mann von klarem Verstand und einem Herz aus Gold sein – seine Rolle derart ernst nehmen würde, dass er eine Spionage-Gegenoffensive großen Stils in Gang setzen würde. Er war besessen von Verschwörungstheorien, die ihm zufolge den Sturz der Regierung der Serenissima zum Ziel hatten. Schon allein der Gedanke, ihm darzulegen, in welcher Situation er sich befand, machte Antonio schwindelig, doch ihm fiel keine bessere Lösung ein.

Also hatte er sich an diesem eiskalten Morgen auf den Weg gemacht und sich zur Ca' Loredan in San Trovaso begeben, dem prachtvollen Wohnsitz des Generalfeldmarschalls, mit Blick auf den Canal Grande. Er wurde von einem Diener hereingelassen und in die Bibliothek, dem Lieblingsort des Helden von Korfu, geführt, der, um der Wahrheit die Ehre zu geben, wegen des militärischen Schnittes seiner Kleidung mehr nach einer Ordonnanz aussah.

Als er ihn sah – er saß mit seiner weißen Perücke und dem tadellos mit Goldborten gesäumten Gehrock, seinen seidenen Strümpfen und glänzenden Schuhen auf einer Art Thron –, hätte er beinahe eine Habachtstellung eingenommen, doch zu seiner großen Überraschung sprang der Held von Korfu leichtfüßig von diesem Thron herab, eilte ihm entgegen und ergriff seine Hand so fest, als wollte er sie ihm abreißen. Antonio hatte das Gefühl, ihm würde in die Hand gebissen, so kräftig war der Generalfeldmarschall noch körperlich, und auch geistig war er ganz auf der Höhe. »Signor Canal, welch übergroße Freude, Euch zu sehen, Ihr wisst ja nicht, wie sehr Ihr mir gefehlt habt! Welche Ehre, dass Ihr hierherkommt. Sagt mir gleich den Zweck Eures Besuches!«

Antonio blieb der überschwänglichen Würdigung gegenüber zurückhaltend und bemühte sich um ein möglichst nüchternes Auftreten.

»Ich freue mich, Euch so wohlauf zu sehen, Generalfeldmarschall!«

»Ach, nicht doch, lasst doch den Feldmarschall beiseite, ich bitte Euch! Ich versuche noch, auf jede erdenkliche Weise den Krieg hinter mir zu lassen, auch wenn der Krieg mich nicht aus seinen Fängen lassen will.«

»Ich verstehe.«

»Nun, mein Sohn, ich glaube nicht, dass Ihr das wirklich verstehen könnt. Zehn Jahre sind inzwischen seit den blutigen Tagen von Korfu vergangen, und noch immer sehe ich diese dreißigtausend entfesselten Höllenhunde sich gegen die Stadtmauern werfen. Sie hatten die Flotte von Andrea Pisani zerschlagen und haben sie versenkt. Die Mauern nahmen sie mit ihren verdammten Kanonen unter Dauerbeschuss. Keine Nacht, in der ich ihren Widerhall nicht höre! Und wir, die wir zahlenmäßig zwanzigfach unterlegen waren, rannten von einer Stelle zur nächsten, von einer Bastion zur anderen, damit sie nicht merkten, wie viele Leute wirklich die Stadt verteidigten.«

»Es muss eine furchtbare Erfahrung gewesen sein.«

»Das könnt Ihr laut sagen, mein Sohn! Wie dem auch sei, Venedig mit seinen außergewöhnlichen Talenten hilft mir zu vergessen, was ich gesehen habe. Und Ihr seid eines der herausragendsten. Man redet über nichts anderes als über Eure Gemälde. Alle wollen sie haben. Ihr werdet bestimmt von Anfragen überhäuft!«

»Ich kann mich nicht beklagen«, erwiderte Antonio.

»Ach kommt schon, Ihr seid zu bescheiden, mein Junge.«

»Das bin ich keineswegs, im Gegenteil, ich komme, um Euch um einen Gefallen zu bitten, der Euch meine ganze Arroganz offenbaren wird.«

Der Held von Korfu war verdutzt. Und das geschah gewiss nicht oft, insbesondere angesichts dessen, was er bereits erlebt hatte.

»Eure Worte klingen rätselhaft. Nur zu, heraus mit der Sprache!«

So großmütig aufgefordert – frei heraus, ganz nach Soldatenart – ließ sich Antonio nicht lange bitten. Er hatte zwar nicht vor, sein Herz auszuschütten, doch wollte er den alten Freund zumindest über seinen unglückseligen Auftrag in Kenntnis setzen. »Seht Ihr«, begann er, »es gibt Situationen, in denen ein Mann sich nicht weigern kann zu tun, worum er gebeten wurde. Auch wenn er sich dem überhaupt nicht gewachsen fühlt.«

»Dem stimme ich zu. Es kommt darauf an, wer einen bittet.«

»Ganz genau. In meinem Fall gibt es hier in Venedig niemanden, der höher steht.«

Im Blick des Grafen von der Schulenburg blitzte es auf.

»So weit nach oben reicht Euer Ruf also bereits?«

»Ja. Doch nicht aus dem Grund, den Ihr vermutet.«

»Ich bin ganz Ohr.«

»Gut. Es ist rasch erzählt. Ich soll Nachforschungen anstellen. Und ich habe nicht die leiseste Ahnung, wie ich diese Aufgabe angehen soll.«

»Nachforschungen?«, fragte der Held von Korfu, wobei sich eine seiner dichten Augenbrauen hob. »Welcher Art? Werdet präziser.«

»Ich soll herausfinden, was einen Mann dazu bringt, sich an einem bestimmten Ort aufzuhalten.«

»Auf der Lauer liegen? Beschatten? Langes Warten?«

»Ganz genau«, bestätigte Antonio.

»Nun, etwas anderes gibt es nicht, um jemanden zu überwachen.«

»Das ist alles?«

»Das ist alles.«

»Das klingt einfach.«

»Das ist es, sofern Ihr Euch nicht erwischen lasst.«

Antonio Canal verkniff sich nur mit Mühe eine Grimasse.

»Genau das ist der Punkt.«

»Ich verstehe. Und ich kann Eure Befürchtungen nachvollziehen. Ihr seid kein Experte auf dem Gebiet des Auskundschaftens, doch Ihr habt etwas, das für Euch spricht, und glaubt mir, es ist der größte Vorteil, den ein Spion haben kann …«

»Und das wäre?« Antonio wurde langsam ungeduldig.

»Euer Auftraggeber war außerordentlich umsichtig, das muss man ihm lassen. Seien wir ehrlich: Niemand würde Euch gegenüber misstrauisch, denn von einem Maler hat man nichts zu befürchten. Und ganz sicher erwartet man nicht im Entferntesten, dass er ein Spion sein könnte. Das erspart auch ein Nachdenken über die passende Verkleidung, eine Kunst, in der sich ein gedungener Mörder, ein Agent, Informant oder was immer es sei, sich exzellent beherrschen muss. Ihr hingegen könnt Euch ganz natürlich geben, denn ein Antonio Canal ist über jeden Verdacht erhaben.«

»Das stimmt natürlich.«

»Und ob! Was die Beschattung angeht, könnt Ihr Euch darauf beschränken, hinter demjenigen zu bleiben, dem ihr folgt, und dabei einen gewissen Sicherheitsabstand zu wahren – nicht zu nah, um ihn nicht zu beunruhigen, aber auch nicht so weit entfernt, dass Ihr ihn verlieren könntet. Notiert nach jeder Observation oder wenn Ihr die Verfolgung Eures Mannes beendet habt, alle Details, die von Interesse sein könnten: Uhrzeit, Tag, Orte, Personen, die er getroffen hat,

Gewohnheiten. Macht Skizzen von den Orten. Ihr habt das Glück, ein wahrer Meister der bildlichen Wiedergabe zu sein, das ist ein enormer Vorteil. Alles kann Euch nützlich sein, und wenn Ihr es in einem Notizbuch festgehalten oder auf einem Blatt Papier skizziert habt, wird es eine Arbeitserleichterung sein, die bei Bedarf immer zur Hand ist. Wendet Euch zur Unterstützung an eine vertrauenswürdige Person, um weitere Informationen einzuholen oder um sie vor Ort einzusetzen.«

»Was meint Ihr damit?«

»Dass Ihr nicht alles allein machen könnt, mein Sohn, Ihr müsst delegieren. Sonst werden Leute misstrauisch, die es vorher nicht waren. Wenn Ihr Euch zu sehr mit den Geheimnissen dieses Mannes befasst, wird das auffallen. Wenn Ihr aber auf wenigstens eine andere Person zählen könnt, jemanden, der mit dem Umfeld desjenigen, den ihr beobachtet, gut vertraut ist, so könnt Ihr an nützliche Informationen gelangen, ohne Euren Auftrag zu gefährden. Versteht Ihr?«

»Voll und ganz.« Und das stimmte. In wenigen Sätzen hatte Canaletto mehr über die Kunst der Spionage erfahren, als hätte er sich an Kardinal Mazarin persönlich gewandt.

»Denkt daran – bleibt auf Abstand, aber verliert Euren Mann nicht.«

»Ich hätte es nicht besser sagen können.«

»Schon vergessen, dass ich mein ganzes Leben lang mit Spionen zu tun hatte?«

»Ja, das hatte ich vergessen ... verzeiht.«

»Mein Wort, Ihr habt genau das Richtige getan, indem Ihr zu mir gekommen seid. Ganz zu schweigen davon, dass ich, ob Ihr es glaubt oder nicht, jemanden kenne, der für Eure Sache höchst nützlich sein könnte.«

»Ein Spion?«

»Viel besser. Jemanden, der Linsen anfertigt. Er könnte Euch nach Bedarf nicht nur jetzt mit nützlichen Geräten versorgen, sondern auch mit zusätzlichen Instrumenten für Eure Arbeit als Maler.«

Antonio war überrascht. Das war er immer noch, als er eine Stimme durch den Flur hallen hörte, die schönste, die er jemals gehört hatte.

Alles in allem war es wirklich eine gute Idee gewesen, den Generalfeldmarschall aufzusuchen.

8

Die Überraschung

Beim Anblick des Mädchens, das eintrat, verschlug es Antonio die Sprache. Das passierte in letzter Zeit öfter. Sogar ein wenig zu oft für seinen Geschmack. Doch wenn es eine gab, die mit Worten nicht zu beschreiben war, dann stand sie jetzt genau vor ihm in der Bibliothek.

Das Mädchen schien Licht und Schatten in sich zu vereinen, so leuchtend waren ihre hellgrünen Augen, und die elfenbeinfarbene Haut schien wie vor Sternenstaub zu erstrahlen, zugleich fielen ihre langen schwarzen Haare, die sie offen trug, als Kaskade bis zur Taille. Sie so zu tragen, ohne sie auch nur ansatzweise in eine Frisur zu bringen, stellte einen Akt der Auflehnung gegenüber jeglicher Konvention und sozialer Regel dar. Nicht dass das in Venedig so ungewöhnlich gewesen wäre: Vor dem Hintergrund des beinahe nicht enden wollenden Karnevals und der vielen Beispiele von Frauen, die eine unabhängige Rolle in der immer vielfältiger werdenden Gesellschaft der Serenissima errungen hatten, mochte dies als originelles Betragen gelten, aber gewiss nicht als undenkbar.

Im Übrigen entsprach die Kleidung der jungen Dame sehr viel mehr den gängigen Vorgaben: ein wundervolles Kleid aus dunkelblauem Samt mit großem Ausschnitt, der zumindest teilweise durch den *zendale*, das typisch venezianische Tuch mit Fransen, gemildert wurde, das sich von ihrem Scheitel herabfallend und sich sanft an die Linie des Halses anschmiegend als Schleier gleicher Farbe über die Büste legte – die im Übrigen recht üppig zu sein schien –, bis es schließlich um die Taille gebunden war. Wunderbare Buranospitze schaute an den Ärmeln hervor wie Blütenkränze. Der Rock war seitlich mithilfe der darunterliegenden *paniers* ausgestellt, was die weibliche Linie ihrer Figur betonte.

Sie war eine Erscheinung. Ein Versprechen von Leidenschaft und Leiden. So jedenfalls kam es Antonio vor; er dachte bei sich, so musste der griechische Bildhauer Phidias die Frauen gesehen und ihr Bildnis danach geschaffen haben.

»Charlotte!«, rief der Generalfeldmarschall, »kommt doch gerade mal her!«

»Weshalb denn, lieber Vater?« Sie umarmte den Vater und gab ihm einen Kuss auf die Wange.

»Ich sprach mit meinem guten Freund Antonio Canal hier soeben über Euch.«

Der Erwähnte verneigte sich. Als er sich wieder aufrichtete, sah er, dass die junge Frau ihn von der Größe her nicht überragte, das beruhigte ihn. Denn seine physische Präsenz gehörte nicht zu seinen

Stärken, genau deshalb nannten ihn ja die meisten Canaletto.

»Ach du meine Güte!«, sagte Charlotte lächelnd. »Wie unaufmerksam von mir, ich habe Euch noch nicht einmal begrüßt!« Damit deutete sie auf entzückendste Weise einen Knicks an.

Antonio gab sich alle Mühe, nicht zu erröten, während er mit ihr sprach, denn es war nicht zu leugnen, dass die Anmut des Mädchens ihn in Verlegenheit brachte, und er fürchtete, seine sprichwörtliche Unbeholfenheit unter Beweis zu stellen. Unsicher, fast schon ängstlich, hütete er sich, auch nur einen einzigen Schritt zu tun, aus Sorge, er könne etwas umstoßen, was gewiss geschehen wäre, und so blieb er wie zur Salzsäule erstarrt stehen. »Es ist mir eine Ehre, Euch kennenzulernen, mia Signora.« Um Himmels willen, was redete er da? Das war eine angemessene Begrüßung für einen Baron oder einen General, aber gewiss nicht für eine junge Dame wie diese. Im letzten Moment konnte er sich zumindest davon abhalten, den Kopf zu schütteln, wie er es unter anderen Umständen gewiss getan hätte, und so seine Unsicherheit zu offenbaren.

»Ich bin noch nicht verheiratet. Nennt mich ruhig Charlotte. Ihr seid also der berühmteste Maler von Venedig?«, fragte sie; die kleine Spitze darin entging Antonio keineswegs.

Er zuckte bloß mit den Schultern und erwiderte: »Ich versuche nur, derjenige zu sein, der seine Wunder und seinen Glanz zu rühmen versteht.«

»Eine wahrlich gute Antwort.«

»Signor Antonio Canal ist seit einiger Zeit mein Freund und ein Mann von Geist und Talent. Trotz seiner Bescheidenheit kann ich Euch versichern, meine Liebe, dass es in Venedig derzeit niemanden gibt, der größere Anerkennung verdient hat.«

»So provokativ meine Frage auch gewesen sein mochte, wollte sie doch nur die Neugier verbergen, die daher rührt, dass man genau dies überall zu hören bekommt.«

»Euch beide«, ergriff der Generalfeldmarschall erneut das Wort, »verbindet mehr miteinander, als Ihr Euch vorstellen könnt.«

»Wirklich?«, fragte die hübsche Tochter und kam damit Antonio zuvor, dem diese Frage auch auf der Zunge gelegen hatte.

»Aber ja«, bekräftigte der Held von Korfu entschlossen. »Habe ich Euch nicht gesagt, ich wüsste jemand, der genau der Richtige für Euch ist?«, fragte von Schulenburg an seinen jungen Gast gewandt.

»Ja ...«

»Nun, er steht vor Euch.«

»Ich glaube, ich verstehe nicht recht«, entgegnete Antonio.

»Ich auch nicht, Vater«, bestätigte Charlotte.

»Meine Tochter ist die beste Linsenherstellerin von Murano und somit von ganz Venedig, also der ganzen Welt. Ihr, Signor Canal, benötigt etwas, das Euch sowohl bei der Kunst des Auskundschaftens wie bei den

Veduten von Nutzen sein kann. Ich denke daher, dass ein Besuch in der Glasmanufaktur meiner Tochter äußerst zweckdienlich wäre.«

Antonio verblüffte diese Offenbarung. Die schöne Charlotte arbeitete also mit Glas?

»Ah«, sagte sie und legte eine Hand auf die Brust. »Jetzt verstehe ich. Aber sicher! Und lasst Euch gesagt sein – es ist mir eine Ehre, Euch am Brennofen in meiner kleinen Werkstatt zu Gast zu haben.«

»Ihr bearbeitet Glas?«, fragte Antonio zunehmend erstaunt und voller Bewunderung.

»Das überrascht Euch?«

»Na ja, ein bisschen vielleicht, auch wenn es schon andere Frauen gab, die diese Kunst ausübten.«

»So ist es«, sagte Charlotte, und in ihrem Blick flammte Stolz auf. »Ihr erinnert Euch bestimmt an Marietta Barovier, die mit der Rosetta-Perle eine überraschend originelle und verblüffende Anfertigung schuf.«

»Natürlich. Und Ihr beschäftigt Euch mit …«

»Ich war recht erfolgreich mit Brillengläsern. Seit der Buchdruck in Venedig zu einem bedeutenden Geschäftszweig geworden ist, ist die Nachfrage nach Korrekturlinsen stetig gestiegen, aber ich habe mich auch um die Herstellung dekorativer Gegenstände gekümmert, große Spiegel für die Damen etwa, oder auch etwas professionellere, wie etwa Linsen für Maler, die sich auf Vedutenmalerei spezialisiert haben.«

»Ach wirklich?«

»Van Wittel ist seit Langem mein Kunde.«

»Gaspar van Wittel?«

»Wer denn sonst?«, fragte Charlotte mit hochgezogener Augenbraue.

Mit schallendem Lachen unterbrach der Generalfeldmarschall dieses kleine Geplänkel.

»Nun kommt schon, mein Freund, ich habe Euch doch gesagt, Ihr sollt mir vertrauen. Ich denke wirklich, dass meine Tochter Euch bei Eurer Aufgabe helfen kann. Und zwar viel besser als ich, um die Wahrheit zu gestehen. Erstens, weil sie die entsprechenden Kenntnisse hat. Zweitens, weil ich nur ein alter Soldat mit zahlreichen Blessuren bin, sie hingegen hat Quecksilber in den Adern. Eine Gräfin, die mit Glas arbeitet, wundert Ihr Euch vielleicht. Gibt es etwas Eigenwilligeres? Nun, trotz aller Bemühungen würde es mir niemals gelingen, sie davon abzubringen. Von daher ... habe ich mir gesagt, ich kann sie ebenso gut gewähren lassen. Doch wenn Ihr gestattet, wollen wir diese Unterhaltung nun bei Tisch fortführen.« Mit diesen Worten nahm der Feldmarschall seine Tochter bei der Hand, und nachdem er Antonio zugenickt hatte, ging er ihm auf dem Weg aus der Bibliothek voraus.

9

Unterwegs als Spion

Er hatte auf sie gewartet, und sie waren gekommen. Genau wie in den Wochen zuvor. Um weniger aufzufallen, hatte sich Antonio in den Eingang eines großen Palazzo zurückgezogen. Trotz des feinen Regens konnte er sie in ihren Mänteln klar erkennen. Der Hinkende, der Mann, den er auf dem Gemälde wiedergegeben hatte, der Ursprung seiner Probleme, befand sich in der Mitte des Grüppchens. Er und die anderen beiden steckten die Köpfe zusammen.

Antonio wartete darauf, dass sie sich in Bewegung setzten. Dann folgte er ihnen in einigem Abstand. Sie gingen langsam, als hätten sie alle Zeit der Welt. Ein paarmal drehte der Hinkefuß sich um und verriet damit eine gewisse Sorge, doch anscheinend ohne wirklich das Gefühl zu haben, verfolgt zu werden.

Nachdem sie die Kirche San Lazzaro dei Mendicanti und das dazugehörige Krankenhaus passiert hatten, ließ er den dreien einen großzügigen Vorsprung, denn zu seiner Rechten verlief der Kanal, und er war ohne jede Deckung. Schließlich sah er sie an der Scuola Grande di San Marco vorbeigehen. Er beeilte sich jedoch, als sie in Richtung des Campo Santi Giovanni e Paolo abbogen. Er wollte nicht entdeckt werden, aber ebenso wenig wollte er sie verlieren, sonst hätte er das nächste Mal von vorn anfangen müssen.

Er beschleunigte den Schritt und erreichte seinerseits die Piazza, wobei er darauf achtete, wo er langsamer werden musste, um ihnen nicht zu nahe zu kommen, nachdem er sich erst einmal vorgewagt hatte. Als er vor sich die große Mole der Kirche Santi Giovanni e Paolo vor sich hatte, stellte er fest, dass der Hinkende und seine Kumpanen über den gleichnamigen Platz weitergingen, um dann in die Salizada di San Zanipolo einzubiegen.

Es regnete immer noch. Er merkte, wie die Nässe den Mantel durchdrang und der Dreispitz inzwischen schlaff herabhing. Doch er musste sich jetzt um andere Dinge kümmern und war weiter guter Dinge.

Die drei vor ihm machten keine Anstalten anzuhalten und gingen die Barbaria de le Tole entlang. Die Calle war menschenleer, sei es wegen des inzwischen starken Regens, sei es, weil sich hier viele Lagerhäuser und Werkstätten für Holzbearbeitung befanden. Sie war ohnehin nicht sehr belebt und wurde von den Venezianern wegen ihres etwas düsteren und finsteren Eindrucks meist gemieden. Hier lebte das Lumpenproletariat, Arbeiter und mittellose Christen, die bereitwillig für einen Dukaten die ein oder andere Kehle durchschneiden würden.

Nun sah man auf der Linken schon die Cavallerizza

dei Nobili mit ihrem weiten offenen Gelände, das als Turnierplatz diente. Doch nicht einmal der Hinkende hielt an.

Antonio dachte schon, er würde die ganze Nacht lang weiterlaufen müssen. Wenn es nötig wäre, würde er das tun, doch er hoffte auf etwas Glück.

Eine innere Stimme sagte, dass die drei ihr Ziel nun fast erreicht hätten. Vielleicht war es nur die Verzweiflung, die ihm das eingab. In jedem Fall gelangten sie weiter über die Barbaria de le Tole zum gleichnamigen Platz. Von dort nach rechts abbiegend gelangten sie zur Calle Zon.

Mittlerweile erschöpft, ermüdet vom Regen und der Angst, entdeckt zu werden, und zugleich verärgert wegen des frustrierenden Gefühls, niemals irgendwo anzukommen, setzte Antonio ihnen nach wie ein wilder Jagdhund.

Er sah, dass der Hinkefuß kurz vor der Brücke nach links in die Calle Cavalli abbog und dort an der dritten Tür klopfte. Er stand just in dem Streifen Licht, den die beiden Fackeln neben der Tür warfen.

Antonio konnte beinahe nicht mehr rechtzeitig anhalten. Er hörte, wie die Tür sich öffnete und ein Mann nach dem Erkennungswort fragte. Er konnte es nicht verstehen und auch nicht, was der Hinkefuß erwiderte, denn gerade als die drei hineingingen, sah er, dass er es gewesen war, der gesprochen hatte. Doch einen Augenblick später schloss sich die Tür, und er hatte das Nachsehen.

Wenigstens hatten sie ihn im Schutze eines *sotoportego*, eines Durchgangs, nicht entdeckt. Nun musste er allerdings zusehen, dass er nicht im Regen ersoff.

Er konnte sich nicht vorstellen, was es an diesem Ort so Geheimnisvolles geben könnte, doch die Tatsache, dass der Diener oder wer immer der Mann an der Tür gewesen war, ein Erkennungswort gefordert hatte, ließ keinen Zweifel an der Besonderheit dieses kleinen Palazzo.

Die absurdesten Überlegungen gingen ihm durch den Kopf, aber keine schien überzeugend: ein Ort für Glücksspiel? Ein Bordell? Wo sonst würden drei Männer gemeinsam hingehen? Bestimmt nicht auf die Reitbahn, denn das schienen sie keinen Augenblick lang vorgehabt zu haben.

Was auch immer die Lösung war, Antonio beschloss, sich auf die Suche nach einem Wirtshaus zu machen. Er hoffte, in der Nähe eines zu finden. Zunächst jedoch wollte er sich ein möglichst genaues Bild von der Umgebung machen, nahm ein Notizbuch sowie einen Rötelstift hervor und machte eine rasche Skizze vom Palazzo. Während er Linien und Perspektiven nachzeichnete, hörte es auf zu regnen.

Man betrat den Palazzetto über einen kleinen Hof, das ließ sich aus dem Vorhandensein und der Größe der kahlen Äste schließen, die über die Umfassungsmauern ragten. Das Gebäude erstreckte sich über zwei gut proportionierte Stockwerke, der Stil war nüchtern, ja beinahe streng. Die große Eingangstür beeindruckte ihn, massiv und mit zwei Löwenköpfen geschmückt, von denen er Detailzeichnungen anfertigte. Nicht dass es davon in Venedig nicht zur Genüge gäbe, doch diese hatten etwas Besonderes an sich, einen unglaublich aggressiven und wilden Ausdruck.

Als er damit fertig war, wandte er sich zum Gehen. Da bemerkte er, dass jemand anderes in die Calle eingebogen war, und so zog er sich zurück und versteckte sich in einer Nische. Dabei erwies sich die Dunkelheit, für die der *sotoportego* sorgte, als äußerst hilfreich.

Er sah, dass auch der Neuankömmling elegant gekleidet war. Er blieb unter den beiden Fackeln stehen und klopfte.

Nach einer Weile, in der dieser sich umsah und Antonio sich so weit wie möglich zurückzog, um nicht entdeckt zu werden, wurde geöffnet. Dieses Mal sah er deutlich, dass ein Mann von bemerkenswerter Statur auf der Schwelle stand. Er sah ganz nach einer Leibwache aus. Es wurde immer geheimnisvoller.

Erneut wurde nach dem Erkennungswort gefragt, und wieder verlor sich die Antwort im Dunkel der Nacht. Der Mann wurde eingelassen, und die Tür wollte sich gerade schließen.

Doch zuvor lenkte die Wache mit dem einschüchternden Äußeren den Blick geradewegs in Richtung des *sotoportego*. Er zögerte einen Moment, und bis zum letzten Augenblick fürchtete Antonio, er könne kontrollieren kommen, ob sich etwas oder jemand im Dunkeln verberge.

Was würde er in dem Fall sagen? Alle Gewissheiten und Empfehlungen des Generalfeldmarschalls von der Schulenburg schwirrten ihm im Kopf herum, schienen sich aber augenblicklich zu verflüchtigen. Währenddessen suchte der Mann mit finsterem Blick ein letztes Mal die unmittelbare Umgebung ab.

Antonio trat kalter Schweiß auf die Stirn. Er wusste nicht recht, was er tun sollte, er fürchtete zudem, sein Blick könnte dem raubvogelhaften dieses Mannes begegnen.

Schließlich schloss sich die Tür, und er konnte endlich durchatmen.

10

Im Caffè Florian

Die Eiseskälte schien endlich ein wenig nachzulassen. Obwohl der Tag kalt war, strahlte die Sonne vom Himmel, und das winterliche Licht, das vom Grün der Lagune reflektiert wurde, schien eine smaragdfarbene Aura über der Stadt erstrahlen zu lassen.

An diesem Tag hatte Antonio eine Verabredung mit einem seiner besten Auftraggeber, dem Iren Owen McSwiney, der ihn an einem der Tische im Kaffeeladen von Floriano Francesconi erwartete. Das Schild über dem Laden im Gebäudekomplex der Prokuratien verkündete »Zum siegreichen Venedig«, doch alle sagten immer nur, sie gingen »zum Florian« – sehr zum Leidwesen seines Besitzers, der ja den Namen gewählt hatte, um die Serenissima zu rühmen.

Wie dem auch sei, Antonio traf den Freund an einem Ecktisch an, wo er gerade den ausgezeichneten Kaffee mit *zaeti*, der unvergleichlichen, aus Maismehl hergestellten und rosinengespickten Keksspezialität Venedigs, genießen wollte.

Kaum sah er ihn, stand McSwiney auf und empfing ihn mit kräftigem Händedruck. »Signor Canal, es ist mir ein großes Vergnügen, Euch wiederzusehen. Lasst mich Euch sagen, dass ich noch nie so glücklich war, Euch zu treffen.«

»Ach, wirklich?«, fragte Antonio merklich überrascht. »Das freut mich, doch darf ich fragen, warum?«

»Setzt Euch«, sagte der Ire mit seinem markanten ausländischen Akzent, »dann erzähle ich Euch alles.«

Ohne sich lang bitten zu lassen, nahm Antonio Platz, und nachdem er eine heiße Schokolade bestellt hatte, war er bereit zuzuhören.

»Wie Ihr ja schon wisst«, begann der ehemalige Theaterimpresario, »habe ich mit den Jahren gute freundschaftliche Beziehungen zum Herzog von Richmond aufgebaut, ebenso zu einigen anderen einflussreichen Persönlichkeiten der englischen Gesellschaft, namentlich etwa zu Lord Somers, dem Lordkanzler, und zu John Tillotson dem Erzbischof von Canterbury.« Diese beiden Namen weckten die Neugier von Antonio. Er wusste von den vorzüglichen Beziehungen des Signor McSwiney, doch hatte er nicht erwartet, dass sie von solchem Rang waren. Nachdem sein Theaterunternehmen aufgrund von Intrigen seines schärfsten Rivalen, des Komödiendichters William Collier, gescheitert war, hatte sich der Ire nach Venedig ins Exil zurückgezogen. Auch wenn er nicht in seine Heimat zurückkehren konnte, musste er offenkundig dennoch Beziehungen mit einigen Personen unterhalten haben, die häufig bei Hofe anzutreffen waren. Als er ihn das erste Mal getroffen hatte, hatte sich McSwiney als Agent und Vermittler italienischer Künstler vorgestellt, und Antonio hatte den Eindruck gehabt, der Ire sei in Wirklichkeit nur ein Angeber. Bei weiteren Gelegenheiten hatte er jedoch die Warmherzigkeit und den Enthusiasmus zu schätzen gelernt, mit dem er sich kopfüber selbst in die schwierigsten Unternehmungen stürzte. Damit zeichnete er sich durch Einsatzbereitschaft und Loyalität aus, Eigenschaften, die in einer Stadt wie Venedig nicht zu unterschätzen waren. Im Übrigen konnten Künstler wie Giovan Battista Pittoni oder Giovanni Battista Cimaroli seine Tugenden bestätigen. Vor einiger Zeit hatte der Ire ihm einige Aufträge verschaffen können, und so widmete Antonio den Worten seines Gesprächspartners große Aufmerksamkeit. »Signor McSwiney, habt Ihr zunächst meine Neugier geweckt, habt Ihr jetzt meine ganze Aufmerksamkeit«, sagte er.

»Das freut mich. Seht Ihr, ich war in letzter Zeit nicht nur äußerst beeindruckt von Eurer Arbeit, sondern habe auch Euch selbst im Blick behalten und bewundernd Euren raschen und unaufhaltsamen Aufstieg verfolgt.« Unterdessen wurde die Schokolade serviert. »Ich habe über Eure Arbeit gesprochen und darüber, wie Ihr es schafft, das, was Ihr malt, mit solcher Wahrhaftigkeit wiederzugeben. Dieses Euer Talent hat mich veranlasst, Euch gegenüber dem Herzog zu rühmen, der diese Art der Malerei seit jeher ganz besonders schätzt. Die anderen beiden erwähnten Auftraggeber hingegen sind möglicherweise sehr an denjenigen Eurer Kompositionen interessiert, die, indem sie das Reale in etwas anderes überführen, an Bühnenbilder denken lassen, eine Kunst, die Euch, wie ich weiß, nicht fremd ist.«

»Es wäre für mich keine Schwierigkeit, diese Arbeiten auszuführen. Solange sie angemessen bezahlt sind«, erwiderte Antonio sogleich, der sich, dieses Angebot abwägend, fragte, ob McSwiney, der profunde Kenner der Stadt, der aufgrund seiner steten Suche nach Talenten in den Salons Venedigs ein und aus ging, nicht genau die richtige Person sein könnte, um ihm zu helfen, die seltsame Angelegenheit der vergangenen Nacht aufzuklären. Und so versuchte er betont unbekümmert und beiläufig herauszufinden, ob er mit seinen Vermutungen richtiggelegen hatte. »Ich könnte natürlich auch darüber nachdenken, Euch einen Freundschaftspreis zu machen, wenn es Euch möglich wäre, mir bei der Beschaffung einiger Informationen behilflich zu sein.«

»Wenn es mir möglich ist, tue ich das gern, mein Freund. Umso mehr, als Ihr Euch gleich zu Beginn so entgegenkommend zeigt, mir einen gewissen Nachlass auf Eure Werke zu gewähren.«

»Das sagte ich«, bestätigte Antonio. »Nun, meine Frage ist folgende: Gestern war ich im Sestiere

Castello unterwegs, das ich sehr gut kenne, da ich dort wohne. Ich ging am Rio dei Mendicanti entlang ...«

»Den Ihr in Eurem jüngsten Gemälde meisterlich eingefangen habt.«

»Ich danke Euch.«

»Ich sage nur, was ich denke.«

»Dann erst recht. Nun ja, als ich in die Barbaria de le Tole kam, wurde ich vom Regen überrascht. Ich lief Richtung Calle Zon, um mich wegen des heftigen Schauers unterzustellen. Ich suchte Schutz unter einem *sotoportego* in der Calle Cavalli. Wisst Ihr, wo das ist?«

»Gewiss, dort beim Palazzetto, in dem Cornelia Zane ihren Salon hat.«

»Ah!«, sagte Antonio, überrascht, dass es so einfach war. »Cornelia ...?«

»Cornelia Zane, Ihr kennt sie nicht?«

»Ich fürchte, nein.«

»Oh, das ist eine wahre Schande!«, rief McSwiney mit echtem Bedauern aus. »Dieser Eurer Wissenslücke müssen wir so schnell wie möglich abhelfen. Wir sprechen hier von einer der faszinierendsten Kurtisanen Venedigs. Ihr Salon ist wirklich einzigartig. Es gibt dort den interessantesten Zeitvertreib, angefangen bei unschuldigen Unterhaltungen über Kunst und Politik oder Basetta-Spiel mit Abenteurern und Reisenden bis hin zu pikanteren Dingen, zu denen ich sicher kein Wort verlieren muss, denn Ihr könnt es

Euch wohl denken. Das ändert nichts an der Tatsache, dass der Salon von Cornelia Zane wirklich einzigartig ist, auch weil er von einem ausgewählten Personenkreis besucht wird.«

»Sehr interessant«, merkte Antonio an. »Umso mehr, als ich Euch gerade fragen wollte, was es in diesem Palazzo so Faszinierendes gibt, denn während ich dort war und vor dem Regen Schutz suchte, sah ich eine Reihe vornehmer Männer hineingehen, die beim Einlass dem Mann an der Tür ein Erkennungswort nannten. Ein Mann, der mich, wie ich gestehe, beeindruckt hat. Er war, vorsichtig ausgedrückt, von außergewöhnlichem Äußeren.«

»Ah, darum geht es also bei den Informationen?«

»Ganz genau.«

»Dann habe ich verstanden, denke ich. Macht Euch keine Sorgen. Jetzt, da ich von Eurem mangelnden Wissen in dieser Angelegenheit weiß, wird es mir ein Anliegen sein, Euch so schnell wie möglich dort einzuführen, denn ich bin im Übrigen regelmäßig zu Gast an diesem seltsamen Ort.«

»Wirklich?«

»Das ist leicht zu erklären. Die Hausherrin lässt, wie ich bereits erwähnte, einen ausgewählten Kreis an Stammgästen zu. Dank meiner guten Dienste als Kunstvermittler und Entdecker von Talenten liegt es ganz im Interesse von Cornelia Zane, dass ich anwesend bin. Euch zu einem der Feste mitzunehmen, verspricht mir unterhaltsam für Euch und eine Ehre für sie zu sein. Nichts einfacher als das also. Es‹ wird übrigens schon in den nächsten Tagen eines geben. Streng maskiert, versteht sich.«

»Ah!«

»Wisst Ihr, die Anonymität garantiert in manchen Situationen größere Diskretion.«

»Verstehe.«

»Das kann ich mir vorstellen. Damit das klar ist – es geht nicht um Verfängliches oder Vulgaritäten. Sagen wir einfach, dass Cornelia eine Frau mit etwas eigenwilligem Geschmack und vielfältigen Gelüsten ist, ganz abgesehen davon, dass sie gern und häufig den verrückten Ideen ihres Galans folgt.«

»Also wirklich, Signor McSwiney, Ihr habt die ungewöhnliche Gabe, meine Aufmerksamkeit zu erregen, und glaubt mir, das kommt selten vor.«

»Das freut mich. Hinsichtlich etwaiger Aufträge kann ich tätig werden?«

»Selbstverständlich.«

»Lasst Ihr mich wissen, was Ihr fordert?«

»Das ist rasch erledigt. Ich bitte um dreißig Zechine für jedes Gemälde und vierundvierzig für die beiden Arbeiten auf Kupfer.«

»Ah, wahrhaftig ein günstiger Preis!«

»Das ist für die Gefälligkeit, die Ihr mir erwiesen habt, und weil ich vollstes Vertrauen zu Euch habe.«

»Nun wohlan denn, das wird unsere Freundschaft weiter festigen.«

»So ist es«, sagte Antonio, der die köstliche Schokolade nahezu ausgetrunken hatte. »Was das Fest angeht – denkt Ihr, es ist vertrauenswürdig?«

»In welchem Sinn?«

»Wisst Ihr, ich habe in diesen Tagen mehr denn je begriffen, wie unglaublich wertvoll es ist, nicht in aller Munde zu sein.«

»Wie ich Euch schon sagte, wird es ein Maskenball sein, und Eure Anonymität ist durch mich gesichert. Ihr habt nichts zu befürchten, und ich versichere Euch, dass Ihr etwas finden werdet, was Euch amüsiert.«

»Also gut«, sagte Antonio, dem jedoch gewisse Zerstreuungen fernlagen. Anderseits konnten die Nachforschungen, die der Doge in Auftrag gegeben hatte, nicht warten, und McSwiney hatte ihm einen großen Gefallen erwiesen. Mit der gebotenen Vorsicht war es den Versuch wert, die Frage voranzutreiben. »Eine letzte Sache noch. Wer ist der Mann, der die Besucher des Salons an der Tür empfängt?«

»Ah, der. Das ist nur der Leibwächter der bezaubernden Cornelia Zane. Ein gewaltsamer und gnadenloser Serbe, den die Kurtisane Deghejo nennt. Besser, man hat so wenig wie möglich mit ihm zu tun.« Bei diesen Worten verzog der Ire das Gesicht.

Dies war der einzige Misston an diesem wunderbaren Vormittag, und ein Gefühl der Unruhe, das diese Worte hervorgerufen hatten, hing Antonio Canal noch den Rest des Tages nach.

11

Murano

An diesem Wintermorgen wirkte Murano noch geisterhafter, als er es in Erinnerung hatte. Vom Boot aus hatte Antonio die Fassaden der Palazzi und der Häuser in den Nebelschwaden des *caìgo* auftauchen sehen, des dichten grauen Nebels, der typisch war für die Serenissima. Viele dieser Palazzi beherbergten die lodernd glühenden runden Glasöfen. Einen Augenblick lang kam es ihm wirklich sehr befremdlich vor, dass im Inneren der Häuser und Palazzi die Höllenschlünde der Öfen bereitstanden, um aus Quarzsand, Kalk und Soda die Glasmasse zu schmelzen, die dann von den Maestri weiterbearbeitet werden würde, während draußen wegen des strengen Winters die Luft kalt und schneidend war.

Während das flache Boot nun an den *briccole* der Mole festgemacht wurde und er zur Glasmanufaktur der Charlotte von der Schulenburg mehr hinabstürzte als hinabging, nahm er wahr, wie groß seine Neugier war und wie brennend der Wunsch, sie wiederzusehen. Er hatte es kaum erwarten können, ihr wieder gegenüberzustehen. Zu wissen, dass er sie in den nächsten Augenblicken zur Arbeit am Ofen begleiten würde, versetzte ihn in einen wahren Freudenrausch.

Als er von einem Diener hereingelassen wurde, gelangte er in einen Raum mit Spitzdach und offenem Gebälk, vollgestellt mit den Vorlagen für die Verzierungen, farbigen Flaschen, Lampen, Bechern, Gläsern, den Blasrohren oder Glasmacherpfeifen, den Metallgerüsten – ihm war, als würde er einen märchenhaften Ort betreten.

Mitten in der Werkstatt stand ein großer Ofen. Er war fast zehn Fuß hoch, aus Ziegelsteinen gebaut und glockenförmig. Er wurde über die gesamte Höhe von acht Pfosten eingefasst, so als seien sie unbewegliche Wächter eines wundersamen antiken Monsters. Auf halber Höhe leuchteten zwei große Ofenöffnungen so rot wie die Augen eines Dämons aus der Hölle.

Vor der linken saß Charlotte auf einem Schemel und erhitzte Glas im Feuer. Die langen Haare hatte sie in einem tuffigen Knoten zusammengefasst, sie trug ein Arbeitskleid und eine Schürze. Ein rot glühender Glasklumpen thronte am Ende des Rohres, das Charlotte in der Öffnung des Ofens drehte. Nicht weit von ihr entfernt stand ein Mann mit weißem Bart und langen weißen Haaren, der sie mit aufrichtig bewunderndem Blick ansah. In regelmäßigen Abständen fachte er die Flammen mit einem großen Blasebalg an. Ein Schatten huschte über seine Augen.

Antonio kannte den Namen des alten Mannes nicht, doch er war sich vollkommen sicher, dass es sich um einen der erfahrensten Glasbläser von Murano handelte. Mit einem Mal stand Charlotte auf, zog das Rohr aus der Öffnung des Ofens und legte es auf einem Metallgestänge ab, das als eine Art Arbeitsgerüst diente. Mit der anderen Hand griff die junge Frau nach einer Zange, und mit anmutiger Präzision bearbeitete sie das glühende Glas. Von der rot-orangen zähflüssigen Masse schienen Blitze auszugehen, während Charlotte sie in die Länge zog und modellierte, wie sie wollte. Je mehr das Glas abkühlte, desto klarer trat die Form hervor. Blütenblätter, der Stängel und sogar Dornen waren zu erkennen. Nach und nach entstand unter der geschickten Handhabung der Zange und ein paar Schnitten mit der Schere – der *tagiante* – eine in sich vollkommen ausgewogene Rose. Vollkommen hingerissen starrte Antonio auf Charlottes Hände, die mit raschen und gekonnten Bewegungen das Glas in meisterlicher Vollendung formten. Keine überflüssigen Bewegungen, alles war darauf ausgerichtet, die gewünschte Form in harmonischem, aufs Wesentliche zielende Tun herauszuarbeiten.

Das Herz pochte in seiner Brust. Dieser Anblick, so schlicht und gleichsam aus uralter Zeit wie die Kunst, die darin ihren Ausdruck fand, schlug ihn in seinen Bann. Die Art, wie Charlotte mit der leuchtenden Masse umging, hatte etwas Ursprüngliches und Kraftvolles. Der bloße Gedanke, dass eine Frau das Feuer in dieser Weise beherrschen und zugleich ein so geheimnisvolles Material wie das Glas bearbeiten konnte, das sich in flüssigem Zustand unter ihren Händen verformte, versetzte ihn in Ekstase.

Als sie dieses Stück Glas in aller Vollkommenheit fertiggestellt hatte, beschnitt Charlotte ein letztes Mal die Rose, und nun lag sie, man mochte es kaum glauben, vor ihr und kühlte auf einer Steinplatte aus.

Schließlich tauchte die junge Frau den Stab in einen Eimer mit Wasser. Sie ging zu dem alten Mann und küsste ihn auf die Wange. Dann drehte sie sich um.

Da sah sie Antonio. Mit einem Lächeln ging sie auf ihn zu. »Ihr seid also gekommen. Ihr habt beschlossen, mir zu vertrauen.«

»Niemals hätte ich auf die Gelegenheit verzichtet, so etwas Wunderbares zu sehen«, sagte Antonio mit aufrichtiger Bewunderung.

»Ihr seid zu liebenswürdig, Signor Canal, ich würde sagen, geradezu galant.«

»Ach, das scheint nur so«, sagte er abwehrend. »Ich erkenne bloß einfach wahres Talent.«

Charlotte lächelte erneut. Dann wandte sie sich respektvoll dem Alten mit dem weißen Bart zu. »Maestro, wenn es Euch nichts ausmacht, würde ich Euch bitten, einen Augenblick weiterzumachen. Ich bin gleich zurück. Ich will nur rasch zur Mole gehen und diesem Herrn etwas zeigen.« Nachdem sie ein Zeichen der Zustimmung erhalten hatte, führte Charlotte Antonio in einen zweiten Raum, der kleiner war als der erste, doch auch er war vollgestellt mit Gegenständen und Instrumenten unterschiedlichster Art und Form. Darunter stachen zwei Schleifsteine aufgrund ihrer Größe und Aufstellung hervor. Daneben waren auf ein paar Tischen auf Böcken eine Reihe Holzkisten aufgereiht. Sie enthielten Linsen unterschiedlicher Stärke, Form und Farbe.

»Diese hier«, sagte Charlotte und zeigte auf ein paar vollkommen transparente, »sind das Ergebnis meiner präzisen Schleifarbeit und werden aus einem speziellen weißen Kristallglas gemacht, das seine Beschaffenheit der stetigen Verbesserung und konstanten Verfeinerung der Methode Baroviers verdankt, der der Erste war, der dieses spezielle Glas erzeugte. Wie Ihr seht«, fuhr die junge Frau fort, »ist das Glas lupenrein, es enthält nicht das kleinste Bläschen oder Rückstände, die die Transparenz beeinträchtigen würden, man könnte sagen, es ist vollkommen farblos.« Während sie sprach, bewunderte Antonio völlig fasziniert die Perfektion dieser Linsen. Bisher hatte er keine gesehen, die besser entworfen oder so rein gewesen wären.

»Durch die übliche Kombination aus konvexen und konkaven Linsen baue ich Fernrohre mit wirklich nennenswerter Vergrößerung. Dieses hier ist ein recht leistungsstarkes Modell.« Charlotte nahm ein Exemplar zur Hand, das kompakt, doch dank einer modernen Vorrichtung mit einer Zahnstange leicht ausziehbar war und das bisher übliche System ineinandergeschobener Röhren verdrängte. »Doch es gibt eine Neuerung. Durch spezielle Linsen im Inneren, die durch diese kleinen Kurbeln betätigt werden können. Wenn man darüber das Fernrohr verlängert oder wieder kürzer werden lässt, kann man zwischen einer Teleskopvergrößerung oder, umgekehrt, einer Panoramaansicht wählen, und zwar absolut scharf.«

»Wollt Ihr damit sagen, dass es Euch gelungen ist, optische Abweichungen zu beseitigen?«

»Nicht, sie völlig zu beseitigen, nein. Aber sie weitestgehend zu korrigieren ... na ja, das schon. Ich beschäftige mich seit einiger Zeit mit optischen Systemen, und die Kenntnisse in Bezug auf Glas, die innovativste Art seiner Erzeugung, das heißt völlig ohne Verunreinigungen, ermöglichen es mir, Fernrohre oder tragbare Kameras von bester Qualität herzustellen.«

Was Charlotte da sagte, war überwältigend. Antonio traute seinen eigenen Ohren kaum. Also war diese junge Frau nicht nur eines der verführerischsten Geschöpfe, die er je gesehen hatte, sondern auch eine echte Erfinderin. »Und ...«

»Ihr wollt mich fragen, ob Ihr mein neues Fernrohr und die tragbare Kamera ausprobieren dürft? Aber natürlich! Dafür verlange ich nichts von Euch.«

»Aber ich will Euch bezahlen!«, rief Antonio mit dem Brustton der Überzeugung.

»Aber ich will es nicht. Ich möchte Euch lediglich um einen Gefallen bitten. Solltet Ihr gut zurechtkommen und mit der Qualität meiner Linsen und Instrumente zufrieden sein, dann würde ich mich freuen, wenn Ihr meine Verdienste darum würdigt, indem Ihr in Venedig Werbung für mich macht. Seht Ihr, Signor Canal – es ist für eine Frau sowieso schon schwierig, ein eigenes Geschäft zu führen, erst recht, wenn es sich um eines handelt, das seit jeher eine männliche Domäne darstellt. Sich auf einem solchen Markt zu etablieren, ist nahezu unmöglich. Aber wenn ich den besten Maler von Venedig auf meiner Seite hätte, den, der dafür bekannt ist, die Realität wiederzugeben und dessen Veduten nicht nur hier in der Serenissima, sondern in der ganzen Welt von sich reden machen, dann ist meiner Glasmanufaktur doch der Erfolg sicher, meint Ihr nicht auch?« Charlotte schenkte ihm einen schmachtenden und zugleich komplizenhaften Blick, einen dieser Blicke, mit dem sie bestimmt jeden Mann dazu brachte, alles für sie zu tun. »Seht Ihr, ob Ihr es glaubt oder nicht, ich bewundere Euer Werk unendlich. Niemand hat Venedig jemals so gemalt, wie Ihr das tut. Es geht ja keineswegs nur darum, die Wirklichkeit wiederzugeben, nicht im Geringsten; Ihr zeigt eine Vision, eine Überführung auf eine höhere Ebene. Als ob Ihr mit den Kontrasten und den Farben, der Lichtzeichnung, die Ihr mit Euren Pinseln erschafft, voll und ganz die Seele einer Stadt einfangt, die so lebendig und pulsierend ist und vor Leidenschaften bebt, die mit Versprechungen lockt und das Ideal einer unerreichbaren Schönheit verkörpert. Das ist der Grund, weswegen ich möchte, dass Ihr meine Linsen und die damit konstruierten Instrumente ausprobiert. Das ist, als ob ich Euch auf diese Weise helfen würde, etwas weiter zu blicken, das ist alles.«

»Ihr seid eine außergewöhnliche Frau. Verzeiht die Kühnheit meiner Worte, aber ich kann nicht anders, zu groß sind die Wunderwerke, die ich heute sehen durfte.«

»Ich verzeihe Euch nicht nur mit Vergnügen, Signor Canal, ich danke Euch auch für Euren Besuch.«

»Ich hoffe, es wird noch weitere Gelegenheiten geben, sich miteinander zu unterhalten.«

»Ihr braucht nur darum zu bitten, wenn Ihr das wünscht. Doch nun will ich die Instrumente für Euch herrichten. Wenn Ihr mich dann entschuldigen wollt, ich muss Euch verlassen, um zu meinem alten Maestro zurückzukehren.«

Diese Worte trafen Antonio härter, als er gedacht hätte. Mehr Zeit wollte sie ihm nicht schenken? Und war er schon nicht mehr fähig, ihr zu widerstehen?

Bei seiner Rückkehr dachte er an Charlotte. In ihren Augen lag etwas Besonderes. Ihm war, als spüre er in der Tiefe etwas, das über seine Verstandeskräfte hinausging, wenn er sie ansah.

Sie fehlte ihm, und er wusste nicht, was er tun sollte. Und doch verschaffte ihm die Abwesenheit einen ungeheuren Energieschub. Das war selbstredend der Wunsch, sie wiederzusehen. Mit großer Entschlossenheit fasste er den Entschluss, mutiger zu sein, kühner, ja sogar verwegen. Als sei der Canaletto von vor ein paar Tagen, der ängstliche, zaudernde, verschwunden und ein anderer an seine Stelle getreten.

Er lächelte, denn er spürte, dass er eines Tages, trotz seiner Begrenztheit, eine Frau wie diese erobern würde.

Und nichts bereitete ihm in diesem Augenblick größere Freude.

12
Schmerz

Das Haus war eine elende Hütte, die aus zwei winzigen, kargen und dreckigen Zimmern mit fauligen, übel riechenden Bodenbelägen und schimmeligen Wänden bestand. An allen Ecken und Enden zog es erbärmlich.

Die Frau empfing ihn mit schmutzigen Haaren, die zu einem unordentlichen Wust aufgetürmt waren, festgesteckt mit einem Stöckchen, das sie wer weiß woher hatte. Sie trug ein altes wollenes Gewand, das sie wie einen zerlumpten Schal eng um ihre knochigen Schultern zog. Die großen hellen Augen stachen leuchtend aus dem von Hunger ausgezehrten Gesicht hervor.

Als er eintrat, gab es Isaak einen Stich ins Herz. Obwohl es nicht das erste Mal war, dass er sah, was die Pocken bei den Menschen anrichteten, machte es ihn doch immer wieder fassungslos. In diesem Fall war das Opfer ein kleines Mädchen. Er zwang sich, stark zu bleiben, auch wenn er wusste, dass er herzlich wenig tun konnte.

Die Frau führte ihn zum Bett. »Chiara«, sagte sie

mit schwacher Stimme, »hier ist der Arzt, Signor Liebermann, er ist gekommen, um dich zu sehen.«

Das Kind rührte sich unter den Decken und schaffte es nach einem Moment, sich aufzusetzen. Bei ihrem Anblick erkannte Isaak, dass sich die Erkrankung dramatisch verschlimmert hatte.

Das hübsche Gesicht der Kleinen war von harten, prallen Pusteln übersät, die die Haut in eine Art Rinde verwandelten und sie über den Wangenknochen so anschwellen ließen, dass die Augen beinahe zugequollen waren.

Isaak ergriff ihre Hände, streichelte ihr übers Haar und legte ihr die Hand auf die Stirn. »Sie hat Fieber«, sagte er. Dann sah er ihr in die Augen und sagte: »Du bist so tapfer, Chiara. Du wirst sehen, dass dir deine Stärke helfen wird, das Übel, das dich befallen hat, nach und nach zu besiegen. Tust du mir einen Gefallen?«

Das Kind nickte.

»Gut so. Ich bin stolz auf dich«, sagte er und streichelte sie nochmals.

»Streckst du jetzt bitte einmal die Zunge heraus?«

Dem Mädchen fiel es schwer, das zu tun, worum sie gebeten worden war.

Als die Mutter sah, wie schlimm es um sie stand, presste sie die Hand vor den Mund und unterdrückte mühsam einen Schrei.

Die Zunge war mindestens doppelt so groß wie normalerweise.

Wenn er das Mädchen nur der Variolation unterziehen könnte, dachte Isaak. Sicher, um eine Erkrankung zu verhindern, müsste man einer gesunden Person das Pockenvirus verabreichen, in abgeschwächter Form natürlich. So als wollte man jemanden krank machen, der bis dahin wohlauf war. Doch bei einer Erkrankung wie dieser war es entscheidend, der Infektion zuvorzukommen. Denn nach einer Ansteckung konnte man nur noch abwarten und die Seele Gott anvertrauen. Er schüttelte den Kopf. Es war nutzlos, dass er im Geiste immerzu wiederholte, was er darüber wusste. Die Krankheit war ganz klar in einem fortgeschrittenen Stadium. Und das machte ihm Hoffnung. Die akute Phase war damit überwunden. Es gab keine andere Möglichkeit, als zu beten und gegebenenfalls kalte Umschläge aufzulegen, um das Fieber zu lindern. »Signora, es gibt jetzt nichts, was ich tun könnte, die Pocken sind schon zu weit fortgeschritten. Das Fieber ist erneut gestiegen. Daher glaube ich, es ist jetzt das Beste, ein sauberes Tuch in kaltes Wasser zu tauchen und dann auf die Stirn zu legen, das wird Chiara ein wenig Erleichterung verschaffen. Ich weiß, dass dies nur ein bescheidener Rat ist, der nichts ändert, doch glaubt mir, alles andere wäre nutzlos. Eigentlich hätten wir vorher etwas tun müssen, aber das wäre nicht möglich gewesen. Doch eines kann ich noch für Euch tun. Und zwar, Euch dieses hier zu geben.«

Er zeigte ihr ein hölzernes Kästchen, und als er den Deckel wegschob, waren darin schwarze Kügelchen zu sehen. »Diese Perlen sind aus meiner Herstellung. Sie werden Eurer Tochter helfen auszuruhen.«

»Ich verstehe«, sagte die Frau.

»Ich würde gern mehr tun, aber mir fehlen die Mittel«, fuhr Isaak fort. »Gebt ihr eine Woche lang täglich zwei von diesen Pillen. Chiara hat ein Übel aufs Lager geworfen«, sagte er und streichelte das Kind. »Ruh dich noch ein bisschen aus«, flüsterte er ihr zu, half ihr, sich wieder hinzulegen, und deckte sie zu.

Dann stand er auf und übergab der Frau die kleine Holzkiste. »Nächste Woche komme ich wieder und schaue nach ihr.«

Die Frau nickte. »Vielen, vielen Dank. Gott segne Euch«, sagte sie und begleitete ihn zur Tür.

Als er draußen war, fragte sich Isaak, wie es wohl all diesen Kindern ging. Die Pocken befielen egal wen, doch aus irgendeinem niederträchtigen Grund schien es die Jüngsten besonders häufig zu treffen. Sein Wissen einem Kügelchen Opium zu überantworten, war für ihn eine der schlimmsten Niederlagen. Aber es würde dem kleinen Mädchen wenigstens den Schmerz nehmen. Während er am Kanal entlangging, hüllte er sich wegen der schneidenden Kälte fest in seinen Mantel; ihm kam es so vor, als stürbe Venedig jeden Tag ein bisschen.

Vielleicht war es dieses Gefühl ewiger Unveränderlichkeit, das ihn so unruhig machte. Er sah eine Gondel gemächlich auf dem Wasser schaukeln und wie der Nebel allmählich die Palazzi einhüllte, die sich, so prächtig wie traurig, im Wasser spiegelten.

Er betrat ein *bacaro*, ein typisch venezianisches Gasthaus.

Die Melancholie, die ihn befallen hatte, musste irgendwie vertrieben werden. Er hatte seit dem Morgen nichts mehr gegessen, und nun war es fast Nachmittag. Er musste unbedingt etwas zu sich nehmen. Es passierte ihm oft, dass er nichts aß. Die ganzen Gedanken, die Angst, das Gefühl der Unzulänglichkeit, das er in seinem Beruf fast immer empfand, führten dazu, dass er seine grundlegenden Bedürfnisse vernachlässigte. Als könnte er vom Schmerz der anderen leben. Allein zu sein, tat ihm nicht gut. Seine einzige große Liebe war vergangen wie das Licht dieses Wintertages. Dann war da noch sein Bruder.

Er bestellte Sardinen und einen Becher Weißwein. Der Wirt nickte. Wartend trat Isaak an den Kamin. Er streckte die Hände aus, um sich aufzuwärmen und wenigstens ein bisschen von der großen Kälte zu vertreiben, unter der er den ganzen langen Tag gelitten hatte. Als das Essen kam, kehrte er an den Tisch zurück. Der Fisch war ausgezeichnet und der Wein trinkbar. Er schaute geistesabwesend ins Leere, als ihn jemand derb anherrschte.

»Ihr«, sagte eine ebenso grobe wie wutzerfressene Stimme. »Ihr seid einer von diesen Bastarden!«

Isaak drehte sich in die Richtung, aus der die Beschimpfung gekommen war, und sah sich einem spindeldürren Mann mit dünnen, langen Haaren gegenüber. Eine tiefe Narbe zog sich vom Ohr bis zum Mund. Er war in Lumpen gekleidet und war von einem Tisch aufgestanden, an dem noch zwei weitere hässliche Halunken saßen – wahrscheinlich Seeleute, deren Aufzug ähnlich armselig war wie bei ihm.

»Ihr braucht nicht so zu tun, als würdet Ihr mich nicht hören«, fuhr der Mann fort. »Auch ohne Euren verdammten Hut seid Ihr bestimmt ein Jude. Ich weiß nicht, warum Ihr ihn nicht tragt, aber mich täuscht Ihr nicht.«

Überrascht von dieser plötzlichen verbalen Attacke, konterte Isaak: »Ich täusche nichts vor, Signore. Ich weiß nicht, was Ihr meint. Ich trage den Hut nicht, weil ich als Arzt davon ausgenommen bin.«

»Pah!«, machte der Streitlustige. »Ob Ihr ein Arzt seid, das müsste man noch sehen. Seid Ihr nicht vielleicht eher ein Metzger, der dem armen Mädchen das Herz aus der Brust gerissen hat?« Dabei sah er seine Kumpane an. »Vielleicht haben wir ja den Mörder gefunden.«

Die beiden grinsten höhnisch. Einer von ihnen ließ die Klinge eines Messers aufblitzen. Doch Isaak blieb ruhig.

»Ich werde auf Eure Provokationen nicht eingehen.«

»Das sind keine Provokationen. Wir wissen doch, dass Ihr israelitischen Bastarde der Grund für alles Übel *in* der Welt seid. Und wenn nicht der Welt, dann zumindest in unserer geliebten Republik. Seit Ihr Euch hier breitgemacht habt, ist unsere Stadt ein Schweinestall, eine Brutstätte von Elendsgestalten, Huren und Blutsaugern.«

Isaak blieb ruhig. Er wollte nichts erwidern. Es hätte die Situation nur noch heikler werden lassen.

»Geht«, sagte der Wirt.

»Aber …«

»Nichts zu machen«, entgegnete der. »Ich will keinen Ärger, und noch weniger möchte ich, dass mein Gasthaus von jüdischem Abschaum aufgesucht wird. Ich will auch Euer Geld nicht. Steht auf und geht!«

»Richtig so«, pflichtete der Streitlustige bei. »Aber bevor er gehen muss, möchte ich ihm noch ein kleines Andenken mitgeben.« Drohend trat er auf Isaak zu und wollte nach seinem Arm greifen.

Aber er war nicht schnell genug. Der Arzt sprang jäh auf und packte das Handgelenk des Seemanns. »Wagt es nicht, mich anzurühren.«

»Wieso? Glaubt Ihr, Ihr könntet mich daran hindern?« Dabei sah er seine beiden Kumpanen an, die nur darauf gewartet zu haben schienen.

»Ich will keine Probleme«, sagte Isaak noch einmal.

»Dann verschwindet von hier!«, dröhnte der Wirt, und um das Maß vollzumachen, zog er unter dem Tresen eine Pistole hervor. »Sie ist geladen, und glaubt mir, ich weiß, wie man damit umgeht. Und ihr bleibt da, wo ihr seid«, sagte er zu den drei Angreifern. »Ich will keine Schlägerei in meiner Osteria.«

»Schon gut, schon gut«, sagte der Schläger und machte sich frei.

»Wir werden ihn in Ruhe lassen.«

»Raus!«, verlangte der Wirt noch einmal. Isaak hatte inzwischen begriffen, dass da nichts zu machen war. Er leerte den Becher. Er nahm ein paar Zechine aus der Tasche und schmiss sie vor den Tresen. »Nehmt«, sagte er mit größtmöglicher Verachtung. »Nehmt Euer verdammtes Geld. Ich zahle immer meine Schulden.« Und ohne noch etwas hinzuzufügen, begab er sich zur Tür.

Sein Bruder hatte also recht. Das waren keine Hirngespinste. Hinsichtlich der schockierenden Ermordung des sogenannten Alabastermädchens war noch nichts herausgekommen. Der Mörder war noch nicht gefasst; schlimmer noch war, dass er das Gefühl hatte, der Umstand, dass man den Juden die Schuld gab, war in gewisser Weise die Lösung des Problems.

Als ob der Magistrat den Signori di Notte al Criminal glauben würde, dass an den Anschuldigungen doch etwas dran sei und keine weiteren Ermittlungen verlangte. Zygmund hatte das ganz richtig gesehen. Jenseits der Gründe, die er zur Rechtfertigung seiner sich unterordnenden Haltung anführen konnte, mit der er verhindern wollte, dass der Zorn im Ghetto noch weiter anwuchs, drohte diese blutige Angelegenheit den Venezianern wirklich zum Vorwand für eine Kampagne gegen eine wenig gelittene Gemeinschaft zu werden, die seit nunmehr zweihundert Jahren um Mitternacht wie eine Herde Vieh in eingegrenztem Gebiet weggesperrt wurde.

Und nun würde der Tod, der dem Alabastermädchen zuteilgeworden war, einen lange nur schlecht im Zaum gehaltenen Hass anheizen.

Es war noch nicht einmal mehr eine Frage der Zeit, es geschah bereits. Und niemand würde sich um sie kümmern. Sie würden wie die Mäuse in der Falle enden. Er musste mit jemandem darüber sprechen. Bloß mit wem? Zum Capitan Grando zu gehen, kam nicht infrage – er würde ihm niemals glauben. Zumindest nicht, solange er nichts in der Hand hatte. Etwas, das die Juden entlasten würde, denn ihre Schuld musste nie bewiesen werden. Da reichte ein Gerücht. Und das gab es schon.

Man durfte nicht länger warten.

Er würde mit dem Rabbi darüber sprechen. Er sah keine andere Möglichkeit. Vielleicht hatte er als Oberhaupt der Gemeinde ein anderes Gewicht, vielleicht würde man ihm zuhören.

Sie mussten diesem sich ausbreitenden Wahnsinn Einhalt gebieten.

Bevor es zu spät war.

13

Maskerade

Wohin man auch blickte, überall sah man etwas Eigenwilliges und Extravagantes. Schachteln, Gerätschaften, große Spiegel, Tabletts, Vasen, Toilettengegenstände und andere wunderliche Dinge nahmen den Platz um ihn herum ein und boten ihm ein unglaubliches Panoptikum, das, ergänzt um die prunkvolle Kleidung der geladenen Gäste und den Glanz der Juwelen der Damen sowie die Extravaganz der Masken, noch fantastischer wirkte. Letztere erschöpften sich keinesfalls nur in *bautte* und *morette*, sondern stellten auch Tierköpfe, stilisierte Himmelskörper oder Interpretationen mythologischer Gestalten dar.

Zugelassen zum exklusiven Salon von Cornelia Zane, bewegte sich Antonio gewissermaßen an der Hand seines guten Vergil, namentlich Owen McSwiney, unter den vielen Gästen. Diese Art, sich zu vergnügen, war ihm doch sehr fern, sie spiegelte in seinen Augen die frivole Verzweiflung der Stadt wider.

Doch er hatte es versprochen und durfte dieses Versprechen nicht brechen. Es war gelinde gesagt ein wenig kompliziert herauszufinden, wer in diesem allgemeinen Rausch sein Mann war, doch war er beseelt von besten Absichten, und sein Vorteil war, dass der, den er suchte, hinkte. Wie viel hinkende Edelleute mochten schon auf diesem Fest sein? Die es noch dazu auf diese spezielle, kaum wahrnehmbare Art taten? Wenn sein Mann auf diesem Empfang anzutreffen war, würde er ihn erkennen, da war er sich sicher.

Es gelang ihm, an einer Gruppe von Gästen vorbeizukommen, die sich unfein über das Maß der Freizügigkeit der venezianischen Damen ausließen. Dem Gekreisch und dem spitzen Gelächter nach schien das den anwesenden Damen zu gefallen. Ein paar Gecken schienen in einer Ecke sehr damit beschäftigt zu sein, irgendeine Verschwörung auszuhecken, und leerten dabei ein Glas Malvasia nach dem anderen. Etwas abseits tauschten drei Damen hinter ihren Fächern anrüchige Ansichten aus. Eine von ihnen schien zu erröten, als sie ihn sah, doch diese scheinbare Unschuld hatte gewiss nichts Aufrichtiges; sie wurde derart auffällig zur Schau getragen, dass es einfach falsch wirkte und ihm wohl nur ein paar Zechine aus der Tasche ziehen sollte. Es war recht offensichtlich, dass zumindest ein Teil der Anwesenden vorhatte, sich in irgendeiner Form der Unzucht hinzugeben, und schien nur nach der geeigneten Person Ausschau zu halten, mit der sie sich absentieren konnte. Der Palazzetto bot im Übrigen, abgesehen von dem großen Empfangssaal, in dem sich Antonio in diesem Augenblick aufhielt, eine Reihe stilvollerer Räumlichkeiten, wohin sich kleinere Grüppchen zurückzogen und sich in den unterschiedlichsten Spielchen ergingen. Laut Owen McSwiney waren die Aktivitäten in den oberen Stockwerken noch weitaus sündiger.

Just in dem Augenblick, als er sich zu einem Sessel begeben wollte, um dort in Ruhe mit seinem Freund zu sprechen, blieb Letzterer stehen, um ihn jemandem vorzustellen.

»Ich freue mich, die Königin dieses Abends begrüßen zu dürfen«, sagte McSwiney, deutete eine Verbeugung an und hauchte einen Kuss auf die Hand, die ihm gereicht wurde.

Vor ihm und Antonio stand eine Dame, die mit solchem Pomp gekleidet und frisiert war, dass es schon vulgär wirkte, angefangen bei der ungeheuren Perücke und dem perfekten Schönheitsfleck, virtuos über den vollen Lippen platziert, sodass er immer im Blick war. Die kleine Katzenmaske bedeckte nämlich nur Augen und Nase, von der man annehmen durfte, dass sie enorm sein musste, und ließ den Mund gut sichtbar. Der üppige Busen steckte in einem Korsett, das nichts der Vorstellung überließ, das Kleid war dermaßen aufgepolstert mit *paniers*, um die Dame imposant wirken zu lassen, dass Antonio vermutete, sie trüge unter den Rüschen des unglaublichen Gewandes, dessen hellblauer Samt übersät war mit Bändern und Spitzen, Schuhe, deren Absätze noch höher waren, als es die Mode vorgab. Auf alle Fälle bewegte sie sich durchaus anmutig und versäumte nicht, McSwiney kokette Blicke zuzuwerfen.

Dieser wiederum stellte ihn der Herrin des Hauses möglichst diskret und unter Wahrung der Anonymität vor.

»Mia Signora«, sagte der Ire, »ich freue mich, einen Freund von außerordentlichem Talent an diesen Ort des Lasters gebracht zu haben. Ich vertraue darauf, dass er Gleichgesinnte finden wird, die mit ihm die Freuden Eures Hauses teilen werden.«

Sogleich spitzte die Dame scheinbar überrascht die Lippen zu einem kleinen koketten Herzchen. Mit einer lächerlich übertriebenen Geste brachte sie ihre schöne Hand vor den Mund.

»Mein Lieber, Ihr seid unverbesserlich. Aber wie sage ich immer – Euer Freund ist auch mein Freund, und deshalb freue ich mich über diesen Besuch und darüber, einen so vielversprechenden jungen Mann kennenzulernen.«

»Es ist mir ein Vergnügen, Euch kennenzulernen, mia Signora«, erwiderte Antonio. »Ich muss Euch sicher nicht sagen, dass mein lieber Gefährte hier bereits viel von Euch gesprochen und die Genüsse Eures Salons gerühmt hat, daher fand ich, nicht ohne gewisse Erwartung, dass ich Euch unbedingt kennenlernen muss.«

»Wenn auch inkognito«, sagte Cornelia Zane mit einem Lächeln, das verriet, dass sie gern scherzte und dass es auf ihrem Fest, das eine Mischung aus Stelldicheins und einem Empfang zum Auftakt fleischlicher Zusammenkunft zu sein schien, bestimmt unterhaltsam zugehen würde.

»Natürlich, ich passe mich den Gepflogenheiten des Festes an.«

»Dafür danke ich Euch, und ich möchte hinzufügen, dass der Aufzug als Pantalone Euch auch hinsichtlich der Farben Rot und Schwarz außerordentlich gut steht.«

»Zu freundlich, mia Signora«, sagte Antonio, der einen guten Eindruck machen wollte, um möglichst wenige weitere Fragen zu provozieren.

»Wir sind schließlich in Venedig, nicht wahr?«

»Vollkommen richtig«, bestätigte McSwiney, während ein paar Diener mit Tabletts vorbeikamen, auf denen Unmengen von Naschwerk aufgetürmt waren.

»Baci di Dama oder Capezzoli di Venere – Damenküsse oder Venusbrüstchen?«, fragte Cornelia Zane anzüglich. »Egal, was Ihr nehmt, Ihr werdet nicht enttäuscht sein«, versicherte sie, und ihre Augen blitzten amüsiert hinter der Maske.

»Die Baci sind ganz mein Pläsier«, sagte McSwiney und nahm sich einen der schokoladengefüllten Nusskekse.

»Und Ihr?«, fragte Cornelia Antonio.

»Ich entscheide mich für Venedig, immer und überall.«

»Die Capezzoli also? Dann verbirgt sich hinter dem

nüchternen Auftreten also eine lüsterne Seele!«, rief die schöne Dame erfreut aus.

»Reine Naschlust. Ich kann dem Aroma von Maronen einfach nicht widerstehen«, erwiderte Antonio.

»Wie ich Euch schon sagte, mia Signora, mein Freund hier ist ein Mann von Welt und hat noch viele Überraschungen für Euch in petto.« Damit steckte sich McSwiney seinen Bacio di Dama gleich ganz in den Mund und nahm gleich noch einen weiteren.

»Daran zweifle ich nicht, ich gehe also davon aus, Euch später wiederzusehen.« Damit verabschiedete sich Cornelia Zane, ließ die beiden Freunde stehen und begab sich zu einem Galan, der sich Mühe zu geben schien, besonders unflätig zu lachen.

»Wer ist dieser grobe Klotz?«, frage Antonio, dem nicht in den Kopf wollte, wie sich ein Mann so gehen lassen konnte.

»Ah«, sagte McSwiney, »das ist Olaf Teufel.«

»Und wer soll das sein?«

»Der Lakai von Cornelia Zane«, gab der Ire zur Antwort. »Traut ihm nicht. An seinen Worten ist kein Fünkchen wahr, und ich fürchte, Lügen und Falschheit sind nicht seine einzigen Fehler.«

Noch während McSwiney den Satz beendete, wurde Antonio bleich. Der Ire bemerkte es. »Was ist los? Es scheint ganz so, als hättet Ihr ein Gespenst gesehen.«

»Ihr habt keine Ahnung, wie nahe das der Wahrheit kommt.« Ohne ein weiteres Wort sprang er auf.

Am anderen Ende des Saales hatte er den Hinkenden gesehen. Sein humpelnder Gang war unverwechselbar, auch wenn das Hinken kaum wahrnehmbar war. Er war gerade dabei zu gehen, und Antonio wollte ihn nach all der Mühe nicht verlieren. Er musste unbedingt herausfinden, was er an diesem Ort zu suchen hatte.

14

Geheimnisse

ntonio war fast bei der Tür angelangt, durch die
der Hinkefuß hinausgegangen war, als er merkte,
wie er an der Schulter gepackt wurde. Er drehte sich
um und sah, dass es McSwiney war, der ihn mit festem Griff zurückhielt. Auch wenn er eine Maske trug,
war klar, dass er verärgert war.

»Seid Ihr verrückt geworden?«, fragte der Ire mit
gesenkter Stimme, beinahe, als müsste er einen wütenden Schrei unterdrücken. Er warf ihm einen besorgten
Blick zu und drehte sich nach hinten um. Doch niemand kümmerte sich um sie. »Glaubt Ihr vielleicht,
Ihr könntet Euch hier frei bewegen, wie es Euch gefällt, so als gäbe es nur Euch allein?«

Antonio wusste nicht, was er darauf antworten
sollte. Aber das war auch nicht nötig. »Folgt mir!«,
fuhr der andere fort und ging hinaus. Einen Augenblick später befanden sich die beiden Gefährten in einem Durchgangsraum. Eine Reihe halb geschlossener
Türen zu beiden Seiten ließ erahnen, dass alle diese
Separees belegt waren. Antonio sah, dass der Hinkefuß ans Ende des Raumes gelangt war, wo sich eine

Tür befand. Sein Gesicht wurde von einer roten Maske bedeckt, die den Mund frei ließ. Der Mann klopfte. Jemand warf einen prüfenden Blick durch den Türspalt und öffnete ihm. Antonio erhaschte einen Blick auf einen zweiten Saal, fast so groß wie den ersten.

McSwiney begriff sofort. »Habt Ihr vor, ihm zu folgen?«, fragte er leise.

Antonio nickte.

»Wir werden in Schwierigkeiten geraten, das sage ich Euch.«

»Das Risiko gehe ich ein.«

»Erklärt mir wenigstens, warum. Das seid Ihr mir schuldig, scheint mir.«

Der Ire hatte recht.

»Ich verrate es Euch. Ich muss wissen, was dieser Mann vorhat. Ich bin überzeugt, dass ich den Grund herausfinde, aus dem er hergekommen ist.«

»Seit wann verfolgt Ihr ihn schon?«, fragte McSwiney. Darüber waren sie bereits zur Tür des weiteren Salons gelangt.

Antonio seufzte. Warum jetzt noch lügen? Schließlich hatte sich der Ire ihm gegenüber immer loyal verhalten. Wieso sollte er das mit Unaufrichtigkeit vergelten? Besser, ihn ganz auf die eigene Seite zu ziehen. »Ich habe einen Auftrag, und den muss ich zu Ende führen.«

»Auf wessen Geheiß?«

»Der Republik.«

»Was seid Ihr, Canaletto?«

»Künstler.«

»Und ein Spion?«

»Schweigt!«, gebot ihm Antonio. »Sonst bekommen wir Schwierigkeiten. Habt Ihr selbst vorhin gesagt.«

Sie erreichten die verschlossene Tür. McSwiney schnaubte. Man sah ihm an, dass er keineswegs überzeugt war. Doch er ließ es gut sein und klopfte. Einen Augenblick später überprüfte jemand durch ein Guckloch, um wen es sich bei den Neuankömmlingen handelte. Es wurde geöffnet.

Ein Diener nahm sie in Empfang. Antonio konnte nun sehen, was in diesem zweiten Raum vor sich ging. Ihnen gegenüber befand sich ein großer marmorner Kamin, der mit Delfter Kacheln umrahmt war. Die Möbel aus erlesenem Palisanderholz, die Reinheit des weißen Stucks und die strenge Nüchternheit der Einrichtungsgegenstände verbanden sich perfekt mit der absoluten Stille, die an diesem Ort herrschte. Drei große Tische beherrschten den Salon. An jedem hielt ein Edelmann mit *bautta* und in schwarzem Frack mit silberner Borte die Bank. Stapel von Zechinen und Dukaten schimmerten unter den großen Leuchtern aus Muranoglas, während die Spieler schweigend Pharao, Basetta und Biribissi spielten.

Was Antonio besonders beeindruckte, war die totale Konzentration in den Gesichtern. Die Spieler schienen seit ewigen Zeiten in ihr Tun vertieft, einige von ihnen wirkten geradezu besessen, als hätte ihnen das Spiel das Hirn noch vor den Taschen geleert.

»Das hier ist das berüchtigte Casino der Cornelia Zane«, sagte McSwiney leise. Antonio nickte. »Durch diese Schlitze in den Wänden«, fuhr der Ire fort und zeigte auf Öffnungen in den Wänden, »werden aus der Küche Speisen und Getränke gereicht, damit die Spieler ohne Unterbrechung weiterspielen können. Wie Ihr Euch vorstellen könnt, ist es eine spezielle Kategorie von Adeligen, die hier ganze Nächte verbringt. Ich muss gestehen, dass dieses Treiben wohl das ist, was unsere Hausherrin am meisten reich macht. Das Ganze ist selbstverständlich regulär zugelassen, wenn auch exklusiv für seine Mitglieder.«

Einer der Spieler warf McSwiney einen funkelnden Blick zu, der den Hinweis verstand und sich beeilte, den Saal auf der gegenüberliegenden Seite wieder zu verlassen. Antonio lief ihm hinterher. Unter dem strengen Blick von einem der Diener schlossen sich die Türen hinter ihnen. Sie befanden sich nun auf einer Balustrade, von der eine Treppe abging, die ins obere Stockwerk führte.

»Wenn wir hier hinaufgehen«, sagte McSwiney, »kommen wir zu den Separees. Ich muss Euch wohl nicht sagen, was wir dort vorfinden werden. Das könnt Ihr Euch sicher vorstellen.«

»Ich habe meinen Mann nicht bei den Spielern gesehen.«

»Dann liegt es auf der Hand, dass er sich in einem

der Räume befindet, die den Genüssen der Venus gewidmet sind.«

»Verstehe.«

»Wollt Ihr etwa auch diesen Teil untersuchen?«, fragte der Ire, und seine Stimme verriet gewisse Verärgerung.

Das konnte Antonio gut verstehen. Schließlich hatte er den wahren Grund seiner Anwesenheit gerade erst verraten. Er begriff, dass er seinen Gefährten mit einer stichhaltigen Begründung überzeugen musste. »Mein Freund, es tut mir leid, dass ich Euch bisher den wahren Grund, aus dem ich herkommen wollte, vorenthalten habe. Glaubt mir, wenn ich Euch sage, dass ich mich dem Auftrag nicht entziehen konnte.«

»Ich verzeihe Euch«, erwiderte der andere.

»Zu gegebener Zeit werde ich Euch alles erklären.«

»Aber dies ist nicht der passende Ort«, bemerkte der Ire geistesgegenwärtig. »Also, machen wir weiter?«

»Da wir schon mal so weit sind … Gibt es eine Möglichkeit, dabei selbst nicht gesehen zu werden?«

McSwiney schien darüber nachzudenken. Schließlich räumte er ein: »Es ist tatsächlich möglich.«

»Und zwar, wie?«

»Das Mezzanin ist wie das, durch das wir gerade gegangen sind, entlang eines Korridors angelegt. Rechts und links gehen Zimmer ab. Durch ein Guckloch kann man sehen, was darin geschieht. Gegen Bezahlung darf man hindurchspähen.«

»Ah.«

»Seht Ihr, einigen unter uns bereitet das Zuschauen weit größeres Vergnügen, als sich den fleischlichen Genüssen auf herkömmliche Art hinzugeben.«

»Cornelia Zane hat also an alles gedacht.«

»Genauso ist es, mein Freund. Auch wenn ich gestehen muss, dass ich zu denen gehöre, die Hände und Lippen noch zu schätzen wissen.«

Antonio lächelte. »Da stimme ich zu. Andererseits sind wir nun schon zu weit vorgedrungen, um aufzugeben, jetzt will ich es genauer wissen.«

»Na, dann gehen wir doch hinauf.«

Ohne weitere Zeit zu verlieren, machten sie sich auf den Weg, und wenige Augenblicke später waren sie am oberen Ende der Treppe angelangt. An den Treppenabsatz schloss sich ein Korridor an, an dessen Anfang ein Diener an einem Tisch saß.

»Zuschauen oder mitmachen?«, war die Frage.

»Zuschauen«, antwortete McSwiney.

»Ein Dukaten für jeden. Leise zuschauen, kein Lärm.«

Nachdem der Obolus bezahlt war, befanden sich die beiden in einem Korridor mit drei Türen auf jeder Seite. Er war nur mit einigen Kandelabern schwach beleuchtet. Man konnte im Halbschatten jedenfalls etwas sehen.

»Und jetzt«, sagte der Ire, »versucht zu sehen, ob Euer Mann sich in einem dieser Zimmer befindet.«

Antonio schob die Abdeckung über dem Türspion

der ersten Tür rechts zur Seite. Er sah einen Mann und eine Frau, die auf einem Diwan saßen. Die Kurtisane trug ein besonders tief ausgeschnittenes Kleid. Der Kunde bedeckte die kleinen weißen Brüste mit Küssen. Als er den Kopf hob, sah Antonio, dass es nicht der Hinkefuß war. Dieser hier trug eine Maske, die völlig anders war als die, die sein Mann trug. Er verschloss das Guckloch wieder.

»Das ist er nicht«, flüsterte er.

»Dann probieren wir es beim nächsten.«

Dieses Mal spähte Antonio durch die Öffnung des ersten Zimmers links. Zwei Frauen waren gerade dabei, einen Mann auszuziehen. Letzterer jedoch war ganz offensichtlich nicht mit dem Hinkefuß identisch, ganz abgesehen davon, wie er sich bewegte, denn er hinkte kein bisschen. Die Farbe des Gehrocks und des Kamisols passte ebenfalls nicht. Ein weiterer Fehlschlag. Er schnaubte.

»Was ist los?«, wollte der Ire wissen.

»Ach, nichts. Auch dieses Mal haben wir kein Glück gehabt.«

Während er sich der zweiten Tür auf der rechten Seite näherte, dachte Antonio Canal schon, er hätte alles falsch gemacht. Er fühlte sich unwohl an diesem Ort. Als ob daran irgendetwas schmutzig und verkehrt sei. Er war gewiss nicht perfekt, aber zu seinen Schwächen gehörte es nicht, Frauen dafür zu bezahlen, sie ins Bett zu bekommen, und noch weniger dafür, ihnen dabei zuzusehen, wie sie Verkehr mit ihren

Kunden hatten, doch genau das war die Situation, in die er sich gebracht hatte.

Ganz abgesehen davon, dass Charlotte von der Schulenburg ihm das Herz gestohlen hatte und schon der Gedanke an sie dieses gewisse Schuldgefühl verstärkte, das er in diesem Augenblick empfand, egal ob zu Recht oder zu Unrecht. Vielleicht war es übertrieben, aber er empfand zum ersten Mal ein reines, aufrichtiges Gefühl, und ihm kam es so vor, als würde es dadurch beschmutzt, dass er in diesem Augenblick an diesem Ort war.

Er näherte sich dem Türspion. Er sah einen Mann von hinten. Er trug einen rotbraunen Rock, der bald darauf an der Lehne eines Sessels hing. Als er sich bewegte, konnte Antonio sehen, dass er hinkte, wenn auch kaum wahrnehmbar.

Er war es!

Während eine Frau mit langen roten Haaren ihr Gesicht zwischen seinen Schenkeln versenkte, drehte der Mann sich um.

Und Antonio Canal hatte das Gefühl, dass er ihn wirklich ansah. War es möglich, dass er ihn gesehen hatte?

Er löste sich vom Guckloch und wartete. Nichts geschah. Vielleicht täuschte er sich. Dennoch empfand er eine merkwürdige Beklemmung.

»Habt Ihr ihn gesehen?«, fragte McSwiney.

Antonio nickte nur. Dann begab er sich, ohne länger zu zögern, an den anderen Zimmern vorbei zum

Anfang des Korridors. Der Ire hielt ihn auf, er packte ihn am Arm und sagte mit unterdrückter Stimme: »Nicht da lang! Folgt mir!«, und strebte dem Ende des Ganges zu, vorbei an den anderen Zimmern.

Aus einem hörte Antonio Lustschreie. Kaum einen Augenblick später öffnete McSwiney eine Tür, und sie befanden sich erneut auf einem Treppenabsatz. Von dort führte eine Treppe zum obersten Stockwerk, eine andere nach unten.

Sie gingen die Stufen hinab, zurück in den großen Empfangssaal. Die ganze Zeit über spürte Antonio immer noch den Blick auf sich ruhen.

Es schien ihm unmöglich, dass der Hinkefuß ihn erkannt hatte, zumindest nicht durch den Türspion, erst recht nicht, wenn man berücksichtigte, dass er eine Maske trug. Es war völlig irrational, das auch nur anzunehmen. Zudem waren sie sich nie begegnet, und bis zu diesem Moment hatte sein Mann nicht einmal gewusst, dass ihm jemand folgte.

Dennoch konnte Antonio sich des Gefühls wachsender Beklemmung nicht erwehren.

15

Der Bericht

N un?«, fragte Seine Durchlaucht mit unverhohlener Ungeduld.

»Ich werde Euch berichten, was ich entdeckt habe«, erwiderte Antonio Canal. Er fragte sich, wo er anfangen sollte, und entschied sich schließlich, gänzlich auf Vorreden zu verzichten und direkt zum Kern der Sache zu kommen. »Dank der Ratschläge eines guten Freundes habe ich abgewartet, bis sich der Hinkefuß mit seinen Gefährten beim Ospedale dei Mendicanti traf.«

»Seid Ihr sicher, dass er Euch nicht gesehen hat?«, fragte der Doge.

Einen Augenblick lang zögerte Antonio. Er war sich sicher, dass er während der Beschattung nicht entdeckt worden war, aber in diesem Moment fiel ihm der Blick des Hinkefußes ein, als die Dirne sich um ihn kümmerte. Er hoffte, dass Seine Durchlaucht sein Zögern nicht bemerken würde. »Ohne Zweifel. Sobald er sich mit den anderen beiden auf den Weg gemacht hat, bin ich ihm gefolgt. Nach dem Campo Santi Giovanni e Paolo ist er in die Barbaria de le Tole eingebogen.«

»Und sie haben nicht bei der Cavallerizza haltgemacht?«

»Anfangs hatte ich das auch erwartet. Doch sie gingen weiter bis zur Calle Zon.«

»Ah. Und was wollten sie dort?«

»Nachdem sie in die Calle Cavalli eingebogen waren, blieben sie vor einem Palazzetto stehen. Sie klopften, man öffnete, und nach Nennen des Erkennungswortes sind sie hineingegangen.«

»Erkennungswort?«

Antonio nickte. »Auch mir kam das seltsam vor, aber bei dem, was ich später entdeckte, wird es verständlicher. Der Palazzetto beherbergt den Salon von Cornelia Zane, einer ehrbaren Kurtisane, die in ihren Räumlichkeiten edle Damen und Herren, Spieler und Freudenmädchen empfängt, deren Anonymität durch das Tragen von Masken gewährleistet wird. Ich hatte das Gefühl, dass dieser Salon als Deckmantel für etwas anderes dient: Ich sah Spieltische für Pharao und Basetta, ich sah Spieler und Separees.«

»Ihr wisst sehr wohl, dass wir dafür niemanden verhaften können.«

»Ich habe nichts dergleichen gesagt. Ich kann nur festhalten, dass der Mann, den ich auf dem Bild dargestellt habe, fleischlichen Genüssen nicht abgeneigt ist, die dieses Haus, in jeder Hinsicht ein Freudenhaus, bereithält.«

Der Doge seufzte. Er musste bis zuletzt gehofft haben, dass das Ergebnis der Nachforschung ein anderes sei, doch dem war nicht so. Er richtete seinen besorgten Blick auf Antonio und sah ihn eindringlich an. »Aber das ist noch nicht alles, richtig?«

Canaletto schwieg. Seine Durchlaucht hatte ins Schwarze getroffen. Es gab etwas in Cornelia Zanes Salon, das sich schwer fassen ließ. Er konnte den Finger nicht darauf legen, doch dieser Salon war bestimmt nicht nur ein Ort des Spiels und des Vergnügens. Bei seinem Aufenthalt auf dem Fest hatte eine Empfindung von Verderbtheit ihn umgeben, als sei das, was er entdeckt hatte, nur der Auftakt zu einer weitaus perverseren und verboteneren Inszenierung.

»Das ist das, was ich Euch im Augenblick sagen kann. Doch auf die Gefahr hin, dass ich mich um Kopf und Kragen rede: Ich glaube nicht, dass das alles ist.«

»Wirklich? Darf ich Euch fragen, ob es Fortschritte hinsichtlich des Alabastermädchens gibt?«

»Da müssten wir den Capitan Grando fragen, doch ich weiß mit Sicherheit, dass er die Juden verdächtigt.«

»Gibt es einen bestimmten Grund, der ihn dazu veranlasst?« Antonio fühlte sich bei dieser Frage ertappt. War er vielleicht zum Spion geworden? Ganz bestimmt nicht, doch diese ganze Angelegenheit schien tatsächlich seiner Kontrolle zu entgleiten. Es war ihm auf überraschende Weise gelungen, das Geheimnis zu lüften. Trotz anfänglicher Zögerlichkeit hatte er die ihm übertragene Aufgabe mit einiger Leichtigkeit ausgeführt, und nun hatte er aus einem unerklärlichen Grund das Bedürfnis, mehr zu erfahren. Diese kleine Welt aus Schwächen und Lastern hatte seine Aufmerksamkeit erregt. Er spürte, dass seine Nachforschungen noch nicht abgeschlossen und im Ergebnis nicht klar genug waren. »Ich muss einfach Bescheid wissen«, fügte er hinzu, fast als spreche er zu sich selbst, und bei genauerer Betrachtung war das vielleicht auch so.

»Darüber bin ich mir im Klaren, Signor Canal«, sagte der Doge. »Doch Ihr müsst verstehen, dass ich vollstes Vertrauen in das Vorgehen des Capitan Grando habe. Ich verlasse mich auf sein Urteil. Ich nehme an, er vertieft die notwendigen Untersuchungen. Auf der anderen Seite bin ich aufrichtig überrascht vom Eifer, den Ihr bei Euren Nachforschungen an den Tag gelegt habt.«

»Nun, schließlich wart Ihr es, der mich damit betraut hat ...«

»So ist es!«, bestätigte der Doge. »Und Ihr habt sehr gute Arbeit geleistet. Der fragliche Punkt ist jedenfalls geklärt. Wie ich Euch bereits versprochen hatte, habt Ihr völlige Handlungsfreiheit. Ich werde niemals bestätigen, Euch persönlich beauftragt zu haben, doch wie zuvor garantiere ich Euch, dass die *magistratura*, die polizeilichen Aufsichtsbehörden, Euch auch weiterhin in Ruhe lassen.«

»Damit bin ich schon zufrieden. Denn wie ich Euch schon sagte, ich glaube nicht, dass ich aufhören könnte«, antwortete Antonio, dem gerade bewusst wurde, wie groß die Faszination war, die diese merkwürdige Nachforschung auf ihn ausübte, und dass er sie offenkundig unterschätzt hatte.

Ohne sich noch länger aufzuhalten, verabschiedete er sich.

Das Blau des Himmels ging in das Gold des Sonnenuntergangs über. In der Ferne kreischten die Möwen und glitten durch die kalte Abendluft. Sie machten ihm Gänsehaut. Er war nervös, kalter Schweiß brach ihm aus. Er fühlte sich so lebendig wie noch nie zuvor, elektrisiert von den Gefühlen, die er für Charlotte hegte, und aufgewühlt vom Besuch im Salon von Cornelia Zane. Er fühlte sich gleichermaßen angezogen wie abgestoßen. Ein Wechselspiel von Hell und Dunkel, ganz wie er es in seinen Bildern immer einzufangen versuchte.

Ach ja, seine Malerei. In letzter Zeit hatte er sie vollständig vernachlässigt. Das war bisher noch niemals geschehen, und er fand es unfassbar. Zu malen war für ihn eine allumfassende Erfahrung, doch nun musste er es mit dem eigenen Herzen aufnehmen und dabei entdecken, dass er auf ein Gefühl, wie er es für Charlotte empfand, nicht vorbereitet war. Die brennende Neugier, die er bei den Entdeckungen empfand, die er im Laufe seiner Nachforschungen gemacht hatte, erledigte den Rest.

Und McSwiney? Ihm war es zu verdanken, dass er

so rasche Fortschritte gemacht hatte. Und er war es auch gewesen, der ihn nicht nur mit einem, sondern gleich drei verschiedenen Aufträgen versorgt hatte. Er war ihm sehr dankbar und merkte, dass er sich ihm anvertrauen wollte. Im Übrigen hatte ihm der Ire seine Loyalität mehr als irgendwer sonst bewiesen, viel mehr als er selbst bisher. Wirklich eine schöne Art, das erwiesene Vertrauen zu erwidern! Er hatte nicht viele Freunde, seine so spezielle und einsame Tätigkeit, die er mit mönchischer Disziplin ausübte, brachte ihm unter sozialen Aspekten keine wichtigen Verbindungen ein. Allein unter diesen Ausgangsbedingungen wäre er gewiss nicht weit gekommen. Einmal mehr nahm er sich vor, McSwiney von allem, was er gerade tat, zu erzählen. Hatte eine gewisse Zurückhaltung anfangs noch ihre Berechtigung, war das nun nicht mehr der Fall.

Er war noch recht jung und nicht ganz frei von Menschenscheu, doch das hatte sich in den letzten Tagen geändert. Zumindest ein bisschen. Sich auf Gefühle und, vorsichtig ausgedrückt, unbekannte Aufgaben einzulassen, konnte bisweilen berauschend sein. Also würde er sich nun nicht in seiner Einsamkeit vergraben, wie er das noch vor wenigen Tagen getan hätte. Er wollte sich gehen lassen. Er wollte sich mit Begeisterung in den Strudel aus Lebendigkeit und Abenteuer stürzen.

Was die Juden anging, schien ihm irgendwas nicht ganz zu stimmen. Der Doge hatte bestätigt, dass die

Verdächtigungen in diese Richtung gingen. Ihm fehlte ein Anhaltspunkt, ob dies nun berechtigt war oder nicht. Doch als er vom Inquisitore di Stato und vom Capitan Grando vorgeladen worden war, waren die beiden die Ersten gewesen, die die Gerüchte erwähnten, wonach die Juden die perfekten Schuldigen abgaben. Sie ließen jedoch auch durchblicken, dass diese Behauptung eher ein bequemer Vorwand zu sein schien, ideal, um den Mantel des Schweigens über die Angelegenheit zu breiten, und nicht das Ergebnis echter Nachforschungen. Doch was nun? Sicher waren inzwischen neue Indizien aufgetaucht, aber was, wenn nicht?

Er schaute auf die Basilika von San Marco. Auf die Kuppeln vor dem vom Abendrot gefärbten Himmel, auf die fünf großen, von Bögen überspannten Portale, die prächtig verzierten Lünetten. Wann immer er diese Fassade betrachtete, stockte ihm für einen Augenblick der Atem. Venedig schlug ihn mit seiner Schönheit immer wieder in den Bann. Nie war er gefasst auf solchen Glanz, nie rechtzeitig jedenfalls, und wieder einmal musste er einsehen, wie wenig seine Gemälde dem gerecht wurden, auch wenn er auf jede erdenkliche Weise versuchte, die Proportionen, die Harmonie der Linien, das Spiel des Lichtes einzufangen.

Es wurde langsam spät, und er wollte nach Hause. Er ging am Uhrenturm vorbei und beschleunigte den Schritt. Als er in der Nähe von San Zulian war, hatte er das deutliche Gefühl, verfolgt zu werden. Doch als er sich umblickte, sah er niemanden.

Höchstwahrscheinlich irrte er sich.

Aber das Gefühl begleitete ihn bis nach Hause.

16
Die Moeche

Er wusste nicht, welches Werk heute Abend gegeben werden würde, doch selten herrschte solches Gedränge vor dem Theater. Im Übrigen wurden auf dieser Bühne die bedeutendsten Melodramen uraufgeführt, die Bühnenbilder gehörten zu den imposantesten, und Primadonnen und Sänger trugen Kostüme, die so glanzvoll und elegant waren, dass sie eine Prinzessin erfreut hätten. Wie gern hätte sie nur einmal mit eigenen Augen solch ein Schauspiel gesehen, das Adel wie einfaches Volk sich gerade zu sehen drängten!

Colombina musste jedoch leider an anderes denken. Sie war so arm, dass sie sich mit kleinen Diebereien und anderem Notbehelf durchschlagen musste. Gerade in diesem Moment war sie gemeinsam mit Magnaossi dabei, sich solch einer Tätigkeit zu widmen. Nicht allzu weit von ihnen entfernt hatte Il Moro sie im Auge. Sie nannten ihn so, weil er einen dunklen Teint und krause Haare hatte. Und er war der Anführer der Moeche, einer Bande von Waisenkindern, die alles zusammenraffte, was sie in die

Finger bekommen konnte, um irgendwie durchzukommen.

In letzter Zeit lief es ein bisschen besser, denn Il Moro hatte angefangen, ein paar Dinge für einen Mann zu erledigen, den Colombina nur ein einziges Mal gesehen hatte. Das hatte ihr genügt. Er hatte einen seltsamen Namen, bestimmt kein Venezianer, lange Haare, die ebenso schwarz waren wie die Augen, er kleidete sich elegant, und der äußeren Erscheinung nach war er ein respektabler Herr. Aber sie hatte mit ansehen müssen, wie er sich von einem Moment auf den anderen in ein Monster verwandelte, der einen Jungen der Bande bis aufs Blut verprügelt hatte, weil der, dem Herrn zufolge, nicht imstande gewesen war zu tun, was von ihm verlangt worden war.

Il Moro hatte dagegen protestiert, doch dieser Teufel hatte den Jungen gegen die Wand geschleudert, ohne ihn überhaupt nur anzuschauen, und hatte den Ärmsten, der bereits am Boden lag, mit Fußtritten in den Bauch traktiert.

Bei diesem Anblick war ihr das Blut in den Adern gefroren. Der Horror stand ihr noch vor Augen – der Mann mit seinen schweißnassen schwarzen Haaren und einem schauerlichen Lächeln. Er hatte Spaß daran gehabt, einen von ihnen, einen Moeca, fast totgeschlagen zu haben. Dann hatte er seine Schnupftabaksdose herausgeholt, hatte sich ein bisschen vom braunen Pulver auf den Handrücken gestreut, und nachdem er es geschnupft hatte, hatte er die langen Haare zurückgeworfen und war in eiskaltes Gelächter ausgebrochen. Dann sagte er, er würde es der Bande der Moeche an nichts fehlen lassen, wenn sie taten, was er wollte. Wenn sie ihn aber enttäuschen würden, würde er sie zerquetschen wie die fiesen kleinen Krabben, die sie waren.

Colombina versuchte, nicht dran zu denken. Sie war wegen eines Arbeitsauftrags gekommen und wollte Il Moro nicht enttäuschen. Er sah so gut aus und war auf Zack, er gefiel ihr.

Wie dem auch sei, auf dem Theatervorplatz drängten sich Menschen unterschiedlichster Art: Ritter ohne Damen, Kurtisanen, Kaufleute, die darauf aus waren, ihre Verkaufsaussichten zu steigern, Schauspielerinnen mit Ambitionen, adelige Damen auf der Suche nach Abenteuern, Diener, Hausangestellte, skrupellose Abenteurer, Schriftsteller, echte oder vermeintliche Theateragenten, Scharlatane, Betrunkene, und mittendrin drehten Verkäufer mit kandierten Äpfeln, Bussolai, Windbeuteln und anderem Naschwerk ihre Runden und mit ihnen die Kaffeeverkäufer, schließlich diejenigen, die für ein paar Zechine ihren Platz im letzten Moment abgaben und dabei versuchten, manch einen Dummen, von denen sich immer einer fand, übers Ohr zu hauen.

Sie alle mischten sich unter die, die sich ins Theater drängten, oder diejenigen, die sich verspäten würden, weil sie auf jemanden warteten oder schlicht weil sie sich noch etwas Zeit ließen, obwohl es dunkel und kalt wurde.

Colombina hingegen wollte nicht noch mehr Zeit verlieren. Sie trat an einen gut gekleideten Herren in goldgefasstem Gehrock, Dreispitz und ausladendem Mantel, enormer gepuderter Perücke und mächtigem Bauch heran. Teils wegen seines Reichtums, teils wegen seines Körperumfangs führte er sich auf wie ein großes Tier. Sie warf ihm einen ihrer schmachtendsten Blicke zu und ließ dank ihres Ausschnitts tief auf ihre weißen, festen Brüste blicken. Ihr Kleid war nicht groß der Rede wert, es war ein notdürftig geflickter Fetzen, doch ihre glatte Haut und die ansehnlichen Kurven erzielten durchaus den gewünschten Effekt. »Guten Abend, mio Signore«, sagte sie so munter, wie es ihr in diesem Augenblick möglich war. »Was wird heute Abend im Theater gespielt?«

Der Wichtigtuer sah sie überrascht an, wobei er sie mit seinen Blicken entblößte.

»Beim Blute des Bacchus – sie führen heute noch einmal *Berenice* von Sergio Maria Orlandini auf. Und wer seid Ihr? Ein Engel?«

»Nein, wie galant!«, zwitscherte Colombina und setzte ein strahlendes Lächeln auf. Unnötig zu sagen, dass sie den eitlen alten Stutzer in Verzückung versetzte.

»Beim Blute des Bacchus«, wiederholte der. »Ich habe mich gefragt ...« Währenddessen rempelte ihn jemand vorbeirennend an der Schulter an. Während der verhinderte Verführer dem Gottlosen hinterherschimpfte, der ihn so grob gestoßen hatte, schnappte sich Colombina die Lederbörse, die Magnaossi abgeschnitten hatte und jetzt in alldem Gedränge auf dem Boden lag. Flink griff sie zu und steckte sie sich in die Tasche.

In der Zwischenzeit drängelten die Leute ins Theater, und sie und der unverbesserliche Alte wurden von der Menge getrennt, die Letzteren wie eine Woge überschwemmte und ihn gegen seinen Willen zum Eingang mitriss.

»Meine Liebe«, sagte der, »wie gern hätte ich dich bei mir gehabt.« Sie warf ihm einen äußerst verführerischen Handkuss zu. »Und wie gern wäre ich mitgekommen, mio Signore. Dann beim nächsten Mal!« Ohne Weiteres abzuwarten, machte sie auf dem Absatz kehrt und entfernte sich in entgegengesetzter Richtung, fort von dem alten Fatzke.

Der verlassene Palazzo lag am äußersten Rand des Sestiere Castello. Er schien drauf und dran zusammenzubrechen. Von außen hätte niemand gedacht, dass er bewohnt war, aber die Moeche hatten ihn zu ihrem Refugium erkoren. Aus den weitläufigen, heruntergekommenen Salons hatten sie im Laufe der Zeit ein echtes Hauptquartier gemacht. Es gab einen Speisesaal, in dem sie gemeinsam aßen, zwei Schlafräume für alle mit Ausnahme der Räume von Il Moro und Colombina. Und eine Waffenkammer, in der sie Schleudern, Dolche, Messer und Geschosse aller Art anhäuften – egal ob Steine oder eine Handvoll Nägel, Stöcke, Schwerter, Scheren.

Il Moro war bei ihr, in ihrem Zimmer auf dem Dachboden. Er streichelte ihre langen blonden Haare, die aussahen wie das Sonnenlicht, das golden auf dem Wasser der Lagune schimmerte, und küsste ihre Wangen. »Das hast du gut gemacht«, sagte er.

Für Colombina war das, als täte sich die Himmelstür einen Spaltbreit auf.

»Ich muss mich mit Olaf Teufel treffen.«

Wieder dieser Name. Der Teufel mit den langen schwarzen Haaren.

Und ihr war sterbenselend zumute. Von einem Mann wie ihm war nichts Gutes zu erwarten. Sie bat Il Moro inständig, es nicht zu tun. »Ich habe Angst vor ihm. Er ist ein Monster.«

Schweigend richtete er den Blick woandershin, denn er wusste, dass sie recht hatte. Dann jedoch sah er sie direkt an. »Ich muss dafür sorgen, dass alle zu essen haben. So können wir nicht weitermachen.«

»Warum nicht? Wir können es noch mal so machen wie heute.«

»Zehn Zechine, mehr hatte er nicht dabei. Nichts als heiße Luft in dem aufgeblasenen Wanst, und das ist nicht das erste Mal, dass uns das passiert. Wir brauchen sichere Einnahmen, und dieser Mann kann uns dazu verhelfen.«

»Ich will das nicht«, sagte sie, und die Tränen liefen ihr bereits über die Wangen.

»Du musst mir vertrauen«, sagte er. Dann küsste er sie auf die Stirn. »Denk an die anderen Jungs. Sie sind kleiner als wir, und auch wenn sie schon ziemlich auf Zack sind, mehr als bisher schon können sie nicht machen. Selbst wenn wir alles abgreifen, was wir kriegen können, werden wir nicht genug zu essen auf den Tisch bringen.«

»Aber wir sind frei!«, erwiderte sie.

»Für wie lange?«

»Solange wir den Mut haben, es zu sein.«

Er schüttelte den Kopf. »Du weißt, dass das nicht so ist. Wir belügen uns bloß selbst. Ich werde zu Teufel gehen, und dann sehen wir weiter. Er will ein Netz aus Informanten in der Stadt, und die Moeche könnten genau das sein, was er braucht. Wir haben Verbindungen in alle Viertel, und mit deinen Tauben können wir auch den Himmel über Venedig abdecken wie niemand sonst. Deine gefiederten Freundinnen werden für uns als unsere Augen sehr wertvoll sein.« Daraufhin stand Il Moro auf.

Sie versuchte, ihn festzuhalten, doch er machte sich von ihr los, und zwar recht brüsk und bestimmt. Als er ging, begriff Colombina, dass dies der Anfang vom Ende war.

17
Angst

Mehrmals hatte sich Isaak an diesem Tag gefragt, ob das, was er vorhatte, das Richtige war, die Antwort war immer dieselbe – er hatte keine andere Wahl. Angesichts der völligen Untätigkeit der Republik bestand die einzige Möglichkeit, die es noch gab, darin, die Gemeinde in Alarmbereitschaft zu versetzen. Auch wenn er anfangs seinem Bruder widersprochen hatte, hatte er sich doch eines Besseren belehren lassen müssen. Darüber wollte er mit dem Rabbi sprechen.

Er betrat das Ghetto wie üblich durch den *sotoportego* von der Fondamenta della Pescaria her, die am Kanal Rio di Cannaregio lagen. Der Mond stand an dem Abend bereits am Himmel, groß und gelb wie eine riesige Goldmünze. Im Ghetto Vecchio machten die Läden der Bäcker, der Obstverkäufer und der Metzger allmählich einer nach dem anderen zu. Isaak ging an den engen, hohen Wohngebäuden vorüber, während Männer, Frauen und Kinder in ihr eigenes Heim eilten, dabei lediglich ein paar Worte des Grußes entboten und so die kalte Abendluft mit Brocken unterschiedlichster Sprachen erfüllten. Die

Sätze schienen sich in einem babylonischen Sprachengewirr zu vermischen, einiges konnte Isaak identifizieren – Jiddisch, Deutsch, Italienisch, Türkisch, Portugiesisch und Spanisch.

Endlich fühlte er sich zu Hause und in gewisser Weise sicher. Besonders nach dem, was ihm passiert war. Vielleicht erwies sich diese Einhegung in so unsicheren Zeiten wie diesen ja wie eine unüberwindliche Mauer.

Er ging am Ospedale dei Poveri und dem Albergo per i Viandanti Levantini vorbei, gelangte so zunächst zum Campiello delle Scuole und ging dann weiter in Richtung des Ghetto Novo. Bald darauf verstummten die Rufe, und bis auf einen Pfandleiher, der spät dran war, hatten sich Gassen und Plätze geleert.

Auf dem Gebiet des Ghetto Novo angekommen, machte er Halt. Die Häuser reichten in manchen Fällen neun Stockwerke hinauf. Hoch hinaus – das war für die Juden die einzige Möglichkeit, mehr Platz hinzuzugewinnen. Doch nicht einmal so gab es genug Wohnraum. Er schüttelte den Kopf. Diese Verhältnisse machten ihm Sorgen.

Rechter Hand lagen drei Synagogen: die Große Deutsche Synagoge, die Scola Canton und die Italienische Synagoge. Alle drei befanden sich im Inneren anderer Wohnhäuser, und von außen hätte man sie nicht erkannt, weil es keinerlei Erkennungsmerkmale gab, damit sie nicht auffielen. So wollte man bei der Regierung der Serenissima ein Missfallen vermeiden, denn sie hatte die Errichtung nur widerstrebend erlaubt. Er bog nach links ab, in Richtung eines großen, sechs Stockwerke hohen, schmalen Hauses. Bei der eisenverstärkten Holztür angelangt, schloss er auf und trat ein.

Vom Innenhof stieg er die erste Treppe hinauf. Stufe für Stufe erreichte er den Absatz des ersten Stockwerks. Dann den zweiten und schließlich den dritten. Diese Stufen machten ihm an diesem Tag besondere Mühe, denn sie erinnerten ihn einmal mehr daran, dass er wie alle im Ghetto gezwungen war, in engen, schlecht belüfteten Räumen zu leben, für die das Dreifache der Miete verlangt wurde, die von einem Venezianer gefordert worden wäre. Das war nicht recht. Und noch weniger recht war es, dass er kein Eigentum erwerben konnte, selbst wenn er es gewollt hätte. Na schön, welches Interesse konnte man auch daran haben, Besitzer einer solch elenden Behausung zu werden? Doch es war eine Frage des Prinzips.

Drinnen stellte er die Ledertasche ab und rief nach Zygmund. Sein Bruder antwortete nicht. Sicher war er zum Abendgebet in der Synagoge.

Nachdem er sich das Gesicht gewaschen hatte, ging er in die Küche und trank etwas Wasser.

Schließlich widmete er sich stehend der Amidah und ihren neunzehn Lobpreisungen und Bitten.

Isaak erreichte den Campo del Ghetto Novo vor der Großen Deutschen Synagoge, der vor zweihundert

Jahren errichteten Synagoge der Aschkenasen. Sie befand sich im ersten Stock eines Wohnhauses. Zu erkennen war sie an den fünf großen Bogenfenstern und am kleinen *liagò*, dem vorspringenden Erker, der über dem Kanal auf ihr Vorhandensein hinwies.

Er trat über die Schwelle und stieg vom Erdgeschoss eine schmale Stiege hinauf, die direkt in den Kultraum führte. Dass der trapezförmige Grundriss in seiner Struktur nicht so klar zu erkennen war, lag an der elliptischen Form der umlaufenden Frauenempore, von deren Balustrade in regelmäßigen Abständen schlanke, eckige Säulen bis zur Decke reichten. Unter der Balustrade verlief wie ein Sockelband ein roter Streifen, der in goldenen Lettern die Zehn Gebote trug. Die achteckige Bima – das Lesepult für die Thoralesung – bekrönt von einem geschnitzten goldenen Baldachin befand sich am einen Ende des Raums und ihm gegenüber, am kürzeren Ende des Saals, der Aron, der rot ausgeschlagene Thoraschrein, auf dessen Türen innen als Intarsien aus Perlmutt ebenfalls die Zehn Gebote zu lesen waren. Die rahmende, golden gefasste Scheinarchitektur war mit Säulen, Bögen und Giebeln im Stil der Renaissance gestaltet. Zu beiden Seiten befanden sich die Plätze der Parnassim, der Gemeindevorsteher. Der untere Bereich der Wände war holzvertäfelt, und das dunkle Holz, aus dem auch die Bänke waren, bildete einen Kontrast zu den Vergoldungen im Raum und den roten Vorhängen.

In all der Pracht bemerkte Isaak weder den Rabbi noch den Schamasch, den Synagogendiener, sofort. Daher wandte er sich an den Gabbai. Der Assistent des Rabbiners war ein korpulenter Mann mit rotem Kopf, wässrigen Augen und spärlichem Bartwuchs in seinem Mondgesicht. »Gabbai Wiesel«, sprach er ihn an, »ich muss mit Rabbi Mordechai Coen sprechen.«

Der Gabbai war kein Mann vieler Worte. Er sprach einsilbig und nur, wenn er musste. Ungerührt wies er daher auf die letzte Bankreihe. Dort sah Isaak den Rabbi mit müder Miene sitzen. Er dankte dem Gabbai und begab sich zu Mordechai Coen. Letzterer war ein Mann in fortgeschrittenem Alter und von großer Weisheit. Er nahm das Kommen des Arztes kaum wahr. Sein Blick ging weiter ins Leere, bis er, auf das leise Geräusch der Schritte hin, den Blick hob. Sein blasses Gesicht wurde von einem gepflegten langen Bart und perfekt gelockten Peies gerahmt.

Aus Respekt blieb Isaak bei der Begrüßung stehen. Der Rabbi schien ihn mit seinen blassgrünen Augen zu durchbohren. »Ich hab dich heute Abend gar nicht beim Gebet gesehen, mein Sohn.«

»Ich habe mich verspätet, Rabbi«, antwortete Isaak. »Es tut mir leid.«

»Mir tut es auch leid für dich.«

»Ich komme, um mit Euch über das zu sprechen, was in der Stadt vor sich geht.«

Der Rabbi seufzte. »Ich fürchte, ich weiß, was du meinst. Du spielst auf den furchtbaren Mord an der jungen Frau an, die beim Rio dei Mendicanti aufgetaucht ist?«

Isaak nickte. »Ganz Venedig gibt uns die Schuld an dem Verbrechen.«

»Ich weiß.«

»Gestern war ich an einem öffentlichen Ort.«

»Und weiter?«, wollte der Rabbi wissen. Isaacs Worte schienen keine Wirkung auf ihn zu haben.

»Und ich wurde von Männern angegriffen, die von uns behaupteten, wir würden meucheln und Blut saufen.«

»Das kommt vor«, sagte der Rabbi. In diesen Worten lag ein Fatalismus, der die Synagoge in ihren Grundfesten zu erschüttern schien.

Isaak verstand das nicht.

Doch der Rabbi wartete nicht ab, was er dazu zu sagen hatte, und fuhr fort: »Die Ansteckung. Die Angst ist wie eine ansteckende Krankheit. Sie beginnt als kleine Flamme, gerade groß genug, um einen Docht zu entzünden. Dann wird sie größer, und in kürzester Zeit wird eine Feuersbrunst daraus.« Er seufzte. »Schabbtai Zvi.«

Der Name ließ die Luft erbeben wie ein Todesurteil.

»Du kennst die Geschichte, nicht wahr, mein Sohn?«

Isaak nickte. »Vor siebzig Jahren erklärte sich Schabbtai Zvi, ein Anhänger des Oberrabbiners von Smyrna, zum Messias.«

»So ist es«, bestätigte Mordechai Coen lakonisch.

Damit schien er Isaak ermuntern zu wollen fortzufahren.

»Auch wenn er viele Gegner hatte«, fuhr der Arzt fort, »wuchs seine Gefolgschaft nach und nach, bis der Punkt erreicht war, an dem er als gefährlich galt. Da wurde er als *herem* behandelt, das bedeutete, dass er zu vernichten sei. So verließ er die Stadt und fand Zuflucht in Konstantinopel. Hier sah Abraham ha-Yakini, ein wichtiger Prediger, in ihm den Messias; er stützte seine Behauptung auf eine alte hebräische Prophezeiung, der zufolge der Messias Schabbtai genannt werden würde.«

»Und dies führte zu einem Schisma«, schloss Rabbi Coen, »zwischen denen, die ihn für einen Scharlatan hielten, und denen, die in ihm den wahren Messias sahen. Das wissen wir. Das Problem ist ein anderes, Isaak«, sagte er seufzend.

»Und zwar?«

»Vor uns hat ein Großteil der Juden im Ghetto seine Selbsternennung mit allzu großer Begeisterung gefeiert. Das hat sich tragisch als falsch erwiesen, als er sich dem Islam zuwandte.«

Isaak wollte etwas sagen, doch er zögerte.

»Traust du dich nicht, es zu sagen?«, bohrte der Rabbi nach. »Also werde ich es für dich tun. Jemand aus der Gemeinde könnte auf die Idee kommen, dass das, was gerade geschieht, die Strafe dafür ist, den Lockungen des falschen Messias erlegen zu sein.«

Darüber sprachen sie hier also? Über die Möglichkeit, dass der barbarische Mörder des Mädchens ein religiöses Motiv haben könnte? »Ihr glaubt also, dass der Mord an diesem Mädchen ...«

»Ich nicht. Aber die Pocken, die Anschuldigungen uns gegenüber, all das könnte dem Fluch zugerechnet werden, der auf uns lastet«, unterbrach ihn der Rabbi.

»Aber Ihr wisst doch, dass es keineswegs erwiesen ist, dass ein Jude das arme Mädchen umgebracht hat!«

»Gewiss. Doch bedenke: Was ich weiß, zählt nicht. Ich sage dir noch einmal: Ich sage nicht, dass die Gebote des Zvi und seiner Anhänger unser Verhängnis sind. Ich sage lediglich, dass jemand das behaupten könnte. Und irgendwer tut es im Übrigen schon.«

»Wirklich? Und wer?«, fragte Isaak höchst besorgt.

»Ich weiß es nicht. Ich habe darüber nachgedacht, aber es ist mir niemand eingefallen. Der einzige Unruhestifter in dieser Gemeinde ist Shimon Luzzatto, aber um ehrlich zu sein – all seine Vorwürfe richten sich gegen die Venezianer. Daher glaube ich nicht, dass er in dieser Geschichte eine Rolle spielt. Doch Zvis Name ist in diesen Tagen schon gefallen.«

»Wenn diese Geschichte sich rumsprechen sollte, könnte das die Gemeinde ins Chaos stürzen.«

»So ist es. Ganz zu schweigen davon, dass die jüdische Gemeinde dieser falschen Behauptung nicht mit aller Macht widersprochen hat. Vielmehr hat ihr, wie ich schon sagte, ein Teil bereitwillig geglaubt. Daher kann ich, auch wenn ich nicht an einen Fluch glaube, nicht behaupten, dass wir vollkommen unschuldig wären.« Als er endete, ließ sein Blick Isaak erschauern.

18

Der Pakt

Ins Dunkel gehüllt blickte Antonio hingerissen zur Bühne. Gerade ließ Merope, die Königin von Messena, ihrer Wut über den Tod ihres Sohnes Cresfonte freien Lauf. Zehn Jahre zuvor war ihr Mann Cresfonte, der König, ermordet worden. Ihr Sohn hatte sich retten können, sie hatte ihn ihrem Diener Polidoro anvertraut, damit er unerkannt aufwachsen konnte. Als sie sich nun, zehn Jahre später, vom Tode bedroht, gezwungen sieht, Polifontes unverfrorenes Angebot anzunehmen, ist ihr sehr wohl bewusst, wer der Mörder ihres Mannes gewesen war.

In diesem Moment, in dem sie schreiend, mit zerrauften schwarzen Haaren und wutverzerrtem Blick die Hände auf die Brust schlägt, hat sie erfahren, dass Cresfonte von Egisto getötet worden war, den ein Diener Polifontes in die Stadt geschmuggelt hatte. Daher rührt ihr verzweifelter Wunsch, ihn mit einem Messerstich in den Leib zu töten.

In diesem Drama aus Blut und Rache, Schmerz und Verkommenheit erkannte Antonio das Schicksal Venedigs, das im Laster versank, dezimiert durch die Pockenepidemie, fest im Griff einer schier endlosen eisigen Kälte und verstrickt in dunkle Machenschaften, die sein labiles Gleichgewicht zu gefährden drohten.

Je mehr Merope schrie und sich mit den Fäusten gegen die Brust schlug, desto schwerer lastete seine Unzulänglichkeit auf ihm. Zwar hatte er die unzüchtigen Freiheiten aufgedeckt, die sich der Hinkefuß herausnahm, doch in diesem Salon, da war er sich sicher, taten sich noch ganz andere Dinge. Hinter der Fassade des Amüsements verbarg sich bestimmt etwas Schwerwiegenderes und Beunruhigenderes. Das war es, was er dem Dogen gesagt hatte, und nun wollte er all das herausfinden, was er nicht hatte klären können. Das Erkennungswort, die anzüglichen Anspielungen von Cornelia Zane, der wachsame Leibwächter und dieser Galan mit der beunruhigenden Ausstrahlung, die ihm das Gefühl gaben, dass in diesen Gemächern etwas Unrechtes und Böses vor sich ging. Anfangs hatte Owen McSwiney versucht, ihm bestimmte Ideen auszureden, aber er war nicht davon abzubringen, obwohl er nichts lieber getan hätte, als zur Malerei zurückzukehren und Zuflucht in den Gefühlen zu suchen, die er für Charlotte empfand.

Während sich Scipione Maffeis Tragödie dem Ende des dritten Aktes näherte, fragte sich Antonio wieder einmal, ob der Ire nicht genau die Person war, die ihm dabei helfen konnte, die Zweifel zu zerstreuen. Und die Antwort lautete jedes Mal Ja.

»Ich muss mit Euch sprechen«, sagte Antonio im Dunkel der Loge leise zu dem Freund, der mit ihm dort war. Kaum war der dritte Akt zu Ende, sah McSwiney ihn zwischen Jubelschreien und stürmischem Applaus mit hochgezogener Augenbraue an. »Und? Gefällt es Euch?«

»Ein äußerst düsteres und blutiges Drama«, erwiderte Antonio.

»Dem stimme ich zu.«

»Ich sage es nicht gern, doch letztlich ist es das, was wir vom Theater erwarten, nicht wahr? Gefühle. Dieses Drama stellt mich auf die Probe, muss ich gestehen. Vielleicht weil ich in der Tragik der Geschichte meine geliebte Republik wiedererkenne. Aus diesem Grund würde ich Euch, wenn Ihr erlaubt, gern um etwas bitten.«

»Sprecht nur, Signor Canal.«

»Oh, lieber Freund, das ist rasch getan. Ich möchte gern noch einmal in den Salon von Cornelia Zane.«

»Wirklich? Mir war es so vorgekommen, als träfe er nicht Euren Geschmack. Ganz zu schweigen davon, dass wir beim letzten Mal ein großes Risiko eingegangen sind.«

»Da habt Ihr recht.«

»Also?«

»Seht Ihr …«, begann Antonio und zögerte einen Augenblick. »Ich habe Euch bisher nur die halbe Wahrheit gesagt.«

»Das war mir bewusst.«

»Ja, aber ich habe Euch nicht alles erzählt, und Eure Freundschaft ist mir inzwischen so lieb und teuer, dass ich vor Euch keine Geheimnisse mehr haben möchte«, bemerkte Antonio. »Ich will ehrlich sein – es war der Doge persönlich, der mich beauftragt hat, gewisse Nachforschungen anzustellen.«

McSwiney schien seinen Ohren nicht recht zu trauen. »So weit sind wir gekommen?« Ehe Canaletto nicken konnte, fuhr der Ire fort, darauf achtend, die Stimme zu senken. »Doch dann frage ich mich – warum Ihr? Konnte er damit nicht die Schergen, die Spione, die Signori di Notte beauftragen?«

»Seht Ihr, anfangs ging es nur darum, herauszufinden, in was eine bestimmte Person verwickelt ist, die ich zufällig auf einem meiner Gemälde dargestellt hatte.«

»Der Hinkefuß.«

»Ganz genau. Aber jetzt bin ich, ich weiß nicht, warum, überzeugt, dass in diesem Salon noch etwas anderes vor sich geht.«

»Wahrscheinlich.«

»Ah! Ihr bestätigt es also?«

»Nicht direkt. Aber gestern habe ich eine ganz spezielle Einladung erhalten.«

»Wovon sprecht Ihr?«

»Ich kann nicht viel deutlicher werden, doch ich kann sagen, dass der Galan, den Ihr gesehen habt, ein Mann mit wirklich sehr ausgefallenen Wünschen und Neigungen ist.«

»Ich würde ihn gerne näher kennenlernen.«

»Ich denke, das ist eine ganz schlechte Idee. Ich selbst denke darüber nach, meine Besuche einzuschränken.«

»Und warum?«, fragte Antonio. Einen Anflug von Besorgnis in seiner Stimme konnte er nicht verbergen. »Weil ihr vielleicht recht habt – irgendetwas stimmt mit diesem Ort nicht.«

»Aber wenn dem so sein sollte, hätten wir einen Grund mehr, das aufzudecken.«

McSwiney schüttelte den Kopf. »Und wenn wir dabei unsere Ehre einbüßen sollten? Den guten Ruf? Oder sogar das Leben?«

»Ich bitte Euch, mir zu helfen, habe ich gesagt. An diesem Ort meine Augen zu sein und mir zu berichten, was bei diesem nächsten Treffen geschieht, zu dem Ihr eingeladen seid.«

»Wenn ich ehrlich sein soll, Signor Canal, ist die erste Antwort, die mir dazu in den Sinn kommt: nicht für alles Gold der Welt. Gewiss, der abenteuerlustige Teil in mir, der Teil, der im Exil zutage trat, um jeden Tag Lösungen für meine Probleme als Ausgestoßener zu finden, der bringt mich, teils aus Neugier, teils im Interesse einer entsprechenden Gegenleistung, dazu zu sagen, dass ich Euer Mann sein könnte. Ihr solltet aber wissen, dass Ihr da viel von mir verlangt. Es ist eine Sache, selbst zu entscheiden, wie viel man riskiert, und eine andere, dazu gezwungen zu sein. Daher frage ich Euch: Was springt dabei für mich heraus?«

»Ein neues Werk? Das ich Euch günstig überlassen oder Euch sogar schenken würde?«

»Das wäre schon mal ein guter Anfang.« Bei diesen Worten öffnete sich der Vorhang wieder. Der vierte Akt begann.

Bevor er wieder in der Welt des Dramas abtauchte, versprach Antonio: »Signor McSwiney, wir werden dieses Gespräch bei einem guten Glas Wein fortführen.«

»Verlasst Euch drauf!«

19

Campo San Giacomo di Rialto

Als Antonio das Haus verließ, war es noch dunkel. Er wollte die Kirche Campo San Giacomo di Rialto in dem silbrig dunstigen Licht einfangen, das es nur zu dieser Tageszeit gab. Er wollte es sich einprägen, sodass er es in einem Gemälde wiedergeben konnte, über das er schon längere Zeit nachdachte.

Er hatte ein kleines Talglicht bei sich, das den Weg beleuchtete. Er ging raschen Schrittes, weil er sein Ziel beizeiten erreichen wollte. Bei Rialto angekommen, stürzte er geradezu über die Brücke und war nun fast da, als ein Schrei die Luft zerriss.

Er rannte die Ruga dei Oresi hinab, denn er hatte das deutliche Gefühl, dass gerade etwas Schreckliches vor sich ging. Die Morgendämmerung verging unter den ersten goldenen Anzeichen des Sonnenaufgangs. Deutlich sah er unter den Arkaden der Fabbriche Vecchie zwei Personen. Er spürte sein Herz in der Brust hämmern.

In Sekundenschnelle war er dort. Eine weinende Frau, einfach gekleidet, wurde von einem Mann in einem geflickten Hemd und abgewetzten Hosen gestützt. Das war bestimmt einer der Fischer vom nahe gelegenen Markt. Fadenscheinige Strümpfe und durchgetretene Schuhe vervollständigten seine ärmliche Kleidung. Die Frau schien aufgebracht. Doch Antonio war nicht klar, warum.

Plötzlich, als habe er schlagartig begriffen, drehte er sich um.

Was er sah, raubte ihm den Atem.

Im schwachen Licht der Morgendämmerung hatte er sie zunächst nicht bemerkt. Doch jetzt traf ihn das Bild mit voller Wucht. Die Frau lehnte an der Kirchenmauer. Jemand hatte sich die Mühe gemacht, sie hinzusetzen. Das elegante Kleid oder das, was davon übrig war, ließ zweifelsfrei erkennen, dass sie der Oberschicht angehörte oder zumindest einer wohlhabenden Familie.

Ihre langen Haare reichten bis über die Schultern. Sie waren blond, aber stumpf, als hätte sie jemand durch Sand oder Erde geschleift. Die blauen Augen wirkten wie aus Glas, wie erstarrt in einer Maske stillen Entsetzens. Der schneeweiße Hals war mit getrocknetem Blut besprenkelt. Rostrote Tropfen überzogen Hände und Handgelenke. Die Brust war aufgerissen, und was noch übrig war, war eine matschige Masse von geschundenem Fleisch. Die Brusthöhle war aufgebrochen und – Antonio fiel kein anderer Begriff dafür ein – buchstäblich ausgeräumt worden.

Er wandte den Blick ab, denn ihm war so, als würde

ein längeres Verweilen bedeuten, die arme Frau noch ein weiteres Mal zu schänden.

Er suchte mit den Armen rudernd nach Halt und umfasste schließlich eine Säule. Er musste sich auf die Stufen des Kirchplatzes setzen. Er rang noch nach Luft, als die Frau vor ihm erneut zu schreien begann. Jemand fluchte. Wahrscheinlich der Fischer. Der stieß Drohungen und Verwünschungen aus, als könnten diese Worte den bestrafen, der dieses Gemetzel angerichtet hatte. Doch das konnten sie natürlich nicht.

Antonio fasste sich. Er hatte Papier und Bleistift dabei, und so überwand er sich und machte sich, auch wenn es ihn Überwindung kostete, ohne zu zögern, daran, zu zeichnen, was er sah: die Sitzende mit aufgerissener Brust und fehlendem Herzen, das ihr nur ein Ungeheuer herausgerissen haben konnte – wer weiß, was damit geschehen war. Das Kleid bedeckte die Schultern, war jedoch bis zur Taille zerfetzt, als hätte ein Wahnsinniger den Ausschnitt bis zum Äußersten vergrößern wollen. Die junge Frau war barfuß. Eine Lache aus geronnenem Blut umgab sie. Die Grausamkeit dieses Verbrechens war unerträglich. Wer konnte so etwas Furchtbares getan haben? Und aus welchem Grund? Venedig war ein brutales Pflaster, aber bestimmte Dinge hatte Antonio bisher nur bei öffentlichen Hinrichtungen gesehen, wenn die Serenissima zwischen den Säulen von San Marco und San Teodoro das Urteil an Verbrechern vollstreckte, die sich der abscheulichsten Vergehen schuldig gemacht hatten. Doch von einer solchen Metzelei hatte er noch nie gehört, nicht einmal bei den schrecklichsten Bluttaten.

Als er den Kirchendiener aus der Kirche kommen sah, hörte er sofort auf. Seine Skizzen hatte er so rasch und so vollständig wie möglich angefertigt. Die Frau von der Straße war, gestützt vom Fischer oder was auch immer er war, weitergegangen. Die beiden schienen sich zwar weiter in der Nähe aufzuhalten, aber mit ganz anderen Dingen beschäftigt zu sein. Ihn hatten sie bestimmt nicht weiter beachtet.

Die Morgendämmerung wich dem Blau eines kalten Morgens. Herbeigerufen durch die Schreie kurz zuvor liefen Fuhrleute, Bettler und Dienstboten auf dem Kirchplatz zusammen, um sich das schauerliche Szenario anzusehen, zu dem es in der Nacht gekommen war. Zu ihnen stießen Händler von der Erbaria, der Naranzeria und die Schlachter von der Beccheria. Es waren größtenteils einfache Leute, die von dem, was sie erfahren hatten, bestimmt genauso schockiert waren wie er.

Antonio, der sich beeilt hatte, Papier und Stift in die Rocktasche zu stecken, begab sich in die am weitesten entfernte Ecke des Kirchplatzes.

Während er sich dorthin verzog, sah er auch schon an der Ruga dei Oresi einen der Signori di Notte al Criminal auftauchen. Wie der Tod kam er heran, ganz in Schwarz gekleidet, mit wehendem Mantel, aufgebläht vom eisigen Wind, der an diesem Höllenmorgen durch Venedig pfiff. Ihm folgte ein halbes Dutzend Schergen.

»Verschwindet«, polterte der Justizbeamte und zog obendrein sein Schwert, drohend, von einem Moment zum nächsten jemanden zu durchbohren. Wo er vorüberkam, teilte sich die Menge aus Händlern und Bürgern, die in Windeseile vor der Kirche zusammengelaufen war, wie die Wasser des Roten Meeres vor Moses.

In der Gewaltsamkeit des Vorgehens, deren Zeuge Antonio gerade geworden war, lag tatsächlich etwas Biblisches und Übermenschliches. Und vielleicht würde der Signore di Notte al Criminal, still und schrecklich, die Gerechtigkeit Gottes ausüben.

Doch das geschah nicht.

Antonio bewegte sich mühsam auf unsicheren Beinen voran und zwang sich, den Leichnam dieser armen gemarterten Frau noch einmal anzusehen. »Was zum Teufel macht Ihr hier?«, wollte der Capitan Grando von Antonio Canal wissen.

Letzterer hatte nicht die Geistesgegenwart zu antworten, daher fuhr der Beamte fort: »Wisst Ihr vielleicht etwas darüber? Wart Ihr hier, als sich dieses Grauen ereignet hat?«

Antonio schüttelte verneinend den Kopf. Es war eine dünne, brüchige Stimme, die ihm zu Hilfe kam. Der Capitan Grando wandte sich um und erblickte den Kirchendiener, der ihn unverwandt ansah. Es war ein Mann von kleiner, aber kräftiger Statur, akkurater

Tonsur und gepflegtem Bart. Er trug Kutte und Sandalen. Wie er dabei an einem Morgen wie diesem nicht zu Eis gefror, blieb sein Geheimnis. Danach geurteilt, wie schnell er antwortete, und seinem wachen Blick nach, schien ihm das jedoch gar nichts auszumachen. »Ich habe sie so vorgefunden, wie Ihr sie gesehen habt. Ich war kurz in die Kirche zurückgekehrt, um den Priester zu suchen, allerdings ohne Erfolg. Beinahe gleichzeitig mit mir ist diese Frau angekommen.« Er wies auf die Frau, die geschrien und Antonios Aufmerksamkeit erregt hatte. »Ich bezweifle jedoch, dass die Ärmste Euch mehr sagen kann als ich.«

Der Capitan Grando schien die Frau aus dem Volk mit gewissem Unbehagen anzusehen. »So ist es wohl«, stimmte er seufzend zu.

»Tod den Judenschweinen!«, schrie einer. Andere Stimmen fielen in ein hasserfülltes Echo ein, das in der Luft widerzuhallen und in dem Maß stärker zu werden schien, in dem die Drohungen zunahmen.

»Frauenmörder!«, stieß einer ganz in der Nähe aus. »Jüdische Blutsauger!«, setzte ein anderer nach.

»Schweigt!«, verlangte der Capitan Grando. »Oder ihr werdet es bei Gott bitter bereuen.« Dann an seine Leute gerichtet: »Los, macht schon, bringt die Meute hier weg!« Sogleich beschimpften die Schergen die Neugierigen und verscheuchten sie wie eine Schar Gänse. Männer wie Frauen verteilten sich in Richtung der Marktstände der Erbaria und den Läden entlang der Ruga dei Oresi.

»Das hatte uns gerade noch gefehlt. Als hätten die Pocken nicht gereicht«, sagte der Capitan Grando. »Ich will so tun, als hätte ich Euch nicht gesehen. Ich will nicht einmal wissen, wieso Ihr hier seid.« Dann senkte er die Stimme und ergriff Antonios Arm. »Ich erinnere Euch nur daran, was Ihr mir neulich abends, unter anderen Umständen, versprochen habt. Ich möchte unsere Abmachungen nicht wiederholen müssen. Und wenn Ihr vorhabt, diesen Ort zu malen, dann bitte ich Euch, das Bild im Ausland zu verkaufen. Habe ich mich klar ausgedrückt?«

Antonio nickte. »Was werdet Ihr tun?«, fragte er unwillkürlich und wie in Reaktion auf die Heftigkeit des anderen.

»Das, was von mir erwartet wird, natürlich«, rief er mit dem Nachdruck eines hohen Beamten aus. »Warum? Muss ich Euch etwa Rechenschaft über mein Vorgehen ablegen?«, sagte er verächtlich.

»Ich mache mir nur Sorgen.«

»Ach ja?«, erwiderte der Capitan Grando und hob mit beinahe höhnischem Grinsen eine Augenbraue. »Und weswegen, wenn ich fragen darf?«

»Ich bin sicher, dass nicht die Juden für eine solch grauenhafte Tat verantwortlich sind.«

»Ach wirklich? Habt Ihr Beweise? Stellt Ihr Nachforschungen an? Rühmt Ihr Euch etwa der Sachkenntnis im Bereich der Kriminalität?«

»Keineswegs.«

»Das dachte ich mir. Also tut mir den Gefallen, mir

aus dem Weg zu gehen und zu beherzigen, was ich Euch gerade gesagt habe. Denkt daran: Solltet Ihr jemals diesen Schauplatz malen, was Gott verhüten möge, werdet Ihr gut daran tun, Euer Werk anderswo an den Mann zu bringen.« Und mit diesen Worten schubste der Capitan Grando Antonio Canal beinahe die Stufen hinunter, die vom Platz zur Kirche hinaufführten.

Ohne sich noch weiter um ihn zu kümmern, wandte sich der Beamte daraufhin wieder der Befragung des Kirchendieners zu.

20

Die beiden Frauen

Antonio bekam das Bild der getöteten Frau nicht aus dem Kopf. Auch wenn er versuchte, nicht daran zu denken, quälte ihn dieses von Schrecken gezeichnete Antlitz.

Er arbeitete weiter an dem bereits begonnenen Gemälde von San Giacomo di Rialto. Er glaubte, die Kirche, die Verkaufsstände der fliegenden Händler, die große Uhr, die für die Kaufleute die Zeit schlug, oder den Portikus zu malen, sei eine Möglichkeit, den Schmerz unter Kontrolle zu bekommen.

Es ging ihm nicht darum, diesen Schmerz loszuwerden – selbst wenn er das gewollt hätte, wäre das nicht möglich gewesen. Sein Wunsch wäre vielmehr, damit zu arbeiten, diese Empfindung im Schrein seiner Gedanken zu hüten. Er wollte sie in einer Kammer seines Geistes aufbewahren, um jederzeit darauf zurückgreifen zu können, wann immer sie ihm als Ansporn und Ermahnung dienen konnte, nicht aufzugeben. Ohne sich jedoch davon überwältigen zu lassen.

Er hatte die Malerei in letzter Zeit vernachlässigt – zugunsten von Nachforschungen, die ihm den Schlaf geraubt und die Laune verdorben hatten, Nachforschungen, die ihm keine Ruhe ließen, und zwar weil er weder Titel noch einschlägiges Wissen vorzuweisen hatte, sie zu betreiben.

Ganz abgesehen davon, dass er das Gefühl hatte, er sei in eine Schlangengrube geraten und dieser nicht wieder entkommen. Anders konnte er seinen Besuch im Salon von Cornelia Zane nicht beschreiben. Er hatte keine Ahnung, wie er seinen Verdacht beweisen sollte, und um ehrlich zu sein, wusste er nicht einmal genau, was ihn so beunruhigte, aber im Laufe der Tage war er immer mehr davon überzeugt, dass diese grauenhaften Morde, das Eis, das Venedig in zwei Hälften aufteilte, die grauenerregende Ausbreitung der Pocken, der Hass auf die Juden und die in der Stadt um sich greifende Unmoral alles Facetten ein und desselben Horrorszenarios waren.

Gewiss, viele dieser dunklen Mächte ließen sich nicht kontrollieren. Und doch ... Und doch wusste er ganz instinktiv in einem verborgenen Winkel seines Herzens, dass an dem Gedanken, den er gerade gehabt hatte, etwas dran war. Es war stärker als er.

Die junge Frau, die auf so schreckliche Weise ermordet worden war, war der Zugang zu dieser Welt. Durch ihre vor Angst erstarrten Augen erblickte er den Abgrund, in den die Serenissima zu stürzen drohte.

Er hätte das alles gern besser durchschaut, und er wusste, dass es nun mal in seiner Natur lag, nicht aufzugeben. Im Gegenteil, er würde nicht eher Ruhe geben, bis er dieses Geheimnis in seiner ganzen Vielschichtigkeit gelüftet hätte, das mit der einfachen Beschattung eines Unbekannten begonnen hatte.

Wer immer diese Taten purer Rohheit auch beging, es traf immer die Frauen. Und zwar nicht diejenigen der unteren Schichten, sondern Töchter aus gutem Haus. Zumindest sah es danach aus, denn er hatte keine Gewissheit, nur Informationen aus zweiter Hand, Verdächtigungen, Hypothesen, ein paar Zeichnungen. Doch das Mädchen, das er inmitten seiner Blutlache gesehen hatte, trug ein elegantes Kleid, auch wenn es in der mörderischen Raserei des Angreifers zerfetzt worden war. Vielleicht war auch Charlotte in Gefahr? Allein bei dem Gedanken ging es ihm schlecht. Doch wahrscheinlich waren das nur Wahnvorstellungen eines armen Malers, hervorgerufen von dem, was er gesehen hatte. Auf welcher Grundlage konnte er so etwas behaupten? Oder sich gar an den Dogen wenden – was hätte er zur Untermauerung seiner Ideen anführen können? So wie er sich die Dinge vorstellte, handelte es sich bloß um die Hirngespinste eines verrückt gewordenen Künstlers.

Er versuchte, sich zu beruhigen. Er betrachtete die Leinwand. Er sah die Fassade der Kirche und rechter Hand die Bogengänge entlang der Ruga dei Oresi. Unter den Arkaden zogen sich die Läden der Juweliere und Goldschmiede bis zur Rialtobrücke. Diese Vedute hatte er schon einige Male mit Feder und Sepiatinte gezeichnet. Während er die Einzelheiten betrachtete und sich die Arbeit an den vorbereitenden Skizzen vor Ort in Erinnerung rief, wo er sich auch der Lochkamera bedient hatte, konfrontierte ihn sein aufgewühlter Geist mit einem anderen Aspekt dieser grauenvollen Geschichte: Die Leichen waren alle an Orten gefunden worden, die er selbst in letzter Zeit aufgesucht hatte. Erst der Rio dei Mendicanti und nun der Campo San Giacomo.

Diese Tatsache befremdete ihn.

Konnte es sein, dass sich der Mörder die Orte, die er malte, als Fundort für die Opfer seines Blutrauschs aussuchte?

Folgte ihm jemand? War er, ohne es zu merken, vielleicht zum Ideengeber für ein solches Arrangement geworden?

So absurd es auch scheinen mochte, war es doch eine Tatsache, dass das erste Opfer im Rio dei Mendicanti gefunden worden war, nachdem sein Bild frei zugänglich war. Und jetzt? Kaum hatte er seine Aufmerksamkeit der Kirche San Giacomo di Rialto zugewandt, tauchte dort das zweite Opfer auf. Sicher, in diesem Fall hatte der Mörder nicht damit rechnen können, dass seine Arbeit in der Stadt bekannt werden würde, und damit wurden die Gemeinsamkeiten bei den beiden Toten schon geringer.

Doch es war eine Tatsache, dass Antonio bei mehr als einer Gelegenheit das Gefühl gehabt hatte, dass ihm jemand folgte. Anfangs hatte er gedacht, er habe sich das aufgrund des Auftrags vom Dogen eingebildet, dann hatte er sich gefragt, ob es nicht ganz simpel so war, dass der Staatsinquisitor oder der Capitan Grando irgendwelche Schergen auf ihn gehetzt hatten, die im Auge behalten sollten, was er tat. Das könnte tatsächlich Sinn ergeben. Umso mehr, als der Beamte bei ihrer Begegnung auf dem Kirchplatz *diese* Anspielungen gemacht hatte.

Schwer, dem zu widersprechen. Er musste dem Kirchendiener wohl dankbar sein, wenn auch nur der geringste Verdacht, Antonio könnte in die Sache verwickelt sein, zerstreut worden war. Aber stimmte das auch? Und hatte der Doge wirklich Schergen und Spione von ihm ferngehalten, oder waren das nur leere Worte?

Nur Phrasen, um einen dummen Maler in Sicherheit zu wiegen, dessen einziges Vergehen doch darin bestand, den falschen Mann am falschen Ort gemalt zu haben?

Oder – und das wäre wirklich erschreckend – war es der Mörder, der ihm folgte?

War es vielleicht nur eine Botschaft an den überheblichen Künstler, der sich in den Kopf gesetzt hatte, sich mit etwas zu beschäftigen, was ihn nichts anging, dass die Wahl auf San Giacomo gefallen war, um dort die Unglückliche zu zerstückeln?

Als wollte der andere ihm sagen, dass er wusste, was er tat, und dass er damit aufhören sollte.

Fragen, nichts als Fragen. Und keine Antworten.

Er hoffte, dass McSwiney etwas entdeckt hatte. Je mehr er darüber nachdachte, was am Tag zuvor alles geschehen war, desto stärker wurde das Gefühl, zur Zielscheibe geworden zu sein. Und vielleicht war er das schon die ganze Zeit, und es wurde ihm bloß jetzt erst bewusst.

Er schüttelte den Kopf. Er musste irgendwie herausfinden, wer die beiden ermordeten Frauen gewesen waren. Aber wie sollte er das anstellen? Wen sollte er fragen?

Und wenn ihm der Mörder auf den Fersen war, dann wäre Charlotte womöglich wirklich in Gefahr!

Von nun an wollte er vorsichtiger vorgehen, nahm er sich vor. Er musste auf der Hut sein. Und abwarten. Auch wenn er ein brennendes Verlangen danach hatte, sie wiederzusehen, würde er sich zwingen zu warten. Das war die einzige Möglichkeit, für ihre Sicherheit zu sorgen.

Oder war ihm der Mörder auch nach Murano gefolgt und wusste nun, wo er sie finden würde?

21

Der Ire

Antonio hatte gerade seinen Bericht über das, was bei San Giacomo di Rialto geschehen war, beendet – die ermordete junge Frau, das Grauen, die Ströme von Blut, das Treffen mit dem Capitan Grando.

Owen McSwiney sah ihn erschüttert an.

»Ich fürchte, ich werde verfolgt«, fügte er hinzu, als sei das, was er bisher preisgegeben hatte, nicht schon genug gewesen, um selbst Männer zu beeindrucken, die von unerschütterlicherem Gemüt waren als der Ire. Der jedoch, um der Wahrheit die Ehre zu geben, nach der anfänglichen Bestürzung recht rasch zu bewundernswerter Kaltblütigkeit zurückfand. »Wenn dem so ist, sollte das rasch aufzuklären sein.«

»Und wie?«, wollte Antonio wissen.

»Solltet Ihr nochmals dieses Gefühl haben, und das – davon gehe ich aus – aufgrund von Beobachtungen und ernst zu nehmenden Verdachtsmomenten, könntet Ihr versuchen, selbst unsichtbar zu bleiben und das Treiben der Menschheit um Euch herum aus dem Verborgenen zu beobachten.«

Antonio schien einen Augenblick nachzudenken, als ob ihn diese Empfehlung auf eine Idee gebracht hätte. »Beispielsweise, indem ich ins Innere einer Kirche stürze, Hals über Kopf den Glockenturm hinaufstürme und von oben den Kirchplatz mit einem Fernrohr beobachte?«

»Ich hätte Euch beim besten Willen keinen besseren Rat geben können.«

Sie saßen an einem Ecktisch in einem *bacaro*, einem kleinen Lokal, wo der Ire ein paar Kleinigkeiten aß: Stockfisch – *baccalà* – und *sarde in saor*, säuerlich eingelegte Sardinen mit Zwiebeln. Dann seufzte er. »Davon abgesehen, mein lieber Freund, habe ich, um ehrlich zu sein, das Gefühl, dass wir uns hier mit etwas befassen, das eine Nummer zu groß für uns ist.« Was Owen McSwiney da sagte, war genau das, was Antonio befürchtet hatte.

»Ich glaube auch«, sagte er.

Der Ire goss sich Malvasia ein und leerte den Becher mit wenigen Zügen, als könnte ihm der Wein Erleichterung verschaffen. Er füllte seinen Becher erneut. Er seufzte und fuhr dann mit seiner Schilderung fort. »Wisst Ihr, gestern Nacht bin ich noch einmal bei Cornelia Zane gewesen. Wie ich Euch bereits sagte, hat sie mit Olaf Teufel einen aufmerksamen und bemühten Diener, der jedoch auch ein Unruhestifter ist und in gewissen Aspekten ein unkontrollierbares Subjekt.« Er sprach mit gedämpfter Stimme, um bei den anderen Gästen keine zu große Aufmerksamkeit zu erwecken. »Was wollt Ihr damit sagen?«, fragte Antonio, dem der Wein bereits zusetzte.

»Das will ich Euch sagen. Erinnert Ihr Euch, dass ich Euch von einer besonderen Einladung erzählte?«

»Deswegen sind wir ja hier«, bestätigte Antonio.

»Richtig. Ich muss Euch gestehen, dass es nicht das erste Mal ist, dass jener überkandidelte Galan mir vorschlägt, an einer seiner verruchten Veranstaltungen teilzunehmen. Und ich gebe zu, dass ich gelegentlich teilgenommen habe. Aber wenn es sich in der Vergangenheit einfach nur um zügellose Festgelage von etwas fragwürdigem Geschmack handelte – ich denke, ich habe Euch bereits angedeutet, dass ich solchen Vergnügungen nicht abgeneigt bin –, hat Teufel sich dieses Mal etwas wirklich Ungewöhnliches einfallen lassen.« McSwiney machte eine Pause.

»Fahrt fort«, drängte Antonio, der unbedingt wissen wollte, wie diese Geschichte ausging.

Der Ire nickte. »Also, nachdem ich dort angekommen war, hat Teufel mich und die anderen neunzehn geladenen Gäste versammelt und ließ zehn Mädchen von ausgesuchter Schönheit uns die Augen verbinden. Jede von ihnen sollte zwei von uns eine Führerin sein. Nachdem uns also seidene Tücher über die Augen gelegt worden waren, führten sie uns in einen Teil des Palazzo, den ich noch nicht kannte. Ehrlich gesagt bin ich der Ansicht, dass er uns durch einen geheimen Gang in das benachbarte Stadtpalais gebracht hat.«

»Was bringt Euch zu dieser Annahme?«

»Trotz der Ablenkung durch die lieblich geflüsterten Worte, mit denen das Mädchen mir und meinem Gefährten unbekannte Genüsse versprach, war mir unterwegs so, als hätte ich ein metallisches Klacken gehört, ein Geräusch, das darauf schließen ließ, dass ein Mechanismus betätigt worden war. Ich weiß genau, dass ich eine Treppe hinabgestiegen bin, die auf einen Hof führen musste, denn plötzlich nahm ich eine beißende Kälte wahr, die mich vermuten ließ, dass wir uns draußen befanden. Als wir am Ziel angekommen waren, haben sie uns jedenfalls die Augenbinden abgenommen. Als ich wieder etwas sehen konnte, waren die zehn Mädchen verschwunden. Nur wir, die zwanzig Gäste, waren noch da, und natürlich unser Gastgeber, Olaf Teufel.«

»Was geschah dann?«

»Wie ich bereits sagte, war der Ort wirklich befremdlich. Er war gewissermaßen hergerichtet wie ...« McSwiney hielt ein wenig inne, als suche er nach den richtigen Worten.

»Hergerichtet wie?«, bedrängte ihn Antonio, der es kaum abwarten konnte.

»Wie ein Andachtsraum«, gestand der Ire.

»Ihr wart in einer Kirche?«

»Keineswegs!«, rief McSwiney aus und konnte sich nur mit Mühe ein Grinsen verkneifen. »Es war vielmehr ein Saal in einem Palazzo. In der Nähe des Salons von Cornelia Zane gibt es keine Kirche. Nein, nein, das ist nicht der entscheidende Punkt.«

»Sondern?«

»Der Ort, an dem wir uns befanden, war zwar in jeder Hinsicht der Palazzo eines Patriziers, doch war er eigentümlich ausgestattet. Nicht nur das, auch Teufel schien wie ausgewechselt. Wie verwandelt.«

»Ich denke, ich kann nicht ganz folgen«, sagte Antonio, dem diese Geschichte immer rätselhafter und nebulöser erschien.

»Das ist mir klar. Also: Die Decke des Saals war von einem Sternenhimmel bedeckt, den irgendein Künstler gemalt hatte. Aber das war nicht das, worauf es ankam. Der Boden aus Marmor hatte ein Schachbrettmuster in Schwarz-Weiß. Neben der Tür, durch die wir hereingekommen sein mussten, befanden sich zu beiden Seiten Säulen. Mitten auf der einen Säule war ein B gemeißelt, auf der anderen ein J. Die Wände waren mit seltsamen archaischen Symbolen bemalt. Ich sage Euch dies alles, um Euch begreiflich zu machen, dass sich jemand dem Anschein nach für diesen Ort wie in Vorbereitung auf einen Ritus eine bestimmte Choreografie ausgedacht hatte. Was mir jedoch am meisten ins Auge sprang, war, wie sich Olaf Teufel angezogen war.«

»Was meint Ihr?«, fragte Antonio mit wachsender Ungeduld.

»Er war vollkommen schwarz gekleidet und trug um die Taille ein eigenartiges weißes Tuch. Dann traten zehn weitere Personen ein, die ebenso gekleidet waren. Sie stellten sich in unserem Rücken auf. Teufel schien durch irgendeinen Trunk oder eine Tinktur berauscht. Er begann von einer Bruderschaft zu schwafeln, von unauflöslichen Banden, gemeinsamen Plänen. Er behauptete, wir zwanzig könnten seine neuen Augen sein und seine Ohren und dass Venedig es verdient hätte, dass wir es beschützten und vor gierigen und grausamen Männern bewahrten, Männern, die zu allem bereit seien, nur um Venedig in eine Hölle des Schmerzes und des Verderbens zu stürzen. Ich muss gestehen, dass mir das wie das Gerede eines Verrückten vorkam. Erst recht, weil die Serenissima bereits über einen gut funktionierenden Apparat aus Ordnungsmacht und Ordnungshütern verfügt, die bestens in der Lage sind, sie zu verteidigen. Und doch schwadronierte er von einem heiligen Pakt und Symbolen der Einheit, welche von jenen Brüdern in unserem Rücken anerkannt würden. Dann hat jeder Einzelne von uns versichert, nichts vom Geschehenen preiszugeben, unter der Androhung, zur Strafe die Zunge herausgeschnitten zu bekommen. Und wie Ihr seht, habe ich das Versprechen bereits gebrochen.«

»Ich danke Euch für den Mut, den Ihr damit beweist.«

»Wisst Ihr, der Vollständigkeit halber will ich nicht verschweigen, dass mich sehr überrascht und erstaunt hat, was da vor sich ging. Es hat ein noch düstereres Licht auf unseren Verdacht geworfen. Andererseits sagte ich Euch ja bereits, dass ich nicht zum ersten

Mal Zeuge seltsamer Vorgänge geworden bin. Schon in der Vergangenheit hat dieser Teufel eigenartige Auftritte nicht gescheut. Ich würde sogar behaupten, dass er gerade wegen seiner schrägen Züge das Herz von Cornelia Zane gewinnen konnte.«

»Die Kurtisane unterhält eine Beziehung zu ihrem Galan?«

»Ich würde es nicht unbedingt so nennen. Aber ja, er ist ihr Cicisbeo, ihr *cavalier servente*, und als solcher befriedigt er ihre Wünsche und ihr maßloses Verlangen. Gleichzeitig jedoch versteht er es, sie dank seines guten Aussehens und seinen gefälligen Manieren in ihren Entscheidungen zu beeinflussen und zu manipulieren.«

»Zum Beispiel?«

McSwiney schüttelte den Kopf. »Lässt sich nicht so einfach erklären, auch weil es sich bei dem, was er tut, nicht um etwas offensichtlich Subversives oder gar Kriminelles handelt. Dennoch ist es so, dass der Salon von Cornelia Zane anfangs wirklich genau das war: nichts als ein Zirkel von Künstlern, Schauspielern, Intellektuellen. Seit Teufel in den Dienst von Cornelia getreten ist, haben sich die Dinge jedoch geändert. Das Casino wurde eingerichtet, und es ist, wie Ihr gesehen habt, wirklich gut organisiert. Nach und nach kamen Räume dazu, die geheimen Vergnügungen vorbehalten blieben ...«

»Die, die von dem Durchgangsraum abgehen, der ins Casino führt?«

»Ganz genau. Und im Mezzanin sind, wie Ihr wisst, die Separees untergebracht. Anfangs waren es abgeschlossene Bereiche, doch nach und nach war es mit dem Einverständnis der Mitglieder des Zirkels erlaubt, die Personen im Raum zu beobachten, was den erotischen Spielen einen besonderen Reiz gab, denn mehr oder weniger ohne Wissen der Beteiligten konnte es ein oder zwei Zuschauer geben. Die Masken sorgten jedoch für ein gewisses Maß an Anonymität.«

»Ja, auch wenn es, wie wir wissen, auch noch darauf ankommt, welche man trägt.«

»Das ist richtig, eine *moretta* verbirgt viel weniger als eine *bautta* oder als eine Maske, die übers ganze Gesicht geht.«

»Ganz genauso ist es.«

»Ich will jedoch auf etwas anderes hinaus. Seit Teufel in der Gunst Cornelia Zanes steht, ist es, als ob ein allmählich stärker werdender Hauch von Perversion die Räume des Palazzo ausfüllen würde. Ich wiederhole, nichts davon ist tatsächlich ungesetzlich, dafür aber unanständig, vulgär und obszön. Und das sage ich, obwohl ich einige seiner ›Vorschläge‹ nicht rundheraus abgelehnt habe. Das Fleisch ist schwach, allein die Seele ist unsterblich. Die Zeremonie des gestrigen Abends war allerdings schon ungewöhnlich und seltsam. Erst recht angesichts der altertümlichen Symbole an den Wänden und der wahnhaften Rede dieses Mannes.«

»Aber Ihr wisst, wer er ist?«

»Teufel? Das wäre zu schön, um wahr zu sein! Dann hätten wir einen Gutteil des Problems gelöst. Ich habe jedenfalls zumindest den Verdacht, er will, dass es sich herumspricht.«

»Das heißt?«

»Er behauptet, ein verarmter preußischer Adliger zu sein, der nach Venedig gekommen ist, um hier frischen Wind zu atmen. Na ja, würden sich diese Selbstaussagen für mich nicht so offenkundig falsch anhören, könnte ich fast glauben, er sei ein Exilant wie ich. Ich fürchte jedoch, dass er eher aus Mähren oder vielleicht Schlesien stammt. Nicht dass daran etwas auszusetzen wäre, doch das wechselhafte und etwas befremdliche Temperament der Männer aus diesen wilden Landstrichen ist bekannt. Ich fürchte, er ist ein Vagabund und treibt sich herum. Er war bestimmt in einem Land, das mir wohlvertraut ist.«

»Irland?«

»England!«

»Woher wisst Ihr das?«

»Er spricht die Sprache. Und zwar sehr gut, würde ich sagen. Wie jemand, der die Nuancen kennt. Und so gut lernt man Englisch nur, wenn man lang im Land gelebt hat. Aber Teufel spricht ebenso gut Deutsch, Ungarisch, Französisch, Polnisch, Russisch, Türkisch, Griechisch und eine Reihe anderer Sprachen, von deren Existenz ich vorher noch nicht einmal gehört hatte. Wie hat er die gelernt? Ich sah, wie er sich im vergangenen Jahr mit fremden Edelleuten unterhalten hat, mit polnischen Markgrafen, mit Kaufleuten aus nordischen Ländern und aus Russland, und nie war ihm ein Zögern, Zweifeln oder Unsicherheit anzumerken. Überflüssig zu sagen, dass solch umfassende Sprachkenntnisse Cornelia faszinierten, woraufhin sie ihn, ob es nun ein Fehler war oder nicht, zu ihrem tonangebenden Zeremonienmeister machte.«

»Und dieser unvergleichliche Mann hat Euch und weitere neunzehn geladene Gäste um sich versammelt und Predigten über Venedig und seine Verteidigung gehalten.«

»Seine zehn Begleiterinnen nicht zu vergessen. Ich weiß, dass das verrückt erscheinen mag, doch so ist es. Und ich will Euch noch etwas sagen: Alle, die an diesem Ritus teilgenommen haben, waren völlig begeistert.«

»Und Ihr?«

»Freundlich formuliert war ich beeindruckt. Doch in Wirklichkeit muss ich zugeben, dass ich auch eine gewisse Unruhe empfand. Irgendetwas stimmte nicht an dieser Art Initiationsritus. Jedenfalls konnte ich meine Zögerlichkeit nicht offen zeigen. Daher habe ich wie die anderen so getan, als hätten sie mich gewonnen. Schon deshalb, weil es, abgesehen von der Absurdität bestimmter Verlautbarungen, nichts, aber auch gar nichts gab, was angreifbar gewesen wäre. Es war, als wollte er mit den anwesenden Gästen einfach nur ein Bündnis eingehen, eine Art Bruderschaft gründen. Und aus mehreren Gründen schlägt jemand wie ich, der ohne den Schutz irgendwelcher Gönner als Exilant in einem fremden Land lebt, ungern Freundschaften aus. So seltsam es auch scheinen mochte, muss ich sagen, dass ich im Salon von Cornelia Zane immer interessante und nützliche Verbindungen geknüpft habe.«

»Doch nun geht die Sache etwas zu weit.«

»Ja, so ist es.«

»Ich weiß nicht, was ich sagen soll«, rief Antonio aus, und in seinen Worten schwang große Fassungslosigkeit mit. »Diese beiden furchtbaren Morde. Die Tatsache, dass die Opfer höchstwahrscheinlich aus dem Patriziertum stammen. Der lodernde Hass auf die Juden ...«

»Inwiefern?«

»Ich vergaß, Euch das zu sagen. Als der Capitan Grando bei der Kirche ankam, dort, wo die junge Frau in einer Blutlache lag, begannen die Schaulustigen gegen die Juden zu wettern und zu behaupten, dass diese Metzelei ihnen anzulasten sei.«

McSwiney schüttelte den Kopf. »Das ergibt keinen Sinn. Warum sollten sie das tun?«

»Theoretisch betrachtet würde ich sagen, dass in den letzten Jahren mehrere Gründe herangereift sein könnten: die Tatsache, von Mitternacht bis Morgengrauen wie eine Horde Vieh eingepfercht zu sein. Die überfüllten Behausungen, in denen sie leben. Die, gelinde gesagt, horrende Miete, die die Serenissima dafür verlangt. Das Verbot, Immobilien zu erwerben, und die geringe Zahl an unternehmerischen Betätigungen, die ihnen erlaubt sind – die Auswahl ist groß.«

»Ich verstehe. Doch auch wenn ich Euch zustimme, sage ich mir andererseits: Die Tatsache, dass sie sich nur im Ghetto aufhalten dürfen, dient einzig dazu, sie vor gewaltsamen Überfällen zu schützen. Was im Übrigen ja schon vorgekommen ist. Zudem hat die Republik ihnen zumindest eine Reihe von Privilegien und Sonderrechten eingeräumt, in deren Genuss sie anderswo kaum gekommen wären.«

»Das stimmt.«

»Nein, mein Freund, die Juden dienen bloß zur Ablenkung. Doch wir wissen leider viel zu wenig über die beiden ermordeten Frauen. Ich bin dafür, Schritt für Schritt vorzugehen«, sagte McSwiney bestimmt.

»Und wie?«

»Ich würde vorschlagen, einerseits die Nachforschungen hinsichtlich Teufel zu intensivieren. Und andererseits mithilfe Eurer Beziehung zu Seiner Durchlaucht zusätzliche Informationen dazu zu erhalten, wer die beiden Opfer sein können, über die wir hier reden.«

»Die Feierlichkeit gestern Nacht war wirklich eine heiße Spur, oder?«

»Genauso ist es. Ich war gleichermaßen überrascht wie besorgt, wenigstens für den Moment. Und das bringt mich dazu, Euch einen Vorschlag zu machen.«

»Ich höre«, sagte Antonio.

»Ich habe einen guten Freund hier in Venedig.«

»Für einen Mann ohne Protektion seid Ihr wirklich gut vernetzt, mein Lieber. Wie ist sein Name?«

»Joseph Smith.«

»Ein Ire wie Ihr?«

»Eigentlich Engländer, um genau zu sein. Und wie ich hinzufügen möchte, ziemlich einflussreich. Obwohl er erst seit Kurzem in Venedig ist, hat er beste Verbindungen zum englischen Konsulat der Serenissima. Wenn uns irgendwer etwas Erhellendes zum gestrigen Geschehen sagen kann, ist er das.«

»Und wieso sollte er etwas darüber wissen?«, fragte Antonio.

»Als ich ihn letztlich traf und ihm, wie schon oft, von meinem Hass auf William Collier berichtete und dass dieser der Urheber meines Scheiterns am englischen Hof sei, hat Smith mir auf den Kopf zugesagt, dass jener über dunkle Kräfte verfüge.«

»Soll das heißen, er genießt übernatürlichen Schutz?«, fragte Antonio ungläubig.

»Genauso fassungslos habe ich das auch gefragt.«

»Und was kam dabei heraus?«

»Smith hat Andeutungen über geheime Bruderschaften und okkulte Pakten gemacht. Und da ich Euch das gerade sage, fällt mir auf, dass …«

»… das von gestern genau so etwas in der Art war«, rief Antonio aus.

»Ganz genau.«

»Also dann, worauf warten wir? Könntet Ihr ein Treffen mit Smith vereinbaren?«

»Natürlich.«

»Am besten so schnell wie möglich.«

»Einverstanden. Vielleicht kann er uns helfen, die geistigen Winkelzüge des Olaf Teufel besser zu verstehen.«

»Ich für meinen Teil werde zum Dogen gehen und versuchen, etwas über die Identität der Opfer herauszubekommen.«

»Und haltet Euch in der Zwischenzeit an das, was ich Euch gesagt habe«, schloss McSwiney, während er sich, im Begriff, sich zu verabschieden, vom Tisch erhob. »Seid auf der Hut.«

22

Fanatismus

Isaac Liebermann saß an dem Tisch, an dem er gewöhnlich den Talmud studierte. Doch an diesem Abend hielt er andere Bände in den Händen. Rabbi Mordechai Coen hatte ihn in seine gut bestückte Bibliothek geführt und ihm zwei in dunkles Leder gebundene Bände mit Goldbuchstaben auf dem Titel ausgehändigt, die er aufmerksam lesen sollte.

Isaak hatte gehorcht, und als er den ersten Band ausgelesen hatte, war er aufgewühlt. Dieser Band war ganz der Geschichte Schabbtai Zvis gewidmet. Als junger und belesener Kenner des Wortes hatte dieser von Anfang an Einfluss auf eine große Zahl an Anhängern. Es blühten Legenden und Gerüchte – es hieß, er würde auf einem weißen Pferd reiten, in einem gold- und edelsteinbesetzten Palazzo wohnen, er sei von blendend schöner Erscheinung und unübertroffen im Kampf, er spreche mehr als zwanzig Sprachen und kenne die kabbalistischen Schriften von Rabbi Isaak Luria so gut, dass er eine vollständig neue Sicht der Lehren entwickelt habe.

Abgesehen von den ganzen Geschichten jedoch

stand eines fest – es verging kein Tag, ohne dass Schabbtai Zvi einen Funken der Hoffnung in der gesamten jüdischen Welt entzündete. Nach langem Exil würde das Volk Israel endlich heimkehren. Das wiederholten die Söhne des auserwählten Volkes unentwegt. Gestützt durch sein persönliches Renommee hatte dieser Mann eine vollkommen neue Lesart der Thora vorgelegt, dabei einige Regeln außer Kraft gesetzt und einige Vorschriften abgeschafft. Er hatte Sara geheiratet, eine Jüdin von überwältigender Schönheit, und mit ihrer unwiderstehlichen Anmut hatte sie viele Anhänger herbeigelockt. Ob das nun stimmte oder nicht, in einem waren sich fast alle einig: Sara war eine polnische Waise, die vor der Raserei der Kosaken geflohen war, die ganze Landstriche verwüstet hatten. Bis zur Ehe mit Schabbtai Zvi war sie alles andere als gottesfürchtig gewesen, denn sie hatte als Prostituierte gearbeitet.

Doch der Erfolg des vorgeblichen Messias schien keineswegs abzunehmen, er wuchs an wie eine unaufhaltsame Woge; obgleich Zvi von den Rabbinern in Smyrna davongejagt worden war, wanderte er von Stadt zu Stadt und erlebte, wie seine Anhängerschaft schier ins Unermessliche wuchs. Unter ihnen stach die Gestalt seines Propheten Nathan von Gaza besonders hervor.

Der wachsende Erfolg sollte ihn schließlich nach Konstantinopel führen, dem Ort, wo einst die Schlacht Harmagedon geschlagen werden sollte, in der der

Messias für alle Zeit den Sieg davontragen würde. Dort angekommen, hatte Schabbtai Zvi eine derart große Zahl von Proselyten – zum Judentum Übergetretene – hinzugewonnen, dass er den Großwesir Köprülü Fâzıl Ahmed Pascha, der Unruhen befürchtete, nötigte, ihn in der Festung Gallipoli, eben dort im türkischen Konstantinopel, festzusetzen, um Zeit für das weitere Vorgehen zu gewinnen. Dort ließ es sich Schabbtai Zvi, der dort keineswegs wie ein Feind behandelt wurde, gut gehen, gab sich dem Vergnügen hin und missachtete die religiösen Gebote. Für den Sederabend vor Pessach hatte er für sich und seine Begleiter ein Lamm schächten lassen und auch die nach mosaischem Gesetz verbotenen Teile gegessen, womit er die radikale Abkehr von den überlieferten Vorschriften demonstrierte.

Während sich Schabbtai Zvi schlemmend, sich den Annehmlichkeiten des Liebeslebens und anderen weltlichen Genüssen hingebend über seine Widersacher lustig machte, hatte der Großwesir Ahmed Pascha für ihn im Herrscherpalast von Adrianopel ein Treffen mit dem Sultan und Vani Efendi, einem seiner wichtigsten Prediger, arrangiert. Am Hofe des erhabenen Mehmed IV. angekommen, sah sich Schabbtai Zvi vor die Wahl zwischen der Verurteilung zum Tode und der Konvertierung zum Islam gestellt. Ohne zu zögern, entschied sich der vorgebliche Messias dafür, den muslimischen Glauben anzunehmen und Turban zu tragen.

Dieser Schritt sorgte für Unruhe in der jüdischen Gemeinde und stieß das auserwählte Volk in allergrößtes Chaos. Nahezu umgehend teilten sich die Anhänger Schabbtai Zvis in zwei Lager auf. Die einen lehnten die Entscheidung ihres abtrünnigen Messias ab, sie flüchteten sich in Schmerz und Buße, kleideten sich in Lumpen und kasteiten sich fast zu Tode; die anderen rühmten Schabbtai Zvi noch mehr und vertraten auf der Grundlage einer Thoraauslegung, die auf Nathan di Gaza zurückging, die Ansicht, dass Zvi nur konvertiert sei, um den Feind von innen heraus zu bekämpfen. Diese gründeten die Sekte der sogenannten Dönme. Sie praktizierten nach außen hin den Islam, heimlich waren sie jedoch dem Judentum treu.

Doch die Auswirkungen der Konversion erwiesen sich als verheerend, noch über die erste Spaltung hinaus. So spalteten sich auch die Dönme in diejenigen, die der Auffassung waren, dass auch die Generation der Abtrünnigen sich streng an die Vorschriften von Reinheit und Keuschheit halten müsse, um die Ankunft des wahren Messias zu begünstigen, und andererseits in jene, die, angeführt von Baruchia Russo, meinten, sie müssten, in der Erwartung, dadurch Erlösung zu finden, der Sündigkeit Schabbtais nacheifern und sich mit den schlimmsten Verbrechen besudeln. Zu Beginn des 18. Jahrhunderts erklärte Baruchia, der es nicht abwarten konnte, in die Fußstapfen von Zvi zu treten, die messianische Thora beinhalte die totale Umkehrung aller Werte, womit er die Vorschriften Zvis auf die Spitze trieb und einen weiteren Skandal auslöste. Demzufolge wurden aus den sechsunddreißig Verboten, den Keretot, die mit der Todesstrafe belegt waren, Gebote. Dieser wahnwitzigen Herangehensweise folgend waren sämtliche verbotene sexuelle Vereinigungen erlaubt, einschließlich der inzestuösen.

Isaak war sprachlos. Eine solche Orgie des Irrsinns hatte er nicht erwartet. Der Rabbi hatte ihm diese Bücher gegeben und ihm geraten, sie für sich zu behalten und nichts durchsickern zu lassen.

Nun verstand er, warum. Doch er hatte das Gefühl, dass der Horror keineswegs vorbei war. Es war eine Sache, im Detail die Passagen kennenzulernen, die zur Lossagung Schabbtai Zvis geführt hatten, und eine andere, die Lehren dieses Verrückten Baruchia Russo zu lesen und wie dieser, als Zvis beflissenster Anhänger, sie in die Tat umgesetzt hatte. Das zweite Buch sprach genau darüber. Dieser Band war nicht besonders umfangreich, aber er enthielt derart viele Gräueltaten und Obszönitäten, dass sie einen ganz schwach machten.

Wie dem auch sein mochte, nach der Lektüre war Isaak überzeugt: Sollten diese Seiten in die falschen Hände geraten, wären sie eine Inspiration für alle Schandtaten der Welt. Er fragte sich, ob genau das vielleicht sogar passiert war. Dass jemand das Buch entdeckt und auswendig gelernt hatte – wenn man sich vor Augen führte, was in Venedig gerade vor sich ging. Just an dem Tag, als er in die Synagoge ging, hatte er gehört, wie jemand Schabbtai Zvi erwähnte. Und das war nicht das erste Mal. Die möglichen Auswirkungen waren erschreckend.

Die Serenissima war für ihre Druckereien bekannt. Mochten die Zeiten von Aldus Manutius auch lange zurückliegen, war es doch nicht zu leugnen, dass die Tätigkeit der typografischen Offizinen in Venedig immer noch eine Kunst auf höchstem Niveau darstellte. Erst recht, weil es gerade die Juden waren, denen in diesem Gewerbe eine besondere Stellung zukam. Als geschickte Drucker waren sie die gefragtesten der ganzen Stadt.

Und wenn nun einer von ihnen tatsächlich auf dieses vermaledeite Buch gestoßen war? Wenn Rabbi Mordechai Coen ein Exemplar davon besaß, war es da nicht auch möglich, dass jemand anders dieses finstere Druckwerk in seinem Hause beherbergte und darin Anregungen zu den furchtbarsten Verbrechen fand? Vielleicht auch nur, um Unkraut gleich die Saat der Lüge zu verbreiten, mit der die Juden beschuldigt wurden, unter ihnen befinde sich ein Massenmörder? Wenn er darüber nachdachte, arbeitete der junge Simone Luzzatto in einer Druckwerkstatt. Und dank seines Berufes verbreitete er ein Merkblatt, mit dem er recht unverhohlen Stimmung machte gegen eine typisch venezianische Art, die Juden zu verhöhnen. Aber wie schon gesagt, das schien gänzlich unvereinbar mit der Absicht, die Schuld an den Morden der Gemeinde zuzuschießen. Auch wenn, das stand fest, Simone unter Umständen die Morde begangen haben könnte, um Vergeltung für seine Leute zu üben. Doch selbst mit der allergrößten Vorstellungskraft erschien es Isaak undenkbar, dass dieser junge Mann sich mit solch unerhörten wie den in Rede stehenden Grausamkeiten besudeln könnte. Und es gab noch ein Detail, das gegen diese Überlegung sprach: Warum sollte er Verdacht auf sich lenken? Das wäre, als wollte er sich selbst verdammen. Ein Mörder hätte allen Grund, mögliche Nachforschungen von sich fernzuhalten. Diese Hypothese ergab also beim besten Willen keinen Sinn.

Isaak blätterte weiter, er konnte nicht noch mehr lesen. Das Buch erzählte die Geschichte von einem kleinen jüdischen Dorf in Mähren und davon, wie seine Einwohner sich von der Selbsternennung Schabbtai Zvis zum Messias hatten blenden lassen, um nach seiner Konvertierung die Schrecken der Spaltung zu erleben. Die Dorfbewohner waren in zwei Fraktionen aufgeteilt. Den Sieg trugen diejenigen davon, die die Lehren des vorgeblichen Messias auf die Spitze getrieben und sich besonders radikal und vorsätzlich gegen die heiligen Gebote versündigt hatten.

An die Spitze der fanatischen Gruppierung, die für sich die Vorherrschaft über das mährische Dorf propagiert hatte, hatte sich der Kabbalist Simon Friedman gestellt. Der war ein attraktiver Mann mit langem schwarzem Bart und Augen wie glühende Kohlen und ein äußerst begabter Redner mit einer faszinierenden Stimme. Er erklärte sich zum Anhänger von Baruchia Russo, dem blutigsten Gefolgsmann Schabbtai Zvis.

Unter seiner Führung erging sich die Bevölkerung des kleinen Dorfes in jeglicher Art von Vergnügung, auch den abscheulichsten. Zu Ehren eines betrügerischen Hochstaplers wie Baruchia Russo nahm sich der Kabbalist Simon die schönsten Mädchen und rechtfertigte noch seine Schandtaten. Aber dann warf er sich mitten in der Nacht in den Schnee und geißelte sich mit Brombeerzweigen und Brennnesseln. Diese harte Züchtigung, dieser ostentative Akt selbst zugefügten Schmerzes, verschaffte ihm in den Augen seiner Getreuen nicht nur Absolution, sondern machte ihn auch zum Vorbild, das es nachzuahmen und zu preisen galt.

Schon bald sollten diese Ruhmestaten nicht nur die Zahl seiner Jünger anwachsen lassen; sein Ruhm reichte weit über die Grenzen des Dorfes hinaus, sie gelangten in jeden Winkel Mährens und noch darüber hinaus.

Im selben Maße wie sein Ruhm nahmen auch seine maßlosen Gelüste zu: Er wurde Tag für Tag reicher, häufte jegliche Art von Vermögen an, widmete immer mehr Zeit der Pflege der eigenen Person und verlangte, dass ihm die erlesensten Speisen serviert würden. Den Frauen machte er schöne Augen, und die vergötterten ihn, ja sie hegten sogar den geheimen

Wunsch, ein Kind von diesem schönen und kühnen Mann zu empfangen, wie sie noch keinen zuvor gesehen hatten.

Bei alldem wurde er es nicht müde, sich als »Bräutigam der Thora« und als »Erstgeborener Gottes« zu bezeichnen. Der Wahnsinn schritt immer weiter fort, und nichts geschah, um diesen irrsinnigen Taumel der Macht aufzuhalten, der das Dorf im Griff hatte. Doch als eine der Frauen angab, gegen ihren Willen vom Kabbalisten genommen worden zu sein, und tiefe Kratzer auf ihren Hüften vorzeigte, von denen sie behauptete, er habe sie hinterlassen, bekam die Maske von Simon Friedman erste Risse.

Natürlich bestand kein Mangel an Anhängern, die bereit waren, die Frau der Lüge zu bezichtigen und zu behaupten, Sarah – so hieß die Frau – habe sich die Kratzer selbst beigebracht. Doch die Saat des Zweifels und der Zwietracht war gesät. Der Vorfall hatte einen Skandal ausgelöst, und die Stimmen der Rabbiner der Nachbargemeinden, die darauf bedacht waren, den Ruhm Simon Friedmans zu untergraben, wurden lauter.

Isaak, der die Unmenge an Schandtaten und Bösartigkeiten leid war, schloss das Buch. Er schüttelte den Kopf. Er wollte nichts mehr davon wissen, denn er fürchtete, sich selbst darin zu verlieren. Nun begriff er die Ermahnungen von Rabbi Mordechai Coen: Er hatte natürlich recht. Was gerade in Venedig vor sich ging, schien eine Strafe zu sein, die den Juden vorbehalten war, für die Taten Schabbtai Zvis in erster Linie, von Baruchia Russo und all jenen wie Simon Friedman, die dessen Lehren befolgt und die falschen Lehren dieser Betrüger radikal bis zum Äußersten getrieben hatten.

Auch in Venedig, sagte Rabbi Coen, hatte sich die Gemeinde nicht klar gegen die Lügen des falschen Messias von Smyrna ausgesprochen, anders als zum Beispiel die Gemeinde von Livorno.

Ganz nach dem heimtückischen Willen eines bösartigen und intriganten Unheilstifters sah sich das Ghetto einer tragischen Anklage ausgesetzt: Man spielte auf das gleichgültige Stillschweigen gegenüber Zvis Geboten fünfzig Jahre zuvor an, sofern man es wohlwollend auslegte; weniger wohlwollend sah man darin die Schuld, die die Juden des Ghettos nun dazu verdammte, für die eigene Untätigkcit oder gar bewusste Abtrünnigkeit zu zahlen.

Ganz zu schweigen davon, dass niemand wusste, ob auch nur einer unter ihnen sich weiter unter dem Joch der verrückten Doktrinen von Zvi und Russo befand und sie nun wiederbeleben würde, indem er das Volk Gottes in einen Ozean aus Blut werfen und die Wasser der Lagune rot färben würde.

Sicher, es war eine verrückte Hypothese, und bei dem Buch, das er in den Händen hielt, schien es sich, auch wenn es in Venedig gedruckt worden war, um die gesammelten Wahnvorstellungen eines anonymen Verfassers zu handeln, einzig dazu gedacht, sein Gift in der jüdischen Gemeinde zu verbreiten. Ganz abgesehen davon, dass Isaak nicht die geringste Vorstellung davon hatte, was geschehen würde, wenn es in die Hände von jemandem gelangte, der kein Jude war.

Er wusste nicht, wie er sich verhalten sollte. Das Beste war auf alle Fälle, das Buch gut zu verstecken. Was er wusste, war, dass der Rabbi Zvi erwähnt und dafür gesorgt hatte, dass Isaak das Buch las. Er musste der Überzeugung sein, dass es irgendwo in Venedig jemanden gab, dem klar war, dass man auf diese Weise den Juden die Schuld für die Bluttaten geben konnte.

Dafür und für den ganzen Rest.

Der Fluch Zvis und der verrückten Kabbalisten war ein perfekter Vorwand.

23

Charlotte

Was ihn am meisten beeindruckte, war das klare Sehfeld. Im Gegensatz zu den meisten anderen Fernrohren beeinträchtigte die Vergrößerung die Konturen nicht oder wenigstens nicht so sehr, dass kein unmittelbares Erkennen des beobachteten Objektes möglich gewesen wäre.

Offenkundig war die Qualität der Linsen von Charlotte von der Schulenburg außerordentlich hoch. Und nicht nur das: Die Zahnstangenmechanik erlaubte die perfekte Umsetzung der Drehbewegung in eine lineare. So ließ sich das Rohr verkürzen und durch einfaches Betätigen eines seitlichen Hebels eine verblüffende Erweiterung des Sehfeldes erreichen. Antonio erkannte, dem simplen Prinzip entsprechend, dass eine Verkürzung des Fernrohrs eine Erweiterung des Sehfeldes bewirkte, fast den gesamten Raum vor ihm erfassen konnte. Selbstverständlich musste man bei der Tiefenschärfe Abstriche machen, doch nicht so sehr, dass es ihm nicht ein beachtliches Blickfeld ermöglicht hätte. Das lag an der Anordnung der Linsen im Inneren, die durch den Hebel bewegt werden konnten.

Jedenfalls war es ihm, indem er das Fernrohr mal hierhin und mal dorthin richtete, möglich, die Passanten ins Visier zu nehmen, die auf dem Platz zugegen waren. Unter all den fliegenden Händlern, Bettlern, Tagedieben, Betrunkenen, Dienern und Hausmädchen erregte vor allem einer seine Aufmerksamkeit. Es handelte sich um einen Mann, der in winterliche Farben gekleidet war, angefangen beim schweren braunen Winterumhang, dem venezianischen *tabarro*, unter dem ein fleckiger, verknautschter flaschengrüner Rock zum Vorschein kam. Der Hemdkragen war vom Dauergebrauch nicht mehr weiß, sondern grau. Der Ausdruck wilder Entschlossenheit wurde durch den schmierigen Hut, der bis auf die Augen heruntergezogen war, noch verstärkt; zu beiden Seiten schauten darunter von grauen Strähnen durchzogene braune Haare hervor, die sich nicht im Zopf hatten bändigen lassen. Ein eigentümlicher goldener Ohrring verlieh seinem Gesicht den Hauch des Exotischen.

Antonio hatte sich in diesen Palazzo geflüchtet und war die Treppe in den zweiten Stock hinaufgestiegen. Nun also suchte er von dort mit dem Fernrohr, das Charlotte ihm gegeben hatte, eifrig den Platz vor dem Palazzo ab, denn er war überzeugt, dass man ihn beschattete. In den vergangenen beiden Tagen hatte er schon zweimal dieses Gefühl gehabt, jetzt wollte er sich Klarheit verschaffen.

Er konnte sich nicht sicher sein, dass er seinen

Verfolger ausgemacht hatte, doch die Art, wie der Häscher sich umschaute, sprach für sich. Als er sich dem Platz näherte, hatte Antonio seinen Schritt beschleunigt und den Palazzo angesteuert, von dem er wusste, dass er dort willkommen war wegen einer Abmachung, die er mit dem befreundeten Besitzer getroffen hatte. Also hatte er einfach die Tür aufgestoßen und war eingetreten, bevor der andere auch nur um die Ecke kam.

Dann war er die Treppen hinaufgeeilt und konnte vom Balkon im zweiten Stock ungesehen den Platz darunter überblicken. Um noch besser beobachten zu können, ohne selbst entdeckt zu werden, hatte er das neue Fernrohr ausprobiert. Und er war absolut zufriedengestellt. Der Punkt, auf den es nun ankam, war, herauszufinden, wer dieser Mann war, mal angenommen, dass es sich tatsächlich um einen Spion handelte, der ihn im Auge hatte.

Daran, wie groß offenkundig dessen Enttäuschung war, erkannte Antonio, dass wirklich er es sein musste, der ihm auf der Spur war.

Diese neue Erkenntnis verschaffte ihm immerhin einen Vorteil. Im Augenblick war ihm nicht danach, denjenigen zu konfrontieren, und erst recht wollte er seinen guten Freund, der ihm großzügigerweise den Balkon zur Verfügung gestellt hatte, nicht mit hineinziehen, weil er ganz klar schon fortgeschrittenen Alters war. Doch zu wissen, vor wem er auf der Hut sein musste, machte es sehr viel einfacher, diesen Schurken gemeinsam mit McSwiney zu demaskieren und ihm eine ordentliche Lektion zu erteilen. Tatsächlich wollte die Gelegenheit sorgfältig vorbereitet sein, denn wenn es gelang, den Mann zu überraschen, der sicher noch nicht wusste, dass er enttarnt worden war, würde er vielleicht noch ein paar mehr Details dieser verworrenen Angelegenheit aufdecken können, in die er da geraten war.

Um sich nicht zu verraten, hatte Antonio eine Verkleidung mitgebracht. Er wollte vermeiden, dass man ihn erkannte und verfolgte, sobald er das Haus verließ. Er trug daher völlig andere Kleidung als bei seiner Ankunft. Auf diese Weise würde niemand merken, wer er war, und er konnte Charlotte treffen, ohne sie in Gefahr zu bringen.

Das erleichterte ihn. Wegen der jüngsten Ereignisse war er ständig auf der Hut. Möglicherweise machte er sich zu viele Sorgen, doch lieber riskierte er, sich lächerlich zu machen, als im Nachhinein etwas zu bereuen zu haben.

Charlotte sah ihn mit dem Blick einer Frau an, die keine Angst kennt. Wie sehr er sie begehrte! Sie war eine junge Frau von feurigem Temperament, und er hoffte, er würde früher oder später in ihrem Leben eine Rolle spielen.

Nach der ersten schönen Begegnung auf Murano hatte sie einem Wiedersehen im oberen Stockwerk des Caffè Stella d'Oro in den Procuratie Vecchie zugestimmt. Wie andere Kaffeestuben dieser Art gehörte sie einem Schweizer Konditor aus Graubünden, einem profunden Kenner von Süßspeisen.

Wann immer es ging, hatte sie ihm erzählt, verbrachte sie gern Zeit in dem kleinen Raum, den Josef Fischer immer für sie frei hielt. Kaum hatte der Konditor gesehen, wer Charlottes Gast war, hatte er sich so tief verneigt, dass Antonio angesichts seiner kräftigen Statur schon fürchtete, er könne zu Boden stürzen. Der Herr des Hauses hatte jedoch überraschende Wendigkeit bewiesen.

Bei einer Tasse heißer Schokolade und einer Auswahl an Gebäck und Keksen wollte Antonio Charlotte offenbaren, wie sehr er sich von ihr angezogen fühlte. Doch er war noch nicht so weit. Und wie sollte er mit einer etwaigen Zurückweisung umgehen? Was ließ ihn glauben, sie würde auf seine Avancen eingehen? Daher hielt er es aus Vorsicht für besser, über das wunderbare Fernrohr zu plaudern, von dessen Qualität er sich gerade überzeugt hatte.

»Meine liebe Charlotte«, sagte er und räusperte sich. »Ich möchte Euch sagen, dass die Linsen aus Eurer Herstellung von außerordentlicher Güte sind. Ich habe Euer Fernrohr ausprobiert, und die Schärfe des Bildes im Sehfeld und die Vielseitigkeit, die der Zahnstange zu verdanken ist, haben mir sehr gefallen. Ich muss zugeben, dass ich eine solche Qualität nicht erwartet hatte!«

»Signor Canal«, erwiderte Charlotte, »Ihr seid sehr

freundlich. Ihr sollt wissen, dass mich Eure Wertschätzung mit großem Stolz erfüllt.«

»Das freut mich«, entgegnete Antonio und nahm einen Schluck von der ausgezeichneten Schokolade. Er erlaubte sich einen tiefen Blick in ihre Augen und nahm ihren Anblick ganz und gar in sich auf. An diesem Tag war Charlottes Schönheit einfach atemberaubend. Die köstlichen Löckchen wurden von jadegrünen Bändern zusammengehalten, die den strahlenden Glanz ihrer Augen einmal mehr hervorhoben. Das Kleid, eine herrliche Kontusch aus Seide und Taft, war im selben Farbton gehalten. Goldene Broschen setzten kostbare Akzente, umso mehr, als sie durch herrlich gearbeitete Rubine und Smaragde bereichert wurden. Nur mit Mühe konnte Antonio ein Seufzen unterdrücken, und einen Augenblick lang konnte er kaum glauben, dass dies die Frau war, die ihn vor ein paar Tagen an ihrem Brennofen auf Murano empfangen hatte.

Doch es gab keinen Zweifel daran, denn ungeachtet ihrer liebenswürdigen Umgangsformen behielt sie ohne jede Affektiertheit ihre Offenheit und ihren Pragmatismus bei. Doch nun, dachte Antonio, wollte er ihr doch mehr von dem erzählen, was ihm gerade widerfuhr. »Und gerade dank Eures Fernrohrs habe ich entdeckt, dass ich verfolgt werde!«, stieß er in einem Atem aus, als wollte er sich von einer Last befreien.

»Ihr werdet verfolgt? Von wem? Was will man von Euch?« Charlotte sprach diese Worte mit einer Anteilnahme aus, die wenigstens einen Augenblick lang beschützerisch erschien. Ihre Augen schienen im Licht dieses Wintertages zu glühen.

»Das ist eine schwierige Frage. Womit soll ich anfangen? Also schön, ich will Euch Folgendes sagen: Aus einem sehr merkwürdigen Grund bin ich damit beauftragt worden, eine Person zu verfolgen. Alles kam dadurch, dass ich eine Rückenansicht dieser Person aus Versehen in meinem letzten Gemälde vom Rio dei Mendicanti aufgenommen habe. Jemand Wichtiges hat sie erkannt und mich gebeten, Nachforschungen anzustellen. Aber das, was ich herausgefunden habe, schien bestimmte andere Personen zu stören. Doch ich will Euch nicht mit meinen Entdeckungen als Möchtegernspion langweilen.« Er wusste, ihr nur die halbe Wahrheit erzählt zu haben, alles in allem schien es ihm jedoch verfrüht, bereits mehr preiszugeben. Nicht dass er ihr nicht vertraut hätte, aber war es wirklich klug, sie in weitere Details einzuweihen?

»Und nun wird der Verfolger zum Verfolgten«, resümierte sie.

»So ist es.«

»Aber seid Ihr in Gefahr?«

»Keineswegs. Das wird einfach nur ein Plagegeist sein. Ich werde ihn mir bei passender Gelegenheit vom Hals schaffen«, sagte Antonio achselzuckend.

»Ihr seid Euch Eurer Sache sehr sicher, Signor Canal.«

»Schön wär's!«, sagte er mit einem Anflug des Bedauerns.

»Habt Ihr schon gehört, was in der Stadt vor sich geht?«, sagte Charlotte, und ihre Stimme klang plötzlich düster.

»Was meint Ihr?«

»Die beiden blutigen Morde der letzten Tage. Es ist unbegreiflich. Man fand zwei Frauen, die auf grausame Weise umgebracht worden waren. Es heißt, jemand habe ihnen das Herz herausgerissen.«

Antonio schwieg einen Augenblick. »Das stimmt«, bestätigte er.

»Und woher …«

»Woher ich das weiß?«

Charlotte nickte.

»Weil es das Schicksal wollte, dass ich im Fall der zweiten Getöteten mich als einer der Ersten an dem Ort einfand, wo man sie abgelegt hatte.«

Die schöne Tochter des Generalfeldmarschalls von der Schulenburg riss die Augen auf. »Ihr?«, fragte sie mit hauchdünner Stimme.

»Es war ein schrecklicher Scherz des Zufalls«, bemerkte Antonio. »An diesem Morgen hatte ich mich entschieden, mich bei Tagesanbruch zum Campo San Giacomo a Rialto zu begeben. Mir ging es darum, mir die Farbe des Himmels einzuprägen, um genau dieses Licht wiedergeben zu können, das man nur bei Sonnenaufgang sieht. Ich erinnere mich, wie ich über die Brücke und die Ruga dei Oresi hinabgerannt bin. Das war exakt der Moment, in dem das Dunkel der Dämmerung wich. Doch ich bemerkte recht bald die Leiche auf dem Kirchenvorplatz. Ganz in der Nähe schrie eine Frau, die ein Mann in seinem Arm hielt.«

»Ich habe grauenvolle Dinge gehört.«

»Ihr müsst wissen, dass das, was man sich erzählt, nur ein Bruchteil dessen ist, was ich vor Augen hatte. Diese Frau wurde regelrecht massakriert.«

»Doch wer könnte eine solch schändliche Tat begehen?«, fragte Charlotte, und ihre Augen blitzten zornig.

»Das weiß ich nicht. Unnötig zu sagen, dass unmittelbar nach meiner Ankunft der Capitan Grando mit seinen Schergen aufgetaucht ist.«

»Ja. Doch man weiß bisher nichts, außer dass die beiden Frauen ermordet wurden. Noch wurde kein Mörder gefasst. Gab es vielleicht Befragungen? Gibt es Verdachtsmomente, die auf einen Schuldigen schließen lassen? Natürlich werden sich die Behörden der Strafverfolgung hüten, Einzelheiten zu verbreiten, doch mein Eindruck ist, dass sich die Republik kein bisschen für diese Morde interessiert. Alles schweigt. Es ändert sich nichts. Genau wie bei den Pocken. Ich weiß genau, dass einige jüdische Ärzte eine Behandlung vorgeschlagen haben, bei der man eine Inokulation, eine Animpfung, mit Flüssigkeiten vornimmt, die direkt aus den entstandenen Bläschen entnommen werden, um so der Ansteckung zuvorzukommen. Auf diese Weise würde man weniger schwer erkranken, und das bei besseren Heilungsaussichten. Doch auch dazu äußert sich die Republik nicht. Sie wartet ab. Genau wie bei diesen auf grässliche Weise getöteten Frauen. Ganz so, als sei das, was geschehen ist, im Grunde zu tolerieren. Doch eine solche Welt wird nicht lange bestehen«, schloss Charlotte voller Wut.

Antonio nahm einen tief sitzenden Groll bei ihr wahr, als ob sie das, worüber sie sprach, am eigenen Leib erlebt habe. »Doch Ihr habt recht«, fuhr sie fort, »ich möchte Euch auch nicht den Tag verderben. Die Wahrheit ist die, dass ich es nicht ertrage, wie bestimmte Familien seit mehr als tausend Jahren über diese Stadt bestimmen. Zu welchem Zweck? Zum Erhalt der eigenen Macht. Und dafür muss man dafür sorgen, dass sich nichts ändert; also ist es am besten, bestimmten Dingen ihren Lauf zu lassen.«

»Charlotte, was ist geschehen?«, fragte er besorgt. Er spürte, dass sie sich von einem Schmerz tief in ihrem Innern befreien musste.

»Menego, der Glasbläsermeister, der mir vor ein paar Tagen assistierte – erinnert Ihr Euch an ihn?«

»Natürlich.«

»Gestern Nacht ... haben die Pocken ihn dahingerafft. Er starb in meinen Armen.«

24

Geständnisse

A ntonio konnte Charlottes Schmerz verstehen. Eine Kunst zu erlernen, egal welche, bedeutete, über die menschlichen Wahrnehmungen hinauszugehen. Es hatte etwas Magisches, ein Schöpfungsakt der Vorstellungskraft, der nichts mit der irdischen Welt gemein hatte. Gewiss, es gab auch den prosaischen Aspekt der Arbeit, des Broterwerbs, des Lebensunterhaltes, doch im Kern wohnten der Malerei oder der Glaskunst Geheimnis und lange Erfahrung inne, die die eigene Bedeutung in das allgemeine Gedächtnis einschrieben. Und von jemandem zu lernen, bedeutete, an diesen Geheimnissen und Handwerkstraditionen teilzuhaben und Zugang zu einem Wissen zu bekommen, das nicht allen offenstand. Aus diesem Grund baute man zu seinem Lehrmeister eine Beziehung auf, die in ihrer Art und Intensität einzigartig war. Als er Charlottes Glasmanufaktur betreten hatte, war ihm sofort klar gewesen, dass der Mann mit den langen weißen Haaren der Lehrmeister der schönen Tochter aus dem Hause von der Schulenburg war. Und dass eine tiefe Zuneigung sie an ihn band, jetzt, da er gesehen hatte, wie sie als Künstlerin erblühte, und er Zeuge eines Talentes wurde, das er zwar erahnt, aber wahrscheinlich noch nicht in seiner vollen Größe erkannt hatte. Auch weil es nur sehr wenige Schüler gab, die eine solche Gabe in sich trugen. Und in einem solchen Fall wandelte sich das Verhältnis zu väterlicher Zuneigung.

Antonio war dies einige Zeit zuvor mit seinem Vater Bernardo so gegangen. Er war es gewesen, der ihn zur Malerei gebracht hatte, der ihn die Schönheit der Farben gelehrt hatte, den Einsatz von Licht und Schatten, den Zauber des Theaters und die Bedeutung der realistischen Wiedergabe. Auch wenn er bei seinem Studienaufenthalt in Rom einiges bei Giovanni Paolo Pannini und Gaspar van Wittel gelernt hatte, war er doch immer zu seinem Vater zurückgekehrt. Zu ihm, der ihn dazu erzogen hatte, Venedig durch die eigene Malerei zu lieben. Venedig, das für ihn so überwältigend war, mit seinem Licht und seinem Himmel und der spiegelgleichen Wasserfläche der Lagune, die imstande war, das Licht, das sie wie eine Aura reflektierte, in seiner Wirkung zu vervielfältigen – eben dieses Licht, mit dem er einer orkanartigen Urgewalt gleich seine Leinwände zu durchdringen versuchte. Aus all diesen Gründen fühlte er in diesem Augenblick mit Charlottes Schmerz.

»Ich kann mir vorstellen, was das bedeutet. Das muss ein Verlust sein, der nicht hinnehmbar ist. Mein Vater war mein Lehrmeister. Ich glaube, ich könnte es nicht ertragen, wäre er nicht mehr da, und erst allmählich, nach langer Zeit, damit leben. Was ich über Malerei weiß, verdanke ich ihm, und die Malerei ist mein Leben. Daran halte ich mich fest, wenn das, was ich sehe, mein Fassungsvermögen übersteigt und mich verletzt.«

Charlotte sah ihn an, und ihre Augen waren ein einziges Leuchten. »Genau so sehe ich das auch. Was mich wütend macht, ist das Schweigen der Republik. Ihre Gleichgültigkeit. Nicht allein wegen Menegos Tod, sondern wegen den Tausenden Venezianern, die vom Übel der Pocken dahingerafft werden und sterben wie die Fliegen. Und wegen der beiden brutal ermordeten Frauen, angesichts dessen, dass niemand etwas unternehmen zu wollen scheint. Als wäre das ein ganz alltäglicher Vorfall und ein beliebiger Tatbestand. Das Eintreffen eines Botschafters, ach was, allein schon eines unbedeutenden Konsuls würde als ein viel wichtigeres Ereignis behandelt werden.«

»Da habt Ihr recht. Und aus diesem Grund versuche ich mich damit zu befassen.« Zu spät bemerkte er, dass er mehr gesagt hatte, als klug war. Schuld daran war sein Herz, das schneller als der Verstand zu dieser Frau Vertrauen gefasst hatte.

Diese Enthüllung verblüffte Charlotte. »Wirklich?«

»Seht Ihr, die Wahrheit ist die, dass diese Stadt sich mittlerweile zu einer Schlangengrube entwickelt. Ich weiß nicht, wie ich es erklären soll, aber ich nehme eine dunkle Macht wahr, die sie durchzieht und die man nicht länger ignorieren kann. Zu Beginn, als ich gebeten wurde, den Mann zu beschatten, den ich gemalt hatte, dachte ich, ich sollte mich lieber weiter mit anderen Dingen beschäftigen. Dann gab ich nach, denn ich konnte mich schlecht weigern. Doch es war ganz offenkundig ein Zeichen des Schicksals. Und wenn ich jetzt sagen soll, was ich denke, dann, dass ich die Anwesenheit von etwas Bösem spüre wie einen dunklen Faden, der das, was ich entdeckt habe, mit den furchtbaren Morden dieser Tage verbindet, mit den infamen Beschuldigungen der Juden, der Pockenepidemie, der Gleichgültigkeit gegenüber dem Tod dieser Frauen. Wenn Ihr mich fragt, worum es sich handelt, dann kann ich das leider nicht beantworten, und ich denke auch nicht, dass es einfach sein wird, ein wirksames Gegenmittel gegen das Übel zu finden, das Euren Meister getötet hat. Doch in einem habt Ihr recht: Die Republik scheint sich viel zu sehr um ihr eigenes Überleben zu sorgen, und zwar komme, was da wolle. Und wenn das bedeutet, einfach nur zuzuschauen, einfach nur darauf zu bauen, dass die Zeit es von allein richtet, und abzuwarten, dass die Tragödien sich von selbst erledigen – dann bin ich damit nicht einverstanden. Und ich bin der Meinung, dass alle, denen das Gute am Herzen liegt, etwas tun sollten, auch wenn sie, so wie in meinem Fall, über keine ausgesprochen Erfolg versprechenden Fähigkeiten verfügen.«

»Wisst Ihr, ich sage mir immer wieder, dass ich Vertrauen haben muss. Und vor allem, dass ich mich nicht beklagen darf. Wie könnte ich? Ich, die ich als Adelige aufgewachsen bin. Und doch sage ich mir gerade deswegen, dass ich nicht schweigend zusehen darf. Ich schaue auf meinen Vater: Er war ein Kriegsheld. Der Korfu gegen den Ansturm der Türken verteidigt hat und dabei für Venedig sein eigenes Leben riskiert hat. Für Venedig – nicht für die Familien, die es beherrschen. Für eine Stadt, die für eine Idee steht, ein Prinzip, eine unmögliche Herausforderung: auf dem Wasser geboren zu werden und zu leben, wenn jede andere menschliche Gemeinschaft sich für ein Leben an Land entschieden hat. Venedig ist der letzte Traum, der uns geblieben ist, und wir dürfen ihn nicht aufgeben. Venedig zu verlieren, würde bedeuten, uns selbst aufzugeben. Und doch versucht jemand, es uns zu nehmen: Ordnungshüter, Bürokraten, Verwaltungsbeamte. Männer, die zu leugnen versuchen, dass es etwas Größeres gibt. Die Glasbläsermeister verlassen Murano, und die Staatsinquisitoren bedrohen sie. Sie erpressen sie, wenn sie fliehen wollen, sie lassen sie vergiften. Aber sie fragen sich nicht, warum die Maestri den Brennöfen den Rücken kehren. Wir sind nur noch wenige. Und Venedig stirbt. Jeden Tag ein bisschen. Und aus diesem Grund vergötterte ich Eure Gemälde, Antonio. Denn Eure Liebe zu Venedig ist so, dass sie förmlich die Leinwand in Brand setzt, dank des Lichtes, das Ihr einzufangen versteht. Es ist, als würdet Ihr, wenn Ihr Himmel, Sonne und Wasser betrachtet, alle Lichtreflexe, Sonnenstrahlen, alles Glitzern und Leuchten mit den Händen greifen und einsammeln und sie dann mit solcher Wucht auf die Leinwand werfen, dass es den Betrachtern den Atem raubt. Und Ihr habt recht – der Kunst wohnt eine magische Kraft inne, die uns vor den Angriffen des Lebens schützt. Doch wir müssen Venedig bewahren. Nicht allein für uns, sondern für alle, die nach uns kommen. Was wären wir ohne Venedig?«

Antonio atmete tief ein. Charlottes Leidenschaft war überwältigend. Und sie weckte in ihm den Wunsch, etwas Großes zu vollbringen. Das war ihm nie zuvor passiert, dafür aber jedes Mal, wenn er sie traf. Ihre Schönheit hatte nichts damit zu tun. Sie trat hinter diesem unerschrockenen Herzen und diesem Mut zurück, den er niemals haben würde.

Zuletzt sah sie ihn auf eine seltsame Weise an, die er nicht hätte benennen können. »Gehen wir?«, fragte sie ihn.

»Das wollte ich auch gerade vorschlagen«, sagte Antonio.

Und er spürte, dass sich etwas zwischen ihnen verändert hatte.

25

Der englische Gentleman

Sie betraten, was Antonio ohne jede Übertreibung eine *Wunderkammer* nennen würde.

Er und Owen McSwiney wurden von einer absolut überraschenden Sammlung von Wunderdingen empfangen. Der Raum war vollständig mit dunklen Regalen aus Ebenholz ausgestattet, sodass die aus dem Orient stammenden antiken Artefakte aus purem Gold, die Gegenstände aus Kristallglas, die Gefäße aus Bronze und Kupfer, die Schalen aus Jaspis, die Statuen aus Elfenbein und die tausend anderen wundersamen und einzigartigen Objekte, die darin enthalten waren, sich besonders gut abhoben.

Der eindrucksvolle Altarflügel von Petrus Christus mit der Darstellung des Jüngsten Gerichtes, auf dem ein kriegerischer Engel in schwarzer Rüstung gerade das Schwert über einem der Höllenwesen zu seinen Füßen erhebt, raubte Antonio schier den Atem. Das Gleiche galt für die Grimoires – die Bücher mit magischem Wissen – und die Decks mit Tarotkarten, die sich in wahrhaft prächtigen Schatullen befanden, dekoriert mit Pastiglia – flachen Gipsreliefs – und

Verzierungen in Silber und Gold, eingelegten Rubinen, Saphiren und Smaragden. Lange ruhte sein Blick auf einer mumifizierten Hand, einer Krone aus Rabenfedern, Schädeln von Tieren, die er niemals gesehen zu haben glaubte, ganz zu schweigen von einer ganzen Reihe wundervoller Weltkugeln.

»Die sind von Vincenzo Maria Coronelli«, sagte der Hausherr schließlich, während er die Tür hinter sich schloss.

»Verblüffend«, stellte Antonio fest.

»Gefällt Euch meine Wunderkammer?«

»Wem würde sie nicht gefallen?«

»Joseph«, sagte McSwiney mit einem Nicken.

»Owen«, begrüßte ihn Smith. »Welchem Umstand verdanke ich das Vergnügen dieses Besuches? Ich danke Euch bereits im Voraus dafür, den größten Maler Venedigs in mein Haus gebracht zu haben.«

Der Ire hüstelte nervös. Smith war ein stadtbekannter Sammler, wie diese Wunderkammer bewies, und machte keinen Hehl daraus, Beziehungen zu vermögenden britischen Auftraggebern zu unterhalten, und nahm für sich in Anspruch, über Kenntnisse auf dem Gebiet der Kunst zu verfügen. Er war in jeder Hinsicht ein potenzieller Konkurrent. Doch es war ja McSwiney selbst gewesen, der diesen Namen aufgebracht hatte, und so erklärte er nach einem Moment der Verlegenheit den Grund des Treffens. »Mein lieber Freund, wie vor einigen Tagen angekündigt, war es mir ein Vergnügen, ein Treffen zwischen Euch und

Signor Canal zu arrangieren, den ich für das derzeit außergewöhnlichste malerische Talent von Venedig halte. Und es freut mich, dass Ihr meiner Meinung seid. Denn gerade weil Antonio ein guter Freund von mir ist – und ich schäme mich nicht, zu sagen, dass ich ihm einige einträgliche Aufträge verschafft habe –, halte ich es für angebracht, Euch miteinander bekannt zu machen, denn die Bekanntschaft dürfte von beiderseitigem Nutzen sein; meiner eigenen Zusammenarbeit mit ihm wird dies nicht im Wege stehen, denke ich. Es ist hingegen unser beider innigster Wunsch, Euch um Aufklärung einer Situation zu bitten, in die ich unlängst wider Willen verwickelt wurde. Der Grund, aus dem ich dann dachte, mich an Euch zu wenden, hat nicht nur mit Eurer unerschöpflichen Gelehrtheit zu tun, die sich aus Reisen in alle Teile der Welt speist, sondern auch mit Eurer eingehenden Kenntnis des britischen Hofes sowie der Serenissima Repubblica.«

Smith nickte zur Bekräftigung seiner Kooperationsbereitschaft. McSwiney wiederum hatte den Austausch gegenseitiger Gefälligkeiten äußerst vorsichtig angedeutet; ihm nun eine Hilfeleistung zu verweigern, wäre außerordentlich unhöflich gewesen. Doch diese Gefahr bestand in keiner Weise, denn die beiden edlen Herren unterhielten beste Beziehungen. »Sagt mir, was Ihr auf dem Herzen habt, ich höre Euch zu«, waren die Worte von Joseph Smith. Er war ein Mann von gepflegten Umgangsformen, doch auch sehr direkt, und das machte ihn für Antonio zu einem außerordentlich angenehmen Gesprächspartner.

»Seht Ihr, vor ein paar Tagen war ich Teilnehmer bei einer doch recht einzigartigen Versammlung. Eingeladen war ich von einem überaus großzügigen Gastgeber, den ich ohne Zögern als exzentrisch bezeichnen würde. Ohne nun weiter auf Einzelheiten einzugehen, muss ich doch sagen, dass es sich dabei um eine Art von Überraschung handelte, die mich völlig unvorbereitet traf, und ich möchte hinzufügen, dass der Ort, an den ich da geraten war, zum Absurdesten überhaupt gehörte.«

»Ich fürchte, ich kann Euch nicht ganz folgen«, bemerkte Smith, der sich, gelinde gesagt, mit Verwunderung und Skepsis den letzten Teil von McSwineys Schilderung angehört hatte, die in der Tat ein wenig kryptisch klang.

»Ich werde es näher erläutern. Ich war in einem großen Saal, dessen Decke ein Sternenhimmel zierte und dessen Boden wie ein Schachbrett mit schwarzem und weißem Marmor gefliest war. Zu beiden Seiten der Tür befanden sich Säulen, in der Mitte der einen war der Buchstabe B eingraviert, auf der anderen ein J. Die Wände waren mit seltsamen archaischen Symbolen bemalt.«

»Jetzt wird es klarer«, sagte Smith prompt. »Und Ihr würdet gerne wissen, was ...«

»... was diese Art von Symbolen wohl zu bedeuten hat.«

»Die Lösung ist recht einfach, Owen. Ich verstehe jedoch nicht, was Signor Canal damit zu tun hat. War er gemeinsam mit Euch dort?«

»Nein, das nicht«, mischte sich Antonio ein, »aber aus verschiedenen Gründen würde ich gerne wissen, in welcher Lage sich mein lieber Freund McSwiney befindet. In dieser Geschichte trete ich als Gefährte auf, dem Owens Schicksal am Herzen liegt«, log Antonio, denn das war die Version, die er und der Ire vereinbart hatten.

»Einverstanden«, sagte Smith. »Also, trugen die Wände des Saals vielleicht seltsame Symbole wie Quadrate? Zirkel? Dreiecke?«

»Ganz genau«, antwortete der Ire und riss überrascht die Augen auf.

Joseph Smith erlaubte sich ein Lächeln und fuhr fort. »Euer Gastgeber – Euer Amphitryon – trug dann wohl einen schwarzen Anzug mit weißer Schürze?«

McSwiney war nun endgültig beeindruckt. »Habt Ihr die Macht, über das Leben anderer Leute Bescheid zu wissen, Joseph?«

»Keineswegs, Owen, keineswegs«, erwiderte der andere sichtlich amüsiert, ehe er fortfuhr: »Seht Ihr, was ich Euch sagen werde, wird Euch vielleicht nicht bloß überraschen, sondern, doch das ist nur eine Vermutung, vielleicht auch Licht auf eine Reihe von Ereignissen Eures früheren Lebens werfen, als Ihr, wenn ich nicht irre, das Theater am englischen Hof betrieben habt. Ich erinnere mich, auf diesen Umstand in einer unserer vorangegangenen Unterhaltungen zu sprechen gekommen zu sein, und Euch, ohne das Thema zu vertiefen, gesagt habe, dass einer Eurer schlimmsten Feinde den Schutz dunkler Mächte genießt.«

Wieder war McSwiney verblüfft. »Ich nehme an, Ihr sprecht von William Collier, allerdings verstehe ich nicht recht.«

»Das glaube ich gern. Nun, die Versammlung, an der Ihr teilgenommen habt, scheint Eurer Beschreibung nach eine Freimaurerloge gewesen zu sein. Als solche muss sie geheim bleiben. Doch darauf hat Euer Gastgeber, der vermutlich Meister genannt werden wollte, bestimmt hingewiesen. Die Bezüge zu Euren früheren Tätigkeiten stehen in Verbindung mit dem Umstand, dass die Entstehung dessen, was ich als Geheimbewegung bezeichnen möchte, eben in England stattfand, und ich möchte hinzufügen, einer ihrer herausragenden Vertreter war in diesen Jahren in der Tat der Komödiendichter William Collier, Euer erbitterter Gegner, welcher dank einer der ersten Logen oder Sekten, wenn man so will, derart zahlreiche Beziehungen und Freundschaften mit mächtigen Männern bei Hofe geknüpft hatte, dass er Euch leicht aus dem Rampenlicht verdrängen und Euch nötigen konnte, hier in dieser Stadt Zuflucht zu suchen.

Verzeiht mir, das so schonungslos zu sagen, aber das ist im Wesentlichen das, was geschehen ist. Ich nehme an, etwas in der Art ahntet Ihr schon.«

McSwiney machte große Augen. »Sicher, mir war klar, dass dieser elende Frömmler einflussreiche Beziehungen haben musste, aber nicht, dass er einer Loge, wie Ihr es nennt, angehören würde und dass er sich zum Ziel gesetzt hatte ...«

»... die Macht zu erobern«, vervollständigte Smith. »Das Ziel solcher Geheimbünde ist genau das: ein Netz aus Expertenwissen und gegenseitiger Hilfestellung zu knüpfen, dessen Mitglieder dank des Nutzens, der sich aus den Allianzen und Informationen ergibt, stetig größeren persönlichen Gewinn ziehen können. Darum geht es im Grunde, auch wenn es darüber hinaus einen recht komplexen ikonografischen Apparat gibt, der Bezüge zu Numerologie und Symbolik hat, die dem Ganzen eine Note des Okkulten und Exzentrischen hinzufügen. Der Ursprung des italienischen Begriffes *massoneria* geht auf das englische Wort *mason* für Maurer zurück. Und zwar, weil die Freimaurerei ihre Wurzeln in den Maurerzünften hat, den Bewahrerinnen der Kenntnisse und Fertigkeiten des Hausbaus, die innerhalb der Freimaurerloge auch in ideeller, intellektueller Weise aufgefasst werden. Einige sagen, der Ursprung dieser Logen sei auf Hiram Abif, den Erbauer des Salomonischen Tempels, zurückzuführen, aber es ist eben nur ein Gerücht. Tatsache ist, dass die Grundlage der Freimaurerei das Bauen und Konstruieren ist, daher verwendet sie Symbole wie Winkelmaße, Zirkel, Maßstäbe. Der Buchstabe G bezeichnet Gott oder den Großen Architekten. Die erste und heute noch mächtigste Loge ist daher die *Great Lodge*, die Großloge, in London. Soviel ich weiß, wurde deren Satzung vom Herzog von Montagu gedruckt.«

»Und woher wisst Ihr das?«, fragte Antonio beeindruckt, wie sehr Joseph Smith mit der Materie vertraut war.

»Weil man mich gefragt hat, ob ich Mitglied werden möchte. Doch ich habe die Einladung abgelehnt. Derartige geheime Spielchen reizen mich nicht. Ich bevorzuge Freundschaften, die das Licht nicht scheuen und sich an die Regeln halten. Denn es liegt auf der Hand, dass Individuen dieser Art auch gern auf Methoden wie Bestechung von Beamten, Ordnungskräften und den Zuständigen in der Verwaltung zurückgreifen, auf die Zahlung von Pfründen gegen Gefälligkeiten, auf Diebstahl und Veruntreuung und generell öffentliche Interessen zugunsten der eigenen, privaten auslegen. Jetzt werdet Ihr gewiss sagen, dass das immer schon vorgekommen ist und auch die Amtsstuben der Republik Venedig gegen solche Verfehlungen nicht gefeit sind, aber was ich beobachte, ist, dass die Großloge, lässt man ihre absurden esoterischen Verschleierungen beiseite, lediglich das Ziel des persönlichen Profits verfolgt, koste es, was es wolle. Und Ihr, McSwiney, seid eines der zahlreichen Opfer dieses Denkens und Handelns.«

Antonio hatte genug gehört. Einen Augenblick lang wirkte der Ire erschüttert. Das Gespräch hatte sich als dramatische Reise in eine Vergangenheit entpuppt, die Owen aus verschiedenen Gründen zu tilgen versucht haben musste. Auch wenn er ahnte, wovon Teufel salbadert hatte, sah er sich in einen Bruderpakt hineingezogen, der wer weiß was für Implikationen mit sich brachte. Sich dem zu entziehen, schien keine leichte Sache zu sein. Im Übrigen hatte er damit, dass er darüber sprach, nach den Regeln der Loge riskiert, dass man ihn wortwörtlich zum Schweigen brachte. Doch erlangte der Ire, wie es oft in solchen Umständen der Fall war, augenblicklich seine Kaltblütigkeit zurück. Antonio wusste, warum er und Owen Seite an Seite kämpften: Sie konnten nicht einfach zusehen, wie die schönste Stadt der Welt in einem Strudel aus Grauen und Sittenlosigkeit versank.

Und so wie es aussah, hatte sich McSwiney einer geheimen Bruderschaft angeschlossen, deren Ziel es war, die Serenissima in ihre Klauen zu bekommen.

Antonio würde das nicht zulassen. Kaum zu glauben, dass das alles mit einer Figur auf einer Leinwand begonnen hatte. »Signor Smith, ich und Owen sind Euch zutiefst dankbar für Eure Erläuterungen, die natürlich einige Leute, mit denen wir aus Gründen, die ich Euch nicht nennen kann, in Kontakt stehen, in ein ungünstiges Licht setzen. Ich habe in der Mehrzahl gesprochen, weil, wie ich schon sagte, ein Problem von Owen auch mein Problem ist. Ich will Euch im Übrigen nicht verhehlen, dass der unvoreingenommene britische Unternehmergeist, der diesen geheimen Verbindungen zugrunde liegt, nicht nur seine Schattenseiten, sondern, aus einem anderen Blickwinkel betrachtet, auch seine Vorzüge hat. Tatsächlich stieß mein lieber Freund in den letzten Monaten bei einigen Vertretern des englischen Hofes auf ein besonders großes Interesse für die Vision von Glanz und Schönheit, die Venedig in der ganzen Welt repräsentiert. Wie Ihr bereits vermutet habt, gilt mein Trachten der Verherrlichung dieser traumhaften Stadt mit meiner Arbeit. Sollte meine Arbeit für Euch von Interesse sein, möchte ich Euch sagen, dass ich mich freuen würde, im Gegenzug für Eure wertvolle Aufmerksamkeit auch mit Euch zusammenzuarbeiten. Natürlich im Einvernehmen mit Signor McSwiney, der mich weiterhin vertreten wird, wenn auch nicht exklusiv.«

Joseph Smith lächelte. »Signor Canal, Eure Worte bedeuten mir viel. Ich könnte mir nichts Besseres wünschen. Und wenn unsere Zusammenarbeit dazu beitragen kann, dass Venedig seine Probleme überwindet und in altem Glanz erstrahlt, dann lasst uns das Gemälde um Gemälde tun!«

»Ganz recht«, sagte Antonio lächelnd, glücklich darüber, dass Joseph Smith den Sinn seiner Arbeit voll und ganz verstanden hatte.

»Gemälde um Gemälde«, wiederholte Owen McSwiney.

Und in dieser eingeschworenen Gemeinschaft schienen sich die Schatten der Enthüllungen dieses Tages zu verflüchtigen, wenigstens ein bisschen.

26
Die fünf

Das Haus von Rabbi Mordechai Coen war bescheiden, doch sein Tisch war reich gedeckt. Die Gäste langten tüchtig zu. Die Kerzen glänzten.

Wohin Isaak auch schaute, sah er Bücher. Sie waren in jedem Winkel. Bände aufgestapelt wie Holzscheite. Turmhohe Bücherstapel, die bis zur Decke zu reichen schienen, ganze Reihen von Pergamenten mit den Schriften der Thora, verschiedene Ausgaben der Nevi'im – also den Büchern der Propheten –, dann die Psalmen, das Hohelied, das Buch Prediger und alle anderen Teile der Ketuvim, des dritten Hauptteils der hebräischen Bibel.

Isaak goss sich noch mehr Gewürzwein ein. Der Abend war eisig, und obwohl der Ofen gut beheizt war, war es in diesen Stunden niemals warm genug. Außer ihm und dem Rabbi waren weitere wichtige Vertreter der Gemeinde anwesend, Taddeo Zylbermann etwa, der Besitzer der wichtigsten Kreditbank im Ghetto von Venedig, Josef Reischer, der in Rialto einen Hadern-Lumpenhandel betrieb, und schließlich Giacomo Ortona, ritueller Schächter der Gemeinde.

Die Gesichter spiegelten die Dünnhäutigkeit und die Angst dieser Tage. Das ganze Essen über hatten sie darüber gesprochen, dass der Platz im Ghetto nicht mehr reiche, und darüber, wie beengt die Häuser waren und dass das ständige Übereinanderbauen noch damit enden würde, dass sie alle zusammenbrachen. Taddeo Zylbermann sagte, die Pocken hätten die Leute verschreckt und dass eine Unsicherheit hinsichtlich der Zukunft herrsche, die er so deutlich noch nie wahrgenommen habe. Josef Reischer behauptete, die Hadern, die er verkaufe, seien von bester Qualität, doch die Bezeichnung *senser di strazzerie* – Lumpenhändler – setze seine Ware und seine Würde herab. Jeder hatte guten Grund, sich zu beklagen. Doch nachdem alle sich hinreichend beklagt hatten, nachdem auch die letzte Enttäuschung auf den Tisch gekommen war, nachdem Rabbi Mordechai Coen alle zu Bescheidenheit ermahnt und an die Gastfreundschaft erinnert hatte, da endlich kam der wahre Grund dieses Essens und dieser Unterredung ans Licht. Isaak empfand das gewissermaßen als Befreiung.

»Also hat es jemand getan!«, sagte Zylbermann.

»Was getan?«, fragte Giacomo Ortona.

»Geredet«, bekräftigte der Pfandleiher. »Er hat das Gerücht in die Welt gesetzt, dass das, was vor sich geht, mit dem zu tun hat, was im Zusammenhang mit Schabbtai Zvi geschehen war.«

»Das hätte nicht passieren dürfen«, sagte der Rabbi mit dünner Stimme, als koste es ihn Kraft, das zu sagen.

»Dabei wussten wir, dass das früher oder später passieren würde«, beharrte Zylbermann.

Isaak konnte den Tonfall nicht ausstehen. »Was genau? Dass wir einen Weg finden würden, uns gegenseitig zu beschuldigen? Reicht es Euch nicht, was Tag für Tag geschieht – dass wir so einen elenden Hut tragen müssen, wie Tiere in einem abgeriegelten Bereich leben müssen, nur wenige Berufe ausüben dürfen. Bei jeder Gelegenheit verhöhnt zu werden. Nein! Wir müssen uns auch noch selbst zum Schlachtvieh machen! Uns all denen ausliefern, die es gar nicht erwarten können, uns für etwas anzuklagen.«

»Das, was geschieht, ist die gerechte Strafe dafür, dass wir uns nicht entschieden genug gegen den Unsinn eines größenwahnsinnigen Kabbalisten gestellt haben«, betonte Josef Reischer.

»Nicht schon wieder diese Geschichte!«, polterte Giacomo Ortona. »Das wird wohl nie aufhören …«

»Nein«, entgegnete Zylbermann, als handele es sich um eine unausweichliche Tatsache und nicht um eine dumme Entscheidung und Ausgeburt der Einflüsterungen, die sie alle zu hören bekommen hatten; so als fühle sich jeder im Grunde seines Herzens insgeheim zu der Vorstellung hingezogen, Opfer zu sein.

»Hört jetzt auf damit«, platzte Rabbi Coen heraus, als hätte er sich plötzlich aus dieser Apathie befreit, die ihn bis gerade eben noch befallen zu haben schien. »Was Taddeo sagt, ist richtig, wir alle wissen, dass jemand in unserer Gemeinde Angst vor einer Bestrafung verbreitet hat, und ich für meinen Teil bin der Ansicht, dass unsere Vorfahren ebenso wie wir selbst daran nicht unschuldig sind. Gleichwohl habe ich nicht die Absicht, zuzulassen, dass die Gemeinde von Angst und Unsicherheit überwältigt wird.«

»Rabbi«, sagte Zylbermann ehrerbietig, »was wollt Ihr unternehmen? Ich will keine Panik verbreiten, doch inzwischen raunt man an verschiedenen Stellen, dass die ermordeten Frauen Opfer eines Adepten von Baruchia Russo seien, des dämonischen Anhängers, den die Lehren des Abtrünnigen Zvi hervorgebracht haben.«

»Wir können nichts ausschließen«, sagte der Rabbi gewichtig. »Das ist die Wahrheit. Wir können nicht leugnen, dass diese Möglichkeit besteht.«

»Doch das, was geschieht, könnte auch von jemand mit dem Vorsatz geplant worden sein, die Gemeinde zu beschuldigen«, merkte Isaak an, der nicht glauben mochte, dass diese Unterhaltung überhaupt stattfand und wie sie stattfand.

»Was wollt Ihr damit sagen?«, fragte Giacomo Ortona.

»Dass jemand, der die Geschichte kennt, sie auch allein zu dem Zweck hätte verbreiten können, einem von uns die Schuld zu geben!«

»Mir kommt es unwahrscheinlich vor, dass es jemand außerhalb unserer Gemeinde gewesen sein könnte. Er müsste Kenntnisse des Judentums haben, über die niemand in Venedig verfügen kann«, erwiderte Ortona.

»Genau das trifft nicht zu«, bemerkte der Rabbi. »Denn es gibt ein Buch, das hier in Venedig gedruckt wurde, in dem geschildert wird, wie sich die Saat des Bösen ausbreitete und welch fruchtbaren Boden sie in einigen Anhängern des Baruchia Russo gefunden hat. Und wer ein solches Buch gedruckt hat, könnte als geschickter Intrigant ebenso gut die anfälligen Gemüter einiger unserer Gemeindemitglieder manipulieren und auf diese Weise den Keim der Angst pflanzen.«

»Gewiss, das ändert alles«, kommentierte Zylbermann.

Die anderen pflichteten ihm bei.

»Ja«, meldete sich Josef Reischer zu Wort. »Sollten die Dinge tatsächlich so stehen, sind wir möglicherweise in großer Gefahr. Es wäre der perfekte Vorwand, um die gesamte Gemeinde anzugreifen. Mehr noch: Den Venezianern würde sich die Gelegenheit bieten, neue Forderungen gegen uns zu erheben.«

»Ganz abgesehen davon, dass zwei unschuldige Frauen getötet wurden. Und zwar auf furchtbarste Weise, wie man hört«, bemerkte Isaak.

Seine Aussage schien nicht auf besonderes Interesse zu treffen: Der Rabbi nickte bedächtig, während die anderen sich auf stures Schweigen beschränkten.

»Und nun?«, fragte Zylbermann. »Womit können wir uns retten?«

Isaak empfand bei seinen Worten eine gewisse Abscheu. Denn ihm wurde bewusst, dass die beiden Frauen niemandem etwas bedeuteten, auch wenn ansonsten der Ernst der Lage allen klar war. Um die Wahrheit zu gestehen, hatte nicht einmal ihn selbst das bisher gekümmert. Bis jetzt. Und dafür schämte er sich.

»Also werde ich versuchen, mit dem Dogen zu sprechen«, schloss der Rabbi, »wir dürfen keine Zeit mehr verlieren.«

27

Im Zentrum der Macht

Seine Durchlaucht befand sich in seinen Privatge-
mächern. Und er war nicht der besten Stimmung.
Er hatte sich soeben mit Antonio Canal zum üblichen
Bericht zu seinen persönlichen Nachforschungen getroffen, und was sich dabei herausgestellt hatte, war
nicht eben ermutigend. Auch wenn es an konkreten
Beweisen dafür fehlte, schienen im Salon von Cornelia Zane düstere Machenschaften im Gange zu sein.
Damit nicht genug: Canaletto war zugegen gewesen,
als die zweite junge Frau aufgefunden worden war,
niedergemetzelt von einem unbekannten Mörder, der
die Stadt terrorisierte. In dieser Angelegenheit war er
dem Capitan Grando begegnet, der ihn übel abgekan-
zelt hatte.

Es gab schließlich Grund genug, ihn, den Capitan
Grando als den Chef der Signori di Notte al Criminal,
rufen zu lassen, um herauszufinden, was in drei Teufels Namen da im Gange war. Im Augenblick schienen
die Untersuchungen, sofern es überhaupt welche gab,
zu keinen konkreten Ergebnissen zu führen. Damit
nicht genug. Fest stand bisher nur, dass die Opfer

junge Frauen aus dem venezianischen Patriziat waren, und die beiden Familien hatten über den jeweiligen Vater darauf gedrungen, zu erfahren, was genau geschehen war. Das war natürlich absolut legitim und nur menschlich. Das Gegenteil wäre ehrlich gesagt kaum vorstellbar. Und seine Durchlaucht, der ein Mann von festen Prinzipien und weichem Herz war, empfand aufrichtige Anteilnahme an deren Schmerz. Auf der anderen Seite verlangte es seine Stellung, das Vorgehen seiner Ordnungskräfte zu schützen, und aus diesem Grund hatte er jenen Vätern gesagt, dass ihre Töchter Opfer eines Verbrechens geworden seien, zu denen die Serenissima ermittele. Dieser Umstand ließ eine Bestattung in der Familiengruft nicht zu. So teilte er zwar den Schmerz, doch mit gebotenem Taktgefühl und ehrlicher Betroffenheit war es ihm gelungen, seine Gesprächspartner davon zu überzeugen, dass es das einzig Richtige und Barmherzige war, für ein würdiges Andenken an die Töchter aus der Erinnerung zu schöpfen.

Folgerichtig hatten die Magistratsbeamten, wie das in solchen Fällen meist der Fall war, die Stimmen, die behaupteten, die Ermittlungen seien unzureichend, zum Schweigen gebracht, nötigenfalls durch Drohungen; doch der Doge war sich darüber im Klaren, dass dieses Vorgehen auf lange Sicht nicht nur ihn schwächen würde, sondern jegliches politische Gleichgewicht, das diesen Namen überhaupt verdiente, gefährden würde.

Als also Giovanni Morosini – der Capitan Grando –
vor ihn trat, hatte der Doge vor, ihm ordentlich die
Leviten zu lesen, denn in seinen Augen schien es offensichtlich, dass ihm diese Situation vollkommen
entglitten war.

Morosini verneigte sich tief, so tief, wie seine Besorgnis schwerwiegend war. Seine Durchlaucht bemerkte das, und wie ein Raubtier, das Blut riecht,
beschloss er, ohne Skrupel zum vernichtenden Schlag
auszuholen. »Nun Capitano«, begann er in verächtli-
chem Ton, »was meint Ihr, ob ich Euch wohl habe
rufen lassen, um mich nach dem Fortschritt der Ermittlungen zu den Verbrechen zu erkundigen, die die
Stadt in Aufruhr versetzen? Was habt Ihr unternom-
men, außer Signor Antonio Canal einzuberufen und
ihn zu bedrohen, Ihr und der andere grobe Klotz, der
Staatsinquisitor? Denn, glaubt mir, ich habe wirklich
mit Sorge vernommen, dass Ihr den Mörder noch nicht
geschnappt habt und Euch das anscheinend nicht einmal peinlich ist, sondern dass Ihr auch noch zugelassen
habt, dass er eine weitere junge Frau abschlachtet! Es
vergeht kein Tag, an dem die Eltern der beiden Opfer
nicht vorsprechen, um die Wahrheit zu erfahren. Und
ich sage ihnen stets dasselbe. Doch sie können keinen
Frieden machen. Wie auch? Ich an ihrer Stelle könnte
das auch nicht, da könnt Ihr sicher sein! Vergesst nicht,
auf Eure Bitte hin habe ich der umgehenden Bestattung der Opfer zugestimmt und dabei jegliches
menschliche Gebot von Pietät und Anstand missachtet,

indem ich den Vätern und Müttern den Trost des Abschieds von den Töchtern vorenthalten habe. Ich tat es aus Gründen der Staatsräson. Aber wenn Ihr glaubt, Ihr wäret für ein solches Vorgehen keinerlei Erläuterungen oder Berichte schuldig, dann habt Ihr Euch nicht nur schwer getäuscht, dann habt Ihr mich auch noch nicht kennengelernt!«

Diese scharfe Zurechtweisung brachte den Capitan Grando aus dem Gleichgewicht. Sein sonst regloses Gesicht verriet gewisse Unruhe. Nur für einen Augenblick verdüsterte sich sein Blick, zu flüchtig, um dem Dogen aufzufallen. »Eure Durchlaucht«, begann Giovanni Morosini, »ich bin bestürzt.«

»Das ist nicht genug, Capitano«, herrschte ihn der Doge an. »Und vor allem weiß ich nicht, was ich mit Eurer Bestürzung anfangen soll.«

»Da habt Ihr natürlich recht. Was ich Euch zu den Ermittlungen sagen kann, ist Folgendes: Wie Ihr wisst, stammen beide Opfer aus vornehmen Familien. Beiden hat der Mörder das Herz herausgerissen. Natürlich ist nicht gesagt, dass der Urheber des jeweiligen Verbrechens derselbe ist, fest steht aber, dass die Opfer auf dieselbe Weise getötet wurden. In beiden Fällen haben die Personen, die die Leichen gefunden haben, nichts und niemanden gesehen. Wir haben keinen wirklichen Verdacht, abgesehen von einem beharrlichen Gerücht, das Tag für Tag nachdrücklicher behauptet, die Juden seien schuld.«

»Euch ist sicher klar, dass Eure Äußerungen sich in

meinen Ohren nach wirrem Zeug anhören. Gründet Ihr Euren Verdacht etwa auf bloße Gerüchte?«

Giovanni Morosini zuckte mit den Schultern. Was er zu sagen hatte, hatte er gesagt – und das war nicht viel. »Ich kann nur ergänzen, dass man im Ghetto von einer Art Strafe spricht, die über die Kinder Israels gekommen ist.«

»Was, bitte?«

»Der für das Sestiere Cannaregio zuständige Signore di Notte hat mir berichtet, seine Leute hätten im Ghetto Novo eine ungewöhnliche Nervosität bemerkt. Es gibt Geraune über einen gewissen Schabbtai Zvi und die Sünde der Abgötterei, die die Gemeinde in der Vergangenheit geduldet habe.«

»Wovon zum Teufel sprecht Ihr?«

»Es hat den Anschein, als hätte dieser Kabbalist, Schabbtai Zvi, sich vor etwa siebzig Jahren selbst zum Messias erklärt. Nach einem Jahrzehnt, in dem derselbe, so heißt es, in aller Welt Adepten und Jünger gefunden und die Herzen der meisten Rabbiner und eines Großteils der Juden in aller Welt entflammt hatte, soll er, weil vom Sultan unter Druck gesetzt, zum Islam konvertiert sein. Das soll seine Anhänger, unter ihnen auch Juden aus Venedig, schockiert haben, und nun glauben sie, dass Gott sie strafen will. Oder aber, dass ein Jünger des Zvi, der dessen Lehre besonders radikal ausgelegt hatte, von weit her angereist sei, um die christlichen Mädchen zu ermorden und die Schuld auf sie abzuwälzen. So viel habe ich herausfinden können, und angesichts meiner nicht vorhandenen Kenntnisse im Hinblick aufs Judentum ist es das Äußerste, was ich Euch dazu sagen kann.«

»Ich verstehe«, sagte der Doge ernst. Denn egal, ob an den Gerüchten nun etwas dran war oder nicht, stellte die Situation ein Problem von enormer Dimension dar. »Seid Ihr sicher, dass es sich so verhält? Dass der Mörder der jüdischen Gemeinde angehört? Dass es sich um einen Anhänger des verrückten Kabbalisten handelt? Denn Ihr versteht bestimmt, dass ich eine göttliche Strafe als Grund nicht akzeptieren kann, das widerspricht meinen Überzeugungen. Was die erste der genannten Hypothesen angeht – habt Ihr auch nur den geringsten Beweis dafür? Oder handelt es sich um bloßes Gerede? Um Gerüchte?«

Giovanni Morosini seufzte und hob die Hände, als ob er den Ansturm von Fragen abwehren wollte. »Eure Durchlaucht, ich wünschte, ich hätte eine Antwort, doch in Wahrheit habe ich keine Ahnung. Ich kann jedoch sagen, dass mir nach dem, was ich gesehen habe, die Hypothese von einem blutrünstigen Anhänger eines wahnsinnigen Kabbalisten nicht die unwahrscheinlichste zu sein scheint. Ihr habt ja nicht auf dem Kirchplatz von San Giacomo di Rialto direkt vor dieser Frau gestanden, der buchstäblich das Herz herausgerissen worden war. Die dort in ihrem Blut saß, das über die Stufen unter dem Säulengang rann, nein schlimmer noch, sie schier überflutete.«

»Da habt Ihr recht, Morosini, ich war nicht dort,

denn ich bin nicht der Capitan Grando di Venezia. Ich werde nicht überaus reichlich dafür bezahlt, mysteriöse Vorfälle aufzuklären und gegen die Schrecknisse vorzugehen, die des Nachts unsere arme Republik heimsuchen. So wie auch nicht ich es bin, der diejenigen zu überwachen hat, die sich gegen die Serenissima verschwören, denn ich bin kein Maestro der Spione und auch nicht der Staatsinquisitor.« Der Doge Alvise Sebastiano Mocenigo erhob sich. Mit seiner beeindruckenden Körpergröße überragte er den Capitano, der seinerseits recht stattlich war. »Ich hingegen bin der *primus inter pares*, ich bin der auf Lebenszeit Gewählte unter den Vertretern der zwölf noblen Häuser, ich bin das Oberhaupt der Kirche San Marco. Ich trage die *zogia* auf dem Haupt, um mich herum wehen die acht Gonfalons, die Banner mit dem Markuslöwen. Deshalb schauen die Venezianer auf mich und erwarten von mir Antworten, denn ich muss sie beschützen, ihnen zu Hilfe eilen, sie verteidigen. Daher, Capitan Grando, befehle ich Euch, den Schuldigen dieser vernichtenden Tat zu finden, denn ich will nicht noch mehr tränenüberströmte Mütter und Väter mit brechender Stimme empfangen müssen, ich will nicht erfahren müssen, dass die Töchter Venedigs in den Wassern der Kanäle liegen oder mit aufgerissener Brust auf Kirchplätzen, ohne Herz in einer Lache aus Blut. Habe ich mich klar ausgedrückt?«

»Absolut, Euer Durchlaucht.«

»Seid Ihr sicher?«, beharrte der Doge.

Der Capitan Grando nickte.

»Nun, was tut Ihr dann noch hier? Geht und fasst diesen Wahnsinnsmörder! Wer immer es sei!«

Ohne ein Wort verneigte sich Giovanni Morosini und begab sich zur Tür. Er wollte gerade hinausgehen, als die Stimme von Alvise Sebastiano Mocenigo nochmals zu hören war. »Capitano, eine letzte Sache noch!«

Der Capitan Grando drehte sich um und beugte das Knie zur Erde.

»Canaletto.«

»Ja, Euer Durchlaucht, sprecht nur!«

»Den müsst Ihr in Ruhe lassen. Und der Inquisitor ebenso! Wenn ich herausfinden sollte, dass Ihr ihn aus irgendeinem Grund noch einmal belästigt haben solltet, bekommt Ihr es mit mir zu tun!«

»Aber ...«

»Kein Aber. Ihr wisst Bescheid. Ich vertraue darauf, dass Ihr auch den Inquisitore Rosso in Kenntnis setzt.«

»Natürlich.«

»Gut, das ist dann alles. Ihr könnt gehen.«

28

Obsession

Er zeichnete wie ein Besessener. Als ob von einem Moment auf den anderen das Papier verschwinden könnte, die Tinte trocknen oder die Spitze der Feder brechen. Er musste sich beeilen, auch wenn er nicht wusste, wieso. Er triefte vor Schweiß, obwohl im Zimmer eine Eiseskälte herrschte, die nicht mehr aus Venedig weichen zu wollen schien. Nie wieder.

Die Feder zog Linien nach; er hatte eine klare Vorstellung im Kopf, viele Male hatte er diese Ansicht mit der Lochkamera aus jedem erdenklichen Blickwinkel aufgenommen, doch sie schien ihn nicht zu befriedigen. Er wollte einen bestimmten suggestiven Eindruck erzeugen, der dem Gemütszustand entsprach, den sie hervorrief, wodurch Raum und Proportionen Veränderungen erfuhren, die andere nicht wahrnehmen konnten, er hingegen schon. Es war, als ob es ihm bei dieser vermaledeiten Zeichnung nicht gelingen wollte, den Fokus zu finden, das Zentrum, den Fluchtpunkt der Perspektive. Es kam ihm so vor, als seien die Linien lebendige Materie, die nicht einfach so auf dem Papier verharrten, wie er sie gezeichnet hatte. Aus diesem Grund überarbeitete er sie immer wieder, als versuche er verzweifelt, sie ein für alle Mal festzuhalten.

Auf einmal war ihm, als würden die Wände nachgeben, in sich zusammenbrechen und zu Staub zerfallen. Gleich darauf befand er sich vor der Kirche San Giacomo, mitten auf dem Platz und im Begriff, seine Umgebung zu zeichnen.

Er sah rechter Hand die Ruga dei Oresi, geschlossene Läden, die Bögen der Arkaden und Tordurchgänge des Palazzo dei Dieci Savi, die tot und hohl vor ihm lagen wie die Augen Verstorbener. Direkt gegenüber lagen die Fabbriche Vecchie.

Wie schon einige Tage zuvor lag der Platz jedoch verlassen da; es dämmerte noch nicht einmal. Es war, als sei der Markt mit all seinen Ständen genau in dem Moment verschwunden, als er ihn gerade skizzierte.

Diese vollständige Trennung zwischen dem, was er auf das Papier brachte, und der Wirklichkeit, die er sah, war für ihn niederschmetternd, und er hatte das Gefühl, dass jeder einzelne Federstrich mit der braunen Tinte und der grauen Aquarellfarbe ihm seine Kraft raube. Und als sei er sich dessen in diesem Moment zum ersten Mal bewusst geworden.

Und schließlich sah er, was er nicht noch einmal zu sehen erwartet hatte. Am Fuße der Säulen von San Giacomo: der gemarterte Körper des ermordeten Mädchens. Im Sitzen. Im eleganten Kleid, mit langen blonden Haaren bis zu den Schultern. Die Augen blau, aber leer, buchstäblich leblos und wie aus Glas –

und doch schienen sie seinem Blick zu folgen, wenn er ihn woandershin richtete, als seien sie Teil eines Geschöpfs, das sich selbst als Tote nicht mit der Reglosigkeit abfinden kann, die das Ende mit sich bringt.

Das ließ ihn schaudern. Gläserne Augen, die ihm überallhin folgten. Gläserne Augen, die ihn nicht entkommen ließen. Ein gläserner Blick, der sich an seinen heftete.

Der schneeweiße Hals der Frau war mit getrocknetem Blut besprenkelt, es war fast schwarz. Hände und Handgelenke waren von rostfarbenen Tropfen überzogen. Die Brust war aufgerissen, und für das, was übrig war, gab es keine Worte. Auch wenn Antonio feige auszuweichen und den Blick zu senken versuchte – es gelang ihm nicht. Also haftete sein Blick an dem der Toten, so als verlange sie, gesehen zu werden; als ob sie auf diese Weise eine Mahnung darstellen würde, eine Aufforderung, sich zu erinnern und nicht zu vergessen, was mit ihr geschehen war. Gezwungen, den Blick auf sie gerichtet zu lassen, hatte Antonio das Gefühl, ein Tier habe beschlossen, seinen Hunger mit dem Fleisch des Mädchens zu stillen.

Doch dann änderte sich die Vision ein weiteres Mal. Es war, als sei wieder Leben in ihr. Das getrocknete Blut begann aus der zerfetzten Brust zu strömen, breitete sich zu einer roten Lache aus, überflutete Stufen und Vorplatz und floss immer weiter. Eine Flüssigkeit, die im Begriff war, den gesamten Kirchplatz von San Giacomo zu bedecken. Antonio saß an seinem Tisch vor seiner nunmehr perfekten Zeichnung, die in allen Einzelheiten dem entsprach, was er sah – war es ihm zuvor nicht möglich gewesen, die Wirklichkeit wiederzugeben, handelte es sich nun – abgesehen von jenem zerstückelten Körper – um ein detailgetreues Abbild, das in allem mit der Vorlage übereinstimmte.

Das Blut war bis zu seinen Füßen gelangt, und es gelang ihm nicht aufzustehen, obwohl er es versuchte. Er spürte die Flüssigkeit an den Knöcheln, so als handele es sich um einen Tag mit Hochwasser und er sei eingetaucht in eine Lagune aus Blut.

Und der Pegel stieg weiter an.

Das dicke, klebrige Blut besudelte seine Seidenstrümpfe.

Wie versteinert beobachtete er, was vor sich ging, ohne es verhindern oder sich in irgendeiner Weise diesem Horror entziehen zu können.

Schließlich wachte er auf. Er begriff, dass er einen Albtraum gehabt hatte. Aber das Gefühl des Schreckens ließ ihn nicht los. Es verblieb bei ihm wie eine unerwünschte Geliebte.

Es dauerte ein bisschen, in die Wirklichkeit zurückzufinden, als sei er hoffnungslos in diese nicht greifbare Materie des Albtraums verstrickt, aber er erkannte auch, dass sein Gemüt das, was geschah, nicht hinnehmen konnte. Mochte sein Wille auch nachlassen, sein Instinkt erinnerte ihn auf beunruhigende Weise daran, wie verzweifelt die Situation war.

Irgendeine ungekannte, von seinem Bewusstsein unabhängige Entschlossenheit schien ihm zur Seite zu
stehen. Die Unbedingtheit, mit der er sich in die Malerei zu flüchten pflegte, stand ihm nun auf einmal
auch im Alltag zur Verfügung.

Immer noch zitternd, verließ er das Bett. Etwas
Mondlicht fiel ins Zimmer. Die schweren Samtvor-
hänge waren nicht richtig zugezogen, und so drang
durch einen Spalt blasses Licht herein. Instinktiv trat
er ans Fenster, das auf den Vorplatz ging. Als er einen
Blick nach unten warf, erblickte er eine dunkle Gestalt. Als diese Gestalt wie eine Katze weiterhuschte,
wurde sie vom Mond angestrahlt. Antonio erkannte,
dass es sich um denselben Mann handelte, den er vor
Kurzem erst ertappt hatte.

Das gefiel ihm ganz und gar nicht.

29

Nachts

Von ihrer Position aus konnte Colombina nicht in die Konstruktion hineinsehen, aber etwas hatte sie festgestellt: Der Glasofen gehörte dieser Frau und befand sich direkt vor ihren Augen. Sie hatte es von einer Freundin erfahren, einer Moeca aus Murano. Zanetta, so nannte sie sich, hatte ihr eine der beiden Tauben, die sie aufgezogen hatte, mit einer Nachricht geschickt, in der es hieß, dass die Frau, die sie suchte und die mit dem Maler Antonio Canal verkehrte, eine Glasbläserin war. In ihrer Nachricht hatte Zanetta auch die Lage der Glasbläserei erwähnt.

Um wegen der Forderungen von Olaf Teufel ganz sicherzugehen, hatte Il Moro sie angewiesen, sich vor Ort zu begeben und es selbst zu überprüfen. Ein Fehler käme ihn teuer zu stehen, und er hatte nicht vor, dieses Risiko einzugehen. Colombina hatte noch deutlich vor Augen, wie Brombe zusammengeschlagen worden war, und das reichte ihr.

Also war sie hingegangen. Von Anfang an hatte sie beim bloßen Gedanken daran, für diesen Dämon als Spionin tätig zu sein, Angst gehabt, und jetzt konnte sie ihren Ekel nicht unterdrücken. Ekel zuallererst vor sich selbst. Sie würde zu einer Denunziantin. Sie würde diesen Männern sagen, wo sie die Frau mit den schwarzen Haaren fänden, die sie gerade erst gesehen hatte.

Was würden sie ihr antun?

Und war sie bereit, diese Frau zu verurteilen? Denn auch ohne die Einzelheiten zu kennen, erahnte sie, dass es sich um nichts Gutes handelte. Aber sie brauchte Geld. Nicht so sehr für sich, sondern für die Gemeinschaft der Waisen, der sie angehörte. Ausgesetzte Kinder, Kinder aus heimlichen Affären, promisken Beziehungen, Kinder der Sünde und der Wollust. Kinder, die niemand wollte und die sich in einem Blutspakt zusammengetan hatten, mit dem einzigen Ziel, zu überleben. Und ihr Anführer, der, den Colombina für den Mutigsten hielt, hatte ihr Schicksal einem Mann anvertraut, der die Inkarnation des Teufels zu sein schien.

War sie bereit, sich selbst zu verlieren? Denn darum ging es. Andererseits, obwohl sie nach einer anderen Lösung suchte, fand sie keine. Was konnte sie tun? Sich dem einzigen Menschen, den sie jemals geliebt hatte, widersetzen? Ihre Freunde verraten? Nein, das konnte sie nicht. Ja, sie wollte es nicht. Die Moeche waren alles, was sie hatte, und niemand würde je eine Hand heben, um sie zu verteidigen. Ihre Zukunft würde sie allein gestalten müssen, denn weder der Maler noch die Frau mit den schwarzen Haaren würden es für sie tun.

Sie schuldete ihnen nichts. Sie waren Fremde. Also konnte sie diesen Ort genauso gut in allen Details überprüfen, um korrekte und umfassende Informationen weiterzugeben und Il Moro die Aufgabe zu erleichtern.

Sie war den größten Teil des Tages dort geblieben. Und außer der Frau hatte sie niemanden eintreten gesehen. Und auch nicht hinauskommen. Sie musste also allein sein. Es gab keine Fenster, nur eine große Tür. Aber sie zu durchschreiten, würde bedeuten, entdeckt zu werden, dabei fühlte sie sich bereits am jetzigen Platz unsicher. Außerdem wäre es nicht hilfreich, die Dinge noch komplizierter zu machen. Umso mehr, da sie das Gefühl hatte, sich selbst zu bestehlen. Wenn sie Diebstähle beging, dann praktisch immer auf Kosten von reichen und oft widerlichen Männern, die zu allem bereit waren, wenn sich die Gelegenheit ergab. Daran zweifelte Colombina nicht. Aber diese Frau passte nicht. Sie kümmerte sich einfach nur um ihre Arbeit, dabei hatte sie keine einfache gewählt.

Sie schüttelte den Kopf, weil sie sich sicher war, etwas Falsches zu tun.

Und keine Rechtfertigung war stark genug, um sie auf die Seite der Vernunft zu bringen.

Das Einzige, was sie tun konnte, war, es in die Länge zu ziehen. So lang wie möglich. Vielleicht würde sie es mit ein bisschen Glück schaffen, damit durchzukommen. Oder wenn nicht, dann würde sie die Konsequenzen tragen müssen. Denn wenn Teufel überzeugt wäre, dass sie seine Pläne behinderte, gäbe es kein Entkommen.

Sie seufzte. Sie würde es versuchen, würde versuchen, Zeit zu gewinnen.

Und zur Hölle mit diesem Bastard!

30
Anziehung

Sie fühlte sich unwiderstehlich von ihm angezogen. Als sie ihn kennengelernt hatte, hatte Cornelia sich in diesen Mann verliebt. Eigentlich war das merkwürdig, und doch hatte sich zwischen ihnen eine Komplizenschaft entwickelt, aus der eine exklusive, fast morbide Beziehung geworden war. Olaf hatte ihr zunächst jeden Wunsch erfüllt: Wenn Cornelia einen Kavalier brauchte, für ein Fest, einen Empfang, eine Theatervorstellung oder irgendeinen Besuch, war er bereit, elegant und tadellos. Er organisierte für sie außergewöhnliche Abende mit den amüsantesten Spielen, den hemmungslosesten Unterhaltungen, den bizarrsten Kostümen. Er war in ihr Leben getreten wie eine Sommersonne, und obwohl er nicht wirklich Galan genannt werden konnte, weil sie noch nie verheiratet gewesen war, tat er all das, was ein Galan für die eigene Herrin tun würde und noch viel mehr.

Doch Olaf war nicht nur das. Er verführte sie wie kein anderer der Männer, die sie gehabt hatte – und das waren viele –, es je getan hatte, und nicht nur weil er ein großartiger Liebhaber war, sondern weil er ihre geheimsten Wünsche befriedigte und auch die bisher verschwiegenen Gelüste, die sie für unerfüllbar gehalten hatte. Er war ein Mann, der ihr zuhörte und sie auf bestmögliche Weise beriet: Wenn ein Stück Fleisch geschnitten werden sollte, konnte er es kunstvoll tun, wenn eine Oper ausgesucht werden sollte, wählte Olaf untrüglich die, die ihr am meisten gefiel, wenn das für ihre Haut passendste Parfüm gekauft werden solle, präsentierte er den perfekten Duft.

Obwohl er alles war, was sie sich wünschte, gab es etwas Falsches in ihm, etwas Dunkles und Perverses, das in ihm zu wuchern schien. Und diese Art machte ihn in ihren Augen so begehrenswert, dass sie nicht mehr ohne ihn auskommen konnte.

Es hatte peu à peu begonnen: ein Spieltisch, ein erstes Separee, ein etwas ausschweifenderes Fest als üblich. So waren Monate vergangen, und jetzt war ihr Salon viel komplexer als zu Beginn. Und zweifellos viel einträglicher. Das Casino brachte ihr ein Vermögen ein, auch wenn die Einnahmen von den Steuereintreibern der Serenissima geschmälert wurden, und dasselbe galt für die Separees, in denen adelige Damen und mächtige Herren eine oder mehrere Auszeiten von der Ehe nahmen und ihr Geld und ihre intimsten Zärtlichkeiten mit gelangweilten Mädchen des gehobenen Bürgertums teilten und mit Abenteurern, die als respektable Bürger ein Vermögen gemacht hatten. Die Kundschaft war ausgewählt, und die Vergnügungen ihres Hauses waren nur für eine beschränkte Anzahl

Menschen reserviert, denn um teilzunehmen, musste man Mitglied sein oder von einem solchen eingeladen werden. Es gab keine Professionellen, da alles von der reinen Begierde geleitet wurde und dem gemeinsamen Interesse an der Diskretion, was durch die Masken garantiert wurde.

Ähnliche Vergnügungen, die offiziell völlig geheim blieben, hatten aus ihr eine der begehrtesten Frauen Venedigs gemacht und eine der reichsten, denn überraschenderweise hatte Olaf, der doch der Schöpfer dieses Vermögens war, nie etwas für sich gewollt, außer dem, was nötig war, um immer schön, elegant und faszinierend zu erscheinen. Doch Cornelia hatte entdeckt, dass diese Großzügigkeit einen Preis hatte. Denn je enger die Verbindung nach und nach wurde, umso mehr hatte sie sich ihm unterworfen und konnte sich ihr Leben gar nicht mehr ohne Olaf vorstellen. Daher war es ihr nur natürlich erschienen, seine außergewöhnlichsten, verwegensten und gefährlichsten Ideen zu unterstützen. Ja, je extremer sie waren, umso lebendiger fühlte sie sich, dankbar und froh über diese Vorschläge. Gleichzeitig war die Art, wie er sie nahm, immer tollkühner, frecher, obszöner und verkommener geworden. Und das hatte ihr nicht etwa Angst gemacht, sondern sie noch höriger werden lassen.

Nicht einmal als Olaf die Idee hatte, eine Geheimgesellschaft zu gründen, um unter den häufigsten Gästen ihres Hauses einen okkulten Bund zu schaffen, hatte Cornelia widersprochen. Und so kam es dann auch. Nach dem Kauf des benachbarten Palazzo hatte Olaf darum gebeten, einen großen Saal ganz für sich allein zu haben, um dort die Mitglieder der Loge zu versammeln. So hatte er es genannt.

Wozu diente sie?, fragte Cornelia eines Tages.

Dazu, diejenigen auszuwählen, die bereit sind, Venedig gegen die räuberischen Ziele der mächtigsten Familien zu verteidigen, die seit Urzeiten die Serenissima wie Aas ausnahmen. Wie das zu erreichen war? Darum würde er sich kümmern, indem er die Verbindungen der Männer, die dieses Haus frequentierten, förderte.

Doch sein Verhalten hatte etwas immer Verdorbeneres und Rätselhafteres, Cornelia erkannte es klar, und trotzdem hatte sie noch nicht genug von ihm. Wie weit entfernt waren die Tage, an denen die zügellosesten und unanständigsten Dinge in ihrem Salon in den Gedichten des Pornografen Giorgio Baffo zu finden waren!

Heute konnte man sagen, dass der Salon nicht mehr als eine Ausrede war, eine Gelegenheit, um deutlich mehr als Worte und Schriften zu konsumieren, ganz zu schweigen davon, dass Cornelias Palazzo durch Spiel und Unzucht zu einem noch nie dagewesenen Ort des Abhörens und der Erpressung geworden war. Mit den Informationen, die zwischen diesen Mauern gesammelt wurden, hätte sie mindestens ein Dutzend versuchte Verschwörungen enthüllen können, die jedoch nicht umgesetzt wurden. Sogar dahinter steckte Olaf: Dass er Augen in jedem Zimmer und auf jeden hatte, in den unglaublichsten Sprachen der Welt reden konnte, Klatsch, Gerüchte, Wahrheiten und Lügen aufnehmen konnte, ermöglichte es ihm, eine solche Menge an unmoralischen Versprechen und sündigen Handlungen zu sammeln, dass sie beide schon mit der Hälfte davon Venedig auf die Knie hätten zwingen können.

Ganz zu schweigen davon, dass viele dieser unüberlegten Handlungen vor den Augen derjenigen geschahen, die sich für einen einzigen Dukaten einen Spaß daraus machten, zu erraten, wer dahintersteckte, um dann vielleicht schon in der folgenden Nacht festzustellen, dass sie es waren, die ausspioniert wurden. Und da niemand über dem Misthaufen dieser Latrine stand, hätte auch niemand gewagt, ein Wort über eine der vollzogenen Taten zu verlieren. Kurz, die Schicksale der Mitglieder des Salons und ihrer Freunde waren inzwischen so verflochten, dass sie nicht zu lösen waren, was sie zu den treuesten und loyalsten Gefährten überhaupt machte. Denn die Legierung, aus dem dieser Bund geformt war, bestand aus den zwei außergewöhnlichsten Metallen: dem Verrat und der Niedertracht.

Mit der Zeit war diese schmutzige und widerwärtige Neigung zur Erpressung und Bedrohung zu dem Teil von Olaf geworden, den Cornelia am meisten begehrte. Als wäre er subtil, zweideutig, Tag für Tag unter ihre Haut gekrochen und hätte sein eigenes Gift in ihr versprüht.

Und jetzt stand sie vor ihm, ohne jegliche Verteidigung, allein und doch bereit, ihm auf jede von ihm gewünschte Art Vergnügen zu bereiten.

Olaf hatte den Boden des Saals mit großen, quadratischen Fliesen in Schwarz und Weiß belegen lassen, sodass sie das Gefühl hatte, auf einem riesigen Schachbrett zu stehen. An den Wänden sah sie Symbole, deren Bedeutung ihr unbekannt waren, Geräte wie ein Zirkel oder auch ein Dreieck und Bilder von ägyptischen Göttern. Über ihr erstreckte sich ein großer Sternenhimmel.

Sie betrachtete ihn: Er saß auf einem roten Samtsessel mit einer Rückenlehne aus Blattgold. Er erwartete sie. Seine braunen Haare waren offen, seine Augen schwarz geschminkt. Seine Pupillen waren Brunnen der reinen Wollust. Die Ringe an seinen Fingern leuchteten im Kerzenschein. Er war wie immer elegant gekleidet: ein großartiges weißes Hemd voller Spitze, bis zum Hals zugeknöpft, eine Kniebundhose aus Samt und reine Seidenstrümpfe, die Schuhe schwarz glänzend. Die Knöpfe des kobaltblauen Gehrocks waren blutrote Rubine, die böse funkelten, wenn Licht auf sie fiel.

In diesem Moment zerrte er an ihr. Das Lederhalsband wurde fester gezogen, und sie spürte plötzlich, wie ihr der Atem in der Kehle stockte. »Komm«, sagte er. »Mal sehen, ob du mich befriedigen kannst. Nur dann werde ich es dir vielleicht zurückzahlen.«

Cornelia empfand einen Stich des Begehrens. Sie leckte sich die Lippen und ging auf Olaf zu, genoss diese Augenblicke der Unsicherheit, als würde sie auf einem unsichtbaren Seil balancieren, das das Leben vom Tod trennte. Die Vorstellung, sich ihre Zärtlichkeiten und Küsse zu verdienen, indem sie sich so benahm, wie er es wollte, bereit, alles zu tun, was er befahl, erfüllte sie mit einer Freude, die sie gut kannte. Ihre Lust an der Unterwerfung war das Gegengewicht zu der Hingabe, die er ihr in jedem anderen Moment des Tages zeigte.

Olaf wickelte sich die lange Leine um den Arm und verkürzte so den Abstand nach und nach. Er hatte dieses Lederhalsband voller eiserner Beschläge entworfen und von einem seiner Händler anfertigen lassen, der aus derselben Region kam wie er, einem der entlegensten Winkel des österreichischen Reiches.

Während sie langsam auf den hohen Holzschuhen voranging, praktisch ohne zu atmen, genau wie Olaf es wollte, verspürte Cornelia den Wunsch, sich ihm ganz hinzugeben.

»Auf die Knie«, befahl er.

Sie stöhnte. Sie floss über vor Vergnügen, das sie nicht mehr zügeln konnte. Dann gehorchte sie.

Er verkürzte die Leine noch einmal, und sie spürte, wie ihr Gesicht nach vorne schoss und auf die Spitze seines Schuhs traf.

»Leck«, sagte er schließlich.

31

Ein schwieriger Tag

Was glaubt Ihr, damit zu erreichen?«, fragte der Provveditore della Sanità. »Wir lassen täglich die Stadtgrenzen und Straßen patrouillieren. Jeden Tag wachen unsere Kriegsschiffe ununterbrochen über die Wasser der Serenissima, damit geheimes Anlegen verhindert wird. Wir lassen verdächtige Schiffe kontrollieren und das Gesundheitszeugnis, damit die Krankheit nicht noch stärker eingebracht und verbreitet wird, als sie es bereits ist. An Bergpässen wurden Zäune und Schutzmauern aus Stein errichtet. Ganz zu schweigen von den Gesundheitsmautstellen. Und glaubt mir, das alles schadet dem Handel sehr.«

»Exzellenz«, sagte Isaac, »ich bestreite nicht, dass Ihr tut, was möglich ist, und noch mehr, um die weitere Verbreitung der Krankheit zu verhindern, aber ich bitte Euch darum, der Variolation von Gesunden zuzustimmen, um die Heilungschancen derjenigen zu verstärken, die sich doch noch mit der Krankheit anstecken. Nur so würde sich schließlich die Anzahl der Immunen erhöhen.«

»Ihr wisst, dass wir das nicht tun können. Die Mehrheit der Ärzte hat bereits ihre qualifizierte Stellungnahme dazu abgegeben.«

»Aber Ihr wisst doch sehr gut, dass die Methode der Variolation existiert und gute Ergebnisse erzielt!«

»Und? Sie ist nicht sicher genug. Die präventive Ansteckung mit der Krankheit, wenn auch in geringerem Ausmaß durch die Flüssigkeit der reifen Wunden, birgt nur die Gefahr, dass sich noch mehr Menschen anstecken. Es ist wahr, einige von ihnen werden gesund, aber die Anzahl Verstorbener ist doch erhöht, denn Gesunde zu infizieren, vergrößert die Möglichkeit von Ansteckungen. Und wir sprechen hier von Menschen, die eigentlich nicht krank waren.«

»Exzellenz, verzeiht mir, aber ich kann nicht glauben, dass Ihr nichts Besseres vorzuschlagen habt, als zu warten.«

»Es tut mir leid, Euch zu enttäuschen, Liebermann, Euch und alle Ärzte, die wie Ihr denken, aber es ist mit der Pest geschehen und passiert jetzt mit den Pocken: Die Menschen sind tot! Und niemand von uns kann wirklich etwas tun, außer darauf zu warten, dass die Ansteckungen sich nach und nach verlangsamen.«

Isaac schüttelte den Kopf. Er fühlte sich nutzlos. Wenn die Wissenschaft nicht bereit war, neue Methoden im Kampf gegen Krankheiten einzusetzen, wenn sie nicht den Mut für Experimente hatte, mit dem einzigen Ziel, eine Situation zu verändern, die sich seit Monaten nur verschlimmert, was würde dann aus den Jüngeren? »Ich habe unschuldige Kinder sterben sehen, junge Mädchen, die nur um die Hoffnung, weiterleben zu können, baten, ich habe sie in meinen Armen gehalten und nichts tun können. Was soll ich ihren Müttern sagen, wenn sie sich die Augen blutig weinen? Ihr wisst selbst, dass es die Zartesten trifft, und wenn der Tod durch Pocken auch für jemanden, der bereits gelebt hat, tragisch ist, so ist er überaus ungerecht für diejenigen, die das Leben noch vor sich haben!«

»Signor Liebermann«, sagte der Provveditore, dieses Mal in einem entrüsteten Tonfall. »Ihr könnt doch nicht hier in die Räume der Gesundheitsaufsicht kommen und Urteile fällen. Ich weiß sehr wohl, dass es neue Methoden zur Abwehr der Pocken gibt, aber ich sage Euch, dass wir nicht genug Garantien für den Erfolg haben, um an gesunden Menschen Experimente mit Inokulation zu machen! Und glaubt nicht, Ihr wäret der Einzige, der Zeuge ungerechter und fürchterlicher Todesfälle war. Allein, dass Ihr das erwähnt, beleidigt mich und alle Ärzte der Serenissima Repubblica, habe ich mich deutlich ausgedrückt?«

Isaac senkte den Kopf. »Es gab eine Zeit«, sagte er, »zu der die Ärzte keine Angst vor Krankheiten hatten und in der ihr Patient das Heiligste für sie war. Es gab eine Zeit, in der Venedig entschlossen war, die Erste bei der Bekämpfung der Krankheit zu sein. Ihr habt die Pest erwähnt, und die Pest wurde eben wegen der Maßnahmen besiegt, die die Serenissima umgesetzt hatte, obwohl sie waghalsig, ja rücksichtslos erschienen. Aber ich erkenne, dass diese Zeiten vorbei sind. Und Venedig müde in der Lagune liegt und darauf wartet, von Scharlatanen und Betrügern geplündert zu werden.«

»Was Ihr sagt, ist unerträglich!«, donnerte der Provveditore. »Wie könnt Ihr es wagen, so zu reden! Die Wahrheit, mein lieber Liebermann, ist, dass die Pest überhaupt nicht bezwungen ist, und während wir hier sprechen, ist sie in der Walachei in Serbien ausgebrochen und klopft inzwischen in Istrien an. Und wenn wir im Moment noch verschont werden, dann dank des Cordon sanitaire, den ich und der Magistrat des Gesundheitswesens eingerichtet haben. Bei den Pocken waren wir nicht schnell genug. Abgesehen davon wissen wir über diese Krankheit noch weniger als über die Pest. Es tut mir leid, es Euch sagen zu müssen, aber Eure Worte sind inakzeptabel, und jetzt erkenne ich eine unumstößliche Tatsache: Ihr, Signore, seid Jude, und Eure Äußerungen haben Euer wahres Wesen offenbart, das grausam, gewalttätig und von Aufruhr durchdrungen ist! Steht nicht schon im Levitikus: ›Und wer seinen Nächsten verletzt, dem soll man tun, wie er getan hat, Seele um Seele, Auge um Auge, Zahn um Zahn; wie er hat einen Menschen verletzt, so soll man ihm wieder tun‹? Und auch im Exodus, jetzt erinnere mich gut: ›Auge für Auge, Zahn für Zahn, Hand für Hand, Fuß für Fuß, Brandmal für Brandmal, Wunde für Wunde, Strieme für Strieme.‹ Also keine Überraschung. Heute habt Ihr Euch mir als derjenige gezeigt, der Ihr seid. Dankt Eurem Gott, wenn ich Euch in Frieden ziehen lasse, denn Ihr seid hergekommen und habt Worte des Krieges ausgesprochen.«

»Exzellenz«, sagte Isaac, dem bewusst geworden war, dass er mit seinen hitzigen Worten über das Erlaubte hinausgegangen war. »Vielleicht habe ich einen Fehler begangen. Wenn es so ist, bitte ich Euch um Verzeihung. Ich befürchte, übertrieben zu haben, aber ich bitte Euch zu bedenken, dass ich das, was ich gesagt habe, nur zum Wohle all der Frauen und Männer ausgesprochen habe, die ich jeden Tag zu retten versuche.«

»Das ist Euer verfluchter Fehler, Liebermann. Ihr haltet Euch für besser als die anderen und ergreift jede Gelegenheit, dies zu unterstreichen. Aber so ist es nicht! Es ist nicht das, was wir sagen, das uns zu dem macht, was wir sind. Daher«, schloss der Provveditore und schlug mit der Faust auf den Schreibtisch voller Akten, »befreit mich von Eurer Gegenwart, bevor ich bereue, Euch gehen zu lassen.«

Isaac verstand, dass die Situation nicht mehr zu retten war. Er verbeugte sich halb und zog seinen Hut, doch der Provveditore hatte ihm bereits den Rücken zugewandt.

Isaac ging langsam, die Laterne schwankte in seiner Hand. Der durchdringende Geruch der Lagune stieg ihm in die Nase. Venedig ergab sich der Umarmung der Nacht wie die unehrlichste aller Geliebten.

Er wusste, dass er zu spät kam, und er wäre gern pünktlich gewesen, aber der Tag war nicht wie erwartet verlaufen. Vom Vorzimmer bis zum Gespräch hatte er viel mehr Zeit, als er wollte, im Büro des Magistrats des Gesundheitswesens der Republik verbracht, wie ihm jetzt bewusst wurde.

Er ging zu den stinkenden Gebäuden, in denen es von Verwahrlosten wimmelte. Als er den noch baufälligeren Innenhof des Palazzo betrat, sahen ihn schwarze Figuren in schäbigen Umhängen wie Raben an, die gierig auf Beute warteten. Es gab ein kleines Feuer, um das ein paar Frauen standen und ihre Hände ausstreckten, um an diesem eisigen Tag etwas Wärme zu finden. Eine Unglückliche bewegte sich auf ihn zu, hob die Röcke und versuchte zu lächeln, dabei zeigte sie violettes Zahnfleisch und keinen einzigen Zahn. Einen Augenblick lang sah Isaac in dieser Gruppe Elender im Licht des Feuers ein Kind mit rußverschmutztem Gesicht. Es hatte blaue Augen, die in diesem knochigen, vom Hunger gezeichneten Gesicht hervortraten. Der Ruß klebte im Rotz fest, der aus einem Nasenloch lief.

Jemand ließ eine Messerklinge aufblitzen.

Isaac richtete sich auf. Wie konnte es geschehen, dass die Menschen auf diese Weise verlassen wurden? Was für eine Existenz war das? Und doch, wenn man nur ein paar Schritte tat, traf man auf die Paläste der Patrizier am Markusplatz und am Canal Grande, mit atemberaubenden Fassaden von umwerfend schöner Architektur.

Er stieg die Stufen hinauf, auf dem Treppenabsatz klopfte er an die Tür.

Sie wurde geöffnet.

Die Frau trug einen Wollrock voller Löcher, um die Schultern einen Schal und ein enges, zerlumptes Mieder, das Haar war in der Mitte gescheitelt und unter einer ehemals weißen Haube zusammengenommen.

»Ihr seid gekommen, ich danke Euch«, sagte sie und betrachtete Isaac mit dieser besonnenen Dankbarkeit, die er noch nie gesehen zu haben glaubte.

»Wie geht es Chiara?«, fragte er.

»Seht selbst«, lautete die Antwort.

Ohne weitere Fragen folgte er dieser zierlichen und freundlichen Frau ins Zimmer.

Dieses Mal saß das Mädchen mit ein paar Kissen im Rücken. Die Decke hatte sie bis ans Kinn gezogen, und als sie Isaac sah, lächelte sie. Die Pusteln waren dünner geworden und begannen, vollkommen reif zu werden. Einige waren bereits offen und trugen Krusten. Chiaras Blick war lebendig und hatte nicht mehr dieses flüssige Leuchten, das typisch für Fiebernde war. Um sicherzugehen, wollte Isaac es überprüfen, aber wie erwartet war ihre Stirn kühl. Er atmete erleichtert auf.

»Seit zwei Nächten kann sie schlafen«, bemerkte die Mutter, und in ihren Augen sah Isaac wieder eine Dankbarkeit, die ihm sonst noch niemand entgegengebracht hatte. Dieses Gefühl rührte ihn. Durch diese zerbrechliche Zartheit fühlte er sich verletzlich. »Eure Pillen waren ein Segen.«

»Habt Ihr noch davon?«, fragte er.

Die Frau nickte.

»Das Fieber sinkt.« Dann wandte er sich an das Kind. »Fühlst du dich besser? Könntest du den Mund öffnen und mir die Zunge zeigen?«

Als Antwort gehorchte das Mädchen, und er sah, dass die Schwellung zurückgegangen war.

Er nickte. »Sehr gut«, bemerkte er. »Du warst wirklich tapfer, ich bin immer stolzer auf dich.«

Das Mädchen sah ihn an und sprach ohne Mühe das erste Wort, seit er sie kennengelernt hatte. »Danke«, sagte sie, mit feierlichem Blick, der Isaac zum Lächeln brachte. Sie war so ernst. Und lustig. Und voller Mut: Sie hatte eine Schlacht gewonnen, die wichtigste ihres jungen Lebens.

»Es ist noch nicht vorbei«, sagte er, »du musst noch etwas Geduld haben. Siehst du, diese Pusteln in deinem Gesicht und auf dem Körper werden aufplatzen, und eine stinkende Flüssigkeit wird herauslaufen. Macht Euch keine Sorgen«, sagte er an die Mutter gewandt, »das ist bereits geschehen und wird weiter passieren, bis die Pusteln in ein paar Wochen verschwunden sind und Narben hinterlassen.«

Die Mutter nickte. »Verstehe«, erwiderte sie. »Ohne Euch hätte Chiara es nicht geschafft. Nur das allein zählt.«

Dieser Satz mit seiner unstrittigen Aussage war so

schlicht, dass Isaac der Frau zunächst nicht widersprechen wollte.

»Lassen wir Chiara jetzt ruhen«, sagte Isaac und streichelte dem Mädchen über den Kopf.

Sie gingen hinaus und wieder in die Küche. Im Kamin glühten die letzten Scheite.

»Wie heißt Ihr?«, fragte Isaac.

»Viola«, antwortete die Frau.

»Ein wunderschöner Name«, bemerkte er. »Hört«, ergänzte er, »Chiara muss etwas essen und Ihr auch. Daher akzeptiert es bitte.« Ohne ein weiteres Wort legte er einen klingelnden Lederbeutel auf den kaputten Tisch.

»Das kann ich nicht.« Und in dieser Antwort lag die ganze Würde dieser Frau.

»Diese Antwort ehrt Euch, und ich habe nichts anderes erwartet, aber ich bitte Euch, es ist kein Almosen, sondern nur das Bedürfnis, das ich als Arzt empfinde, mich um Euch zu kümmern. Ich habe weder Frau noch Kinder. Doch in Chiara sehe ich die Tochter, die ich nie gehabt habe. Ihr habt sie gut großgezogen, sie ist stark und mutig.«

Viola wollte standhalten, das war eindeutig. Das Licht in ihren Augen sagte mehr als tausend Worte, doch etwas bebte in ihrem Blick.

»Ich werde es zurückzahlen.«

»Nicht doch, das Geld ist das letzte meiner Probleme. Ich werde Euch öfter besuchen. Dieser Kamin ... Ich werde Euch Holz bringen lassen, damit Ihr es

warm habt. Ich werde mich persönlich darum kümmern. Und kauft etwas zu essen und Kleidung.«

»Wie kann ich meine Schulden zurückzahlen?«,
fragte Viola mit überraschender Beharrlichkeit.

»Indem Ihr sofort aufhört, mich danach zu fragen«,
erwiderte Isaac.

»Ich werde Euch beschützen, Viola. Das verspreche
ich Euch.«

Und zum ersten Mal an diesem Tag lächelte Isaac
Liebermann.

32

Der Verfolger

Er wusste, dass er verfolgt wurde.

Nur aus diesem Grund ging er weiter durch die Kälte. Er hoffte, der Mann hatte angebissen. Er war es leid, Köder zu spielen. Als er ihn unter den Fenstern seines Hauses hatte stehen sehen, hatte Antonio beschlossen, dass das Maß voll war. Und so hatte er sich vorgestellt, einmal selbst das Spiel zu leiten.

Er wusste, dass es riskant war, aber er wollte bis ans Ende gehen, mal sehen, ob er etwas herausfinden würde.

Ihm war klar, dass der Verfolger ihn im Auge behielt, seit er das Haus verlassen hatte. Offensichtlich glaubte er, nicht entdeckt worden zu sein, denn er war kühn, ja fast rücksichtslos geworden. Wer weiß, seit wann er ihn schon verfolgte. Vielleicht seit den ersten Recherchen. Doch so wie er angezogen war, konnte er kaum ein Mann des Inquisitore Rosso sein. Und dasselbe galt für den Capitan Grando. Nicht bloß weil dessen Soldaten elegante Männer waren, sondern auch weil dieser Mensch einen schon beim bloßen

Anblick schaudern ließ und den Eindruck vermittelte, überhaupt kein Venezianer zu sein.

Antonio spazierte ohne Eile, er wollte ihn ermüden, ihn mit großen Runden langweilen, über Cannaregio, dann San Polo und dann erneut Cannaregio und schließlich Castello, wo er umkehren wollte.

Auf dem Weg traf er auf immer weniger Menschen. Die Gassen lagen in nächtlichem Dunkel, und an den Fassaden der Palazzi leuchteten hier und da Feuer mit blutroten Flammen. Ab und an hörte er ein Ruder im Wasser eines Kanals, während ein Vollmond durch die wollige Wolkendecke, die Zuckerwatte ähnelte, brach.

Wäre er nicht verzweifelt gewesen, hätte er sich davor gehütet, so ein Spiel zu spielen. Doch über all die Tage war seine Seele so unerschütterlich geworden wie die eines Paladins, und jetzt konnte er es kaum erwarten, seiner Wanderschaft ein Ende zu setzen.

Er betrat eine enge Gasse, ging bis ans Ende und dann nach rechts, weiter bis auf einen von Fackeln gut beleuchteten Platz. Ohne den Kopf zu drehen, sah er aus dem Augenwinkel eine schwarze Figur, die ihm folgte. Es war sein Mann.

Er bog links ab und ging bis ans Ende. Die Gasse endete vor einer Mauer.

Er drehte sich um und wartete.

Sein Verfolger enttäuschte ihn nicht.

Schon bald stand er vor ihm. »Nun, Signore«, sagte Antonio recht kühn, »endlich lerne ich Euch kennen.

Wer seid Ihr? Und wer schickt Euch? Und vor allem, warum verfolgt Ihr mich überallhin?«

Der Fremde, denn dieser Mann stammte höchstwahrscheinlich aus den Ländern jenseits der Wälder des entfernten Ungarns – jetzt war sich Antonio dessen sicher –, verzog das Gesicht, und sein Gesichtsausdruck zeigte ohne jeden Zweifel, dass er sich über seine Entdeckung ärgerte. Er hatte es sicherlich nicht erwartet.

»Ich sage nicht mehr, als ich muss«, antwortete er schließlich. Er hatte einen seltsamen Akzent, einen Tonfall, der auf gewisse Weise hypnotisch war, als gefiele es ihm, die Wörter zu wiegen.

»Ich höre«, erwiderte Antonio.

Anstatt etwas zu sagen, zog der Fremde etwas aus seiner Rocktasche, das im Licht von Antonios Laterne aufblitzte. Ohne ein Wort näherte sich der Mann Canaletto, dabei ließ er sich alle Zeit der Welt, als hätte er keine sonderliche Eile. Und das stimmte, denn er zückte ein Messer.

»Dann hören wir doch mal, was Ihr zu sagen habt«, erwiderte Antonio und bemühte sich, nicht zu zittern, was gar nicht so einfach war. Alles in allem war er aber recht zufrieden mit seinem eigenen Verhalten.

»Genau«, meldete sich eine dritte Stimme. »Hören wir mal!« Und hinter dem Fremden tauchte ein maskierter Mann auf, der aus einem Bandelier unter seinem Umhang eine Pistole mit langem Lauf zückte. »Doch zuerst«, fuhr er fort, »wollen wir wissen, wer

Euer Auftraggeber ist.« Damit näherte sich der Neuankömmling dem Fremden.

Der, man muss es ihm zugestehen, erstaunlich kaltblütig blieb, und Antonio den Rücken kehrte, während er sich dem anderen zuwandte. »Und warum sollte ich das erzählen?«

»Weil eine Bleikugel schneller ist als eine Klinge.«

»Stimmt. Aber Ihr könntet das Ziel verfehlen«, bemerkte der Fremde.

»Das werden wir ja sehen«, sagte der andere ungerührt.

»Eben.«

Antonio hatte das unangenehme Gefühl, dass es keine gute Idee gewesen war, seinen Verfolger zu stellen.

»Ich glaube nicht, dass Ihr schießt«, fuhr der Fremde fort und sprach die Angst aus, die auch Antonio im Innersten empfand.

Der Mann mit der Maske schwieg.

Einen Augenblick lang schien die Luft zu erstarren, und die Szene war wie kristallisiert, außerhalb von Zeit und Raum, in Erwartung, dass die Ereignisse ihren Lauf nahmen.

In diesem Augenblick begann der Fremde zu rennen.

»Bleibt stehen«, rief Antonio.

Der maskierte Mann richtete die Waffe aus, bereit zu schießen. Der Fremde blieb nicht stehen. Er entdeckte einen Mauerspalt zwischen dem Haus rechts von ihm und dem Mann, der die Waffe auf ihn richtete. Er trat genau in die Mitte, den Dolch in der linken Hand haltend, dann wechselte er im letzten Moment die Klinge in die andere Hand und schlug mit der linken Faust den Mann mit der Waffe in die Seite. Der versuchte zu schießen, aber der Schlag kam blitzartig und traf.

Dann der Blitz und der Schuss. Daneben. Das Blei landete auf den Pflastersteinen.

Der Mann mit der Maske schrie auf. Der Schlag musste ihm sehr wehgetan haben. Seine Hand legte sich schnell auf den Punkt, an dem der andere ihn getroffen hatte. »Verfluchter Bastard!« Die Pistole glitt ihm aus den Fingern. Er sank auf die Knie.

»Owen!«, brüllte Antonio.

»Schnappt ihn«, erwiderte der Ire mit dünner Stimme.

Doch der Fremde war bereits geflohen.

33
Glas

Nachdem er McSwiney nach Hause gebracht hatte, nahm Antonio ein Boot nach Murano. Der Ire hatte einen der Matrosen, die er kannte und beschäftigte, angewiesen zu tun, was Canaletto ihm sagen würde. Bevor er an Bord des *sandolo* ging, hatte er sich vergewissert, dass sein Freund in der Verfassung war, allein zu bleiben. Sobald er sich dessen versichert hatte, hatte er das Boot bestiegen und war im Dunkel der Nacht abgefahren.

Während der Überfahrt fragte er sich mehrmals, was ihren Angreifer davon abgehalten hatte, den Dolch einzusetzen. Er schien nicht die Art von Mann zu sein, der Skrupel hätte, jemanden zu erstechen, der drohte, ihn zu erschießen.

Und doch war genau das passiert. Bis zu diesem Punkt war alles logisch gewesen. Die Falle, die Drohungen, die dieser offensichtliche Meuchelmörder ausgestoßen hatte, der sogar einen Dolch gezückt hatte, den er einzusetzen drohte, und auch seine Missachtung der bestehenden Gefahr: Alles schien aus ihm einen perfekten Mörder zu machen. Doch im letzten

Moment hatte er es vorgezogen, sich auf die am wenigsten gefährliche Art von McSwiney zu befreien. Und dieses Verhalten war völlig unpassend.

Mit dem nächtlichen Himmel über sich wurde Antonio bewusst, dass er dieses Rätsel nicht lösen könnte.

Glas hatte etwas Unvergleichliches. Da war sich Charlotte sicher. Diese Nacht am Brennofen zu verbringen, in dem sich das Glas durch das Feuer formte, vermittelte ihr Ruhe. Und die war noch nie so wichtig gewesen wie jetzt, wenn sie ihr verletztes Herz heilen wollte. Weil ihr Meister ihr fehlte und sie mit dieser Liebe, die bald aufzublühen drohte und vor der sie Angst hatte, allein sein musste. Konnte sie es sich erlauben, sich einem solchen Gefühl hinzugeben? Denn in ihrem tiefsten Inneren erkannte sie, sollte sie sich in die Arme von Antonio begeben, dann könnte sie sich selbst verlieren, und sie hatte sich geschworen, nie wieder von der Liebe eines Mannes abhängig zu sein.

Sie betrachtete das heftige Feuer durch die Öffnung des Ofens.

Ihr fiel Menego ein, der sie in der Glaskunst ausgebildet hatte. Sie dachte daran, wie er sie im Arm gehalten hatte, als sie noch ein Kind war, und ihr beigebracht hatte, durch die Flammen zu sehen und die Formen zu erkennen, die die Glasmasse annehmen konnte, wenn man sie passend bearbeitete, sobald man sie aus dem Feuer genommen hatte.

Sie erinnerte sich daran, dass sie ihn aus Spaß am Bart zog. Menego erschien ihr wie eine Kreatur aus dem Bauch der Erde, Sohn einer Welt der Mythologie und der Riten, die den meisten Menschen verschlossen blieb. Ihr fiel wieder ein, wie er sie anlächelte.

Die Vorstellungskraft und die Fantasie waren die Grundlagen der Glaskunst, denn wenn man die leuchtende Kugel, ähnlich einem rohen Stern, mit der Zange herauszog, musste man sie formen und einem Objekt Leben einhauchen, das, egal wofür man sich entschied, aber bereits angelegt sein musste.

Menego war darin außergewöhnlich gut gewesen. Genauso außergewöhnlich war sein Wunsch, eine Frau in dieser Kunst, die traditionell Männern vorbehalten war, zu unterrichten. Sicher, es hat immer mal einzelne Frauen gegeben, die diesen Weg eingeschlagen haben, aber im Fall von Marietta Barovier zum Beispiel handelte es sich um die Tochter eines Glasmeisters. Und sie war nicht Menegos Tochter und ehrlich gesagt nicht einmal Venezianerin.

Ihre Gedanken wanderten zu Johann Matthias. Nicht mal er war wirklich ihr Vater, aber als sie noch sehr klein war, hatte er sie gefunden, ganz allein in der Kälte. Er hatte sie aufgenommen und sie jeden Tag zu seiner Tochter gemacht. Nicht ein einziges Mal hatte er sich geweigert, ihr alles zu geben, was in seiner Macht lag. Und so war sie zur Tochter des Grafen Feldmarschall von der Schulenburg geworden.

Und wenn er wegen seiner offiziellen Pflichten abwesend war, wegen Militärkampagnen, die er führen musste, in einem Gleichgewicht zwischen Leben und Tod, hatte er sie Menego anvertraut. Denn er wusste, dass der sie in seiner Abwesenheit zum Respekt derselben Werte und Tugenden erzog, die ein Leben der Opfer und der Geduld verlangte.

Menego bei der Arbeit zu beobachten, war ein echtes Spektakel gewesen. Mehr noch: Es war, wie der Schöpfung beizuwohnen. Als Kind hatte sie ihn mit Hephaistos, dem griechischen Gott des Feuers, verglichen, dessen Schmiede laut der Mythologie unter einer Meeresgrotte lag. Menego war es, der ihr beibrachte, die unterschiedlichen Glasarten herzustellen – Aventuringlas, Kristall, Milchglas und Fadenglas –, um sie in den Prozessen des Blasens und Schleifens und im Gebrauch von Werkzeugen wie den verschiedenen Zangen zum Schneiden, Formen und Dekorieren von Glas oder den verschiedenen Glaspfeifen zu unterrichten.

Sie sah ihn vor sich, wie er das Glas formte, das gerade aus dem Ofen gekommen war und glitzerte wie ein Stück lebendiger Stern, das im Halbdunkel funkelte und beim Abkühlen langsam im Lichtschein verblasste. Es war auch ein Wettlauf gegen die Zeit. Denn die Glasmasse war nicht ewig formbar, sondern nur so lange, wie sie eine Temperatur aufwies, bei der sie mit einer Zange bearbeitet werden konnte. Deshalb musste sie in regelmäßigen Abständen in die Öffnung des Ofens eingeführt werden, um eine gleichmäßige Temperatur zu erhalten.

Charlotte hatte nie eine Mutter gehabt. Oder besser gesagt, sie hat sie nie gekannt. Aber sie ist mit zwei Vätern groß geworden. Und sie war ihnen für alles, was sie bekommen hatte, dankbar. Es war viel mehr, als sie verdiente.

Sie näherte sich dem Ofen, schürte das Feuer und beobachtete die roten Zungen, gierig und knisternd. Ihre Gedanken kehrten wieder zu Antonio Canal und seinen heldenhaften Vorschlägen zurück, die sie so sehr beeindruckt hatten.

Eine solche Entschlossenheit hatte sie nicht erwartet: Als hätte sich dieser Mann Venedig verschrieben, und auf gewisse Weise war es auch so. Er wollte es nicht nur in seinen Gemälden feiern, sondern es auch soweit möglich vor denen schützen, die seine Schönheit und seine Wunder für ihre eigenen elenden Ziele kompromittieren wollten. Genau wie sie. Und er hatte die Absicht, eine Stadt wie diese zu verteidigen, eine Stadt, die die hohen Ideale einer Republik verkörperte, die unendliche Widrigkeiten und gewaltige Feinde überlebt hatte und die, wie nie zuvor, den künstlerischen und kulturellen Horizont der bekannten Welt bestimmte. Antonio verdiente ihre Zustimmung und die Bewunderung, die sie für ihn empfand.

Nicht nur das. In diesem jungen, außergewöhnlichen Maler steckte eine aufrichtige Wertschätzung für ihre Kunst. Gegenüber den Frauen hatte er, wie es richtig und normal war, eine schöne und anregende Neugier. Abgesehen davon hatte er nicht die Arroganz vieler Künstler, die von sich glaubten, ein außerge-wöhnliches Talent zu besitzen, selbst wenn dem nicht so war. Er war wunderbar unbeholfen, was ihm aber etwas ungewollt Waghalsiges verlieh.

Kurz, er war unwiderstehlich, wenigstens für eine Frau wie sie. Sie hing diesen Gedanken nach, als sie hörte, wie es an die Tür klopfte.

Die Schläge wiederholten sich. Unwillkürlich bekam sie Gänsehaut.

Wer könnte sie mitten in der Nacht besuchen?

34
Treffen

A ntonio«, sagte Charlotte, »Ihr seid hier.«
Er sah sie an: Sogar in Arbeitskleidung war sie von atemberaubender Schönheit. »Ihr seid in Gefahr, Charlotte und ...« Sie legte den Zeigefinger auf die Lippen. Er schwieg.

Sie nahm ihn an die Hand und führte ihn hinein. »Küsst mich«, sagte sie.

Antonio war kurz wie erstarrt, dann löste sich seine Verlegenheit, und er umarmte sie und küsste sie leidenschaftlich. Es war eine Befreiung, als wäre dieses Gefühl, das ihm die ganze Zeit das Herz zerfraß, zu einem heißen Strom geworden, einem Fluss, der über die Ufer trat und die Dämme überflutete, die Antonio im extremen und verzweifelten Versuch, innerhalb der Grenzen des Anstands zu bleiben, aufgebaut hatte.

Ihm schien, als erkunde er die Unendlichkeit. Er wusste, dass Charlotte eine Frau war, für die er alles tun würde. In Wahrheit war es bereits geschehen, und in diesen Momenten, als er wilde Küsse von ihren Lippen empfing, war er sich sicher, dass er den Sturm und den Angriff eines Instinkts spürte, den er zu lange in den eisernen Käfig der gesellschaftlichen Konventionen gesperrt hatte. Er ergab sich diesem überwältigenden Gefühl und benahm sich so, wie er es nie für möglich gehalten hätte.

Wenn ihn diese Nacht zur Verdammnis verurteilte, dann nahm er es gern an, weil er nicht aufhören konnte, in diesen Augen, die ihn gleichzeitig zu beherrschen und zu bitten schienen, zu ertrinken. Ihr Parfüm war eine zarte Wolke, ein Duft, der ihn mit einer Aura umgab und die beißenden Gerüche von Schwefel, Kieselerde und Rauch jenes Ortes überwand, der die Anziehungskraft, die er für Charlotte empfand, noch verstärkt hatte, als er sie gesehen hatte, die wie eine griechische Göttin Glas formte.

Und sie musste etwas Göttliches haben, dachte Antonio, während ihre Zärtlichkeiten ihn hinrissen, als wäre dieser Augenblick nur Fantasie, die in einer traumähnlichen Dimension schwebte. Doch als sein Blick auf die pulsierende Kugel im Feuer des Ofens fiel, die ihm wie ein roter Mund erschien, begriff er, dass er wirklich lebte, vielleicht zum ersten Mal überhaupt.

Charlotte war porzellanweiß und apollinisch, sie war Schnee und Schwanenfedern. Antonios Verlangen pulsierte heftig wie eine Wunde. Er spürte ihr Blut in seinen Adern, wie Gold, das von den Flammen eines unauslöschlichen Feuers geschmolzen wurde, und dieses Blut vereinigte sich mit seinem, als wären sie von diesem Augenblick an nie wieder zu trennen. Und sie fanden sich, unbewusst in diesem Wirbelwind der Liebe, auf den Knien auf den Decken wieder, nicht weit vom reinigenden Feuer des Ofens. Antonio hatte den Eindruck, dass das lebendige Herz seiner Malerei aus Farbe und Licht von ihrem weichen, glühenden Glas umhüllt wurde, und ihre Glieder verschmolzen zu einem Kern verzehrender Leidenschaft.

Ihre Körper komponierten eine Melodie, ihre Münder quälten sich in einer Ekstase schwacher Silben, und ihre Lippen suchten sich Hunderte, Tausende und dann noch Tausende Mal, und es schien ihnen beiden, dass die Zeit nicht reichte, dass die Stunden flohen und ihre Leidenschaft mit dem Geiz einer falschen und verlogenen Nacht töteten, die zu ihrem Schaden kürzer wurde.

Und doch gaben sich Antonio und Charlotte mit der verzweifelten Kraft derer, die sich nicht auf verratene Versprechen einlassen, schonungslos hin und wirbelten im Strudel der Begierde, ließen jeden für den anderen das Vergnügen suchen, lauschten ihrem wollüstigen Stöhnen und den frechen Antworten ihres vor Leben vibrierenden Fleisches. Es war ein Fieber, das sie verzehrte und dem sie ihren Willen beugten, selbstvergessen und alles vergessend, gierig nach einer Leidenschaft, die sie vom ersten Moment an dazu verdammt hatte, sich in den Armen des anderen zu finden.

Sie waren dankbar und nahmen teil an jenem mystischen Verständnis, das, geboren in erhabenen Intellekten, allmählich zu Fluss und Feuer geworden war und sie zusammenhielt. Er küsste ihre Augenlider, ihre Hände, ihre Arme und ihren schlanken Hals. Und dann ihre milchigen Brüste, die süß wie triefender Honig schmeckten, und ihre nackten weißen Schultern, die so perfekt waren, als wären sie von Michelangelo selbst in den weißesten Marmor gemeißelt worden, den die Natur je erdacht hatte.

Antonio war berauscht und blind. Er versank in einer grenzenlosen Ekstase, so weit wie der Ozean, und erfreute sich an diesem Zauber aus Feuer und Fleisch, der seine Brust verbrannte.

»Charlotte«, murmelte er, und ihr Name war Rettung und Versprechen neuer Abenteuer, die er noch nie erlebt hatte, da er sich bisher allein der Malerei und Venedig hingegeben hatte.

Doch jetzt war alles anders. Diese unglaubliche und wunderbare Frau hatte ihn gewollt und überrascht und schien nie genug von ihm zu bekommen.

In ihr verloren ließ er sich in diesen endlosen Sog fallen, gewiegt von Stöhnen und Krämpfen, in einer Schaukel der Lust. Er hörte das Tosen der Flut in seinem Kopf, und es schien ihm, als sei er ein Überlebender, der den Wellen ausgeliefert war und sich an ein zerbrochenes Floßholz klammerte, das auch ihn nach oben führte, auf den Gipfel der schwindelerregenden Wellen, die sich dann am Ufer ergossen. Auf

dem Höhepunkt des Vergnügens fiel er zusammenge-
sunken, aber dankbar und glücklich auf Charlottes
Brust, wie der Schiffbrüchige, der sich endlich in den
Sand des Strandes fallen lässt.

35

Das Ghetto

S ie waren bekleidet mit schwarzen Umhängen und
Dreispitzen.

Larven verbargen ihre Gesichter, weiße Masken, die
ihre Züge nicht erkennen ließen. Sie traten durch das
Tor und strömten ins Ghetto wie ein Fluss voller ver-
wesender Tierkadaver.

Sie trugen Fackeln, Stöcke und Messer.

Hinter den Masken glitzerten die Augen vor Feuer
und Blut. Die Wut schien sie aufzufressen.

Als er sie sah, bekam Isaac Angst. Es war noch nie
passiert, dass eine Handvoll Räuber – denn nichts anderes konnten sie sein – ins Ghetto eindrang. Er hatte
keine Ahnung, warum es passierte, aber er versteckte
sich hinter einer Säule, in der Hoffnung, nicht gesehen
zu werden.

Sie gingen an ihm vorbei, ohne ihn eines Blickes zu
würdigen. Die Fackeln brannten rot in der schwarzen Nacht. Vor ihnen flohen Frauen, Männer, Alte
und Kinder wie ein Schwarm Enten. Jemand rutschte
auf dem schmutzigen Schnee aus und fiel hin. Einer
der Angreifer trat ihm mitten auf den Rücken und

versetzte ihm einen Schlag mit dem Stock. Von seiner Position aus sah Isaac den Kopf des armen Mannes in einer dreckigen Pfütze landen. Dann kam ein zweiter Gauner dazu und verdoppelte unerbittlich die Schläge.

Geschrei erhob sich wie Vogelkreischen. Eine Frau fiel zu Boden und wurde getreten.

Die anderen bewegten sich in Todesstille vor. Sie fingen die Flüchtenden ein und zerrten sie zu Boden. Ein junger Jude wehrte sich. Isaac kannte ihn, es war Shimon Luzzatto, der Junge, der das propagandistische Nachrichtenblatt druckte.

Einer der Gauner, wahrscheinlich der Anführer, packte ihn am Kragen und warf ihn gegen eine Hausmauer.

»Du!«, brüllte er mit einer unmenschlichen Stimme hinter seiner weißen Larve. »Du hast Venedig in die Verzweiflung gestürzt. Die Pest für dich! Und Lepra und Schmerzen!« Und während der Junge sich noch bemühte, dem Griff zu widerstehen, schlug ihn einer der Gauner mit dem Stock aufs Bein. Innerhalb einer Sekunde befand sich der Junge auf Knien in Schnee und Eis.

Eine Frau schrie auf: die Mutter. Sie stürzte auf den Anführer dieser schwarz gekleideten Schufte, doch erreichte ihn nicht, weil sie zu Boden geworfen und getreten wurde.

Während dieser Katastrophe brach Isaac fast zusammen. Er hielt sich so gut wie möglich an der

Mauer fest, aber der Schrecken einer solch ungerechten und unerwarteten, so niederträchtigen und wütenden Attacke übermannte ihn und nahm ihm alle Kraft, und doch, erfüllt von Scham über seine Feigheit, die seine Beine zu fesseln schien, zwang er sich mit einer äußersten Willensanstrengung aus dem Schatten heraus und näherte sich der Frau, um diejenigen zu stoppen, die auf sie eintraten.

Er bemühte sich, ruhig Blut zu bewahren, setzte einen Fuß vor den anderen, bis er an der Schulter eines der Angreifer ankam, den seine eigene Grausamkeit so erregte, dass er ihn gar nicht bemerkte.

Kaum hob dieser zum x-ten Mal den Arm, ergriff Isaac ihn, entwand ihm den Stock und versetzte ihm einen heftigen Schlag auf die Brust.

Der Mann klappte nach vorn, und Isaac hatte leichtes Spiel, dem Gauner einen zweiten mörderischen Schlag ins Gesicht zu verpassen, der daraufhin auf dem Boden zusammenbrach. Doch inzwischen hatten zwei der anderen Schurken den Neuankömmling bemerkt und fielen ihn an.

Isaac traf ein Schlag am Kopf, und er sank auf die Knie.

Benommen sah er den jungen Luzzatto. Der Anführer der Gauner beugte sich über ihn. Der Dreispitz war zu Boden gefallen, und schwarze Haare fielen wie Tentakel eines Kraken auf seine Schulter und weiter bis auf den Rücken. Das Laternenlicht ließ einen goldenen Ohrring aufblitzen.

Dann wurde er Zeuge der tödlichen Geste, einer weißen Klinge, die dem Jungen in den Hals gestoßen wurde, als würde der Kerl eine Ziege abstechen. Das Blut lief über den Hals des jungen Luzzatto, während sein Kopf nach hinten fiel.

Schließlich stürzte der Junge nach vorn, und mit letzter Lebenskraft riss er seinem Mörder die Larve vom Gesicht, dabei floss ein blutroter Strom über die Pflastersteine. Isaac hörte einen Fluch, und als der Gauner sich vorbeugte, um die Maske aufzuheben, und Beschimpfungen ausstieß, sah er für einen kurzen Augenblick dessen Gesicht.

Dann zerbarst etwas über ihm, und er brach zusammen.

Als er wieder erwachte, lag das Ghetto noch im Dunkeln. Zuerst bemerkte er einen scharfen, pochenden Schmerz am Kopf, direkt danach die Eiseskälte des Schnees an seiner Wange. Er kam langsam zu sich. Er hatte keine Ahnung, wie viele Stunden vergangen waren, seit er alles beobachtet hatte, aber wenigstens war er allein. Trotz des Schmerzes und des Eises blieb er am Boden, weil er es nicht schaffte aufzustehen. Mit purer Willenskraft zwang er sich, durch den Schlamm und den Schnee bis zur Hausmauer vor sich zu kriechen. Wie durch ein Wunder konnte er sich mit dem Rücken an den Steinen hinsetzen. Dann versank er erneut in einer Art Dämmerschlaf, einem halb wachen Zustand, in dem sich Schmerzattacken mit kompletter Ohnmacht abwechselten. Die überwältigende Schwäche erlaubte es ihm nicht, auf die Füße zu kommen.

Nach einer Weile hörte er Schritte und einen Schrei.

Er spürte Hände, die ihn an der Schulter packten.

»Isaac«, sagte eine vor Emotionen gebrochene Stimme. »Isaac, was ist passiert?«

»Zygmund«, entgegnete er.

Es war sein Bruder, der nach Hause kam. »Was hat man dir angetan?«

Isaac hörte weitere Schritte. Hinter seinem Bruder kamen Männer. Durch das Blut, das in seinen Augen stand und zu einer Kruste geworden war, erkannte Isaac den Signore di Notte al Criminal gefolgt von seinen Schergen.

»Man hat mich angegriffen«, antwortete er leise.

»Wer war es?«, fragte Zygmund.

Doch Isaac fiel es schwer zu antworten. Auch wenn er nicht gut sah, bemerkte er, dass die Soldaten etwas untersuchten. Vor allem der Signore di Notte war in die Knie gegangen und sah genau und neugierig hin. »Wir haben ihn gefunden«, sagte er. »Sie haben den Mörder dieser armen Frauen gelyncht. Das hätten sie nicht tun dürfen, aber wenigstens ist damit ein Schreckenskapitel beendet.«

Isaac war sich nicht sicher, richtig gehört zu haben. »Was?«, wollte er wissen, als wäre jemand bereit, es für ihn zu wiederholen, oder auch nur, ihm zu antworten.

Zygmund versuchte, ihm aufzuhelfen. »Schaffst du es?«, fragte er.

Sein Bruder verstand nicht, was vorgefallen war, er hatte keine Ahnung.

»Sie sind ins Ghetto gekommen und haben alle brutal zusammengeschlagen«, antwortete er und hielt sich an ihm fest, um aufzustehen.

»Wer?«

»Ich weiß es nicht. Sie trugen schwarze Umhänge und Dreispitze, und Masken bedeckten ihre Gesichter.«

»Wer seid Ihr?«, fragte der Signore di Notte al Criminal, als bemerkte er sie erst jetzt.

»Wer wir sind?« Isaac begann fast zu lachen. Jetzt musste er seine Anwesenheit rechtfertigen? Nachdem er blutig geschlagen worden war? Und wieso … bloß, weil er Jude war? »Ich bin Doktor Liebermann«, erwiderte er, »ich praktiziere Medizin und wohne im Ghetto.«

»Aha«, entgegnete der Magister, »deswegen tragt Ihr keinen Hut«, als wäre das das Problem.

Isaac schluckte, bevor er sprach. »Und das ist mein Bruder Zygmund. Wisst Ihr, dass wir angegriffen wurden?«

»Über Unruhestifter weiß ich natürlich alles.«

»Wenn Ihr es wisst, verfolgt Ihr dann auch die Schuldigen an diesem Massaker?«

»Wie ich eben sagte, die Verantwortlichen für diese Tat werden bestraft, wenn man sie ausfindig machen kann.«

»Dieser Junge …«, fuhr Isaac fort.

»Dieser Junge ist ein Mörder!«, lautete die Antwort.

»Wie kommt Ihr darauf?«

Der Beamte antwortete nicht, zeigte aber eine Faust, dann öffnete er die Hand.

Mit Mühe erkannte Isaac auf der Handfläche ein Goldmedaillon aus antikem Gold mit Edelsteinen glitzern, es schien ein Familienschmuckstück. Der Signore di Notte al Criminal ließ es vor den Augen der beiden Brüder pendeln. »Seht Ihr das? Es gehörte dem Mädchen, das vor ein paar Tagen auf dem Platz San Giacomo di Rialto ermordet wurde. Woher ich das weiß? Ihre Eltern haben es mir beschrieben, und ich zweifle nicht daran. Nun, ich habe es gerade am Hals dieses Mörders gefunden.«

»Unmöglich!«, erwiderte Isaac.

»Das glaube ich kaum.«

»Diese Männer … Diese Männer haben ihn angegriffen. Sie haben Frauen und Alte mit Stöcken geprügelt. Und auch mich. Dann hat ihr Anführer, ein Mann mit langen schwarzen Haaren und einem Goldohrring, diesen Jungen umgebracht, indem er ihm ein Messer in den Hals gestochen hat!«

»Er wurde zweifellos erstochen«, sagte der Magister. »Allerdings sehe ich keine Verletzten, abgesehen von Euch«, und im Tonfall des Mannes lagen Gleichgültigkeit und Ungläubigkeit. »Ihr seid angegriffen worden, und ich denke, das Beste wäre, wenn Ihr Euch pflegen lasst.«

»Genau«, sagte Zygmund, »Seine Exzellenz hat recht. Gehen wir nach Hause, ich kümmere mich um dich.«

»Seid Ihr sein Bruder?«, fragte der Signore di Notte al Criminal.

»Ja.«

»Dann habt Ihr das Richtige gesagt: Geht nach Hause und kümmert Euch um ihn.«

»Aber habt Ihr mich nicht verstanden? Sie haben uns angegriffen! Dieser Junge wurde erstochen. Seine Mutter fast zu Tode gebracht. Es waren erbarmungslose Schurken. Ihr habt mich nicht mal gefragt, ob ich das Gesicht ihres Anführers gesehen habe!«

Der Richter schüttelte den Kopf. »Bringt Euren Bruder nach Hause«, wies er Zygmund an. Dann an Isaac gewandt: »Was Euch betrifft ... Ihr seid mit einem Kratzer am Kopf davongekommen. Dankt Eurem Gott. Wie bereits gesagt, dieser Junge ist ein Mörder, und dafür gibt es einen soliden Beweis. Ich habe ihn Euch gerade gezeigt. Seine Angreifer werden bestraft. Ich will mich nicht wiederholen müssen.«

»Exzellenz«, sagte Zygmund, »keine Sorge, wir tun, was Ihr sagt.«

»Aber ...«, versuchte Isaac.

Doch sein Bruder unterbrach ihn. »Du bist müde. Lass uns nach Hause gehen, dann kannst du dein Gesicht waschen. Danach legen wir etwas Eis auf die Wunde.«

Und dann schubste er seinen Bruder fast, legte seinen Arm um dessen Hals, und gemeinsam gingen sie zum Haus.

36

Schurken

Die Nachricht hatte sich in den Sestieri herumgesprochen. Die Signori di Notte al Criminal hatten den Mörder gefunden. Bloß war er tot. Hingerichtet von einer Handvoll Schurken, die ins jüdische Ghetto eingedrungen waren und den jungen Mörder gelyncht hatten.

Wie auch immer, jetzt konnte Venedig wieder ruhig schlafen. Aber diese Geschichte stimmte vorn und hinten nicht. Erst wenige Tage zuvor schien der Capitan Grando keine Ahnung gehabt zu haben, wer der Mörder sein könnte. Sicher, vielleicht war es nur sein Eindruck, doch kaum hatte er die Neuigkeit erfahren, hatte Antonio sich zum Dogen begeben. Einerseits wollte er ihm von seinen Fortschritten berichten, andererseits wollte er eine Bestätigung. Er war davon überzeugt, dass das Gericht jemanden deckte. Oder vielleicht hatten die Signori di Notte al Criminal vor Wut darüber, im Dunkeln zu tappen, die einfachste Lösung gewählt. Es hieß, beim ermordeten jüdischen Jungen hätte man eindeutige Schuldbeweise gefunden.

Und der Doge hatte alles bestätigt. Er betonte jedoch, dass diejenigen, die in das Ghetto eingedrungen waren, gesucht und verfolgt würden. Alvise Mocenigo hatte außerdem von der möglichen Existenz einer Freimaurerloge gehört und aus Sorge darum Canaletto gebeten, weiter zu ermitteln. Er konnte keinerlei Maßnahmen ergreifen, wenn der zuständige Richter – der Signore di Notte beim Criminal des Sestiere Castello – keine Unregelmäßigkeiten meldete. Das Wort von Owen McSwiney reichte nicht.

Antonio hatte zugestimmt.

Als er wieder auf der Straße stand, beschloss er, ins jüdische Ghetto zu gehen. Während des Gesprächs hatte der Doge einen Arzt erwähnt, der Zeuge des Angriffs war. Diesen Namen hörte er zum zweiten Mal innerhalb weniger Tage. Auch Charlotte hatte von ihm gesprochen.

Sein Name war Isaac Liebermann.

»Signor Canal, ich hatte nicht erwartet, Euch kennenzulernen«, sagte Isaac. »Hätte ich gewusst, dass Ihr zu mir kommt, hätte ich mein Haus vorbereiten lassen, um Euch angemessen zu empfangen.«

»Ihr müsst entschuldigen, Doktor Liebermann«, antwortete Antonio. »Ich gebe zu, dass ich Euch aufsuche, weil ich glaube, dass Ihr ein Mann vieler Talente und Tugenden seid.«

»Ihr seid zu großzügig, Signor Canal.«

»Gar nicht: Signorina von der Schulenburg hat Ihr Loblied gesungen.«

»Aha!«, rief Isaac aus. »Die arme Charlotte. Sie hat dieser Tage einen schweren Verlust erlitten.«

»Deswegen hat sie mir von Euch erzählt. Sie hat mir von Eurem Kampf erzählt, die Inokulation zuzulassen, um gegen die Pocken zu kämpfen. Ich gebe zu, dass ich nicht weiß, worum es da geht, aber etwas anderes führt mich hierher.«

»Darf ich Euch fragen, was Euch in mein bescheidenes Haus führt?«

»Das ist schnell erklärt«, sagte Antonio. »Seht, Signor Liebermann, ich habe gehört, was erst vor zwei Nächten hier geschehen ist, und ich muss zugeben, dass es mich schockiert hat: Noch nie war das Ghetto Opfer eines Angriffs gewesen, geschweige denn eines so niederträchtigen und gewalttätigen.«

Isaac breitete die Arme aus. »Endlich!«, rief er aus. »Bis jetzt schien niemanden zu interessieren, was hier geschehen ist.«

»Tatsächlich?«, fragte Antonio ehrlich überrascht.

»Es ging so weit, dass mir der zuständige Signore di Notte al Criminal gesagt hat, ich hätte mir alles oder fast alles nur eingebildet.«

»Und was hättet Ihr Euch eingebildet, falls ich Euch das fragen darf?«

Isaac seufzte. »Seht, Signor Canal, ich habe nicht vor, mich über die Bedingungen für die Juden in dieser Stadt zu beschweren, doch ich denke, es überrascht Euch nicht, wenn ich sage, dass man uns oft der schlimmsten Schandtaten bezichtigt. Und nicht immer sind wir die wahren Schuldigen all dessen, was man uns vorwirft.«

»Das glaube ich auch. So denke ich zum Beispiel nicht, dass der Mörder, dessen Taten Venedig zuletzt befleckt haben, ein Einwohner des Ghettos sein kann. Rein hypothetisch kann man das natürlich auch nicht ausschließen, da niemand eine Ahnung hat, wer der Mörder ist, aber dasselbe lässt sich über die Venezianer sagen, über die Deutschen, die Türken und alle, die auf dem Gebiet der Serenissima leben.«

»Ganz genau«, stimmte Isaac begeistert zu. »Nun, ich verschweige Euch nicht, was passiert ist, seid Ihr doch der Einzige, den es interessiert, wie mir scheint. Und doch muss ich Euch fragen, was treibt Euch dazu? Ihr werdet verstehen, dass ich nie erwartet hätte, dass ein Maler wie Ihr sich für solche blutigen Ereignisse wie dieses interessiert.«

Und nun? Was konnte er sagen? Sollte er auch Isaac Liebermann den Grund für seine Ermittlungen enthüllen? Der darüber hinaus nichts mit der Frage der Morde zu tun hatte, auch jetzt nicht, um ehrlich zu sein. Daher tat er das Beste, was ihm möglich war. »Ich kann Euch nicht sagen, was ich gern sagen würde«, bemerkte er. »Es reicht, wenn Ihr wisst, dass ich einen Auftrag erhalten habe. Und dass Ihr das niemandem sagen dürft.«

Sollte Isaac Liebermann erstaunt gewesen sein, so zeigte er es nicht. Niemand konnte sagen, ob es daran lag, dass er Antonio Canal instinktiv vertraute, oder ob es an dem aufrichtigen Interesse lag, das dieser ihm entgegenbrachte, als sich niemand für das Geschehene zu interessieren schien. Jedenfalls erzählte er nun ohne weitere Aufforderung. »Sie kamen nach Sonnenuntergang. Es war bereits dunkel. Sie hatten Fackeln, Stöcke und Dolche. Sie trugen Larven, Dreispitze und schwarze Umhänge, und sie waren wie besessen. Dann begannen sie, unterschiedslos auf jeden einzuschlagen. Wer in Reichweite kam, wurde blutig geschlagen, egal ob Frauen, Alte oder Kinder.«

»Wer waren sie?«, wollte Antonio wissen.

»Gute Frage. Eine Handvoll Gauner. Brutal. Männer, die eine Strafaktion ausführen wollten. Aber ich bin davon überzeugt, vielleicht fälschlicherweise, dass sie einen Schuldigen brauchten.«

»Wie kommen Sie darauf?«

»Weil sie alle geschlagen haben, ohne Unterschied, um dann das Durcheinander auszunutzen und eine Person grausam zu ermorden. Sie hatten einen Führer, den Blutrünstigsten von allen.«

»Ihr habt ihn gesehen?«

Isaac seufzte. Es war offensichtlich, dass diese Erinnerung ihm Angst machte. Er wirkte nicht wie ein Mann, der leicht zu beeindrucken war, daher schloss Antonio daraus, dass es eine entsetzliche Erfahrung gewesen war.

»Wie gesagt, sie trugen weiße Masken. Und auch ich wurde angegriffen. Sie haben mich mehrfach mit einem Stock geschlagen und am Kopf verletzt. Das Blut lief mir in die Augen.«

»Das tut mir leid«, sagte Antonio.

»Ein Junge, Shimon Luzzatto, dem man dann die beiden Morde vorwarf – aber ich sehe in ihm einen Sündenbock –, wurde erstochen. Ich konnte nichts dagegen tun. Es war der Anführer der Schurken, der ihn auf diese schreckliche und brutale Art angriff. Ich konnte kaum etwas erkennen und verlor kurz danach das Bewusstsein, aber als der Junge dann zusammenbrach, fiel er nach vorn und riss dem Anführer der Schurken die Maske herunter. Dieser hat sich dann umgeschaut und ich konnte …«

»Sein Gesicht erkennen?«

Isaac nickte.

»Wie sah er aus?«

»Ich habe ihn nicht ganz genau gesehen, aber ich kann Folgendes sagen: Er hatte lange schwarze Haare, einen dünnen Schnurrbart, ein goldener Ohrring blitzte auf. Seine Augen schienen im Schatten zu liegen.«

Antonio zuckte zusammen. Die Beschreibung passte fast perfekt auf den Fremden, der ihn und Owen angegriffen hatte.

»Was ist mit Euch?«, fragte Isaac. »Ihr scheint besorgt.«

»Eure Beschreibung erinnert mich an jemanden.«
»Und?«

»Im Moment kann ich Euch nicht mehr sagen.«

Isaac nickte. »Ich verstehe«, sagte er. Doch Antonio bemerkte einen Tadel in seiner Stimme.

»Was ich Euch dagegen sagen kann«, entgegnete Canaletto, »ist, dass ich versuchen werde zu beweisen, dass der jüdische Junge, der getötet wurde, nicht der Mörder ist.«

»Der Signore di Notte al Criminal und seine Soldaten haben ihn sehr schnell verschwinden lassen«, ergänzte Isaac. »Sie schienen es gar nicht erwarten zu können, allen zu erzählen, dass sie den Verantwortlichen für diese schrecklichen Morde gefasst haben.«

»Sie haben anscheinend einen unwiderlegbaren Beweis gefunden.«

»Sie sind genau in dem Moment aufgetaucht, als ich wieder zu mir kam. Der Signore di Notte al Criminal hat mir ein Medaillon gezeigt, das einem der ermordeten Mädchen gehört hatte. Er hat behauptet, es an Shimon Luzzatto gefunden zu haben.«

»Aber Ihr glaubt das nicht.«

»Nein«, antwortete Liebermann.

»Warum?«

»Der Richter hat mir gesagt, dass die Eltern des getöteten Mädchens es ihm beschrieben hatten. Sie trug es immer um den Hals, aber es wurde nicht an ihrer Leiche gefunden.«

»Aber das allein ist es nicht. Oder irre ich mich?«

»Gar nicht. Der Grund ist schnell erklärt: Wie kam ein solches Medaillon in den Besitz von Shimon Luzzatto? Dieser Junge brauchte auf keinen Fall Geld. Nein, ich sage Euch, da steckt mehr dahinter.«

»Glaubt Ihr, dass sein Angreifer es ihm umgelegt hat?«

»Das habe ich nicht gesehen, ich wurde bewusstlos. Aber er könnte es danach getan haben.«

»Ich kann es mir sehr gut vorstellen. Es ist allerdings nicht gesagt, dass es so verlaufen ist.«

»Natürlich. Aber Ihr habt mich gefragt, was ich glaube.«

»Genau«, schloss Antonio.

»Darf ich Euch einen Rat geben?«, fragte Isaac.

»Den brauche ich sogar sehr, Signor Liebermann.«

»Gut«, erwiderte der Arzt. »Auch wenn ich gegen meine eigenen Regeln und religiösen Prinzipien verstoße, sage ich Euch Folgendes: Wenn Euch diese Angelegenheit wirklich am Herzen liegt, wenn Ihr wirklich herausfinden wollt, wer schuldig ist ... dann exhumiert die Leiche.«

»Exhumieren ...« Antonio war sich nicht sicher, richtig verstanden zu haben.

»Ich bin Arzt«, beharrte Isaac, »ich habe in Padua studiert. Ihr selbst habt gesagt, dass Charlotte Euch von mir erzählt hat.«

»Das stimmt.«

»Also, nur mit einer umfassenden Untersuchung der Leiche können wir vielleicht etwas Neues darüber erfahren, wie der Tod eingetreten ist, und wenn derjenige, der ihn umgebracht hat, vielleicht Spuren hinterlassen hat, könnte das Rückschlüsse auf ihn zulassen«, bemerkte Liebermann.

»Und wie wollt Ihr das anstellen?«

»Es ist nicht das erste Mal, dass ich eine solche Untersuchung durchführe, und Ihr könnt Euch nicht vorstellen, wie viel man an einer Leiche entdecken kann. Machen wir es so«, sagte Isaac, als dächte er laut nach. »Ich bin mir mehr als sicher, dass jemand den guten Namen der Juden beschmutzt. Sie haben beschlossen, uns die Schuld zuzuschieben, aber ich glaube nicht daran. Exhumiert die Leiche. Als Arzt habe ich das Recht, das Ghetto auch nachts zu verlassen, und die Leiche des armen Luzzatto wurde zweifellos zum jüdischen Friedhof am Lido gebracht. Übrigens sehr eilig, muss ich sagen. Und ohne der Mutter die Beerdigung zu erlauben. Von dem Augenblick an, als sie sich seiner Schuld sicher waren, hätten sie wenigstens erlauben können, dass er laut den jüdischen Riten beerdigt würde. Der Körper hat nicht die rituellen Waschungen erhalten, es wurde nicht erlaubt, ihn in weiße Tücher zu hüllen, und auch nicht, ihn auf seiner letzten Reise zu begleiten.«

»Und wenn die Leiche dann ausgegraben wurde?«, wollte Antonio wissen und überraschte sich mit dieser Frage selbst.

»Bringt Ihr sie in mein Labor.«

»Und wie machen wir das?«

»Ich habe ein anatomisches Labor in der Nähe des Friedhofs. Dort, auf dem Seziertisch, könnten wir die

Leiche mit aller nötigen Ruhe untersuchen, um sie noch vor dem Morgengrauen wieder ins Grab zu legen.«

»Das ist sehr riskant«, merkte Antonio an.

»Aber anders geht es nicht.«

»Das ist wahr. Doch ich bin kein Richter, nicht mal ein Hauptmann der Wache.«

»Ich verstehe, so hört, machen wir es so ...«

»Ich höre«, sagte Canaletto.

»Kommt zwei Stunden nach Sonnenuntergang zum Eingang des Friedhofs. Ich werde den Leichnam dann bereits auf meinem Labortisch haben, und Ihr riskiert nichts.«

37

Die Untersuchung

A m Tag danach bestiegen Canaletto und McSwiney ein *sandolo* am Hafen von Malamocco. Da
derjenige am Lido wegen seiner Vergrößerung ge-
schlossen war, konnten nicht nur große Schiffe, sondern auch kleine Boote wie ihres dort nicht anlegen.
Es war ärgerlich, aber anders ging es nicht. Doch
McSwiney hatte ein paar Matrosen dabei – diesel-
ben, die Antonio nach Murano gebracht hatten –, die
ihn, wenn nötig, dorthin brachten, wo er hinwollte,
und das, ohne viele Fragen zu stellen. Canaletto war
immer noch voller Bewunderung für die unendlichen
Ressourcen seines Gefährten in diesem Abenteuer
und für seine Geistesgegenwart, durch die er auch in
Augenblicken höchster Gefahr und Schwierigkeiten
Lösungen fand, an die er selbst niemals gedacht
hätte.

Nachdem sie in Malamocco angelegt hatten, hatte
eine unmarkierte Kutsche sie zum jüdischen Friedhof gebracht und wartete vor dem Eingang auf sie,
um sie, sobald sie fertig waren, wieder zurückzu-
bringen.

»Der Kutscher wurde gut bezahlt«, lautete die lakonische und beruhigende Erklärung von McSwiney.

Die Atmosphäre war zum Gruseln. Nieselregen machte die Luft feucht. Eine Figur in einem klatschnassen Regenmantel kam ihnen entgegen. Unter seinem Filzhut erkannte Antonio die Augen von Isaac Liebermann. Sein Blick bedeutete ihnen, ihm zu folgen.

Canaletto und McSwiney gingen dem Doktor sofort nach, während der Regen immer dichter fiel und die Schneereste wegwusch, die immer noch die engen Gassen rund um die Kirche Santa Maria Elisabetta weiß gefärbt hatten. Und genau in diesen engen Gassen fanden sich die beiden plötzlich wieder, zumindest bis sie vor einer kleinen Tür standen, die in eine Art kargen Innenhof führte.

Dort angekommen, inzwischen vom Regen durchnässt, traten die beiden hinter Isaac Liebermann ein und wurden über den Hof zu einem Gebäude geführt, das auf den ersten Blick ein Lager hätte sein können. Tatsächlich befanden sie sich in einem gut erleuchteten Saal. Viele Lampen, Kerzenleuchter und Kohlenbecken garantierten ein intensives und möglichst gleichmäßiges Licht. In der Zimmermitte stand ein Marmortisch, auf dem der leblose Körper des jungen Shimon Luzzatto lag. Ein unreiner Geruch erfüllte den Raum und machte das Atmen fast unmöglich.

»Durch die Beerdigung hat der Verwesungsprozess bereits begonnen«, merkte Isaac an. »Daher empfehle ich Euch, diese in Kampfergeist getränkten Tücher vor Nase und Mund zu halten. Sie unterdrücken die Übelkeit, die sich sicherlich einstellen wird.«

Antonio und Owen drücken sofort die Tücher an die Nase. Der stechende Geruch des Kampfers und der Minze überlagerte wenigstens die intensivste Schicht der Ausdünstungen des Todes, die die Luft verpesteten.

»Wie gesagt, der Körper ist bereits in die Verwesung übergegangen«, wiederholte Doktor Liebermann, »aus diesem Grund wird die Haut an manchen Stellen angesichts der weitverbreiteten Steifheit blassgrün, wie Sie sehen können.«

»Das ist mir aufgefallen, Doktor Liebermann«, sagte Canaletto. »Ich frage mich jedoch, wonach wir suchen, vorausgesetzt natürlich, dass meine Frage sinnvoll ist.«

»Eine völlig berechtigte Frage, Signor Canal. Nun die Untersuchung der Leiche, so wenig Informationen sie auch bietet, konnte trotzdem einige Vermutungen zulassen.«

Canaletto verstand nicht. »Ihr habt doch mit eigenen Augen gesehen, wie dieser Junge umgebracht wurde.«

Isaac drehte sich zu dem Maler um. »Ihr vergesst, dass ich gesehen habe, wie der Anführer der Schurken ihm mit dem Dolch in den Hals gestochen hat. Eben diesen Stich werde ich jetzt wahrscheinlich«, er zeigte mit der rechten Hand an die Stelle, »am leblosen Körper von Shimon Luzzatto wiederfinden. Seht hier, den tiefen Schnitt an der großen Halsvene, der sie durchtrennt, wodurch der Körper schnell ausblutet.«

Owen McSwiney trat näher und hörte dabei Isaac Liebermann aufmerksam zu.

Auch Antonio kam näher, behielt aber eine gewisse Distanz bei. Er war dem Tod noch nie so nah gewesen wie in diesem Augenblick, und während der jüdische Arzt keine Vorbehalte oder Bedenken zu haben schien, den Leichnam zu betrachten, zu untersuchen und sogar zu berühren, so galt das nicht für ihn, der stattdessen eine Art ungreifbare, doch sicherlich übernatürliche Präsenz spürte. Er konnte es nicht anders ausdrücken, aber er war sich fast sicher, dass die Seele des armen Shimon Luzzatto sie beobachtete. Und das beeindruckte ihn. Gewiss, das waren bloß die Fantasien eines Malers, der nichts über Medizin wusste, aber je länger er an diesem Ort blieb, umso überzeugter war er davon. Mit aller bedächtigen Demut desjenigen, der nichts über den menschlichen Körper wusste, traute er sich daher nicht, weiter auf die Leiche zuzugehen, auf die Isaac Liebermann seine ganze Aufmerksamkeit richtete.

»Es ist eindeutig, dass der Mörder genau wusste, wo er zustechen musste und wie fest und wie tief. Wenn er danach noch weiter zugestochen hat, dann um einen bestialischen Blutdurst zu befriedigen. Das sehen wir ohne jeden Zweifel an diesen beiden tiefen Wunden im Bauch«, fuhr der jüdische Arzt fort und zeigte nun auf zwei schreckliche, fast rhombusförmige Schnitte, »zwei Stichverletzungen, bei denen die dünne Klinge durch mehrere Schichten drang und sie aufriss. Nicht nur das, der Angreifer hat die Klinge mit der rechten Hand geführt, wie die Rotation belegt, seht diesen Einschnitt hier.«

»Aber Ihr habt doch gesagt, dass die erste Wunde, nämlich die am Hals, allein schon tödlich war«, bemerkte der Ire.

»Ganz genau, und das bestätige ich auch.«

»Aber«, hakte McSwiney nach, »welchen Sinn macht es, ihm noch zwei weitere schreckliche Wunden zuzufügen?«

»Wie ich sagte«, antwortete Isaac. »Er musste einen unerschöpflichen Blutdurst stillen. Wenn ich an den Augenblick zurückdenke, an dem ich gesehen habe, wie er den Armen …« Der Doktor hielt plötzlich inne.

»Was ist?«, wollte Antonio wissen, ihn überraschte dieses Zögern.

»Lasst mich genau hinsehen«, sagte der Arzt und beugte sich, von etwas angezogen, ohne weitere Erklärung vor.

Seine zwei Begleiter bei diesem makabren Abenteuer schwiegen und wechselten einen fragenden Blick, was wohl gerade geschehen war.

Dann entschloss sich McSwiney, das Wort zu ergreifen. »Was habt Ihr gesehen, Doktor?«

Isaac Liebermann schwieg erneut eine Weile. Dann

antwortete er auf diese Frage mit einer anderen: »Habt Ihr es bemerkt, Owen?«, fragte er.

»Was denn?«, erwiderte Antonio.

»Kommt her zu mir.«

Canaletto gehorchte.

»Seht Ihr es auch?«, fragte Isaac und deutete mit einer Kopfbewegung auf eine merkwürdige Stelle, die auf der linken Schulter rot leuchtete. Zunächst verstand Canaletto nicht, worum es ging, doch dann erkannte er eine Reihe von Schnitten, die sich zu einer Art Figur zusammenfügten.

»Anscheinend hat sich jemand die Mühe gemacht, mit einer dünnen Klinge ein Symbol in die Haut des jungen Luzzatto zu ritzen«, sagte Isaac Liebermann überzeugt.

»Ich verstehe nicht …«, meinte McSwiney, hielt dann inne.

Er war erstaunt, dann sprach er weiter. »Und doch …«, er senkte den Kopf, um besser zu sehen. »Und doch glaube ich, dieses Symbol schon einmal gesehen zu haben.«

»Es scheint der Kopf eines Monsters zu sein«, ergänzte Canaletto. »Aber wer sollte so etwas getan haben? Und was bedeutet es?«

»Ein Symbol? Eine Signatur?«, fragte Isaac. »Welchen Sinn diese Zeichnung auch hat, wer sie eingeschnitten hat, wollte etwas von sich auf der Haut des armen Shimon hinterlassen.«

»Die Symbole, die ich in dieser Nacht gesehen

habe …« McSwiney schien ganz weggetreten, seine Augen waren aufgerissen, und er versuchte sich zu erinnern. Woran? Antonio hätte gern eine Antwort, aber als er nachfragen wollte, brachte ihn der Ire zum Schweigen. »Ich denke nach«, erwiderte er barsch.

»Schaut genau hin«, sagte Isaac, »Ihr habt recht, Signor Canal, wenn man richtig hinsieht, dann scheint das mit der Klinge eingeschnittene Symbol, so stilisiert es auch ist, ein Kopf zu sein. Korrekt, aber wovon?«

»Es scheint der eines …«

»Löwen!«, rief McSwiney aus. »Zweifellos ein Löwenkopf! Seht Ihr?«, er deutete auf die blutigen Linien, die der Mörder mit der Klinge des Dolches oder eines Stiletts gezogen hatte. »Das Maul, die Augen, der Schädel. Jetzt erinnere ich mich. Ich habe dasselbe Symbol eines vermenschlichten Löwenkopfs wie diesen in dem Saal gesehen, in dem Olaf Teufel seinen Aufnahmeritus in die Loge zelebriert hat.«

Antonio gefror das Blut in den Adern. Vor ihm lag jetzt die Bestätigung, dass der Salon von Cornelia Zane und der Tod des jungen Juden miteinander verbunden waren. Sicher, das genügte noch nicht, aber er hatte das Gefühl, sich dem schwarzen Herzen dieser Geschichte zu nähern.

»Wovon sprecht Ihr?«, wollte Isaac ungläubig wissen.

»Davon, dass Ihr recht habt«, schaltete Canaletto sich ein. »Der Mann, der den armen Shimon Luzzatto

getötet hat, ist irgendwie mit einer Art Sekte verbunden, in die mein Freund McSwiney unfreiwillig
hineingestolpert ist.«

»Und was bedeutet dieses Symbol?«, fragte der jüdische Arzt.

»Ich habe keine Ahnung, aber genau das müssen
wir herausfinden«, schloss Antonio.

38

Entscheidungen

Sie hatten einen Wendepunkt erreicht, das war Antonio klar. Die Idee, den Leichnam zu untersuchen, war entscheidend gewesen. Der Beitrag von Isaac Liebermann hatte sich als absolut bedeutend herausgestellt. Und jetzt verstand er noch besser, was ihm Johann Matthias von der Schulenburg gesagt hatte: Er konnte nicht alle Teile der Ermittlung alleine aufdecken. Ganz abgesehen von der Tatsache, dass er gar nicht über die nötigen Kompetenzen verfügte. Und selbst wenn er lernen konnte, die Verdächtigen zu beschatten, wenn er Skizzen der mit den Ermittlungen verbundenen Orte anfertigen konnte, wenn er es Charlotte zu verdanken hatte, dass er mithilfe des von ihr zur Verfügung gestellten Fernrohrs ungesehen seine Verfolger ausspähen konnte, so hatte er keinen blassen Schimmer, wie man eine Leiche untersuchte, und wäre sich nie der tausend Geschichten, die ein toter Körper zu erzählen hatte, bewusst gewesen.

Was also an diesem Punkt tun? Details, sagte er sich. Er nahm einen Block und begann dieses Symbol so genau wie möglich zu zeichnen. Gleichzeitig fasste er die Situation zusammen, um festzulegen, wie es weitergehen sollte.

»Doktor Liebermann«, begann er, »Eure Hilfe ist außerordentlich gewesen. Derjenige, den wir suchen, könnte eine Bedrohung für die gesamte Serenissima Repubblica darstellen. Natürlich wissen wir noch nicht, ob der Mörder von Shimon Luzzatto auch der Mörder der beiden Mädchen ist. Und um ehrlich zu sein, können wir im Moment nicht mal ausschließen, dass es tatsächlich der jüdische Junge war. Wie ich bereits sagte, bin ich vom Gegenteil überzeugt, aber im Augenblick müssen wir alle Hypothesen als möglich annehmen. Jedenfalls denke ich, dass alles, was wir entdeckt haben, in eine konkrete Richtung weist.«

»Was meint Ihr?«, fragte McSwiney.

»Ich erkläre es Euch. Gehen wir davon aus, dass das Symbol, das Shimon Luzzatto blutig auf die Schulter geritzt wurde, der Kopf eines Löwenmenschen ist, also ein besonderer Kopf, auch wenn Ihr, Owen, glaubt, ihn bereits bei dieser geheimen Versammlung gesehen zu haben.«

»So ist es«, bestätigte der Ire.

»Gut«, fuhr Antonio fort. »Ich denke daher Folgendes: Wir müssen Joseph Smith treffen und ihn nach der Bedeutung dieses Symbols befragen. Er hat uns bereits einmal geholfen, und alles deutet darauf hin, dass er uns auch hierbei helfen kann.«

»Das erscheint mir eine großartige Idee«, sagte

McSwiney, »und ehrlich gesagt wollte ich das auch gerade vorschlagen.«

»Außerdem müssen wir herausfinden, wo die beiden ermordeten Mädchen beerdigt wurden, und einen Weg finden, sie zu untersuchen. Meine, vielleicht falsche, Vorstellung ist, wenn Shimon Luzzatto nicht der Mörder ist, wie wir alle glauben, dann hat der wahre Täter auf den Körpern seiner Opfer vielleicht auch dieses Zeichen hinterlassen.« Antonio konnte einen gewissen Missmut nicht verbergen.

»Was Ihr ausführt, klingt absolut logisch, Signori«, meinte McSwiney, »aber wir müssen wissen, wen wir fragen können, wo die armen Opfer beerdigt wurden.«

»Was das angeht«, bemerkte Isaac Liebermann, »kann ich Euch helfen. Wenn die beiden Mädchen nicht in einer Familienkapelle oder auf einem Kirchplatz begraben wurden, dann können sie nur an einem Ort sein.«

»Und welcher ist das?«, fragte Canaletto.

»Das Ossarium von Sant'Ariano.«

»Das kann ich überprüfen. Aber ich bin mir fast sicher, dass Ihr recht habt, Doktor«, erwiderte Antonio.

»Dann müsst Ihr Euch nach Sant'Ariano begeben. Mich würde niemand einen christlichen Friedhof betreten lassen, und selbst wenn, würde ich sofort Misstrauen wecken. Doch wenn das, was Ihr sagt, wahr ist, Signor Canal, dann dürfte es nicht allzu schwierig sein festzustellen, ob sich das Zeichen auf den Körpern der armen Mädchen befindet oder nicht. Auch weil Ihr jetzt wisst, wonach Ihr suchen müsst. Aber es muss bald geschehen, denn eines der ersten Anzeichen von Verwesung ist das Zerfallen der Haut. Abgesehen davon ist das Ossarium eine Art Höllenloch, es könnten daher bereits Insekten und Würmer an der Arbeit sein, verzeiht meine brutale Offenheit.«

»Verstanden«, entgegnete Antonio. »Ich denke, wir wissen, wie wir vorgehen müssen. Ich werde überprüfen, ob sie in Sant'Ariano sind, und mir eine Genehmigung holen.«

»Nicht doch!« McSwiney unterbrach ihn. »Sollte Euch jemand wiedererkennen, wärt Ihr sofort entdeckt. Besorgt Euch eine Genehmigung, und damit kümmere ich mich um die Leichname. Abgesehen davon gibt es keinen Mund, den man nicht mit ein paar Münzen zum Schweigen bringt.«

»Gut«, antwortete Canaletto. »Dann ist es entschieden. Sofort danach wenden wir uns an Smith, um etwas über das Symbol zu erfahren.«

»Ganz genau«, bestätigte McSwiney.

»Und was soll ich machen?«, fragte Isaac. »Mir scheint es klar, dass ich jetzt kein Fremder mehr bin, was Eure Ermittlungen angeht. Wenn ich Euch noch helfen kann, so sollt Ihr wissen, dass Ihr auf mich zählen könnt.«

»Das ist sehr großzügig von Euch«, sagte Canaletto. »Und ich sage Euch, dass wir Euch so bald wie möglich über Neuigkeiten informieren. Auch weil es offensichtlich ist, dass, wenn wir die mögliche Schuld einer anderen Person beweisen könnten, dies die beste Antwort auf die Verleumdungen wäre, die schon zu lange gegen Euch gerichtet werden. Arbeiten wir alle zusammen, um die Wahrheit herauszufinden, was auch immer sie sei.«

»Damit ist es also beschlossen«, sagte Isaac Liebermann.

»Und jetzt?«, fragte McSwiney und deutete mit dem Kopf in Richtung des Saals, in dem die Autopsie stattgefunden hatte.

»Sorgt Euch nicht um die Leiche des armen Shimon Luzzatto«, sagte der Arzt. »Ich werde mich darum kümmern, ihn würdevoll ins Grab zu bringen. Es ist noch Zeit bis zum Morgengrauen, und ich habe Hilfe. Außerdem hat niemand etwas gegen meine Anwesenheit auf dem jüdischen Friedhof.«

»Einverstanden«, sagte Antonio. »Dann kehren wir nach Venedig zurück, um zu überprüfen, ob die beiden Mordopfer in Sant'Ariano beerdigt wurden. Vielen Dank für Eure Untersuchung des Leichnams, Doktor, wir sehen uns bald wieder.«

Damit verabschiedete sich Canaletto mit einem Nicken von Isaac Liebermann, sein Freund McSwiney tat es ihm gleich.

Einen Augenblick später verließen beide den Hof und gingen auf der Straße zur Kutsche, um zum Boot in Malamocco zu gelangen.

39
Rechtfertigungen

❦

Die Leichname der Mädchen wurden beerdigt, ohne dass die Eltern sie noch einmal gesehen hätten. Dies geschah einmal, um ihnen den schmerzhaften Anblick zu ersparen, und dann, weil das Gericht der Serenissima wollte, dass möglichst wenig von dieser Geschichte publik würde, was Ihr sicher versteht. Wir haben die Staatsräson als zwingenden Grund angeführt.« Der Doge hatte keinerlei Bedenken, offen darüber zu sprechen, so viel war sicher.

»Ich verstehe«, bemerkte Canaletto, »doch auch wenn ich die von Euch genannten Gründe nachvollziehen kann, so bleibt mir doch ein merkwürdiges Gefühl, eine Unvollständigkeit, die ich mir nicht erklären kann.«

»Mein lieber Signor Canal«, sagte der Doge, »es ging nicht anders. Auch ich bin nicht glücklich darüber, aber es ist nicht zu leugnen, dass der Schuldige gefunden wurde, und genauso unleugbar ist es, dass diese Mädchen so zugerichtet worden waren, dass Eltern den Anblick nie ertragen hätten. Ich persönlich habe mit Marco Foscarini und Alvise Barbaro sprechen müssen und hätte ihnen niemals sagen wollen, dass sie sich mit einem Ehrengrab zufriedengeben müssen, und doch ist es so geschehen. Es ist so passiert, um allen weitere Schmerzen zu ersparen.« Der Doge seufzte. »Habe ich ihnen auch den Trost des letzten Abschieds verweigert? Das ist möglich, aber wir mussten sie und die Gesellschaft vor dem letzten Anblick dieser Leichname schützen. Bereits der Blick ins Gesicht hatte sie erschlagen. Stellt Euch nur vor, was geschehen wäre, hätten sie auch die Körper gesehen. Überlegt Euch, welche Gefühle im Herzen eines Vaters entzündet würden, wenn sich ihm ein solcher Anblick einprägt.«

»Das ist wahr«, stimmte Antonio zu, »dieses arme Mädchen wurde niedergemetzelt. Man hat ihr die Brust geöffnet ...«, er verstummte. »Ich verstehe«, sagte er nach einer scheinbar endlosen Stille.

»Wir haben sie auf dem Friedhof von Sant'Ariano beerdigt«, sagte der Doge dann, ohne dass Canaletto ihn gefragt hätte.

»Im Ossarium?«

»Ja. An der Mauer, an einem Ort, der abgelegen genug ist, um wenigstens einen Funken menschlichen Respekts für die Töchter zweier der bekanntesten Patrizierfamilien zu garantieren. Abgesehen von den Beinhäusern gibt es einen Ort, den wir für die Leichen solcher Unglücke reserviert haben.«

»Warum erzählt Ihr mir das?«

»Weil ich Euch inzwischen kenne, Signor Canal, und weil ich in Euch eine Seele erweckt habe, die wahrscheinlich Euch selbst unbekannt war.«

»Damit habt Ihr recht«, gab Antonio zu.

»Und ich weiß nicht mehr, ob ich Euch ermutigen soll, bestimmten Gefühlen weiter zu folgen.«

»Tatsächlich?«

»Mir scheint es, als sei Eure Ermittlung an einem toten Punkt angekommen. Und doch wollt Ihr sie nicht aufgeben. Ich kenne den Grund dafür nicht und habe auch nicht vor, Euch davon abzubringen. Aber akzeptiert einen Rat. Ihr seid der außergewöhnlichste Maler in Venedig: Kehrt wieder zu dem zurück, was Euch besser gelingt.«

Antonio schüttelte den Kopf. Ein Teil von ihm erkannte klar, dass der Doge recht hatte, doch ein anderer Teil konnte einfach nicht aufgeben und sich auch nicht mit dieser Gerechtigkeit zufriedengeben, die gerade im Licht von Liebermanns Entdeckung so willkürlich wirkte. Gleichzeitig war er sich allerdings nicht sicher, ob es richtig wäre, Alvise Mocenigo von dieser Entdeckung zu berichten. Im Moment hatte er nicht mehr als eine blutige Figur, die mit einer Klinge in die Haut des mutmaßlichen Mörders geritzt worden war. Und dieses Bild war ihm auch noch vollkommen rätselhaft. Vielleicht war es besser, im Moment aufzugeben und zu Alvise Sebastiano Mocenigo zurückzukommen, wenn es handfeste Beweise gab. Dies galt umso mehr, als er gar nicht nachhaken musste, um zu erfahren, was er wissen musste. Die Leichname der beiden Frauen befanden sich auf dem Friedhof beim Ossarium von Sant'Ariano. McSwiney würde entdecken, was es zu entdecken gab. In der Zwischenzeit wäre es am besten, wenn er sich dem Willen des Dogen unterwarf, um ihn immer auf seiner Seite zu haben.

»Ihr habt recht«, antwortete er. »Ich habe viel Arbeit.«

»Das glaube ich.«

»Verzeiht mir, wenn …«, aber er wusste nicht, wie enden.

»Nein, Signor Canal, Ihr müsst Euch für nichts entschuldigen. Wie gesagt, diesen Hunger nach Wahrheit, der Euch auffrisst, kenne ich ebenso. Bis vor Kurzem habt Ihr Euch noch um ganz anderes gekümmert. Und auch wenn aus Euch kein Spion geworden ist, so verfügt Ihr ganz sicher über alles, um ein herausragender Signore di Notte al Criminal zu werden. Zweifellos besser als diejenigen, die aktuell diese Rolle einnehmen«, und bei diesen Worten zeigte der Doge Missmut. »Und doch würde ich Venedig niemals die unverzeihliche Sünde antun, ihr denjenigen zu nehmen, der sie bis in ihre Seele auf Bildern, wie sie noch nie zu sehen waren, abzubilden vermag.«

»Eure Durchlaucht, ich danke Euch.«

»Nein, Signor Canal, ich danke Euch. Und eben deswegen stehe ich Euch zur Verfügung, egal, worum es geht, auch für Euren wöchentlichen Bericht, den wir uns versprochen hatten. Auch weil es mir scheint, als verberge der Salon von Cornelia Zane, der von dem Mann frequentiert wird, der all das ausgelöst hat, etwas Schmutziges, wie Ihr berichtet habt.«

»Was das angeht, mio Signore, habe ich nichts Neues zu berichten. Aber wenn, dann werde ich es natürlich sofort weitergeben.«

»Dessen bin ich mir sicher«, meinte der Doge. »Also gut, wenn es sonst nichts mehr gibt, dann wünsche ich Euch einen schönen Tag, Signor Canal, und erwarte Euch, wann Ihr wollt.«

»Eine letzte Sache noch, mio Signore«, sagte der Maler nonchalant.

Der Doge hob eine Augenbraue. »Sprecht.«

»Ich habe mich gefragt, ob Ihr mir in Anbetracht der Schwierigkeiten, mit denen ich auf meinen Streifzügen konfrontiert bin, einen Passierschein ausstellen könnt, der mich vor weiteren Nachforschungen schützt, mit denen ich mit Sicherheit rechnen muss. Ich weiß sehr wohl, dass Ihr Euch nicht kompromittieren wollt, aber gerade deshalb möchte ich Euch um ein einfaches Papier bitten, das dem Inhaber einen Freibrief ausstellt.«

»Ah!«

»Ich wiederhole, nichts, was meinen Namen trägt.«

Der Doge dachte nach. »Ich glaube, ich verstehe«, sagte er dann. Dann setzte er sich an den Schreibtisch, nahm eine Gänsefeder und begann zu schreiben. Es dauerte wenige Augenblicke, schließlich setzte er eine Unterschrift darunter und las, was er gerade geschrieben hatte. »Auf meinen Befehl und zum Wohl der Serenissima Repubblica ist der Träger dieses Briefes autorisiert zu tun, was er für richtig hält. Unterzeichnet: Alvise Sebastiano Mocenigo, CXII. Doge von Venedig.« Er hob den Blick und sah zu Canaletto. »Das müsste Euch genügen«, meinte er schließlich.

»So sei es.«

Der Doge drückte sein Siegel darauf, reichte Antonio den Passierschein, der verbeugte sich.

Von seiner Durchlaucht verabschiedet, begab sich Canaletto zum Ausgang. Er hatte das Gefühl, dass dieses Gespräch viel besser verlaufen war als erwartet. Jetzt könnte er McSwiney anweisen, nach Sant'Ariano zu gehen, während er Joseph Smith aufsuchen könnte, um das Rätsel der blutigen Figur auf der Schulter des armen Shimon Luzzatto zu lösen.

Jemand hatte ihn verfolgt und verfolgte ihn vielleicht immer noch, jemand kannte seine Schritte so genau, dass er an den Orten, an denen er sich aufhielt, Mitglieder von zwei der mächtigsten Familien Venedigs ermordet hatte, und eine Gruppe von Schurken hatte den Tod ins Ghetto gebracht: Dass all das nicht miteinander in Verbindung stand, war undenkbar.

Während er von einer Palastwache durch die Korridore geführt wurde, dachte er daran, wie er zum ersten Mal hierhergekommen war. Seitdem war nicht mal ein Monat vergangen, doch sein Leben hatte sich radikal verändert.

Seit alles angefangen hatte, hatte ihn dieses Gefühl der Unterdrückung und dunklen Bedrohung nicht mehr verlassen, ja es war sogar zu einem Teil von ihm geworden, und zwar so sehr, dass es ihn an Tagen aufzehrte, die aufeinanderfolgten wie die eines Geisterjägers, wenn es denn je einen solchen Beruf gegeben hat.

Dabei war er doch bloß ein Maler.

40

Der Friedhof von Venedig

Wenn man darüber nachdachte, war es offensichtlich. Wo hätten zwei Leichname, die nicht gefunden werden sollten, denn sonst hingebracht werden sollen? Wenn man sie nicht ins Wasser werfen wollte, konnte man sie auch auf dem größten Friedhof der Serenissima beerdigen. Das hatten sie von Anfang an vermutet, aber die Bestätigung des Dogen war trotzdem entscheidend. Umso mehr, da Canaletto einen Freibrief erhalten hatte, mit dem McSwiney sich für absolut alles gerüstet sah, auch dafür, nach Sant'Ariano zu gehen und Gräber zu öffnen, wenn er das wollte.

Und ohne weitere Zeit zu verlieren, machte er sich genau dazu auf den Weg.

Er war noch nie in Sant'Ariano gewesen, aber als die Insel in Sichtweite auftauchte, hätte er die Matrosen gern aufgefordert umzukehren. Sein Temperament brachte ihn oft dazu, sich Hals über Kopf in ein Abenteuer zu stürzen, ohne aufmerksam die Folgen zu durchdenken. So war es auch im Fall des Sektentreffens gewesen, der er jetzt gegen seinen Willen angehörte, und dasselbe ließe sich auch über diesen Ausflug zum Ossarium sagen. Andererseits hatte er keine Sekunde gezögert, zwei ihm bekannte Matrosen für eine Nachtfahrt zu engagieren, kaum dass Canaletto ihm den Ort der Gräber genannt hatte.

Er stand am Bug des Bootes, das langsam durch den Nebel über der Wasseroberfläche glitt, der in klaren Wirbeln aus fantastischen Schwaden aufstieg. Sie hatten gerade Torcello hinter sich gelassen, und jetzt tauchte nach und nach die unregelmäßige Küste der kleinen Insel auf. Sie waren inzwischen schon sehr nah, da erschien Sant'Ariano. Als hätte der Nebel, der sich plötzlich lichtete, sie enthüllt, als höbe sich ein Vorhang, hinter dem die Schauspieler bereits auf der Bühne standen.

Wegen des Nebels und der Dunkelheit konnte McSwiney trotz der Laterne in seiner Hand die Insel kaum ausmachen. Doch bald erkannte er, dass die Mole mit buttergelben Lichtern beleuchtet war. Und dank des Geschicks von Bono und Rustico legte das Boot wie durch Zauberhand sanft an. Diese beiden waren wirklich Gold wert, dachte McSwiney. Vielleicht war die Tatsache, dass sie die Namen der beiden Kaufleute trugen, die den Leichnam des heiligen Markus vom ägyptischen Alexandria hergebracht hatten, kein Zufall, sondern ein Zeichen des Schicksals. Egal wie, als er den Fuß auf die Bohlen des Anlegers setzte, seufzte der Ire erleichtert auf. Aber das währte nur einen Augenblick, denn ihm wurde sofort bewusst, wie makaber diese Mole war. An ihren Seiten standen nebeneinander schwarze Kreuze, die man im Grund der Lagune befestigt haben musste. An einigen hingen die Laternen, die Owen vom Boot aus gesehen hatte.

McSwiney wusste nicht, wer sich die Mühe gemacht hatte, den Anleger so zu dekorieren, aber der Effekt war, dass ihm das Blut in den Adern gefror. Er hatte das Gefühl, vor den Toren der Hölle zu stehen. Als er ein paar Schritte auf der Mole machte, spürte er die rutschigen und verräterischen Bohlen unter seinen Füßen. Er nahm seinen Mut zusammen und wartete, bis das Boot vertäut war. Dann betrat er zusammen mit den zwei Matrosen die Insel.

Als er an diesen hohen Kreuzen vorbei die Brücke hinaufging, überlief ihn erneut ein Schauer. Es schien ihm, als beträte er ein Piratennest, und er dankte seinem Schicksal, als er endlich wieder festen Boden unter sich hatte und der Nebel sich wenigstens hier lichtete. Als er weiterging, bemerkte McSwiney eine fast zehn Fuß hohe Mauer vor sich. Nicht weit von der Mole entfernt unterbrach eine Kapelle diese steinerne Barriere.

»Hier entlang«, wies Bono ihn an, er ging voran und auf den Eingang der Kapelle zu. Dort klopfte er mit dem eisernen Ring an und wartete.

Es verging eine Ewigkeit, wie dem Iren schien. Plötzlich spürte er, wie sich ein Wind erhob und leise pfiff, scharf wie ein Rasiermesser. Er klappte den Kragen seines Umhangs hoch, und genau in diesem

Augenblick öffnete sich die Tür mit einem tödlichen Quietschen.

Es erschien ein großer Mann mit schmutzigem Dreispitz, dichten, langen weißen Haaren, wie eine silberne Strähne, die vom Spinnrad einer Meerhexe aufgerollt wurde. Sein Gesicht war mager mit einem großen Kinn und einer Binde über einem Auge. Die Wangen hatten tiefe Narben, als hätte man einen Dolch von einem Mundwinkel zum anderen gezogen. Er trug Lumpen oder kaum Besseres, nämlich ein Priestergewand, das aus dem letzten Jahrhundert zu stammen schien. Der Effekt war gleichzeitig lächerlich und tragisch. Als hätte der Tod hier einen seiner schlechtesten Scherze gemacht.

»Unocchio!«, sagte Rustico, der ihn zu kennen schien. Der Totengräber nickte lächelnd und zeigte dabei ein kaputtes Gebiss, das McSwiney vor Abscheu aufstöhnen ließ. Mit einer Geste der bleichen, knochigen Hand forderte er sie auf, ihm zu folgen. Während sie durch den Bogen des Eingangs gingen, näherte Bono sich dem Iren. »Er ist stumm«, sagte er.

»Endlich eine gute Nachricht«, bemerkte McSwiney.

»Aber er hört und sieht uns sehr gut«, antwortete der Matrose.

»Umso besser, er wird uns eine Hilfe sein.«

In der Kapelle führte Unocchio sie zum Ausgang. Das Innere war kahl und einfach, bloß ein kleiner Altar und einige Bänke zum Beten. Bei jedem Schritt schlug dem Totengräber ein großer Schlüsselring, der an seinem Gürtel hing, an den Oberschenkel, und dessen düsteres Klingeln schien bei diesem merkwürdigen, nächtlichen Marsch den Takt anzugeben. Unocchio schloss hinter sich die Tür und brachte sie ins Ossarium.

McSwiney war sprachlos. Vor sich sah er, aufgestapelt wie Feuerholz, menschliche Knochen. Schienbeine, Oberschenkelknochen, Oberarmknochen, Ellen, Tausende aufeinandergeschichtet bildeten eine Art weiße Mauer von mindesten fünf Fuß Höhe. Unocchio lächelte den Iren an und zeigte dabei seine schrecklichen kariösen Zähne.

»Wir suchen die Leichname von zwei ermordeten Frauen. Sie wurden erst vor Kurzem hierhergebracht«, erklärte McSwiney und riss sich zusammen.

Der Totengräber sah ihn mit seinem seltsamen Blick an, sein Gesichtsausdruck war undefinierbar, halb ein höhnisches Grinsen und halb ein kindliches Lächeln.

»Hast du mich verstanden?«, fragte der Ire. »Ist noch jemand bei dir?«

Unocchio schüttelte den Kopf.

»Er allein kümmert sich um das Ossarium«, bestätigte Rustico. »Einmal pro Woche bringt man ihm Essen, aber alles andere macht er allein. Das hier ist sein Reich.«

»Verstehe«, antwortete McSwiney. Um alles zu vereinfachen, zog er den Freibrief des Dogen hervor.

Als er ihn sah, riss der Friedhofswächter sein einziges Auge auf und nickte überzeugt. Daraufhin marschierte er zwischen den Türmen und Mauern aus Knochen los.

Als sie im Licht der Fackeln voranschritten, sah der Ire Schädelpyramiden. Die Totenköpfe schienen ihn aus den leeren Augenhöhlen anzusehen, als störe er die Stille eines schwarzen und verbotenen Königreichs.

So gingen sie weiter, während die Flammen ihren Weg gerade so erhellten. McSwiney hatte den Eindruck, dass die Ausmaße dieses Ossariums enorm waren, als würde es die gesamte Insel einnehmen und die selbst aus dem Staub der Knochen der Toten bestehen.

Wie dem auch sei, zwischen Schädelpyramiden und Knochenmauern führte Unocchio sie bis zu einem Stück freier Erde, begrenzt von Feuern in einigen Kohlenbecken, wo sich schwarze Kreuze aufreihten. Hier blieb er endlich stehen. Er brachte sie bis vor zwei frische Gräber und deutete darauf.

Dort also lagen die ermordeten Frauen.

Die Matrosen ließen sich nicht bitten und zündeten mitgebrachte Teerfackeln an. Blutrote Flammen erleuchteten die tiefe Nacht. Ohne zu zögern, steckten Bono und Rustico sie in die vier Ecken der beiden Gräber, um die Stelle, an der sie graben mussten, am besten zu beleuchten.

Dann schnappten sie sich die Schaufeln und machten sich an die Arbeit. Und McSwiney, der keinerlei

Vorurteile oder adelige Vorbehalte hatte, sondern begriff, dass es schnell gehen musste, um so kurz wie möglich an diesem Ort zu bleiben, tat es ihnen nach. Und mit drei Schaufeln kamen sie schneller voran als gedacht. Die Erde war noch feucht und frisch, sodass es nicht schwierig war, bis zu dem Punkt zu gelangen, an dem die Schaufel des Iren auf etwas Hartes stieß. Er und Rustico gruben entlang des Sargs weiter, während Bono sich am anderen Grab zu schaffen machte.

Als der erste Kasten so weit heraus war, dass die Erde ihn nicht mehr blockierte, sprang Rustico ins inzwischen recht breite Grab. Er stützte sich auf seine Beine, lehnte sich mit der Schulter an den Sarg und schaffte es so, ihn aus der Grabstätte zu schieben. Er tat das so vehement, dass der Deckel abrutschte, dabei wurde schlagartig ein fauliger Geruch freigesetzt.

Der Gestank war unerträglich, und McSwiney zog Handschuhe an und nahm aus einer Rocktasche eines dieser kampfergetränkten Tücher, die Isaac Liebermann ihm vor ein paar Tagen gegeben hatte. So schaffte es der Ire, sich dem Leichnam zu nähern, während Rustico sich wieder an die Arbeit machte und Bono half. Jemand hatte sich die Mühe gemacht, sie in ein weißes Leintuch zu hüllen. Mit der freien Hand nestelte er herum, drückte mit der anderen das Tuch auf die Nase und zog einen Teil des Leichentuchs beiseite.

Schon bald lag die Leiche im Schrecken des Todes vor ihm. Doch der Ire suchte einen bestimmten Punkt, er wusste, dass das Symbol mit ein bisschen Glück auf der Schulter des armen Mädchens eingeritzt wäre. Er ignorierte das inzwischen bläuliche Gesicht, das ihn tief aus dem Sarg ansah, und betrachtete die weiße Schulter.

Während er das Tuch wegnahm und die Schulter freilegte, wurde eine Wolke plötzlich vom Wind weggeblasen, und ein milchiger Strahl des Mondlichts erleuchtete wie auf übernatürlichen Willen die Szene. Das Licht der Fackeln erledigte den Rest, und McSwiney sah hin.

Auf der Schulter dieses armen Mädchens war der blutige Kopf einer Kreatur geritzt, die halb Mensch, halb Löwe war.

41

Das Blut

Als er sie mit der Hand voller Ringe schlug, spürte Colombina, wie das Blut ihren Mund füllte. Ihr Kopf wurde nach hinten gerissen, und ein pochender Schmerz breitete sich unten am Nacken aus.

Während ein rotes Rinnsal aus ihrer bereits anschwellenden Lippe trat, flossen Tränen über ihre Wangen. Sie wollte Teufel diese Befriedigung nicht geben, aber konnte sie nicht zurückhalten. Es war stärker als sie.

Er sah es und empfand großes Vergnügen. Er lächelte, zog aus ihrem Schmerz eine wilde Lust. »Antworte! Hast du gesehen, wo sie ist? Vermutet sie etwas? Antworte!«

Colombina stützte sich mit der Hand an der Wand ab, als fiele sie gleich. Neben ihr, nicht weit entfernt, schwieg Il Moro. Er hatte Angst vor Teufel, das wusste sie. Und das, seit er ihm zum ersten Mal begegnet war. Jetzt würde er keinen Finger heben, um sie zu verteidigen. Sie musste allein herauskommen, sonst erschlüge dieser Dämon sie.

»Ich weiß es nicht.«

Noch eine Ohrfeige, stärker als die erste, er traf ihre Wange, und dieses Mal sank Colombina, fast ohne es zu bemerken, auf die Knie. Sie wusste nicht, wie es geschah, aber ihr Gesicht brannte. Ihre Lippen taten weh, als hätte jemand ein glühendes Blech darauf gedrückt.

»Wie lange sollen wir noch so weitermachen, du kleine Schlampe? Siehst du das? Dein Kavalier hier«, sagte er und deutete auf Il Moro, »wird keinen Finger rühren, um dich zu retten, und weißt du, wieso? Weil ich ihn töten werde, sollte er es versuchen, genau wie ich dich töten werden, wenn du dich weiter weigerst zu sprechen! Ich wiederhole die Frage ein letztes Mal: Wo versteckt sich Charlotte von der Schulenburg?«

Colombina stand mühsam auf. Sie betrachtete Il Moro. Sie würde ihn nicht bitten, sie zu verteidigen, sie begriff, dass er genauso verängstigt war wie sie. Aber sie konnte ihm nicht verzeihen. Sie merkte, wie ihre Gefühle für ihn stetig weniger wurden. Wieso setzte er sich nicht für sie ein? Weil er Angst hatte, sicher, aber er hätte sich auflehnen können. Stattdessen schwieg er und starrte sie mit aufgerissenen Augen an.

Sie spürte, wie Teufels Finger ihr Gesicht umfassten und ihren Kiefer wie in einem Schraubstock zermalmten. »Sprich!«, brüllte er erneut.

Sie versuchte es, doch brachte nur einen erstickten Schrei heraus, der nichts Menschliches hatte. Er ließ sie los, und sie musste husten.

Dann erzählte sie unter Schluchzen, was sie wusste:
»Sie hat einen Ofen.«

»Was?«

»Sie ist Glasbläserin.«

»Und woher weißt du das?«

»Ich weiß es.«

»Warst du dort?«

Colombina zögerte.

Eine weitere Ohrfeige traf ihr Gesicht, Blut spritzte. Die junge Frau legte eine Hand an den Mund, durch die Gewalt verlor sie das Gleichgewicht und wurde an die Wand geschleudert.

»Warst du dort?«, brüllte Teufel noch einmal.

»Ja.«

»Und wie hast du sie entdeckt?«

»Durch eine Moeca, Zanetta.«

»Eine ... Ach so, eine dumme Waise, die denselben Namen trägt wie du.« Teufel spuckte auf den Boden. »Du ekelst mich an. Du hältst dich für wertvoller als mich, stimmt's? Hältst dich für ein unglückliches Mädchen ohne Eltern, das von einer ehrlichen Arbeit leben will, und andere Dummheiten, oder etwa nicht?«

»Ich ...«

»Es war auch eine deiner billigen Freundinnen, die dir gesagt hat, dass diese Frau einen Glasofen hat. In Murano?«

Colombina nickte.

»Bist du sicher?«

»Ja. Ich habe doch gesagt, dass ich dort war«, murmelte sie leise und versuchte, das Blut von ihrem Mund zu wischen.

»Und war es so schwer, das auszuspucken?«

Colombina antwortete nicht.

»Dann sehen wir mal«, erwiderte er, »Moro!«

Der Junge näherte sich misstrauisch, als hätte er Angst, dasselbe zu erleiden wie das Mädchen. »Mio Signore?«, fragte er unterwürfig.

»Also, jetzt bedeutest du ihr nichts mehr«, er zeigte mit einer Kopfbewegung in Richtung Colombina, »denn nachdem du mir erlaubt hast, das mit ihr zu tun, wird sie dich hassen, und das aus gutem Grund, nun …« Einen Augenblick hielt Teufel inne. »Ich möchte, dass du ein paar deiner Waisen und Moeche zusammentrommelst und mir hilfst, mich um diese Frau zu kümmern. Wir könnten sie überraschen und uns mit ihr amüsieren, meinst du nicht?«

Il Moro wagte nicht zu antworten, er nickte stumm.

Teufel brach in lautes Lachen aus. »Das verstehe ich als ein Ja«, sagte er, ohne mit dem Lachen aufzuhören, »aber keine Sorge, meine Vorstellung ist es, sie an einen sicheren Ort zu bringen.«

»Nein!«, rief Colombina. »Lasst sie in Ruhe.«

Der Mann sah sie erstaunt an, als glaubte er seinen Ohren nicht. »Beim Barte Satans«, sagte er, »ich muss zugeben, dass dieses Mädchen mehr Schneid hat als du, Moro. Nicht dass es dafür viel brauchte! Aber sie hat Charakter, das muss ich ihr lassen. Und egal, ob du das willst oder nicht, es geschieht sowieso.«

Colombina hätte ihm die Worte gerne zurückgeschleudert, aber dazu war sie nicht fähig. Sie hatte nicht die Kraft dazu. Deswegen hasste sie Il Moro. So hatte Teufel wenigstens bei einer Sache recht. Dieser Junge war ein Feigling. Hätte er sich nicht vor Angst in die Hose gemacht, sondern sich bemüht, um sich etwas einfallen zu lassen, dann hätten sie zusammen diesem Mann vielleicht Schwierigkeiten bereiten können. Oder hätten es wenigstens versucht.

Sie stand auf.

Sie hatte das Gefühl, aus einer weit entfernten Welt zurückzukommen. Ihr Gesicht pochte, und ihre Lippen schienen doppelt so groß wie üblich zu sein. Sie schluckte Blut, und es fühlte sich merkwürdig an, als wäre es nicht flüssig, sondern schwer und dicht wie geschmolzenes Eisen von einem unsichtbaren Feuer. Sie betrachtete den Mann, der sie so zugerichtet hatte.

Und einen Augenblick lang bemerkte sie ein seltsames Leuchten in seinen Augen, das ihn verriet. Als müsse er schlussendlich zugeben, dass er ihren Widerstand bewunderte.

42

Symbol

Sie waren zu Joseph Smith zurückgekehrt, um An-
haltspunkte für dieses Rätsel zu finden. Antonio
vertraute diesem Mann instinktiv.

Vor allem weil er, wie McSwiney sagte, über ein en-
zyklopädisches Wissen verfügte, sodass er sie höchstwahrscheinlich in die richtige Richtung lenken konnte,
wenn nicht sogar den Schlüssel zu diesem Geheimnis
liefern.

Smith empfing sie mit der üblichen Höflichkeit.
Dieses Mal jedoch nicht in seiner Wunderkammer,
sondern in der Bibliothek, denn wie McSwiney ihm
bereits gesagt hatte, glaubte er, nur in Büchern eine
Lösung finden zu können.

Der Raum war groß und prächtig eingerichtet: ein
herrschaftlicher Kamin aus weißem Carrara-Marmor,
reizvolle mit karmesinrotem Samt gepolsterte Sessel,
die Dekorationen opulent und raffinierte, geflammte
Nussbaum- und Bruyèreholz-Schreibtische mit samti-
gen Linien und exquisiten Intarsien aus exotischem
Rosenholz. Und dann all die Regale und ihre prachtvollen Verzierungen! Sie bedeckten die Wände des

großen Saals, reichten bis zur Decke und beherbergten Bücher aller Formen und Größen.

Joseph Smith sah in seinem raffiniert geschnittenen Gehrock mit den eleganten Manschetten, den Seidenstrümpfen, dem exquisit bestickten Hemd und der weißen Perücke tadellos aus. Er war immer freundlich und zuvorkommend, darüber hinaus machte ihn seine einfache und direkte Art zu einem äußerst angenehmen Mann, mit dem sich gut reden und zu einer Übereinstimmung kommen ließ. Das jedenfalls dachte Canaletto, als er ihn zum zweiten Mal sah. Er selbst war übrigens nicht viel anders. Ganz sicher war er kein Mann endloser Begrüßungen und Vorreden.

Und tatsächlich kam der Engländer auch an diesem Tag sofort auf den Punkt. »Meine Herren, ich freue mich über Euren Besuch. Ich habe über das, was Owen McSwiney in seiner Nachricht von gestern skizziert hat, nachgedacht. Nun frage ich mich: Könnt Ihr mir dieses Symbol, über das Ihr von mir mehr erfahren wollt, näher beschreiben? Darum handelt es sich, oder irre ich mich?«

»Ihr irrt Euch nicht!«, erwiderte Antonio. »Da ich wusste, dass Ihr sofort darauf zu sprechen kommen würdet, habe ich ein Bild gezeichnet von dem, was Signor McSwiney Euch bereits erläutert hat.« Ohne weitere Worte legte Canaletto ein Blatt auf einen der Schreibtische in der Bibliothek: Darauf befand sich die Zeichnung des merkwürdigen Symbols, das er und sein Freund auf den Schultern der Opfer eingeritzt gesehen hatten und das McSwiney auch auf den Wänden des Saals erblickt hatte, in dem Olaf Teufel die Aufnahmezeremonie der Freimaurerloge gefeiert hatte.

»Interessant«, bemerkte Smith, »und ich denke, ich kann Euch bereits sagen, worum es sich handelt, jedenfalls ganz allgemein.«

»Tatsächlich?«, fragte Canaletto ehrlich erstaunt.

»Seht, Signor Canal, ich weiß nicht, in welches Abenteuer sich Signor McSwiney gestürzt hat, und will es auch gar nicht wissen, aber ich vermute, dass es etwas mit dem zu tun hat, über das wir bei unserem letzten Treffen gesprochen haben. Ich habe verstanden, dass Ihr ihm helfen wollt und dass Ihr auf irgendeiner Ebene vielleicht ebenfalls darin verwickelt seid, daher frage ich Euch nicht mehr, aber ich kann auch sicher sagen, dass dieses Bild nichts Gutes verheißt. Ich glaube, dass es tatsächlich für eine ägyptische Gottheit steht. Kaum zu glauben, aber die werden wirklich von manchen Freimaurerlogen, über die wir ja gesprochen haben, als Symbol gewählt.«

»Ägyptische Götter?«, fragte McSwiney verblüfft.

»Ganz genau, mein Freund! Aber lasst uns präziser sein. Unter meinen Büchern befindet sich auch ein Text über das alte Ägypten. Vielleicht finden wir auf dessen Seiten die gesuchte Antwort. Ich schaue nach.« Damit ging Joseph Smith zu einem Regal seiner gut ausgestatteten Bibliothek. Er stieg auf eine Holzleiter und kletterte bis zum letzten Brett. Dort oben betrachtete er aufmerksam einen Buchrücken nach dem anderen, bis er einen ledergebundenen Band herauszog und wieder hinabstieg.

Dann legte er das Buch auf einen Schreibtisch und schlug es auf. Er blätterte durch die Seiten und achtete darauf, dass auch seine Gäste den Inhalt sahen.

»Wer ist der Autor?«, fragte Canaletto, der seine Neugier nicht zügeln konnte.

»Gute Frage!«, rief Smith aus. »Leider kann ich sie nicht beantworten. Sicher ist, dass es ein venezianischer Kaufmann-Abenteurer war, der in der Mitte des siebzehnten Jahrhunderts in der Folge früherer Reisen anderer Händler aus der Serenissima Ägypten besucht und über seine Erlebnisse einen langen Bericht geschrieben hat. Nach seiner Rückkehr wurde dieses Reisetagebuch ein paarmal in Venedig gedruckt. Bei meinen Wanderungen durch die Palazzi und Häuser meiner vielen Freunde habe ich eines ergattern können.«

»Großartig«, merkte Canaletto an.

»Richtig. Wie Ihr seht, war dieser unbekannte Abenteurer ein Mann von großer intellektueller Neugier und bemerkenswertem Wissen und nicht zuletzt mit einem Zeichentalent. Daher brachte er einige treu gezeichnete Bilder mit, die dann auf Papier reproduziert wurden. Und durch diese entdecken wir die Geschichte der ägyptischen Götter. Tatsächlich war er selbst wohl äußerst fasziniert davon, er schreibt es hier. Seht Ihr?« Damit zeigte Joseph Smith den beiden

Freunden eine Reihe von Bildern. Sie sahen Kreaturen, die halb Mensch und halb Vogel waren oder halb Mensch und halb Hund, und der Engländer las die Reisebeschreibungen des unbekannten venezianischen Abenteurers dazu. »Hier Ra mit einem Falkenkopf, der Sonnengott, der jeden Teil der Welt regiert, also Himmel, Erde und das Jenseits. Das ist dagegen Anubis, der Gott der Friedhöfe, Beschützer der Toten, mit einem Schakalkopf, und dann Heket, die froschartige Göttin der Fruchtbarkeit.«

Während er so erzählte, betrachtete Joseph Smith fasziniert diese Seiten voll von einem antiken und weit in die Zeit zurückweisenden Wissen, das durch die Forschungen eines so mutigen wie merkwürdigen Venezianers zu ihm kam. Er hatte sich in ein unbekanntes und geheimnisvolles Land begeben, um dort jegliche Art von Information zu sammeln, die dabei half, wenigstens einen kleinen Teil des Wissens und der Gebräuche eines Volks zu enthüllen, über das so wenig erzählt worden war, dass es geheimnisumwittert war.

Doch nicht nur er stand im Bann solcher Symbole und Geschichten.

Auch Canaletto war ihnen verfallen. An ihn wandte sich der Engländer, um dann auch den Blick auf McSwiney zu lenken.

»Versteht Ihr nun, warum eine Sekte wie die Loge, von der wir gesprochen haben, solche Symbole höchstwahrscheinlich nutzt? Sie sind so mit mysteriöser Macht aufgeladen, dass sie sich perfekt eignen, um eine Gruppe Anhänger zu verführen. Ich selbst bin zutiefst interessiert an solchen Kreaturen. Für dieses Buch habe ich, ob Ihr es glaubt oder nicht, eine bedeutende Summe ausgegeben, weil ich es einfach haben musste. Und meine Aussagen sind nur umso wahrer, wenn man bedenkt, dass heute viel mehr Kaufleute, Abenteurer und Forscher in diese entfernten Länder reisen.«

»Die Serenissima hat ihren eigenen Mythos mithilfe von Ägypten erschaffen«, bemerkte Canaletto.

»Ganz genau, daher liegt in dem, was wir sehen, nichts Seltsames«, bestätigte Joseph Smith. »Aber konzentrieren wir uns nun auf die Gottheiten, die der anonyme Reiseschriftsteller darstellt.«

Der Engländer blätterte weiter. Antonio und McSwiney sahen andere komische Kreaturen, die fast immer halb Mensch, halb Tier waren. Es waren rätselhafte und beunruhigende Figuren, die auf ziemlich direkte Art dargestellt waren, mit wenigen Linien und noch weniger Details, doch vielleicht genau deswegen wirkten sie symbolisch.

»Die Sphinx«, sprach Joseph Smith weiter, »hat einen Löwenkörper und einen menschlichen Kopf. Sie ist Beschützerin der Pyramide und damit des Pharaonengrabs, und ihr Gesicht ist das des verstorbenen Königs. Und hier ...«, der Engländer stockte kurz, sprach dann aber fast sofort weiter, »... hier ist das, was wir suchen: die Göttin mit dem Löwenkopf und dem Frauenkörper.«

»Ihr habt es gefunden!«, rief Canaletto begeistert.

»Richtig. Hört: Ihr Name ist Sachmet. Und laut dem Autor ist sie die Göttin der Zerstörung, der Epidemien und der Vernichtung. Wildheit, Wut und Gewalt sind die typischen Attribute dieser Gottheit, die von einer Frau mit Löwenkopf dargestellt wird.« Joseph Smith ließ Antonio und McSwiney noch näher an den Schreibtisch treten, damit sie die Zeichnung Sachmets besser erkennen konnten. Der Autor hatte sie groß, schlank und mit einem großen Kreis über dem Kopf abgebildet.

»Seht Ihr?«, der Engländer deutete auf den Kreis auf dem Kopf der Göttin. »Das ist die Sonnenscheibe und zeigt, dass Sachmet zum Sonnengeschlecht gehört. Laut den Ägyptern hat ihr Atem die Wüste erschaffen, was der Autor hier erzählt.«

»Sie scheint eine schreckliche Göttin zu sein«, warf Canaletto ein.

»So ist es«, antwortete Joseph Smith. »Und wer sich entschlossen hat, sie in seinen Sälen abzubilden, hat offensichtlich vor, Epidemien und Zerstörung nach Venedig zu bringen.«

»Die barbarisch ermordeten Frauen«, erwiderte Antonio, »die Pocken. Alles ergibt einen Sinn. Das würde das, was gerade geschieht, erklären, wenigstens auf eine ganz theoretische und fantastische Weise.«

»Ich bin mir sicher, das Symbol dieser Göttin bei denen gesehen zu haben, die sich im Logensaal befunden haben«, ergänzte McSwiney.

»Und dafür gibt es einen Grund. Wie Ihr versteht, wissen wir nur sehr wenig über die Ägypter. Doch ihre Kultur, ihre Traditionen, ja sogar ihre Ästhetik liegen dem Symbolismus der Freimaurer zugrunde. Erinnert Ihr Euch, was ich über die Architektur und die Geometrie erzählt habe?«

»Das Bild, der Zirkel, der große Architekt«, sagte McSwiney.

»Genau das.«

»Ganz zu schweigen davon, dass die Ägypter hervorragende Baumeister waren«, sagte Canaletto.

Joseph Smith nickte, dann lächelte er. »Aber da ist noch mehr. Ich habe Euch gerade den kultivierten Bericht eines anonymen venezianischen Händlers und Abenteurers gezeigt. Doch die Wurzeln dieses antiken Wissens liegen in der Weisheitstradition, die Florenz vor allen anderen ans Licht gebracht hat.«

»Meint Ihr Marsilio Ficino?«, fragte Antonio.

Anstatt einer Antwort verließ Joseph Smith den Schreibtisch, um den sich alle drei versammelt hatten, und ging zur anderen Seite des Saals. Er betrachtete die Regalbretter und streckte sich schließlich zum fünften. Ohne zu zögern, griff er nach einem Buch. »Das *Corpus Hermeticum* von Hermes Trismegisto … kennt Ihr es?«

»Gewiss«, entgegnete Antonio. »Wie gesagt, es war Marsilio Ficino, der es ins Lateinische übersetzt hat.«

»Exakt. Zufällig habe ich hier eine Ausgabe.«

Canaletto riss die Augen auf. Dieser Engländer überraschte ihn doch immer wieder. Er bewunderte ihn aufrichtig. »Wirklich?«, wollte er ungläubig wissen.

»Natürlich, ich bin schließlich ein Sammler. Und von diesem Text gibt es viele Ausgaben.« Joseph Smith legte das neue Buch auf den Schreibtisch. Er schlug es auf und blätterte darin. Das Pergament in seinen Fingern schien ihm ein fast körperliches Vergnügen zu bereiten. Plötzlich hatte er den Eindruck, dass sich ein Pulver der Weisheit aus den Seiten erhob, um den Engländer zu inspirieren. Das war natürlich reine Fantasie, und Antonio lächelte über seine Vorstellungskraft, doch so wie die Malerei, die Farben, das Licht eine unkontrollierbare Faszination auf ihn ausübten, so nahmen ihn die Worte, das Wissen, das er sich durch das Lesen angeeignet hatte, auf eine ebenso starke Weise gefangen. Und die Art, wie es Joseph Smith schaffte, Werke zu verbinden, die anscheinend chronologisch und inhaltlich weit voneinander entfernt waren, war noch verführerischer. McSwiney hatte einen enormen Anteil an den Ermittlungen, dachte Antonio. Er war nicht nur im Abenteuer ein Kamerad von großem Mut und Entschlossenheit, ohne ihn hätte er Smith auch niemals getroffen. Das Wissen dieses Mannes war unerschöpflich, und er schien nie genug davon zu bekommen.

»Nach der griechischen und dann esoterischen Tradition, deren Meister Marsilio Ficino war, entspricht Hermes Trismegisto Toth, dem ägyptischen Gott des Mondes und der Schrift, außerdem der Medizin, dem

Totenreich und der Wissenschaft. Es ist nur allzu deutlich, dass die aktuellen Logen, die in Schottland und England entstanden sind, zu ihm und seiner Weisheit aufsehen und daher zur ägyptischen Weisheit, Kosmogonie, Anthropogenie und Eschatologie. Es kann gar nicht anders sein!«

»Also, schauen wir mal, ob ich es verstanden habe«, sagte Antonio ganz bescheiden. »Jemand, höchstwahrscheinlich der Meister der Loge, in die Signor McSwiney aufgenommen wurde, nutzt die ägyptische Mythologie, genauer die Göttin Sachmet, die für Zerstörung, Vernichtung und Epidemien steht, als Weisheitssymbol und, ich ergänze, als Zentrum einer Sekte?«

»Ich hätte es nicht besser sagen können«, bestätigte Joseph Smith. »Natürlich würde ich gern fragen, ob es noch mehr gibt, aber wie bereits gesagt, ich kann warten.«

»Eure Diskretion ist lobenswert«, unterbrach McSwiney ihn.

»Ich danke Euch, Owen«, antwortete der Engländer mit seiner üblichen Freundlichkeit.

Antonio war es unangenehm. Es war das zweite Mal, dass er und sein Freund Joseph Smith um Hilfe baten und ihm fast nichts darüber erzählten, worum es ging. Obwohl er mit McSwiney im Wunsch, so diskret wie möglich zu sein, einig war, suchte er nach einer Möglichkeit, sich zu revanchieren. »Ich würde mich gern mit Euch über Malerei unterhalten«, sagte er, und es stimmte. »Ich sage das nicht aus mangelndem Respekt vor meinem Freund«, ergänzte er und sah dem Iren in die Augen, »sondern weil ich glaube, dass wir zusammen in einer breiteren Perspektive arbeiten könnten, einer Perspektive, die Venedig und England verbinden könnte.«

»Das denke ich auch«, erwiderte Joseph Smith. »Und ich glaube auch, dass es wirklich sehr schön und faszinierend wäre. Doch auch wenn ich Euch nicht gut kenne, so spüre ich, dass Euch im Moment eine Sorge zerfrisst, Signor Canal. Daher lautet mein Rat, zunächst eine Lösung für das, was Euch besorgt, zu finden. Und dann können wir uns über Malerei unterhalten.«

Antonio war verblüfft. Er wollte es nicht zeigen, doch angesichts dieser Antwort von Joseph Smith musste er für ihn ein offenes Buch sein. Da hätte er sich das Schauspielern sparen können. »Einverstanden«, sagte er schließlich. »Ihr habt recht«, und während der Engländer zustimmte, wurde ihm bewusst, was diese verfluchte Ermittlung ihn gekostet hatte.

43
Fragen

Antonio war müde. Er fühlte sich von den Ereignissen ausgelaugt.

Es waren hektische Tage gewesen, voller Entdeckungen und Schrecken, voller Unruhe und Lernen. In diesem unkontrollierbaren Wirbelwind aus Emotionen schien er sich zu verlieren. Was war aus seiner Malerei geworden? Was zum Teufel machte er in dieser düsteren Geschichte, und wieso wollte sein Herz auf perverse und unerklärliche Weise anscheinend immer mehr davon?

Er wollte die Stifte holen und zeichnen. Das tat er immer, wenn er das Bedürfnis hatte, nicht zu denken. Zeichnen war für ihn ein Schiffbruch in einer Dimension, die zwar im Wahren wurzelte, ihn aber an einen Ort führte, der zwischen Erde und Fantastischem schwebte, denn sein Venedig war so real wie imaginär. Doch während seine Hand resigniert über die schwarzen Stifte glitt, dann über die roten, die Kreiden, die Gänsefeder, die Stifte aus Rohr und die mit Metallspitzen, er wollte erfühlen, welche er in diesem Moment benutzen wollte, kehrte sein durch das ständige

Grübeln inzwischen geschärfter Geist immer wieder zum vorigen Abend zurück.

Er musste an die vielen Enthüllungen denken, die seine letzten Ermittlungen hervorgebracht hatten.

Dank Isaac Liebermann wussten sie, dass dem jüdischen Jungen, dem die schrecklichen Bluttaten zur Last gelegt und der von Schurken im Ghetto ermordet wurde, mit einer Messer- oder Dolchklinge eine Zeichnung in die Schulter geschnitten worden war. Sie stellte ein Bild dar, das sich, wie McSwiney überprüft hatte, ebenfalls auf den Leichnamen der ermordeten Frauen befand, die zu den zwei bekanntesten Patrizierfamilien der Stadt gehörten.

Und nicht nur das.

Bei seinem Besuch auf Sant'Ariano hatte Owen McSwiney festgestellt, dass der Totengräber, der sich um diesen verfluchten Ort kümmerte, ein Verzweifelter und von den Behörden einer Überwachung ausgeliefert war, die einer Inhaftierung sehr nahe kam. Deswegen hatte der Ire, obwohl er sein Bestes tat, um ihn zu verhören, nichts aus ihm herausbekommen. Tatsächlich hatte McSwiney alles darangesetzt, um herauszufinden, wer die Leichen der armen ermordeten Jungfrauen hergebracht hatte. Höchstwahrscheinlich war diese Aufgabe den Wachen oder Lakaien des Sestiere anvertraut worden, und in diesem Fall würde es schwierig, etwas über die Identität des Mörders zu erfahren. Außerdem wies dieselbe Ritzung auf der Schulter der drei Toten, inklusive

Shimon Luzzatto, auf dieselbe Hand oder Organisation, falls die Morde von unterschiedlichen Personen begangen wurden.

Das Bild der Löwenfrau entsprach dem der ägyptischen Göttin namens Sachmet, der Göttin der Vernichtung und der Epidemien. Es wirkte wie die perfekte Antwort auf das, was in der Stadt geschah, und wenn Antonio sich für einen Moment in die Lage des Mörders versetzte, entdeckte er darin auch eine gewisse perverse Konsequenz. Der Überbringer – oder die Überbringer – des Todes ritzte das Gesicht der Göttin in die Körper der Opfer, als wollte er ihre Anwesenheit beschwören sowie die makabren Geschenke, die sie überbrachte.

Doch wer könnte so verrückt sein? Und wer konnte darüber hinaus diese Geschichte kennen? Canaletto dachte fast instinktiv an Olaf Teufel: Das war nur allzu deutlich, außerdem hatte er bereits klar gezeigt, dass er die Stadt einnehmen wollte und der Schrecken eine mächtige Waffe war. Und wie sollte man das, was der Mörder in Venedig verbreitete, sonst nennen?

Und doch, selbst wenn dieser Besessene hinter dem Gemetzel in der Lagune steckte, auch wenn man annahm, dass er die Absicht hatte, eine Armee aus Mitgliedern zu bilden, bereit, das zu tun, was er befahl, wie sollte er jemals dessen Schuld beweisen? Dass die Symbole im Logensaal mit denen, die auf den Schultern der Leichen eingeritzt waren, übereinstimmten, genügte sicher nicht. Und auch wenn er es wollte, er hatte keine Ahnung, wie er in den geheimen Saal gelangen sollte, in den McSwiney gebracht worden war.

Zu viele Fragen gingen ihm durch den Kopf, und keine Antwort schien passend. Ganz abgesehen davon, dass die Schuld von Teufel allein sein Gefühl war.

Er hatte praktisch nichts in der Hand. Sicher, es gab die Aussage von Isaac Liebermann, der einen Mann gesehen hatte, der Teufel sehr ähnlich war und der Luzzatto erstochen hatte. Doch bei genauer Betrachtung passte die Beschreibung auch auf diesen seltsamen Spion, der ihm mehr als einmal nachgeschlichen war und der, als er die Gelegenheit dazu hatte, McSwiney nicht verletzt, sondern ihn verschont hatte.

Und um ins Ghetto zurückzukehren, so hatte der Capitan Grando Liebermann überhaupt nicht geglaubt, als der ihn davon überzeugen wollte, dass der getötete Junge nicht der Mörder der Frauen sein konnte.

Und wer war der Mann, der ihn verfolgt hatte und der, in die Enge getrieben, geflüchtet war? Woher kam er? Sicherlich aus einem anderen Land.

Aus all diesen Gründen schaffte er es nicht, sosehr er es auch wollte, sich auf die Malerei zu konzentrieren. Zu viele unbeantwortete Fragen. Zu viele Fragezeichen. Er seufzte. So gern wäre er zu den Pinseln und Farben, zum Studium des Lichts in Venedig zurückgekehrt, aber er wusste, dass er es nicht schaffen würde, solange er dieses Dilemma nicht gelöst hatte.

Es war stärker als er.

Da dachte er an Charlotte.

Er hatte sie nicht mehr gesehen, weil die Ermittlungen ihn auffraßen. Sie hatten sich nach einer leidenschaftlichen Nacht getrennt und nichts mehr voneinander gehört. Sicher, auch er war nicht zu ihr gegangen, aber er hatte das Gefühl, dass etwas nicht stimmte.

Vielleicht war ihr etwas zugestoßen?

Allein der Gedanke ließ ihn zittern.

Was für ein Mann war er bloß geworden?

44

Nächtliche Sorgen

Sie hatten sie überrascht. Niemals hätte sie eine solche Falle erwartet. Wer waren sie? Was zum Teufel wollten sie? Doch egal, was der Grund für diesen Angriff war, sie würde ihre Haut teuer verkaufen.

Sie griff nach einem glühenden Stab. Wenn sie ihr etwas tun wollten, dann würde sie einige von ihnen entstellen.

Charlotte war entschlossen. In ihren Augen glitzerte der Widerschein der Flammen im Ofen. Vor ihr begann eine Bande Straßenjungen voller Ruß und Narben sie einzukreisen. Sie hatten keine guten Absichten, das war sicher. Sie umringten sie wie ein Rudel hungriger Wölfe. Ihr Anführer, der Aggressivste von allen, war wohl der Junge mit den dunklen Locken. Er trug ein zerrissenes Hemd unter einer Jacke, die mehr Löcher hatte als ein Schaumlöffel. Seine Hose war voller Flicken, und die Strümpfe hielten nur durch Stopfgarn zusammen. Seine Schuhe, wenn man sie so nennen konnte, schienen aus den Lederresten eines Schusters zu bestehen.

»Was wollt ihr?«, fragte sie.

»Dich«, lautete die Antwort.

»Warum?«

»Es wurde uns befohlen.«

»Von wem?«

Einer der jungen Angreifer ließ eine Messerklinge aufblitzen. Er hatte rote Haare und Sommersprossen, und in seinen Augen leuchtete ein böses Licht.

»Komm näher, und ich verbrenne dir dein Gesicht«, drohte Charlotte.

»Ihr dürft ihr nicht wehtun. Er will sie lebend«, sagte der Anführer.

»Wer ist er?«, brüllte Charlotte. Dieses Geheimnis machte sie wahnsinnig.

Der Rothaarige trat vor und schwang unbeholfen das Messer.

Obwohl Charlotte an eine solche Situation überhaupt nicht gewöhnt war, wich sie dem Schlag problemlos aus. Sie trat zur Seite und traf ihn mit dem glühenden Stab an dem Arm, in dem er die Waffe hielt. Der Rothaarige schrie auf und ließ das Messer fallen. Dort, wo der Eisenstab ihn getroffen hatte, wurde sein Fleisch violett.

Sie befanden sich vor dem Ofen. Charlotte zählte zehn dieser kleinen Bastarde. Hätten sie sie gemeinsam angegriffen, hätten sie sie sicher überwältigt. Es waren zu viele, um sie alle abzuwehren. Doch sie gab nicht auf.

In diesem Moment spitzte sich die Situation zu, denn hinten am Ofen trat jemand ein. Charlotte sah einen Mann, der sich mit festem Schritt näherte und eine fast ärgerliche Ruhe ausstrahlte, als befände er sich an einem Ort, der ihm gehörte.

Schließlich blieb er wenige Schritte von ihr entfernt stehen. Er war groß und hatte lange schwarze Haare, die offen auf den Rücken fielen. Er war sehr elegant gekleidet, mit einem weiten, dunklen Umhang und einem goldbestickten Gehrock. Auf seinem hübschen Gesicht lag ein grausames Grinsen, die roten Lippen hochgezogen, sodass weiße spitze Zähne wie die eines Hundes zu sehen waren.

»Hier sind wir also«, sagte er fast lachend, »und Ihr seid sogar recht kaltblütig. Sicher, vor Euch stehen Kinder, aber die sind durch den Hunger aggressiv. Und Eure Art, sich zu verteidigen, verdient Respekt.«

»Wer seid Ihr?«

»Wer ich bin?«, fragte der Neuankömmling. »Ich denke nicht, dass Eure Frage eine Antwort verdient, auch deshalb, meine Liebe, weil Euch das Wissen bei dem, was ich vorhabe, nichts nutzen würde.«

»Was habt Ihr vor?«

Der Unbekannte legte eine Hand vor den Mund und gähnte, als würden ihn all diese Fragen schrecklich langweilen. Als einzige Antwort trat er in den Kreis aus Straßenjungen und näherte sich Charlotte. »Jetzt«, sagte er und drückte an einer Stelle auf seinen Stock, sodass eine glänzende Klinge heraussprang, und hielt sie ihr an die Kehle, »werft diesen verfluchten Stab weg und folgt mir.«

»Sonst?«

Der Mann seufzte, als würde Charlotte seine Geduld schwer auf die Probe stellen. »Ihr seid wirklich anstrengend. Ich muss allerdings zugeben, dass Ihr härter seid, als ich dachte. Sonst, fragt Ihr mich. Sonst muss ich Euch wehtun, das ist meine Antwort. Auch wenn ich gestehen muss, dass es das Letzte ist, was ich will, weil Euer Gesicht und auch das, was ich vom Hals abwärts sehen kann, so hübsch ist.«

»Ihr seid so ein Feigling und tut nur groß, weil Ihr diesen Stock in der Hand haltet.«

»Ich habe nichts anderes behauptet. Ich ziehe es vor, wenn möglich, immer im Vorteil zu sein, aber Ihr verschwendet meine Zeit.«

Charlotte verstand, dass sie sich keine Hoffnung machen konnte. Sie versuchte, den Mann mit dem Stab zu schlagen, doch dieser parierte den Angriff, entwaffnete sie und warf den Stab in eine weit entfernte Ecke der Glasbläserei. Dann hielt er die Klinge an ihren Hals. Sie riss die Augen auf. »Ich habe keine Ahnung, was Ihr vorhabt, aber Ihr werdet dafür bezahlen, da bin ich mir sicher.«

Einen Augenblick später traf sie der brutale Schlag des Mannes.

Charlotte empfand einen so großen Schmerz, dass sie ohnmächtig wurde.

Alles wurde schwarz.

»Ihr seid ein Haufen Unfähige«, brüllte Teufel.

»Wäre ich nicht gekommen, wärt ihr ihrer nicht Herr geworden.«

Il Moro machte keinen Mucks.

»Ihr wisst, was ihr tun müsst, oder etwa nicht?«, herrschte er ihn an.

»Ja.«

»Nämlich?«

»Den Maler im Auge behalten«, antwortete der Junge.

»Gut. Dann kümmert euch wenigstens darum, sonst lasse ich euch von meinen Männern fertigmachen.«

»In Ordnung.«

»Ich bringe die Frau nach Sant'Ariano. Und jetzt verschwindet«, sagte Teufel zu den Moeche. Und ohne ein weiteres Wort sprang er auf das Boot, während die Matrosen heftig zu rudern begannen. Die schwarze Lagune öffnete sich vor seinen Augen. Nebelschwaden hingen über dem Wasser.

Er hatte Charlottes Ohnmacht ausgenutzt und ihr ein Schlafmittel verabreicht. Sie würde während der gesamten Fahrt schlafen. Er wollte sie an einen Ort bringen, auf den dieser dämliche Maler nie käme. Außerdem hatte er auch darauf geachtet, Owen McSwiney von der Liste der neuen Mitglieder zu streichen. Von Anfang an hatte er einen Verdacht gehabt, und die Moeche hatten bestätigt, dass er Canaletto nahestand. Und jetzt zog er es vor, ihn nicht wissen zu lassen, was die Loge plante. Er war zu sorglos gewesen.

Am Ende hatte sich diese Gruppe von Waisen jedoch als nützlicher herausgestellt, als er gedacht hatte. Sicher, bei dieser letzten Sache hatten sie sich vollkommen unmöglich angestellt, aber als Informationsnetz suchten sie ihresgleichen.

Charlotte gefiel ihm. Sie war eine wunderschöne Frau. Und mutig.

Wenn nichts sonst, so hatte Canaletto einen guten Geschmack. Es war schade, dass er sie umbringen musste. Allerdings hatte er keine Wahl. Ganz zu schweigen davon, dass er sie der Gier des Mörders nicht entreißen könnte. Er hatte sich diesen ganzen verfluchten Wahnsinn der Freimaurerloge ausgedacht, bloß um seinem teuflischen Blutdurst zu frönen. Es war ein Risiko gewesen, aber die Jahre, die er in England verbracht hatte, hatten ihm geholfen, diese Inszenierung glaubhaft zu gestalten. Es war auch keine vergebliche Mühe: So konnte dieser Verrückte Frauen massakrieren, ohne Probleme zu bekommen. Gleichzeitig nutzten sie beide die brutale Gewalt für ein höheres Ziel: Venedig einzunehmen, indem sie Schrecken verbreiteten. Darüber hinaus bündelte die Mitgliedschaft in den Logen den Dissens derjenigen, die gegen die herrschenden Familien waren. Wie zum Beispiel die des Dogen und der Mitglieder des Rates der Zehn, die seit viel zu langer Zeit glaubten, tun zu können, was sie wollten.

Im Grunde hatte er das Nützliche mit dem Vergnüglichen verbunden. Die Angst, die der Schrecken ausgelöst hatte, war zum perfekten Werkzeug geworden, um die bestehende Ordnung zu bedrohen. Und der ekelhafte Blutdurst des Mörders hatte sich von einem Hindernis zu einem Segen gewandelt.

Die Schuld auf die Juden zu schieben, war ein Geniestreich gewesen. Ein paar Gaunern Geld zu geben, damit sie den Namen von Schabbtai Zvi verbreiteten, war der erste Schritt gewesen, und in der Druckerei, in der er gearbeitet hatte, ein paar Ausgaben seiner mährischen Erzählungen gut sichtbar auszulegen, war ein noch raffinierterer Schachzug gewesen. Und tatsächlich hatte der Rabbiner, der so gern Bücher kaufte, hier nicht widerstehen können. Es reichte ihm, ein paar Seiten zu lesen, um dann alle Ausgaben mitzunehmen. Und auf diese Weise hatte sich die Angst vor Schabbtai Zvi und Baruchia Russo wie die Pest verbreitet.

Man durfte die Macht der Suggestion nie unterschätzen.

So genoss Olaf Teufel bereits den Sieg seiner Gruppe, während das Boot über den schwarzen Wasserspiegel der Lagune glitt.

Aus seinem Versteck sah sie, wie sie sich auf dem schlammigen Wasser entfernten. Nachdem, was dieser Teufel ihr angetan hatte, hatte Colombina sich geschworen, dass sie sich eines Tages rächen würde. Sie wusste noch nicht, wie, aber die Entdeckung, dass die Frau des Malers ohnmächtig zum Ossarium von

Sant'Ariano gebracht wurde, war eine wichtige Information. Es war clever von ihr gewesen, den Moeche zu folgen und sie auszuspionieren.

Sie versteckte sich noch eine Weile im Schatten. Als sie ins Licht der Sterne trat, war Teufel bereits weit weg.

Erst da fühlte sie sich sicher.

45

Verschwunden

Er konnte Charlotte nirgends finden. Sie schien verschwunden zu sein.

Antonio beschloss, zur Glasbläserei zu gehen. Und dort begriff er, dass etwas nicht stimmte.

Die Tür war aufgebrochen worden. Im Inneren konnte man nicht erkennen, was passiert war. Abgesehen von ein paar Stäben am falschen Platz schien alles in Ordnung zu sein, gleichzeitig wirkte der Ort wie verlassen. Die Glasöfen waren unerklärlicherweise erloschen. Hätte er kein schlechtes Gewissen gehabt, hätte Canaletto glauben können, Charlotte wäre gegangen.

Doch er spürte, dass dem nicht so war.

Die weiteren Ermittlungen bestätigten das. Sie war nicht in ihrem Haus in Venedig. Und auch ihr Vater hatte sie nicht gesehen, jedenfalls nicht zuletzt.

Sie war auch nicht in ihrer Wohnung auf Murano. Das kleine Haus, nicht weit von der Glasbläserei entfernt, war leer. Besser gesagt hatte Canaletto dort das Dienstmädchen getroffen, die ihre Herrin seit mindestens drei Nächten nicht mehr gesehen hatte. Und es schien ihr merkwürdig, dass Charlotte noch nicht zurückgekommen war. Gewiss, es war schon vorgekommen, dass sie wegen eines wichtigen Auftrags in der Glasbläserei geschlafen hatte, aber nie für mehrere Nächte in Folge.

Der Zweifel zerriss ihn, und schließlich war er sich sicher. Er konnte es nicht beweisen, aber er war davon überzeugt, dass der Mann, der ihn beschattet hatte, oder vielleicht auch jemand anderes sie entführt hatte. Wer? Warum? Und wozu? Möglicherweise, um ihr Informationen über ihn zu entlocken?

Allein dieser Gedanke erfüllte ihn mit Angst. Und Wut. Wenn jemand gewagt hatte, ihr auch nur ein Haar zu krümmen, würde er dafür sorgen, dass derjenige bedauern würde, geboren worden zu sein.

Er hatte nicht vor, ihren Vater zu alarmieren, auch weil der ihm nichts sagen könnte. Nein, es war nicht mehr die Zeit für Gespräche. Er musste handeln. Richtig, doch wie? Wohin sollte er gehen? Doch er wusste, dass Warten jetzt ganz verkehrt wäre. Wenn Charlotte tatsächlich entführt wurde, und er war sich dessen inzwischen sicher, könnte sie in großer Gefahr schweben, und während er darüber nachdachte, stellte er sich vor, dass sie auch bereits tot sein könnte.

Antonio gefror das Blut in den Adern. Er wusste, dass er in den letzten Tagen nicht sehr vorsichtig gewesen war und dadurch Charlotte in Gefahr gebracht hatte. Sie hatte akzeptiert, ihr gemeinsam mit ihm entgegenzutreten, aber auch wenn er sich das immer wieder sagte, brachte es keine Ruhe. Abgesehen davon hatte er auf der Suche nach ihr bereits zwei Tage verloren. Und die Zeit verging, dabei stieg die Möglichkeit, dass Schreckliches geschah.

Er schien wahnsinnig zu werden. Egal, wie sehr er sich das Hirn zermarterte, um zu einem Entschluss zu kommen, wie er weitermachen sollte, er hatte keine Idee. Welche Beweise hatte er? Den Kopf der Göttin Sachmet einmal blutig auf den Schultern der beiden toten Jungfrauen und des angeblichen Mörders eingeritzt und dann auf den Wänden des geheimen Saals.

Vielleicht sollte er genau dorthin zurückkehren, in den Salon von Cornelia Zane. Aber wie? Selbst wenn er McSwiney begleiten würde, was hoffte er dort zu finden?

Während er noch grübelte, was er tun sollte, kam er zu Hause an. Er war so in seine Gedanken versunken, dass ihm nicht mal bewusst war, dass er die Straße bis zur Schwelle seines Hauses entlanggegangen war. Während er die Treppe zu seinem Atelier hinaufstieg, füllte eine stetig größer werdende Angst sein Herz wie einen vergifteten Kelch. Die Frustration fraß ihn auf. Er stützte sich auf den Tisch, und in einem Wutanfall fegte er alles darauf hinunter: Zeichnungen, Stifte, Pinseln, Farben, alles. Er war so erschöpft, dass er gern geschlafen hätte, aber nicht aus Müdigkeit, sondern wegen des Schwindels, der ihn quälte, und weil er dann nicht denken müsste.

Was für ein Feigling! Nicht denken. Das war wirklich eine großartige Idee. Wie konnte er sich so etwas auch nur vorstellen? Charlotte war wer weiß wo, während er zauderte.

Daher sagte er sich, dass er sofort seinen irischen Freund sehen musste. Mit ihm zu sprechen, würde ihm guttun, und vielleicht fiele ihnen auch etwas ein, um diese Situation zu ändern.

Also behielt er seinen Mantel an, lief die Treppe wieder hinunter und ging wieder hinaus.

Der Mann, der sie entführt hatte, war weg. Und diese kleinen Gauner auch, die plötzlich in der Glasbläserei aufgetaucht waren, weiß Gott, wie sie hineingekommen waren. Jetzt befand sie sich in einer kleinen, eisigen Zelle. Sie schien in den Felsen geschlagen zu sein und erinnerte an eine Grotte. Draußen war es dunkel. Das erkannte sie, weil sich an einer Seite der Zellen eine Art Tür mit Eisengittern befand. Von dort kam die Luft.

Charlotte stand mühsam auf. Sie fühlte sich schwach und benommen. Er hatte ihr sicher eine Droge verabreicht. Ihr Kiefer tat weh, als hätte man ihn auf einen Amboss geschleudert. Sie erinnerte sich an die Ohrfeige des schwarzhaarigen Mannes. Und dann an sein diabolisches Grinsen und seine Eleganz, die so sehr im Gegensatz zu seinen Handlungen stand, eine merkwürdige Mischung aus Niedertracht und Arroganz.

Sie erinnerte sich nicht, ihn jemals zuvor gesehen zu

haben. Was wollte er also von ihr? Vielleicht hatte die Entführung etwas mit dem zu tun, was Antonio ihr erzählt hatte?

Diesem Gedanken konnte sie nicht weiter nachgehen, weil sich ein Mann dem Eisengitter der Tür näherte. Er war ein wahrer Riese, dem Körperbau und der Kleidung nach zu urteilen, war er wahrscheinlich ein Soldat. Er sah nicht wie ein Venezianer aus: Er hatte einen großen Schnurrbart und einen rasierten Kopf. Aus den kniehohen Stiefeln ragte der Griff eines Dolchs, und an seiner Seite war ein Schwert mit Korbgriff und durchbrochener Parierstange. Charlotte überlief unwillkürlich ein Schauer.

Der Mann steckte einen Schlüssel ins Schloss und drehte ihn um. Der Mechanismus klickte, die Tür öffnete sich, und er trat ein. Dann stellte er auf das Tischchen der Zelle einen Teller mit einer kalten Fleischpastete sowie eine Kanne Wasser und ein Kristallglas. »Für Euch«, sagte er bloß.

»Warum bin ich hier?«, fragte Charlotte.

Der Mann antwortete nicht. Er schloss die Tür hinter sich und ging so, wie er gekommen war.

Dieses Schweigen erschreckte sie. Seit sie diesem Mann mit den langen Haaren in die Hände gefallen war, wollte sie wissen, was mit ihr geschehen sollte. Aber sie erhielt keine Antwort. Wenn sie noch die Hoffnung gehegt hatte, von hier fortzukommen, so hatte sie sie nach dem Anblick des Riesen, der Wache hielt, verloren.

Es war kalt. Sie legte sich die Bettdecke über die Schultern.

Dann setzte sie sich an den Tisch und aß, dabei dachte sie über ihr Schicksal nach.

46
Zurück zum Anfang

Nachdem er mit McSwiney gesprochen hatte, war Antonio davon überzeugt, dass er wieder an den Anfang zurückkehren musste, um zu Charlotte zu finden. Wie hatte diese Ermittlung angefangen? Damit, dass er herausfinden musste, wo sich der Hinkefuß aufhielt. So war er in den Salon von Cornelia Zane geraten und hatte nach und nach die gesamte Affäre aufgedeckt.

Sie hatten auch erfahren, dass dieser Ort von mächtigen Männern besucht wurde. Und jetzt vermuteten sie, dass sie entdeckt worden waren. Der Ire hatte ihm gesagt, dass er nach der Aufnahmezeremonie nie wieder von Teufel eingeladen worden war, was ihm komisch vorkam. Er war anscheinend aus dem engen Kreis möglicher Mitglieder entfernt worden.

Daher wussten sie nichts mehr über die Loge. Er quälte sich mit dem Gedanken zu begreifen, wo sich der Gang befinden könnte, der zu den geheimen Zimmern führte, in denen die Freimaurer ihre Pläne schmiedeten. Sicher, er hätte versuchen können, ins Nachbarhaus zu gelangen, aber war es wirklich so?

Und mit welcher Begründung hätte er es tun können? Auch das war ein großes Problem. McSwiney hatte noch den vom Dogen unterschriebenen Freibrief, aber ihn zu nutzen, um in ein Privathaus zu gelangen und es zu durchsuchen, war pure Fantasie. Er reichte vielleicht, um einen stummen Totengräber zu überzeugen, aber sicher nicht, um den Palazzo einer der bekanntesten Kurtisanen der Stadt auf den Kopf zu stellen, die dort legalen Aktivitäten nachging.

Daher verfolgten Antonio und Owen nun, teilweise aus Verzweiflung, teilweise aus echter Überzeugung, die drei Männer, mit denen alles angefangen hatte. Oder besser gesagt, Antonio hatte sich in der Nähe des Ospedale dei Mendicanti versteckt und auf sie gewartet. Als sie dann kamen, folgte er ihnen sofort. Er hatte sogar versucht, sich ihnen zu nähern, natürlich ohne Verdacht zu erregen. Er hatte es getan, um etwas von ihrer Unterhaltung auf dem Weg zu verstehen. Der Abend war heiter, der Himmel voller Sterne, obwohl es kalt war. Jedenfalls hatte er kein Glück und nichts Nützliches herausgefunden.

Doch mit McSwiney war abgemacht, dass der Ire auf die Männer wartete und sich in der Nische des Durchgangs im Palazzo gegenüber dem von Cornelia Zane versteckte und versuchte, sie zu belauschen, während sie sich dem Eingang näherten.

Die drei gingen in die Calle Cavalli. Der Ire in seinem Versteck beobachtete sie aufmerksam und spitzte die Ohren.

»Exzellenz, ich glaube, heute Abend werdet Ihr Euch amüsieren«, sagte der Hinkefuß.

»Ich werde tun, was ich kann«, erwiderte der Mann rechts von ihm. Er war groß mit breiten Schultern und trug eine weiße Maske und einen schwarzen Umhang sowie einen dunklen Dreispitz. Er war von stattlichem Körperbau.

Der dritte Mann schwieg. Auch er verbarg sich hinter einer Maske. Er hustete nervös, dann sah er zum Hinkefuß.

»Achtet auf Eure Worte«, sagte er, »diese Stadt hat Ohren.« Und er schaute sich um, als ahnte er die Anwesenheit von jemandem.

McSwiney erschrak, aber lauschte weiter in der Hoffnung, noch etwas zu hören, aber es waren nur die Flüche des Hinkefußes. Die drei warteten, dass ihnen geöffnet wurde, und nachdem sie die Parole genannt hatten, traten sie ein.

Nach ein paar Augenblicken kam Antonio vor dem Tor des Palazzetto an. McSwiney trat aus seinem Versteck und ging zusammen mit ihm bis ans Ende der Calle Cavalli. An der Kreuzung der Salizada San Luca blieben sie stehen. Sie hatten noch etwas Zeit und mussten entscheiden, wie es weiterging.

Der Ire erzählte Antonio sofort, was er gehört hatte.

»Der Hinkefuß hat den größten seiner Kameraden mit dem Titel Exzellenz angesprochen.«

»Tatsächlich?«, fragte Canaletto.

McSwiney nickte, dann meinte er: »Er schien nicht zu scherzen, falls Ihr das fragen wolltet. Übrigens hat mich die düstere Kleidung dieses Mannes mit der weißen Maske und dem schwarzen Umhang an etwas erinnert.«

»Woran?«

»Nun, das sage ich Euch. Das war ein kräftiger Mann, auf diese Weise gekleidet und mit einem Gang, als würde er marschieren ... Mich erinnerte er an einen Amtsträger oder einen Richter.«

Antonio riss die Augen auf. Er hatte verstanden, worauf McSwiney hinauswollte. »Ein Signore di Notte al Criminal?«

Der Ire lächelte. »Genau das dachte ich. Überlegt mit mir. Wieso hat ein solcher Salon, in dem es Glücksspiel gibt und Unzucht, noch nie Probleme gehabt? Natürlich sind das erlaubte und genehmigte Tätigkeiten, das weiß ich selbst. Aber ist es nicht seltsam, dass es nie irgendwelche Schwierigkeiten gab? Keinerlei Art? Ich glaube schon. Und ist es nicht ein Wunder, dass noch gar nichts über die Freimaurerloge bekannt geworden ist?«

»Weil keiner der darin Verwickelten von der Verbreitung solcher Nachrichten profitieren würde, sie gehören selbst der guten Gesellschaft Venedigs an.«

»Auch das stimmt. Aber wenn der Signore di Notte al Criminal für das Sestiere von Castello ein Besucher des Salons wäre, dann wäre die Straffreiheit und das mangelnde Interesse der Justizbeamten eine Art Mindestgarantie, oder nicht?«

Canaletto nickte und verzog keine Miene. »Und?«

»Wir machen es so. Wir warten, bis die drei Freunde herauskommen. Oder bis der Mann heraustritt, der uns interessiert. Den verfolgen wir, um zu sehen, wohin er geht. Wenn meine These stimmt, wird unser Mann nicht lange dort drinnen bleiben, weil er schon bald zu seinen Geschäften oder zu seinen Soldaten im Sestiere zurückkehren muss.«

»Ihr habt recht.«

»Und dann kehre ich in den Durchgang gegenüber zurück und warte darauf, dass sie herauskommen.«

»Und ich?«

»Ihr geht nach Hause und wartet auf mich.«

»Einverstanden, ich bleibe auf.«

»Öffnet mir zu jeder Uhrzeit.«

»Das werde ich«, sagte Canaletto.

»Dann bis später.«

»Bis später, mein Freund, und seid vorsichtig.«

47
Reue

Chiara konnte endlich aufstehen. Es ging ihr jetzt viel besser. Es würden Narben zurückbleiben, wie Isaac Liebermann gesagt hatte, aber sie war geheilt. Seit zwei Tagen aß sie wieder mit Appetit und bekam wieder Kraft. Das Haus war warm, dank des Holzes, das auf Geheiß des Arztes gebracht worden war.

Mit dem Geld, das er ihnen gegeben hatte, hatte Viola sogar Fleisch gekauft. Sie hatte genug zu essen für mindestens einen Monat. Sie kochte wieder mit großem Vergnügen, was sie nie geglaubt hätte.

Eine Freundin ihrer Tochter war bei ihnen zu Gast, ein Waisenkind, das in Castello wohnte. Viola wusste nicht viel über sie, außer dass sie eine merkwürdige Begeisterung für Tauben hatte, die sie, wie sie sagte, dressierte. Hätte sie sich die Haare waschen und ein Bad nehmen können, wäre sie sehr hübsch gewesen. Aber Viola wusste sehr gut, dass so etwas ein Luxus war, den sich in Venedig nicht viele leisten konnten, besonders wenn sie Waisen waren, wie dieses Mädchen. Außerdem würde sie ihr sicher nicht ihr Unglück vorwerfen, nur weil jemand nach so viel Leid beschlossen hatte, ihr nun zu helfen.

Allein dank der Hilfe ihres Wohltäters hatten sie jetzt einen gedeckten Tisch, ein warmes Zimmer und neue Wollkleider. Sie hatte das Gefühl zu fliegen, und sie wollte dieses Glück mit jemandem teilen. Daher machte sie der Freundin ihrer Tochter einen Vorschlag. »Colombina«, sagte sie, »würdest du dir gern die Haare waschen?«

Das Mädchen sah sie mit großen Augen an. Sie wusste nicht, was sie antworten sollte.

»Heißt das ja?«, fragte Viola.

Ohne zu zögern, nahm sie sie an der Hand. Sie hatte Wasser erhitzt, und mithilfe von Chiara brachte sie Colombina in die Kammer, die zum Baden diente. Zu den Dingen, die Viola hatte kaufen können, gehörte auch ein Stück Seife aus Aleppo. Um Colombinas Haare zu waschen, goss sie warmes Wasser aus einer Kanne über ihren Kopf. Sie befeuchtete die Seife, sodass sie schäumte, und massierte nach und nach die Haare des Mädchens. So machte sie eine Weile weiter, bis sie das Gefühl hatte, genug getan zu haben. Mit einem anderen Krug warmem Wasser spülte sie gut aus und reichte Colombina ein Tuch, um sich abzureiben, dann bat sie sie an den Kamin, um ganz trocken zu werden.

In der Zwischenzeit holte Chiara einen Beinkamm und begann, ruhig und sanft die Knoten zu lösen und die braunen Haare ihrer Freundin glatt und glänzend zu kämmen.

Colombina war begeistert. Sie war ganz still und genoss die Aufmerksamkeit, die ihr noch nie jemand geschenkt hatte. Viola betrachtete sie lächelnd. »Du bist wunderschön«, sagte sie.

»Das ist wahr«, stimmte Chiara zu. »Ich habe noch nie eine so intensive und glänzende Haarfarbe gesehen.«

»Danke«, flüsterte Colombina, als habe sie Angst, diesen Zauber zu verjagen.

Die beiden Mädchen blieben ganz nah am Feuer, die eine ließ sich trocknen und die Haare kämmen, die andere schaute auf die züngelnden Flammen.

Sie wussten nicht, wie viel Zeit vergangen war, als jemand anklopfte, und kurz darauf stand Liebermann auf der Schwelle.

Ohne darüber nachzudenken, ging Chiara auf ihn zu, und er umarmte sie, als wäre sie seine Tochter.

Viola sah ihn an, als wäre er ein antiker Held. Und auf gewisse Weise war er sogar viel mehr als das. Wenigstens für sie.

Isaac erkundigte sich sofort nach Chiaras Befinden. »Wie geht es dir? Ich würde sagen viel besser, wenn ich mir die Farbe deiner Wangen ansehe«, sagte er und kniff ihr in die Backe. Das Mädchen lachte vergnügt. »Ich habe dir ein Geschenk mitgebracht«, ergänzte er und reichte ihr einen wunderschönen Wollumhang. »Bitte probiere ihn an«, forderte er sie auf.

Das ließ sich das Mädchen nicht zweimal sagen und sah zu ihrer Mutter.

Viola trat näher und legte ihn ihr um die Schultern, dann schloss sie ihn mit der Nadel, die Isaac ihr gab. »Er steht dir ganz wunderbar«, bestätigte sie.

»Er ist so weich«, sagte Chiara, »und warm.«

»Hätte ich gewusst, dass du auch hier bist, hätte ich dir ebenfalls etwas mitgebracht«, sagte der Arzt und schaute das andere Mädchen an. Es stand am Kamin und ließ die glänzenden, frisch gewaschenen Haare trocknen. Sie war eine Schönheit, auch wenn sie ärmlich gekleidet war, ein paar Lumpen machten ihre Kleidung aus. »Wie heißt du?«, fragte er sie.

»Colombina.«

»Auf, setzen wir uns an den Tisch«, sagte Viola.

Kaum hatten sie alle Platz genommen, bat Isaac darum, sich die Hände waschen zu können. Als hätte sie es schon gewusst, reichte Viola ihm eine kleine Schüssel, groß genug zum Händewaschen. Sie goss Wasser ein. Bevor er sich die Sünden abwusch, betete Isaac leise. Die drei Frauen schlossen fast instinktiv die Augen, bis er fertig war. Sie lebten nicht religiös, aber verstanden trotzdem den Sinn seiner Danksagung.

Als er fertig war, gab Viola Bohnensuppe in die Teller. Sie war dick und duftete lecker. Isaac trank etwas Wasser.

»Ich habe den größten Maler Venedigs kennengelernt«, sagte Isaac und war sich sicher, damit seine Zuhörerinnen zu beeindrucken, außerdem war er wirklich darüber begeistert, von den Umständen, die dazu geführt hatten, mal abgesehen.

»Und wer ist das?«, wollte Chiara ehrlich überrascht wissen.

»Antonio Canal genannt Canaletto«, antwortete Isaac und beugte den Kopf etwas vor, dabei bewegten sich seine Schläfenlocken leicht.

Colombinas Miene verfinsterte sich, als sie den Namen hörte. Sofort fiel ihr wieder ein, was sie getan hatte. Nicht ihm, aber der Frau, von der sie wusste, dass er sie liebte. Und ihr Herz schmerzte noch mehr, weil der Name im Haus ihrer Freundin Chiara genannt wurde, nachdem deren Mutter so nett zu ihr gewesen war.

Viola bemerkte es. »Ist etwas passiert, Colombina?«, fragte sie.

Sie schüttelte den Kopf, spürte jedoch, wie sie rot wurde. Sie hatte das Gefühl, alle wüssten, was sie getan hatte, und würden es ihr gleich vorwerfen. Und je mehr sie darüber nachdachte, umso mehr verabscheute sie sich.

»Er ist ein außergewöhnlicher Mann«, fuhr Isaac Liebermann fort. »Nicht nur ein Maler von herausragendem Talent, sondern er trägt Werte und Prinzipien im Herzen, und das ist in unglückseligen Zeiten wie unseren wirklich selten. Darüber hinaus haben wir eine liebe, gemeinsame Freundin.«

»Und wer ist das?«, wollte Viola neugierig wissen.

»Die Tochter des Feldmarschalls Graf Johann

Matthias von der Schulenburg, dem Kriegshelden von Korfu.«

»Aha, eine Adelige«, erwiderte Viola, und Colombina bemerkte leichte Bitterkeit in ihrer Stimme.

»Genau, und doch hat sie eine Glasbläserei eröffnet, in Murano. Ich wollte ihren Meister unbedingt retten, aber konnte nichts tun. Die Pocken haben ihn getötet.«

Diese letzte Aussage war der letzte Hieb. Während Viola Isaac trösten wollte, indem sie ihm sagte, dass er sich nicht für alles, was geschah, verantwortlich fühlen durfte, und dass es nicht an ihm lag, konnte Colombina sich nicht mehr zurückhalten. Die Worte kamen sozusagen ohne ihr Zutun. »Ich kenne sie«, sagte sie.

»Was?«, wollte Chiara wissen. Und auch Isaac und Viola sahen sie neugierig an.

»Ich kenne diese Frau«, wiederholte das Mädchen.

»Aha«, mehr sagte der Arzt nicht.

»Sie wurde entführt.«

Isaac ließ den Löffel in die Schüssel fallen, der Mund stand ihm auf. Aber er riss sich schnell wieder zusammen. »Woher weißt du das?«, fragte er sie.

Colombina brach in Tränen aus. »Ich wollte es nicht«, schluchzte sie, »ich wollte es nicht. Es ist nicht meine Schuld.«

Als sie sah, wie bestürzt sie war, umarmte Chiara ihre Freundin. »Nicht weinen«, sagte sie, »und erzähl uns alles, du wirst sehen, wir finden eine Lösung.«

Colombina konnte nicht sofort antworten. Sie gab dem Weinen nach, weil sie merkte, dass es ihr und ihrem Herzen guttat. Die Schuld wog schwer, und mit jeder Träne wurde sie etwas leichter. Als sie fertig war, blickte sie Chiara an, dann Viola und schließlich Isaac. Dann erzählte sie, was sie getan hatte.

»Ich wurde von einem Mann, der eher ein Dämon ist, dazu gezwungen, dieser Frau zu folgen, um herauszufinden, wer sie ist und wo sie arbeitet«, flüsterte sie. »Ich habe gesehen, dass sie Antonio Canal nahesteht. Ich habe ihre Glasbläserei auf Murano gefunden. Schließlich wurde ich blutig geschlagen, bis ich meine Entdeckungen zugegeben habe, dabei wusste ich, dass ich damit ihr Urteil spreche. Aber dieser Mann, Teufel, hat nicht aufgehört, bis ich ihm alles erzählt habe. Er hat lange schwarze Haare und ähnelt seinem Namensvetter. Ich weiß nicht, woher er kommt, doch er bringt alles, was er anfasst, zum Bluten«, fuhr das Mädchen fort. »Aber ich habe mich nicht ergeben. Ich habe gesehen, wie er diese Frau auf ein Boot gebracht hat. Sie sind zum Friedhof von Venedig gefahren, zum Ossarium von Sant'Ariano.« Dann schwieg sie.

»Colombina«, sagte Isaac, stand auf und nahm seinen großen Filzhut, »komm. Wir müssen zum Haus von Signor Canal. Wir erzählen ihm, was du uns gesagt hast. Vielleicht können wir diese Frau so noch retten.«

48

Eine Lösung suchen

McSwineys nächtliche Umtriebe hatten sich ausgezahlt. Der Signore di Notte al Criminal di Castello war tatsächlich ein Besucher von Cornelia Zanes Salon. Kurz nachdem Antonio und sein irischer Freund sich getrennt hatten, war der Beamte wieder in der Tür des Palazzetto aufgetaucht, um dann in der Nacht zu verschwinden. Er hatte sich auf dem Kirchplatz Santi Giovanni e Paolo mit seinen Soldaten getroffen und war von dort aus mit zwei Wachen als Vorhut zu einem Bordell von niedrigstem Niveau gegangen, das in einer der Gassen in der Nähe des Arsenals lag.

McSwiney war dort eingetreten und tat so, als sei er ein Gast der Osteria. Aus der oberen Etage hatte er die Schreie einer Prostituierten gehört. Es stellte sich heraus, dass sie von einem betrunkenen Seemann entstellt worden war, und der Signore di Notte hatte ihn die Treppe hinuntergetreten. Er hatte nicht nur eine Strafe als Schmerzensgeld für die Frau und ihren Zuhälter verhängt, sondern auch dafür gesorgt, dass der Bastard in Ketten gelegt und ins Gefängnis im Palazzo Ducale gebracht wurde.

Man konnte diesem Mann also dabei nichts vorwerfen, aber es war auch offensichtlich, dass er, durch seine Rolle selbstbewusst, Cornelia Zane und ihren diabolischen Galan durch seine Untätigkeit schützte und im Gegenzug die Vergnügungen genoss, die dieser Ort zu bieten hatte.

Aber wie in den Salon dieser Frau kommen, in der Hoffnung, dass ein kompetenter Beamter die Räume der Loge entdeckte? Ein eingeweihter Signore di Notte würde es sicherlich nicht tun. Und alles deutete darauf hin, dass dieser Mann eingeweiht war, und wie.

Antonio bestand darauf, dass sie weitermachen mussten. »Ich bin mir absolut sicher, dass Charlotte dort gefangen gehalten wird, vielleicht in irgendeinem Geheimzimmer des Palazzo, in dem sich auch der Saal der freimaurerischen Zeremonien befindet«, sagte er mit belegter Stimme.

»Das ist wahrscheinlich, mein Freund. Aber wie sollen wir das anstellen?«

»Ich werde mit dem Dogen sprechen.«

»Worüber?«

»Ich werde ihn bitten, den Signore di Notte von seinem Vorgesetzten vernehmen zu lassen oder vom staatlichen Inquisitor.«

»Aber aus welchem Grund?«

»Aufgrund unserer Aussagen.«

»Und das reicht?«, fragte McSwiney ungläubig.

»Es muss reichen.«

»Aber ist Euch klar, was Ihr da sagt?«

»Absolut.«

»Nun, dann frage ich Euch: Glaubt Ihr wirklich, dass ein hoher Beamter wie ein Signore di Notte al Criminal seine Arbeit anfechten lässt, weil ein Maler und ein Ire im Exil sie infrage stellen?«

Antonio schüttelte den Kopf. Was McSwiney sagte, stimmte. Also, was dann tun? Gab es vielleicht einen anderen Weg? Er sah jedenfalls keinen, dabei war er inzwischen vollkommen sicher, dass Charlotte in höchster Gefahr schwebte. Das Problem war, dass sie keine Beweise hatten. Besser gesagt hatten sie Grund genug zu behaupten, dass die Opfer alle mit dem Symbol der ägyptischen Göttin markiert wurden, aber wie sollten sie das dem Dogen zeigen? Die einzige Lösung war, den Signore di Notte zum Reden zu zwingen. Aber wie? Ihm mit einem Skandal drohen? Doch ihm wurde bewusst, dass sie auch so keine Zeit hatten, um auf Feinheiten und Details zu achten. Den Beamten zum Reden zu bringen, war sicherlich der schwierigste Weg.

So konnten sie es nicht angehen. Er musste den Dogen, der ihn zuerst mit den Ermittlungen beauftragt hatte, davon überzeugen, eine Durchsuchung durch eine andere Behörde anzuordnen. Vielleicht durch den Inquisitore Rosso.

»Wir müssen Ihrer Durchlaucht berichten, was wir entdeckt haben.«

»Richtig, aber was?«

»Die in die Haut geritzten Symbole, die Leichname, der Saal, der als Tempel genutzt wird, der Signore di Notte, der dort ein und aus geht, Eure Initiation, alles.«

»Er wird uns niemals glauben.«

»Mag sein. Aber er wird zumindest dafür sorgen, dass einer seiner für die öffentliche Ordnung zuständigen Richter einen Ort, von dem zwei seiner ehrbaren Bürger wissen, dass er das Hauptquartier einer Freimaurerloge ist, von oben bis unten durchsucht.«

»Und selbst wenn er das täte ... wie können wir sicher sein, dass man die Tochter des Feldmarschalls von der Schulenburg findet?«

Als McSwiney diese Frage stellte, geschah etwas. Man hörte vor dem Zimmer ein Durcheinander, bis die Tür geöffnet wurde.

»Ich muss mit Signor Canal sprechen«, sagte Isaac Liebermann dem Dienstboten, als er eintrat. An der Hand hielt er ein schönes Mädchen von vierzehn oder fünfzehn Jahren, das ärmlich gekleidet war.

Antonio und Owen waren verblüfft, den Arzt so zu sehen, aber als hätte er ihr Erstaunen erkannt, sagte er: »Es ist von höchster Dringlichkeit.«

Daher schickte Canaletto Alvise sofort weg und bedeutete Liebermann, sich zu setzen und zu erzählen.

Der Arzt verlor keine Zeit. »Das Mädchen neben mir heißt Colombina. Sie ist die Freundin eines erkrankten und inzwischen geheilten Mädchens, das ich in den letzten Wochen behandelt habe. Sie weiß, wo sich Charlotte von der Schulenburg befindet.«

Als er das hörte, sprang Antonio auf. »Wo?«, fragte er ungeduldig.

»Auf dem Friedhof von Venedig, dem Ossarium von Sant'Ariano«, antwortete Colombina.

»Aber …« Canaletto zögerte, als hätte er Angst vor dem, was er dachte.

»Als sie sie gesehen hat«, ergänzte Isaac Liebermann, »war sie am Leben.«

»Wann?«, drängte Antonio.

»Vor zwei Nächten«, erwiderte das Mädchen.

»Schnell!«, rief Owen McSwiney aus. »Wir dürfen keine Zeit verlieren.« Dann ergänzte er: »Wer hat sie dorthin gebracht?«

»Ein Mann, der seinen Namen zu Recht trägt. Teufel.«

»Olaf Teufel!«, zischte Antonio wie einen Fluch.

»Ja.«

»Ich glaube nicht, dass er allein war«, bemerkte das Mädchen.

»Verstanden«, entgegnete Canaletto und warf sich einen Umhang um die Schultern. »Wir machen es so: Ihr kommt mit mir zum Dogen, und wir erzählen ihm, was wir wissen. Ich werde eine Schar Soldaten verlangen. Damit überraschen wir Teufel und seine Handlanger, egal, wie viele es sind.«

49

Den Dogen überzeugen

W ir können nicht länger warten, Eure Durchlaucht. Jeder Augenblick, der vergeht, bringt Charlotte von der Schulenburg dem Tod näher.«

»Ich habe nicht die Absicht zu warten, ich möchte aber verstehen, was Ihr wollt. Ich habe begriffen, dass dieser Teufel einer Loge vorsteht, die das Gleichgewicht in Venedig ruinieren will, um Chaos zu säen. Und ehrlich gesagt hat er das absolut erreicht. Aber ich habe nicht verstanden, wieso ihr Soldaten als Begleitung wollt und nicht den Capitan Grando«, sagte Alvise Sebastiano Mocenigo.

»Weil der Signore di Notte al Criminal des Sestiere Castello in die Machenschaften verwickelt ist, da er ein häufiger Gast in Cornelia Zanes Salon ist. Und wenn es so ist – und das kann ich bezeugen, genauso wie der hier anwesende Signor McSwiney –, dann hat sich der Capitan Grando mindestens der Nachlässigkeit schuldig gemacht, wenn nicht schlimmer, und er ist ein Eingeweihter.«

»Das sind schwere Vorwürfe, Signor Canal.«

»Er war es, der den Mord am jungen Shimon Luzzatto

als Hinrichtung eines Täters abgetan hatte, dabei war der arme Junge bloß ein weiteres Opfer. Signor Isaac Liebermann, Doktor der Medizin der Universität von Padua, der hier anwesend ist, kann Euch das bestätigen«, fuhr Canaletto fort und stellte seinen Begleiter vor.

»Ah«, sagte seine Durchlaucht. »Der Mann, der Zeuge des Mordes war. Nun?«, fragte er und sah Liebermann an.

»Eure Durchlaucht, ich kann jedes Wort von Signor Canal bestätigen.«

»Mio Signore«, sprach Antonio weiter. »Wir dürfen keine Zeit verlieren.«

»Nun gut, ich vertraue Euch. Capitano!«, rief Alvise Sebastiano Mocenigo.

Kurz darauf betrat der Kapitän der Wache die Räume des Dogen.

»Capitano«, sagte dieser, »sagt sofort Signor Marco Sagredo Bescheid, dass er sich in einer Stunde am Bacino di San Marco einfinden soll. Er soll seine Männer zusammenrufen, er wird den hier anwesenden Signor Canal und seine Freunde auf den Friedhof von Venedig begleiten.«

»Zum Ossarium von Sant'Ariano?«

»Ganz genau.«

»So sei es«, sagte der Kapitän und wollte gehen.

»Das wird nicht nötig sein«, sagte eine Stimme. Einen Augenblick später betrat der Graf Feldmarschall Johann Matthias von der Schulenburg die Räume des Dogen.

»Ach«, rief der Doge aus, »das ist ja eine Überraschung.«

Canaletto erstarrte, er hatte bis zum Schluss gehofft, dass der alte Held von Korfu nicht aufgeschreckt würde. »Eure Durchlaucht, meine Tochter ist verschwunden, hier bin ich.«

»Das erscheint mir recht«, meinte der Doge.

»Und Ihr, Signor Canal«, bemerkte der Feldmarschall, »ich denke, Ihr schuldet mir eine Erklärung.«

»Exzellenz …«, stotterte Antonio.

»Nicht jetzt«, unterbrach ihn der Held von Korfu. »Dafür ist noch Zeit, aber nicht jetzt. Ach, ich habe vergessen zu erwähnen, dass zwölf Musketiere am Bacino di San Marco auf mich warten.«

»Nun«, erwiderte der Doge, »Ihr habt an alles gedacht.«

»So ist es«, entgegnete der Feldmarschall zufrieden. Dann sah er McSwiney, Liebermann und das Mädchen an und ergänzte: »Und Ihr?«

»Wir werden Signor Canal begleiten«, antwortete der Ire, ohne zu zögern.

»Aber wenn Colombina …«, widersprach Antonio.

»Ich werde mitkommen«, unterbrach sie ihn. »Nach dem, was ich getan habe, möchte ich Euch helfen.«

Isaac Liebermann nickte. Also schloss Canaletto: »Es ehrt dich.«

»Gut!«, sagte der Doge abschließend. »Wenn es

sonst nichts mehr gibt, Signori, so bleibt mir nur noch, Euch meinen Segen zu geben. Ach, Signor Canal ...«

»Eure Durchlaucht?«

»Habt Ihr noch diesen Freibrief, den ich Euch ausgehändigt habe?«

Antonio zog ihn aus der Tasche seines Gehrocks.

»Sehr gut. Das wird Eure Handlungen rechtfertigen. Ganz abgesehen davon, dass alles, was der Marschall tut, immer gut für mich ist. Und natürlich für Venedig.«

»Nun denn, Signori, gehen wir«, sagte der Feldmarschall, »wir müssen das Leben meiner Tochter retten.«

Kurz darauf, als sich der Trupp auf den Bacino di San Marco zubewegte, um die dort vertäuten Boote zu besteigen, näherte sich Feldmarschall von der Schulenburg Canaletto und packte ihn am Arm. Durch zusammengebissene Zähne sagte er: »Ich habe unabsichtlich Euer Treffen mit Charlotte begünstigt. Aber, bei Gott, ich hätte niemals gedacht, dass Ihr meine Tochter in den Abgrund stürzen würdet. Ich wusste, dass Ihr mit einer Ermittlung beauftragt worden wart, aber als Ihr Euch entschlossen habt, Euch in sie zu verlieben, hättet Ihr es mir sagen müssen.«

Antonio wusste nicht, was er sagen sollte. Der Feldmarschall hatte natürlich recht. »Ich bitte Euch um Verzeihung«, war alles, was ihm einfiel.

»Ich weiß nicht, ob das reicht«, knurrte der alte Soldat. »Aber es ist ein Anfang.«

»Ich würde alles geben, um sie zu retten.«

»Nun, dann beginnt mit Euren Armen. Wir müssen ohne Pause rudern, um so schnell wie möglich nach Sant'Ariano zu gelangen.«

»Das werde ich.«

»Und ich werde Euch im Auge behalten, darauf könnt Ihr wetten.«

»Einverstanden.«

Der Feldmarschall seufzte. In der Dunkelheit warfen die Laternen am Bacino di San Marco ein schwaches Licht auf sein Gesicht, und Antonio sah dort die große Sorge eines Vaters um seine Tochter.

»Es ist meine Schuld«, sagte Johann Matthias von der Schulenburg dann. »Ich hätte mich mehr für sie interessieren sollen, öfter da sein. Stattdessen war ich seit meiner Jugend zu sehr mit Kämpfen beschäftigt, und jetzt habe ich mir erneut geschworen, ihre Freiheit zu respektieren, denn mit welcher Begründung könnte ich je fordern, dass Charlotte mir die Geheimnisse ihres Lebens anvertraut? Und das ist das Ergebnis.«

Antonio schwieg. Er befürchtete, dass jedes Wort fehl am Platz wäre.

»Capitano!«, rief der Held von Korfu.

»Mio Signore!«, kam die Antwort, und ein Musketier trat aus der Dunkelheit.

»Wir müssen in Windeseile nach Sant'Ariano«, befahl von der Schulenburg.

Der Kapitän betrachtete überrascht die Begleitung des Feldmarschalls.

»Sie gehören zu mir«, sagte dieser in einem Tonfall, der keinen Widerspruch duldete.

»Zu Befehl.«

Einen Augenblick später bestiegen Antonio, der Feldmarschall, McSwiney, Liebermann und Colombina die Boote.

Auf sie wartete eine nächtliche Überfahrt im verzweifelten Versuch, Charlotte von der Schulenburg zu retten.

50

Sachmet

Dieser grauenhafte Mann behandelte sie dennoch mit Respekt. Gewiss, die Kälte drang ihr bis in die Knochen, und der Ort, an dem sie sich befand, ließ sie schaudern. Als die Sonne aufgegangen war, fiel ein schwaches Licht wie Mondschein durch das Gitter, und doch hatte Charlotte den Sonnenaufgang und den Morgen wie einen Segen begrüßt. Sie hatte die ganze Nacht über kein Auge zugetan. Und in der vorangegangenen ebenfalls nicht.

Dieser fremde Soldat, seinem Akzent nach sicher ein Slawe oder Ungar, war an jedem Tag dreimal gekommen, um ihr Essen zu bringen und zu fragen, ob sie etwas brauchte.

Sie hatte keine Ahnung, wo man sie gefangen hielt, aber sie roch den scharfen und brackigen Geruch der Lagune. Die Zelle schien zu irgendeiner verlassenen Bastion zu gehören, fast sicher auf einer Insel.

Sie seufzte. Der Tag war viel zu schnell vergangen, und jetzt war es erneut dunkel. Selbst wenn sie wollte, würde sie gewiss wieder nicht schlafen.

Sie schlürfte etwas Suppe, probierte das Brot. Sie

hatte keinen Hunger, aber musste essen und versuchen, bei Kräften zu bleiben. Sie hoffte, dass jemand käme, um sie zu retten. Ihr Vater vielleicht. Oder Antonio. Schließlich befand sie sich fast sicher seinetwegen hier.

Natürlich hatte er das nicht gewollt. Gar nicht. Sie erinnerte sich, dieses Risiko bewusst eingegangen zu sein. Sie hatte sich nicht zurückgezogen, obwohl sie genau wusste, welcher Bedrohung sie sich auslieferte. Und sie hatte nicht vergessen, was sie einander im Caffè gesagt und, noch besser, was sie sich in der Nacht, in der sie sich der Leidenschaft hingegeben hatten, versprochen hatten. Sie vertraute darauf, dass er sie finden würde. Aber vielleicht waren das auch nur die Fantasien einer hoffnungslos verliebten Frau, die noch nicht aufgegeben hatte und diesem kleinen, aber zähen Mann, der sich an einer zu großen Aufgabe abzuarbeiten schien, komplett vertraute.

Andererseits hatte sie sich genau deswegen in Antonio verliebt. Canaletto wollte Venedig auf seinen Gemälden einfangen und sie vor Licht leuchten lassen, während die Betrachter seiner Bilder sprachlos davorstanden. Und nun versuchte er, einer schrecklichen, blutigen Affäre auf den Grund zu gehen, einer Verschwörung, die niemanden zu interessieren schien. Und sie war höchstwahrscheinlich direkt im blutigen Netz der Verschwörer gelandet. Sie hatten sie im Auge behalten und waren sicher, sich seiner entledigen zu können, indem sie sie trafen. Welche andere Erklärung konnte es sonst geben?

Sie würde nicht zögern. Egal, was geschehen war. Sie würde dem Schicksal in die Augen sehen und es herausfordern. Mit Stolz. Wie ihr Vater es so oft getan hatte. Vielleicht flossen ein paar Tropfen seines kühlen Bluts auch in ihren Adern, denn obwohl alles oder fast alles gegen sie sprach, fühlte sie sich weder schwach noch besiegt. Sie hatte Lust, bis zum Ende zu kämpfen. Das war wenig, aber sicher.

»Schneller, verdammt!«, sagte Antonio. Obwohl die Soldaten kräftig ruderten und auch er sich anstrengte, schien es ihm zu lange zu dauern. Sie hatten keine Zeit, außerdem halfen die Blicke des Feldmarschalls voller angespannter Entschlossenheit niemandem. Er konnte ihnen nichts vorwerfen. Abgesehen von dem Gefühlsausbruch auf dem Weg zu den Booten, hatte er kein böses Wort an sie gerichtet, doch sein Leiden war offensichtlich. Und es konnte auch gar nicht anders sein. Was erwartete Antonio? Dass er nach allem, was geschehen war, als völlig unschuldig an Charlottes Verschwinden galt?

Das war unmöglich. Und ganz abgesehen davon, was der Feldmarschall dachte, so klagte er selbst sich als Erster an.

Aber es nutzte nichts, in Reue und Schuldgefühlen zu versinken, er musste rudern und die Entfernung nach Sant'Ariano überbrücken. Antonio hatte keine Ahnung, was sie dort erwartete. Er hoffte, dass die Insel praktisch menschenleer wäre, so wie

Owen McSwiney sie vor ein paar Tagen vorgefunden hatte.

Er betrachtete die schwarze Lagune. Sie breitete sich um ihn herum aus, unendlich und zutiefst bedrohlich. Das Wasser war ruhig, die Ruder bewegten sich schnell. Antonios angespannte Muskeln brannten vor Anstrengung, und sein Atem stockte vor Angst und Ungewissheit, die er mit jedem Schlag seines Ruders zu verdrängen versuchte. Die Laternen der beiden *sanpierote* blitzten wie dämonische Augen auf der flüssigen schwarzen Fläche.

Sie kamen immer näher.

»Achtung«, verkündete der Feldmarschall. »Wir sind in der Nähe von Torcello. Sobald die Insel hinter uns liegt, löschen wir die Laternen.«

»Und was machen wir ohne Licht?«, fragte ein Musketier.

»Der Mond wird uns führen.«

Der Soldat schluckte einen Fluch hinunter.

Antonio dagegen hielt das für eine großartige Idee. Ansonsten hätten sie ihr Kommen von Weitem angekündigt, was den Gefängniswärtern genug Zeit ließe, um sich zu organisieren.

»Keine Sorge«, ergänzte McSwiney, »die Landungsbrücke des Friedhofs ist gut zu erkennen. An schwarzen Kreuzen hängen dort Laternen, die schon bald zu sehen sein werden. Achten wir lieber darauf, beim Näherkommen nicht zu viel Krach zu machen.«

Damit schwiegen alle. Die Laternen wurden gelöscht.

Man hörte nur noch das langsame Klatschen der Ruder im schwarzen Lagunenwasser, damit die Überraschung gelang.

Die beiden *sanpierote* bewegten sich wie monströse, amphibische Kreaturen vorwärts: still, heimtückisch, Überbringer des Todes. Kurz danach erblickten Antonio, der Feldmarschall, McSwiney und alle anderen die Lichter, von denen der Ire gesprochen hatte. Sie leuchteten in der Ferne, als wollten sie den Eingang zur Hölle verkünden.

Canaletto atmete tief ein. Bald würden er und seine Kameraden an Land gehen. Was sie dort entdecken würden, wussten sie nicht, aber sicherlich nichts Gutes. Das Einzige, was für ihn zählte, war Charlotte, doch alles deutete darauf hin, dass mehr als eine Person bereit war, sie bewaffnet zu empfangen oder ihnen auch nur eine schlechte Nacht zu bereiten, wenn sie ihre Pläne durchkreuzen wollten.

Was auch immer sie erwartete, er war bereit. Und nicht weil er Johann Matthias von der Schulenburg etwas beweisen musste, sondern weil er dessen Tochter liebte, seit er sie das erste Mal erblickt hatte, und Tag um Tag war dieses Gefühl stärker geworden, intensiver, fast unerträglich. Er erinnerte sich, wie er gelitten hatte, als sie sich von ihm verabschiedet hatte, weil sie eine Auftragsarbeit fertigstellen musste, nachdem sie ihm ihre Linsen, die Lochkamera und das Fernrohr gezeigt hatte, mit dem er dann den Spion entdeckt hatte, der sie beschattete.

Er war erstaunt gewesen, weil er nicht erwartet hatte, so sehr zu leiden, und diese Melancholie, weil er sie vermisste, war immer stärker geworden, bis zu ihrem nächsten Treffen. Außerdem hatte er bei jedem Gespräch das deutliche Gefühl, dass sie ihn verstand und kannte. Er bewunderte sie. Es waren nicht nur ihre Unternehmungslust oder ihre Schönheit, sondern etwas viel Tieferes und Geheimnisvolleres, das ihn beschützte und ihn wünschen ließ, sie an seiner Seite zu haben. Und aus eben diesem Grund konnte er sich das, was geschehen war, nicht verzeihen.

Doch jetzt hatte er die Chance, seine Fehler wiedergutzumachen.

Er würde es tun.

Auch wenn er dafür sein Leben riskieren müsste.

51

Zwischen Masken und Knochen

Sie sah nichts. Oder besser gesagt, irgendetwas stimmte nicht mit ihren Augen, die Personen vor ihr waren verzerrt, undeutlich, zitterten, als wären sie nicht aus Fleisch und Blut. Sie hatte sogar das Gefühl, dass ihre Umrisse verschwammen. Sie spürte, dass jemand sie auszog, aber sie hatte nicht die Kraft, sich zu wehren. Hände berührten sie und zogen ihr ein Gewand an, das sie noch nie gesehen hatte, sie wusste auch nicht, woher es kam.

Es war wie ein Albtraum. Keine der Personen hatte ein menschliches Gesicht. Jede trug stattdessen eine schwarze Maske. Vielleicht brachten sie sie zu einem wahnsinnigen Karneval, an dem sie teilnehmen musste, ob sie wollte oder nicht. Sie konnte kaum stehen, zwei Männer mit breiten Schultern hielten sie.

Sie befand sich noch in der Zelle. Fackeln flackerten überall. Jemand redete in einer Sprache, die sie nicht kannte. Ihr fiel auf, dass derjenige, der sie vorbereitete, schwarz gekleidet war. Sie fesselten ihre Hände auf dem Rücken. Das Seil schnitt ihr ins Fleisch, es war so eng, dass sie Angst hatte, ihre Handgelenke würden brechen.

Schließlich gingen sie hinaus. Als Erstes spürte Charlotte die Kälte der Nacht. Sie fror. Aber sie zogen sie weiter, ohne darauf zu achten. Ihr war ihre Ohnmacht bewusst, als hätte sie keinerlei Willen mehr und wäre nur noch eine Lumpenpuppe in den Händen eines launischen Kindes.

Was sie außerhalb der Zelle sah, erschrak sie noch mehr. In der Dunkelheit brannten Laternen, und vor ihr erhoben sich hohe Wände aus Knochen, Pyramiden aus Schädeln, Mauern aus Schienbeinen in der Farbe von Elfenbein. Waren sie real? Oder erlebte sie einen kranken Traum? Sie versuchte zu schreien, aber hatte keine Stimme. War sie also stumm geworden? Die hinter schwarzen Masken verborgenen Gesichter bewegten sich wie in einem höllischen Tanz vor ihr. Sie sah auf diesen maskierten Gesichtern grausames weißes Grinsen und spürte eine mysteriöse Feierlichkeit, als würde die Feier eines geheimen Ritus vorbereitet. Hinter den Knochenbergen schienen sich schwarze Kreuze auszudehnen, und sie hatte das Gefühl, als wäre sie auf dem größten Friedhof gelandet, den Menschen je angelegt hatten.

Wenn sie denn sterben müsste, fände ihr Körper wenigstens leicht ein Grab, dachte sie.

Dann hatte sie das Gefühl, eine Frau mit Löwengesicht anzusehen. Sie war gleichzeitig monströs und wunderschön. Charlotte empfand sowohl Angst als auch unwiderstehliche Anziehung. Durch ihre Gefühle und die veränderte Wahrnehmung ihrer Umgebung stolperte sie.

In einer Ecke des offenen Platzes, auf den sie geführt worden war, murmelte jemand eine Art Litanei in einer unbekannten Sprache. Je mehr Worte aufeinanderfolgten, desto stärker schien der Verfremdungseffekt zu werden.

Sie bemerkte, dass sie ein weißes Gewand trug. Vor ihr standen mindestens zwanzig schwarz gekleidete Männer mit merkwürdigen hellen Schürzen. Neben ihr rezitierte der Pfarrer oder Geistliche des Kultes weiter seine Formeln. Er war genauso gekleidet wie die Männer vor ihr, hatte jedoch lange schwarze Haare und einen Goldohrring. Irgendwie erkannte Charlotte in ihm den Mann, der sie gefangen und hierhergebracht hatte.

Die Frau mit dem Löwengesicht schwieg. Da sie fast vollkommen reglos war, wirkte sie in ihren Augen unmenschlich. Schließlich hob sie den Arm in den Sternenhimmel, als riefe sie einen Gott an, wer auch immer der war.

Der Mann, der Gebete in der unbekannten Sprache rezitierte, näherte sich der Frau und kniete sich sie anbetend hin.

Da sah Charlotte ihn näher kommen. Er war so groß wie eine Eiche. Seine beeindruckende Form schien an Festigkeit zu verlieren, wie ein Reiter, der sich in der Augusthitze entfernte. Und doch spürte sie seine tödliche Nähe, und aus der Angst wurde Panik, als sie sah, wie er ein großes glänzendes Schwert zog. Sie begriff, dass sie das auserkorene Opfer war, als jemand sie an der Schulter hielt, zu Boden warf, dann an den Haaren emporzog und ihren Kopf auf eine Art Holzklotz legte. Er spuckte ihr seinen ganzen Hass auf die Wange und sprach Worte voller Wut und Grausamkeit.

Charlottes Gesicht schlug auf das Holz. Sie spürte, wie Blut ihren Mund füllte.

Sie sah das große Schwert. Im roten Licht der Fackeln, die auf dem Friedhof um sie herum standen, sah sie ihr eigenes Gesicht, das sich im Eisen spiegelte.

Sie schloss die Augen.

Und bereitete sich auf den Tod vor.

52

Aktion

Sie erreichten den Anleger, sprangen auf die Holz-
bohlen und vertäuten die zwei *sanpierote* an den
Dalben.

»Wir dürfen keine Zeit verlieren«, wisperte Antonio.

»Nehmt«, flüsterte der Feldmarschall und reichte
ihm eine Pistole mit Perlmuttkolben. »Sie ist geladen
und das Schießpulver trocken. Ihr müsst nur zielen
und abdrücken.«

Eine solche Geste hatte Canaletto nicht erwartet.
Aber der Held von Korfu hatte recht. Also nahm er
die Pistole. An seinem Gürtel hing ein Schwert. Er
hoffte, weder das eine noch das andere benutzen zu
müssen.

McSwiney stieß auf dem Anleger zu ihnen, genau
wie Isaac Liebermann und Colombina.

»Nur Mut«, fuhr der Feldmarschall fort, »folgt
mir.«

Antonio war erneut erstaunt, mit welch großer
Kühnheit der alte General die Gruppe anführte. Er
hielt mit ihm Schritt, während seine Freunde ihm

folgten wie auch die Musketiere. Sie erreichten unge-
stört den Mauerring, an dem sie entlanggingen. Dem
Feldmarschall erschien es seltsam, dass es keine
Wachen gab, so vorsichtig und aufmerksam sie auch
waren, es schien sie niemand zu erwarten. Schließlich
kamen sie an der Kapelle an, die die Mauer unterbrach und der Eingang zum Friedhof war und durch
die McSwiney bereits getreten war. Ihm gab Johann
Matthias von der Schulenburg ein Zeichen, und der
Ire zögerte nicht, näher zu kommen.

»Feldmarschall, ich höre«, sagte er.

»Mein Freund, ich frage Euch: Habt Ihr eine Ahnung, wie viele Männer den Friedhof bewachen?«

»Soweit ich weiß, nur ein stummer Totengräber
namens Unocchio, weil er nur ein Auge hat.«

»Doch wir können nicht ausschließen, dass derjenige, der meine Tochter entführt hat, über Wachen
verfügt.«

»Natürlich«, pflichtete der Ire ihm bei.

»Aber wenn ich Eindringlinge wirklich fürchte«,
murmelte der Feldmarschall, als würde er laut denken, »dann hätte ich die Wachen schon auf den
Anleger postiert. Offensichtlich sind sich die Entfüh-
rer aus irgendeinem Grund sicher, dass niemand ihre
Anwesenheit auf dem Friedhof von Sant'Ariano vermutet. Also gehen wir weiter, wenn auch vorsichtig.«
Bei diesen Worten erhob er eine Hand, und ein paar
Musketiere schlossen zu ihm auf. »Öffnet die Tür
und geht voraus.«

Die Soldaten gehorchten. Sie bearbeiteten das Schloss. Es dauerte etwas, aber schließlich hörte man ein metallisches Knacken. Die Tür zur Kapelle öffnete sich, und die Truppe trat ein. Drinnen befanden sich viele Kerzen, ein kleiner Altar und Holzbänke. Der Feldmarschall, Canaletto und alle anderen durchquerten den Raum. Die Tür zum Friedhof stand offen.

Die beiden Musketiere, die die Vorhut bildeten, gingen zuerst hinaus.

Die anderen folgten ihnen.

Fackeln und Kohlenschalen erleuchteten die Szene. Antonio sah Mauern aus Schädeln und Knochen, eine endlose Weite des Todes, die sich vor denen zu erheben schien, die den Ort betraten. Die Haufen waren so hoch, dass sie wie Berge erschienen. Die Serenissima hatte über Jahrhunderte die Überreste ihrer eigenen Kinder hier gesammelt, und diese elfenbeinfarbenen Hügel wollten den Sterblichen wohl sagen, dass die Menschheit nie etwas erfunden hat, das dem Tor zur Hölle näher war.

Die rötlichen Flammen warfen auf diese Knochenpyramiden gruselige Schatten, Zungen, die sich auf der glatten Oberfläche von Schädeln und Schienbeinen bewegten.

Wie sollten sie hier den Ort finden, an dem Charlotte gefangen gehalten wurde?

Doch da drang eine Stimme durch die Dunkelheit vor ihnen und schien eine Lösung dieses Rätsels zu bieten. »Hier entlang«, sagte sie.

Es war einer der zwei Musketiere, die die Vorhut bildeten, der anscheinend etwas entdeckt hatte, das sie übersehen hatten.

Auf seinen Ruf hin bogen sie nach rechts ab. Und während sie vorangingen, bemerkten sie eine Art Litanei in einer unbekannten Sprache, von einer heiseren Stimme gebetet, die in der Nachtluft hing.

Sie folgten dieser Anrufung, dabei fiel Antonio auf, dass die unendliche Anhäufung von Knochen schließlich zu einem Friedhof führte: Gräber mit schwarzen Kreuzen, unterbrochen von spärlichen Feuern, die den umgebenden Raum beleuchteten. Der Friedhof endete schließlich in einem freien Platz. Genau da sah er etwas, das er niemals erwartet hätte.

Im Licht von Fackeln, die in der Erde steckten, feierte eine Gruppe schwarz gekleideter Männer etwas, das höchstwahrscheinlich irgendein Ritus war. Sie schienen von dem, was sich vor ihnen befand, völlig verzückt und daher wie taub für die Geräusche, die der Trupp von Antonio und dem Feldmarschall machten, obwohl sie schlichen.

Doch als sie hinter ihnen standen, wurde auch Canaletto bewusst, dass das, was dort geschah, eine solche perverse Faszination ausübte, dass alles andere völlig nebensächlich wurde.

Vor ihnen rezitierte ein Mann die Litanei. Er hatte lange schwarze Haare und einen Goldohrring. Eine Maske bedeckte sein Gesicht. Ansonsten war er ganz schwarz gekleidet, abgesehen von einer weißen

Schürze. Das war sicher Olaf Teufel. Er war exakt so gekleidet, wie Owen McSwiney ihn vor Kurzem beschrieben hatte, als er den Aufnahmeritus in der Loge erlebt hatte.

Hinter ihm stand eine Frau mit Löwengesicht auf einer Holzbank. Sie war schön wie eine Statue und exotisch gekleidet, ihre Brust von einer bodenlangen Tunika kaum bedeckt, ihre Hände zum Himmel erhoben. Es war die perfekte Personifikation der Göttin Sachmet, so wie Antonio sie im Buch von Joseph Smith gesehen hatte.

Doch in der Mitte stand eine andere Frau, die Hände auf dem Rücken gefesselt. Als sie den Kopf anhob, sah Antonio, dass es Charlotte war.

Ein Mann im schwarzen Umhang und mit einem schwarzen Dreispitz ging auf sie zu.

Er hielt ein Schwert.

Aus irgendeinem für Antonio unerklärlichen Grund schien Charlotte sich nicht bewegen zu können.

Einen Augenblick später zielte Canaletto mit der Pistole.

Er schoss.

53

Herzen und Pistolen

❦

Der Schuss dröhnte in der Stille, die einzig von Olaf Teufels Stimme gebrochen wurde.

Die Kugel schoss durch die Luft.

Sie brauchte eine Ewigkeit, um ihr Ziel zu erreichen. Jedenfalls schien es Antonio so. Schließlich landete sie in der Schulter des schwarz gekleideten Mannes. Der keuchte verzweifelt und wurde von der Wucht des Aufpralls nach hinten geworfen. Er ließ das glänzende Schwert fallen und führte eine Hand an die verletzte Schulter. Er schwankte und sah sich um, als wüsste er plötzlich nicht mehr, was er tun sollte.

Einen Augenblick lang schien die Szene zu erstarren, als wären die Beteiligten dieser teuflischen Aufführung von dem, was sie gerade gesehen hatten, überrascht und bestürzt.

Mit großer Geistesgegenwart brüllte Johann Matthias von der Schulenburg seine Befehle: »Stillgestanden! Im Namen seiner Durchlaucht dem Dogen von Venedig verhafte ich Euch!«

Doch diese Worte schüchterten die Anwesenden nicht etwa ein, sondern schienen die unwirkliche Starre zu lösen, in der alle gefangen waren. Die Mitglieder der Loge griffen nach ihren Schwertern und Pistolen und griffen den Helden von Korfu und seine Männer an.

Doch die Musketiere hatten keine Zeit verloren: Sie standen in doppelter Reihe, zielten bereits und feuerten. Sie schossen nicht, um zu töten, sondern um diese schwarzen Teufel vor ihnen zu stoppen. Helle Wolken stiegen über den Musketen auf, als blutrote Blitze aus den langen Läufen explodierten. Die erste Ladung warf mindestens fünf der schwarzen Männer zu Boden. Die zweite, direkt danach, streckte genauso viele nieder.

Im nun folgenden Durcheinander nahm Antonio seinen ganzen Mut zusammen und versuchte, zu Charlotte zu gelangen. Er hatte keine Ahnung, wie er sie verteidigen sollte, da seine Pistole nicht mehr geladen war und er kaum in der Lage war, ein Schwert zu führen.

Hinter ihm lief Owen McSwiney, um ihm den Rücken zu decken.

Zum Glück für Antonio waren die Freimaurer zu sehr damit beschäftigt, sich selbst zu verteidigen, um auf ihn zu achten. Er war rasch bei Charlotte. Sie kniete auf der kalten Erde des Friedhofs, wehrlos, schicksalsergeben, der Körper von Schauern geschüttelt. Antonio nahm seinen Umhang und legte ihn ihr um die Schultern.

»Du bist hier«, sagte sie, die Stimme vor Schmerz und Angst ganz rau. »Du lebst? Bist du meinetwegen hier?«

»Ich würde für dich sterben«, erwiderte Antonio. Und er umarmte sie, presste sie an die Brust und ließ zu, dass die Liebe für einen Moment den Kampf unterbrach.

Er bemerkte nicht, dass der verwundete Henker trotz seiner blutenden Schulter anscheinend nicht die Absicht hatte, aufzugeben. Und tatsächlich, mit dem vom Schuss verschonten Arm warf er den Dreispitz weg, als ob der ihn störte. Der Hut landete zwischen den schwarzen Kreuzen auf dem Friedhof. Als er sich umblickte, erkannte Canaletto im Licht der Fackeln und Kohlenbecken den Capitan Grando. Er glaubte seinen Augen kaum.

Schließlich kam der auf Antonio und Charlotte zu. Er hatte keine Zeit, die Pistole, die er am Gürtel trug, zu ergreifen, da ertönte schon ein Schuss. Eine Bleikugel traf das rechte Bein des Anführers der Signori di Notte al Criminal, der zwischen den Kreuzen und Gräbern auf die Knie sank.

Antonio drehte sich um und sah Owen McSwiney mit der rauchenden Pistole in der Hand. Nicht weit entfernt floh Olaf Teufel. »Haltet ihn auf!«, brüllte Antonio. Doch der teuflische Galan war bereits zwischen den Unmengen Knochen verschwunden.

Ein Musketier entfernte sich von der Menge, die am anderen Ende des Friedhofs tobte, und machte sich an die Verfolgung. Antonio hoffte, dass er ihn erreichen würde. Er selbst hatte keinerlei Absicht, Charlotte allein zu lassen.

Ein Blitz erhellte den Himmel. Ein eisiger Regen begann zu fallen. McSwiney ging los und blieb vor dem Capitan Grando stehen. Er trat ihn gegen die Brust, sodass er in den Matsch fiel.

Dann nahm er ihm die Pistole ab und zielte damit auf die Frau, die als Göttin Sachmet verkleidet war. Sie schien nicht Vernunft annehmen zu wollen. Während er weiter auf sie zielte, riss McSwiney ihr die Löwenmaske vom Gesicht.

Das blasse Gesicht der berühmtesten Kurtisane von Venedig erschien.

Sie schien am Ende und sagte kein Wort. »Versucht nicht zu fliehen«, sagte der Ire.

Sie antwortete nicht.

»Ihr«, sagte Antonio zum Capitan Grando, »Ihr seid der Mörder, der Venedig mit Blut befleckt hat.«

»Überrascht?«, wollte Giovanni Morosini wissen, dabei verzog er sein Gesicht vor Schmerzen. »Wer sonst hätte denn die Ermittlungen manipulieren können? Gewiss, als ich verstanden habe, dass der Doge Euch damit beauftragt hatte, wegen der letzten Morde an diesen beiden Flittchen zu ermitteln, hätte ich Euch nicht unterschätzen dürfen.«

»Seine Durchlaucht hat mir nie einen solchen Auftrag gegeben. Aber jetzt ist nicht die Zeit, um darüber zu sprechen. Charlotte«, sagte Antonio und sah die Frau an, die er liebte, »ich muss Euch ins Warme bringen.«

»Die Kapelle!«, rief McSwiney.

In der Zwischenzeit hatte Feldmarschall von der Schulenburg die Freimaurer, die sich noch auf den Beinen hielten, unter Kontrolle. Die, die nicht geflohen waren, lagen nun in Ketten. Unter ihnen befanden sich auch der Hinkefuß und der auffallende Mann, den Antonio als Wache vor dem Palazzo von Cornelia Zane gesehen hatte.

Canaletto verschwendete keine Zeit mehr. Er nahm Charlotte auf den Arm und ging zur Kapelle. Der Held von Korfu trat zu ihnen und streichelte das Gesicht seiner Tochter.

»Vater«, wisperte sie.

»Strengt Euch nicht an, meine Liebste«, erwiderte von der Schulenburg, »Antonio hat recht, es wäre gut, wenn Ihr Euch in der Kapelle ausruht und wartet, bis dieser Regen aufhört.«

Damit machte sich Canaletto mit Charlotte auf dem Arm auf den Weg zur Kapelle.

54

Abrechnung

In einem Geheimzimmer des Palazzo Ducale lag der Capitan Grando in Ketten auf dem Boden.

Vor ihm standen seine Richter: der Doge Alvise Sebastiano Mocenigo, der Inquisitore Rosso und Antonio Canal.

Giovanni Morosini kniete auf dem Steinboden, die Arme an ein Seil gebunden, das von einem Eisenring an der Decke hing.

»Nun«, forderte ihn der Doge auf, »sprecht! Wie konntet Ihr?«

»Pah«, entgegnete der Capitan Grando und spuckte Blut aus. »Und wieso nicht?«, dann schwieg er.

»Sprecht, Verfluchter!«, rief der Inquisitor.

»Und was soll ich Euch sagen, das Ihr nicht bereits wisst? Dass Venedig der Familie Mocenigo wie auch anderen Häusern seit der Gründung zu Füßen liegt? Dass jeder Versuch, diese Ordnung zu verändern, schon immer unmöglich war? Ihr redet«, sagte er an den Dogen gewandt, »spielt den Übervater, tut so, als wärt Ihr der Retter der Heimat, dabei ist die Wahrheit, dass ihr einem Geschlecht aus lauter Blutsaugern entstammt, das seit Jahrhunderten an Venedig klebt, das Ihr mit Eurem unstillbaren Machthunger aussaugt. Allein in den letzten zwanzig Jahren hattet Ihr zwei Dogen und wollt mir eine Moralpredigt halten. Und warum? Weil ich zwei Dirnen umgebracht habe?«

»Wie könnt Ihr es wagen?«, brüllte Mocenigo, sein Gesicht nach diesen Beleidigungen wutverzerrt. »Diese Jungfrauen haben nichts getan. Sie waren Engel! Sie gehörten zu einigen der adeligsten Familien von Venedig.«

»Ach wirklich?«, sagte der Capitan Grando, dabei wirkte er aufrichtig amüsiert. »Wusstet Ihr, dass diese beiden sich zum Vergnügen in den Separees von Cornelia Zanes Salon prostituierten? Aber natürlich wusstet Ihr nichts davon.«

»Ihr lügt!«, donnerte der Doge.

»Überhaupt nicht«, rief Morosini, »es ist nur so, dass alles, was für Euch edel und heilig ist, in dieser verfluchten Stadt tatsächlich faul ist. Und das ist Eure Schuld und die von jenen wie Euch wie dem staatlichen Inquisitor.«

»Ich erlaube Euch nicht, solche Lügen zu verbreiten!«, meldete sich der hohe Beamte. »Außerdem gibt es keine Entschuldigung für das, was Ihr getan habt. Ihr habt nicht nur Unschuldige getötet. Ihr habt sie massakriert und Ihnen das Herz herausgerissen.«

»Exakt.«

»Begreift Ihr, was Ihr getan habt?«

»Wir mussten Schrecken in der Stadt verbreiten. Hätte ich ihnen einfach nur die Kehle durchgeschnitten, hätten wir nicht dasselbe Ergebnis erzielt.«

Antonio war erschüttert von dem, was er hörte. Es war eine wahre Abrechnung.

Der Inquisitor gab dem Kerkermeister, der in einer Ecke stand, ein Zeichen. Der trat näher und schlug den Capitan Grando ins Gesicht. Giovanni Morosinis Kopf kippte nach hinten, als hätte ihn ein Hammer getroffen. Als er sich wieder gefasst hatte, zeigte der Gefangene ein Grinsen mit weißen spitzen Zähnen und rotem Blut, das an seinen Lippen klebte.

»Erzählt von Eurer Sekte«, brüllte der Inquisitor.

Giovanni Morosini spuckte zu Boden. Klumpiger roter Speichel landete auf den Steinen. »Die Freimaurerloge war nur eine Deckung. Mit der ägyptischen Religion, den Symbolen des Winkels und des Zirkels und der Zeichnung des Großen Baumeisters wollte Teufel, dieser Verrückte, die Aufmerksamkeit vom eigentlichen Projekt ablenken.«

»Venedig zu unterwerfen«, sagte Antonio.

Der Capitan Grando brach in ersticktes Lachen aus. »Ihr, verfluchter Maler, Ihr seid der Stachel in meinem Fleisch gewesen, und der Doge war weitsichtig, als er sich einem Mann anvertraute, der über jeden Verdacht erhaben war. Wenn ich daran denke, dass ich Euch gesagt habe, Ihr solltet zu Euren Bildern zurückkehren.«

»Dieses Mädchen«, sagte Antonio und dachte an

den schrecklichen Morgen auf dem Campo San Giacomo di Rialto, »Ihr habt sie getötet! Ihr redet, als wäre Euch das egal.«

»Ein zufälliges Übel«, lautete die Antwort. »Und glaubt mir, Canaletto, der Doge weiß ganz genau, wovon ich rede. Fragt Seine Durchlaucht doch mal, was er in Chio getan hat, nachdem er es erobert hatte: Er hat die Stadt dem Erdboden gleichgemacht, sie verbrannt, hat vergewaltigt ...«

Dieses Mal stoppte die Faust des Inquisitors diesen giftigen Wortfluss. »Schweigt, elender Wurm. Ihr wisst nicht, was Ihr sagt.«

Die Lippe des Capitan Grando färbte sich erneut rot. Wieder tropfte Blut auf den Steinboden.

»Ihr könnt mich so oft schlagen, wie Ihr wollt«, erwiderte Morosini, »jeder ist für seine eigenen Taten verantwortlich.«

»Und Teufel? Was ist aus ihm geworden? Wer ist er?«

»Wer weiß das schon?«

»Nun tut nicht so, als würdet Ihr ihn nicht kennen«, sagte der Doge.

»Niemand kennt diesen Mann wirklich. Allerdings kann ich Euch sagen, dass Ihr ihn nie fangen werdet.«

»Ich will alles über ihn wissen!«, beharrte seine Durchlaucht.

Der Capitan Grando hustete. Er seufzte und konzentrierte sich kurz.

Dann fuhr er fort. »Ich glaube, er stammt aus irgendeiner vergessenen Region des Österreichischen Reichs. Böhmen? Mähren? Walachei? Jedenfalls ist er sicher viel gereist, und mit der Zeit hat er ein erstaunliches Talent entwickelt, Frauen zu manipulieren und zu verführen. Und nicht nur sie. Auch die Männer. Er ist sehr kultiviert, weil er außergewöhnlich neugierig ist. Nur er konnte das Gerücht über Schabbtai Zvi verbreiten«, und bei dieser Aussage musste Giovanni Morosini teuflisch grinsen.

»Verfluchter!«, rief der Inquisitore Rosso aus.

»Ihr habt Shimon Luzzatto angeklagt, der unschuldig war«, sagte Antonio aufs Äußerste empört, »und dann habt Ihr Isaac Liebermann angelogen.«

Der Capitan Grando nickte. »Ganz genau. Olaf Teufel hat ihm die Kehle durchgeschnitten, aber ich konnte die Ermittlungen manipulieren. Es wäre alles glattgegangen, wenn Ihr Euch nicht noch mal eingemischt hättet. Mich tröstet, dass Teufel früher oder später zurückkehren wird und Ihr bezahlen werdet. Eure Tage sind gezählt. Ihr habt die Rebellion dieses Mal aufgehalten, aber das werdet Ihr nicht für immer können.«

»Was hat er vor? Gesteht!«, verlangte der Inquisitore Rosso.

Zur Sicherheit verpasste der Kerkermeister dem Capitan Grando wieder einen Schlag, aber der war hart im Nehmen. Und auch wenn er den Hieb einsteckte, schien er nicht sehr beeindruckt. »Ihr könnt mit mir machen, was Ihr wollt«, fuhr er fort, »aber Ihr habt keine Ahnung, was dieser Mann vermag. Außerdem ist das Netz viel größer, als Ihr denkt.«

Antonio schauderte. Ihm schien, dass dieser Sieg doch sehr bitter war. Gewiss, sie hatten den Fall gelöst, aber der Hass, den Giovanni Morosini und seinesgleichen kultivierten, wirkte archaisch. Ganz zu schweigen davon, dass der teuflische Geist hinter dieser Verschwörung entkommen war, und niemand wusste, wann er zurückkehren würde, aber im Grund seines Herzens wusste jeder sehr wohl, dass Teufel sich rächen würde.

»Teufel«, sagte Morosini nun, »er trägt seinen Namen zu Recht, denn glaubt mir, wenn ich Euch sage, dass ich noch nichts getroffen habe, was einem Dämon näher kommt als dieser Mann.«

»Mag sein«, meinte der Doge. »Aber Ihr seid das ebenso. Ihr habt zwei unschuldige Jungfrauen ermordet.«

»Und es hat Euch Vergnügen bereitet. Schließlich habt Ihr sie mit dem Gesicht von Sachmet markiert. Nicht nur das. Ihr habt es auch auf die Schulter von Shimon Luzzatto geschnitten«, warf Antonio ihm vor, er verlor langsam die Kontrolle. Was er aus dem Mund des Capitan Grando gehört hatte, hatte ihn erschüttert.

»Darauf könnt Ihr wetten! Und eben dieses Vergnügen ist mein Ruin gewesen.« In seinen Worten lag ein wahnsinniges Bedauern.

»Und Ihr wart bereit, auch Charlotte von der Schulenburg zu töten«, ergänzte er.

»Diese Frau ist Euch sehr teuer, nicht wahr?«, fragte Morosini, aber es war eindeutig, dass er keine Antwort erwartete.

Canaletto schwieg.

»Ihr seid Abschaum, Capitano«, sagte der Inquisitore Matteo Dandolo.

»Und werdet so behandelt«, ergänzte der Doge. »Morgen werden wir Euch im Morgengrauen zwischen den Säulen von San Marco und San Teodoro erhängen.«

»Tut es. Auf dass alle meine Hinrichtung sehen. Vielleicht wird dann jemand nach dem Grund fragen. Gewiss, ich werde das Monster sein, das unschuldige Frauen getötet hat. Aber die Rebellion entsteht aus den merkwürdigsten und blutigsten Gründen.«

»Wir werden dir das Maul stopfen, du Bastard!«, rief der Inquisitor.

»Und die Erinnerung an Euch ist auf ewig verflucht«, schloss der Doge.

55

Ende des Spiels

Die Piazzetta San Marco war übervoll. Die winterliche Kälte hatte für den Moment nachgelassen, und die Sonne strahlte einen diffusen Glanz aus, der sich wie flüssiges Silber um sie herum ausbreitete.

Die Menge, die stets zu großen Ereignissen kam, hatte sich versammelt. Die Stände, die Zuckeräpfel verkauften, waren im Sturm genommen worden von den Menschen, die sich beeilten, um bloß keinen Augenblick der Hinrichtung zu verpassen. Alle redeten darüber, dass der Schuldige der entsetzlichen Morde der letzten Wochen gefangen worden war. Dass es sich dabei um den Capitan Grando handelte, hatte die Aufregung nur noch gesteigert. Und dieses Mal waren es nicht nur die Armen und Verlassenen, die sich an diesem Schreckensspektakel ergötzten, sondern auch die Patrizier. Angefangen bei den Eltern der ermordeten Mädchen.

So kamen zu den Ladenbesitzern, den jüdischen Geldwechslern, den Lumpensammlern, den Kaufleuten und Druckern, den Mägden und Kurtisanen, den Mördern, den Halsabschneidern, den Spionen und

Kesselschmieden und tausend anderen Personen aus den verschiedensten Berufen noch die tadellos gekleideten Patrizier aus Venedig hinzu, einige Offiziere der Festlandarmee und ein paar adlige Frauen, denen es gelungen war, sich der Kontrolle ihrer Ehemänner zu entziehen. Sie alle versammelten sich auf der Piazza und warteten darauf, die Hinrichtung von Giovanni Morosini, dem Anführer der Signori di Notte al Criminal, zu sehen.

Es war offensichtlich, dass die Absicht des Dogen war, an diesem Mann ein Exempel zu statuieren. Er wollte ihn nicht nur einfach loswerden, indem man ihn zum Beispiel in einem kaum benutzten Kanal nachts ertränkte. Er wollte demonstrieren, dass, wenn nötig, jeder, der die Sicherheit der Serenissima und damit der Gemeinschaft angreift, auf dem Schafott endet, egal, wie weit seine adelige Abstammung zurückreicht.

Auf der linken Seite der Piazza, nicht weit von der Porta della Carta des Palazzo Ducale, war eine Holztribüne errichtet worden.

Sie mussten es in aller Eile gemacht haben, im Laufe der Nacht, denn es war nichts weiter als eine Plattform mit einer Leiter und einer Bühne. In der Mitte befand sich der Doge im vollen Ornat: dem großen Purpurumhang, dem Hermelinpelz und dem goldenen *corno*.

Neben ihm der Inquisitore Dandolo, auch er im roten Gewand, wie es seinem Titel entsprach. In ihrer Nähe saßen der Kapitän der Musketiere von Venedig, der für die Verhaftung verantwortlich war, und der Feldmarschall Graf Johann Matthias von der Schulenburg und schließlich zwei schwarz gekleidete Inquisitoren.

Mitten in der Menge, nicht allzu nah am Galgen, stand Canaletto. Er hatte ein merkwürdiges Gefühl, da diese Affäre nun zum ersten Mal ans Licht kam. Nachdem sie auf jede mögliche Art vom Capitano der Signori di Notte wegen seiner Schuld und aus völlig anderen Gründen vom Dogen verborgen worden war, kam nun unmissverständlich heraus, wie faul das Rechtswesen der Serenissima war.

Denn es war völlig klar, dass auch der Doge und die anderen Beamten der Justiz, das heißt die staatlichen Inquisitoren, eine schwere Verantwortung trugen, wenn der Capitan Grando zum Tode verurteilt wurde, weil er zwei junge Frauen aus der Aristokratie ermordet hatte und eines der führenden Mitglieder einer Verschwörung gegen die Republik Venedig war.

Aber nicht allein das.

Als man ihn verhörte, hatte Giovanni Morosini deutlich gemacht, wie gefährlich Olaf Teufel war, und die Vorstellung, dass ein solcher Mann noch auf freiem Fuß war und höchstwahrscheinlich entschlossen zur Rache, ließ Antonio keine Ruhe. Umso mehr, seit unwiderlegbar war, dass das Wissen dieses Mannes ihn zu einer konstanten Bedrohung machte.

Der Henker stand auf dem Schafott. Er wartete und prüfte das Seil. Ganz in Schwarz wirkte er wie der personifizierte Tod. Antonio sah schließlich, dass Giovanni Morosini aus der Porta della Paglia gebracht wurde. Obwohl der Weg bis zu den Säulen kurz war, hatte man ihn einen von einem Pferd gezogenen Karren besteigen lassen. Sobald sie ihn sah, begann die wütende Menge gegen ihn zu schimpfen und ihn mit faulen Früchten zu bewerfen. Die Haare verfilzt und die Hände auf dem Rücken gefesselt, in einem Büßerhemd auf dem Karren kniend, war derjenige, der mal der gefürchtetste Mann der Stadt war, jetzt übel zugerichtet und nur noch ein Schatten seiner selbst. Sein Gesicht war voller blauer Flecke, getrocknetem Blut, und das faule Obst traf ihn und wurde zu Brei und Rinnsalen.

Der Anblick löste bei Antonio kein Mitleid aus, er dachte an die Leben, die er ausgelöscht hatte, und an das, was er vorhatte und was er und Feldmarschall von der Schulenburg verhindert hatten. Er blickte zu Letzterem, der oben auf der Tribüne beim Dogen saß. Sein Gesichtsausdruck war fest, undurchdringlich, als hätte eine Eismaske seine Züge bar jeglicher Blicke und Gefühle erstarren lassen.

Andererseits konnte Antonio sich auch nicht über das, was er sah, freuen, aus dem einfachen Grund, dass das Verhör vom vorigen Abend bei ihm eine unangenehme Bitterkeit hinterlassen hatte.

Er ahnte, dass nicht alle Drohungen und Anschuldigungen von Morosini völlig unsinnig waren. Es stimmte, dass die venezianischen Familien sich einen stillen Machtkampf lieferten, ebenso unleugbar war es, dass die Mocenigo in genau diesem historischen Moment auf dem Höhepunkt ihres Einflusses und ihres Ruhms waren. Und auch wenn das auf keinen Fall das furchtbare Gemetzel dieses verdorbenen Wahnsinnigen rechtfertigen konnte, so stimmte es, dass auch der Doge und seine Beamten nicht von Kritik frei waren. Und das nicht nur wegen eventueller Schuld in der Vergangenheit, von der Antonio nichts wusste, sondern für die Art und Weise, wie sie ihr Desinteresse an dieser Angelegenheit gezeigt hatten. Erst am Ende, als zu seinen Verdachtsmomenten und einigen Beweisen auch noch die unnachgiebigen Forderungen von Feldmarschall von der Schulenburg dazukamen, hatte Alvise Mocenigo die Fahrt nach Sant'Ariano erlaubt. Ganz zu schweigen davon, dass Dandolo nie Interesse an dem Fall gezeigt hatte. Für ihn hatte sich sogar Shimon Luzzattos angebliche Schuld, die er mit seinem Leben bezahlt hatte, zunächst als vorteilhaft erwiesen.

In Zukunft würde er aufpassen müssen.

Er verdrängte diese Gedanken und wandte sich stattdessen seinen Freunden zu: Owen McSwiney und Joseph Smith. Er stand tief in ihrer Schuld. Darüber hinaus musste er auch noch eine Reihe Gemälde beenden. Er dachte, dass seine Freunde für ihn eine wertvolle Ressource sein könnten, nicht nur um Aufträge zu erhalten, sondern auch weil sie ihm einen ganz neuen Markt eröffnen könnten: größer, weniger begrenzt auf Venezianer, ohne Machtdynamiken, die unausweichlich zu Neid und Erpressung führten. Auf diese Weise könnte er Venedig in die Welt bringen und es denen zeigen, die es liebten, obwohl sie es noch nie gesehen hatten. Dank ihm könnten sie ein kleines Stück des Paradieses sehen.

Der Henker legte Morosini die Schlinge um den Hals und zog sie fest. Er ließ den Capitan Grando auf den Holzhocker steigen, und sobald er darauf stand, trat der Henker ihn weit weg.

Morosinis Beine fanden keinen Halt mehr und traten in der Luft. Ein dumpfer Schrei drang aus seiner Kehle, dann ein schreckliches Röcheln, gefolgt von einem weiteren, während sein Gesicht wegen Luftmangels immer blauer wurde. Die Halsvene schwoll an, als würde sie gleich platzen. Nachdem er instinktiv die Hände an den Knoten geführt hatte, im verzweifelten Versuch, sich zu befreien, fielen die Arme nun seitlich herab.

Nicht mal für einen Augenblick hatte die Menge aufgehört, den Anführer der Signori di Notte al Criminal zu beschimpfen, als könnte sie sich so von dem Gespenst der nächtlichen Kontrollen befreien. Wenigstens für einen Moment konnte sie all ihre Wut und Frustration loswerden, obwohl sie genau wussten, dass in ein paar Stunden ein neuer Capitan Grando die Stadt zusammen mit den anderen fünf schwarzen Männern in seiner eisernen Faust halten würde.

Nach heftigem Röcheln und Treten riss Giovanni Morosini die Augen auf und schwankte unter den Beleidigungen derer, die ihm die Hölle wünschten, im Tanz des Todes.

Nach den Jubelschreien, die den Platz erfüllten, den Beschimpfungen und erhobenen Fäusten der armen Christen, die ihre persönliche Rache, wenn auch nur für einen Moment, an der Tribüne erlebten, stand der Doge auf und hob die Hände, um Ruhe zu gebieten. Die lärmende Arena verstummte, und er konnte sprechen. »Das tut die Serenissima Repubblica mit Mördern und Verrätern. Ist das klar? Venedig hat kein Mitleid mit ihren Feinden, besonders wenn sie sie unter ihren eigenen Söhnen entdeckt.« Mit diesen Worten endete er. Dann gab er dem Henker ein Zeichen. »Und jetzt lasst ihn dort«, wies er an.

Dann ging er zur Treppe und stieg die Stufen hinab. Unten eskortierte ihn der Kapitän der Wache mit weiteren acht Männern zum Eingang des Palazzo Ducale. Die Inquisitoren folgten ihnen.

Die Menge, die sich versammelt hatte, um Morosinis Tod zu bejubeln, begann sich zu zerstreuen, das fahle Licht dieses Morgens regnete wie Fieber zwischen den Gewölben der Prokuratien hindurch, und Antonio hatte das deutliche Gefühl, dass er Zeuge einer Hinrichtung geworden war, die in ihrer Gerechtigkeit einer Abrechnung glich.

Canaletto befand sich in einem *bacaro*. An seinem

Tisch saßen Owen McSwiney und Joseph Smith. Die beiden Freunde waren gekommen, um den guten Ausgang ihres Abenteuers zu feiern. Aber er war sich nicht sicher, ob er im Moment ein guter Kamerad war. Und obwohl der Ire eine der besten Flaschen Piavewein bestellt hatte und er anerkennend mit den Lippen schnalzte, konnte Antonio sich nicht entspannen.

»Was bedrückt Euch, mein Freund?«, wollte McSwiney wissen, der offensichtlich sehr viel besser erkannte, wie er sich fühlte, als Antonio glaubte.

»Ich möchte Euch die Feier zum Ende eines Albtraums nicht verderben«, begann er, »aber ...«

»... Ihr habt Angst, Eure Geliebte enttäuscht zu haben.«

War es tatsächlich so offensichtlich? Antonio nickte. Was konnte er sonst tun?

Joseph Smith hüstelte. »Owen hat mir erzählt, was geschehen ist. Ich muss sagen, wenn ich alles richtig verstanden habe, dann hättet Ihr Euch nicht besser verhalten können, als Ihr es getan habt.«

Antonio sah ihn an, und sein Blick verriet eine schwache Hoffnung. »Ja, ich weiß, aber ich habe Charlotte in Gefahr gebracht. Ihr Vater wird mir niemals vergeben.«

»Diese Frau hat ganz sicher nicht die Erlaubnis ihres Vaters nötig, um über ihr Leben zu entscheiden«, bemerkte Owen, »aber mein Rat lautet, hört auf, Euch zu quälen: Geht zu ihr, und alles andere wird von alleine geschehen.«

»Ich habe versucht, sie zu sehen. Ihr Vater lässt mich nicht in ihre Nähe.«

»Das verstehe ich. Aber das bedeutet nicht, dass sie Euch nicht sehen will. Mal davon abgesehen, dass sie sich vielleicht ausruhen muss, nach allem, was passiert ist«, erwiderte McSwiney.

»Ich habe mir gesagt, dass es vielleicht so ist, aber ich bin mir nicht sicher.«

»Mein lieber Signor Canal, Sicherheit gibt es auf Erden nicht. Ich denke, Ihr solltet Euch und Eurer Schönen eine Chance geben. Ich möchte nicht indiskret erscheinen, aber wir sprechen doch von der Tochter des Feldmarschalls von der Schulenburg?«, fragte Smith.

»Ganz genau!«, bestätigte Antonio.

»Und dann kann ich Euch sagen, dass sie auf jeden Fall morgen auf dem Fest von Elisabetta di Pietro Maria Contarini sein wird«, verkündete der Engländer.

»Wirklich?«

»Sicher. Und ich ergänze, dass ich Elisabetta sehr gut kenne und die Absicht habe, meine neuen Freunde zu ihrem Empfang morgen mitzubringen.«

»Ihr scherzt?«, fragte Antonio ungläubig.

»Ich war nie ernster.«

»Aber das ist großartig!«

»Das finde ich auch.«

»Außerdem wird es auf einem solchen Fest wohl möglich sein, einen Augenblick mit ihr zu sprechen«, ergänzte McSwiney.

»Ihr habt recht«, stimmte Antonio zu.

»Und? Worauf warten wir?«, meinte der Ire. »Wollen wir jetzt diesen Wein vom Piave probieren? Er hat mich ein Vermögen gekostet, und dabei hören wir uns hier Euren Liebeskummer an. Außerdem haben wir das Böse besiegt. Da haben wir uns doch ein bisschen gute Laune verdient.«

Nun hob Antonio ergeben die Hände. Owen hatte recht. Mit seinem ungestümen Temperament hatte er die letzten Zweifel verjagt, und jetzt goss er Wein ein.

Wieder einmal dachte Canaletto, welches Glück er hatte, solche Freunde zu haben.

Und mit etwas Glück würde er morgen Charlotte wieder in den Armen halten. Daher lächelte er, als er den Kelch erhob, um den Sieg über die diabolischen Machenschaften von Olaf Teufel, Giovanni Morosini und ihren Anhängern zu feiern.

56

Das Fest

Der Saal war prachtvoll. Durch die großen Fenster des Palazzo fiel strahlender Sonnenschein. Elisabetta di Pietro Maria Contarini hatte den Empfang auf den Nachmittag gelegt, ohne den Abend abzuwarten. Und jetzt verstand Antonio, wieso. Alles leuchtete: Die Kronleuchter aus Muranoglas, der Schmuck der adeligen Damen, das Silber der Teller und Schüsseln, die Goldknöpfe an den Gehröcken und die Perlenketten, sodass es wirkte, als habe eine heidnische Gottheit zarten Sternenstaub auf alles gehaucht.

Antonio war in Begleitung von Owen McSwiney und Joseph Smith gekommen. Er kehrte wieder zu seiner Arbeit und seinen Aufträgen zurück und wollte nun mit beiden neue Chancen ausprobieren. Sie waren inzwischen unzertrennlich.

Obwohl die Damen sich an Schönheit überboten, hatte Antonio nur Augen für Charlotte. Als sie mit dem grünen *zendale* über ihren offenen und glänzenden Haaren eintrat, das wunderschöne Kleid in derselben Farbe, die das Grün ihrer Augen verstärkte, hatte er geglaubt, die Personifikation der Schönheit zu sehen. Er erstarrte, weil ihn dieser Anblick unvorbereitet traf. Im tiefsten Inneren seines Herzens wusste Antonio, dass es immer so sein würde.

Es waren einige Tage vergangen, seit er sie in der Kapelle von Sant'Ariano auf den Armen getragen hatte. Seitdem hatte er sie immer wieder besucht, während sie sich erholte, aber Feldmarschall Johann Matthias von der Schulenburg hatte ihn immer wieder barsch abgewiesen: Er hatte seine Tochter einer schrecklichen Gefahr ausgesetzt, und jetzt musste er sich das Recht, sie zu sehen, wieder verdienen. Und dafür müsste er sich auf eine lange Wartezeit einstellen. Er hatte keine Ahnung, ob Charlotte diese Auflage akzeptierte, Antonio hatte sie als unabhängige Frau kennengelernt, aber ob sie wollte oder nicht, der Held von Korfu begleitete sie auch an diesem Tag und schaute sich wie ein Falke auf Beutesuche um.

Er war ganz in diesen Gedanken versunken und wagte es nicht, sich ihr zu nähern, obwohl ihn seine Freunde erst am vorigen Tag dazu ermuntert hatten. So trat er, fast unbewusst, auf die große Terrasse hinaus, die über dem Hof lag und einen umwerfenden Blick auf Venedig bot.

Er bewunderte den Campanile von San Marco, die Kuppel der Basilika wurde von der späten Sonne beleuchtet. Es war nicht kalt, nachmittags war es wärmer als am restlichen Tag.

Während er noch den Blick genoss, betrat jemand die Terrasse. Er drehte sich um, in der Hoffnung Charlotte zu sehen, doch stattdessen stand da eine unbekannte Frau. Sie trug ein prächtiges Damastkleid aus dunkelblauer Seide mit Stickereien und Rüschen. Die roten Haare waren aufwendig hochgesteckt. Zwei zarte Strähnen fielen auf die Wangen, und auf der beeindruckenden Frisur lag eine Haube aus Musselin und Spitzen. Die Dame hatte eine Satinmaske umgebunden, die ihre Augenform verbarg.

Antonio hatte keine Ahnung, um wen es sich handelte. Doch als er ihre Stimme hörte, überraschte ihn etwas Schiefes und Zähes. »Ich gratuliere Euch, Signor Antonio Canal«, sagte die Dame. »Dank Eurer Arbeit konnte ich mich an meinem Mann rächen.«

Wo hatte er diesen seltsamen Akzent schon mal gehört? Antonio überlegte. »Ich glaube nicht, dass wir uns kennen, mia Signora«, meinte er,

»Wirklich?«, erwiderte sie und tat ungläubig. »Dabei hat die Geschichte, die Euch in diesen Tagen beschäftigt hat, mit meiner Bitte begonnen.«

Diese Bemerkung machte ihn stutzig. Er betrachtete diese elegante und schöne Frau genauer, und als er sie wiedererkannte, nickte sie.

»Ihr erinnert Euch endlich. An jenem Tag trug ich eine *moretta*, und meine Stimme klang anders, weil ich den Knopf zwischen den Zähnen hielt, das muss ich Euch zugestehen. Aber ich will keine Zeit verschwenden, sondern Euch danken, weil Ihr meinen Mann als Vaterlandsverräter habt verurteilen lassen. Schließlich war es das, was ich wollte.«

»Euer …« Antonio wurde sofort unterbrochen.

»Der Hinkefuß, erinnert Ihr Euch? Ich habe seine ständige Untreue nicht mehr ertragen. Also habe ich mich gefragt, wie kann ich es anstellen, dass er für das, was er tut, bestraft wird? Ich konnte mich natürlich nicht der venezianischen Justiz anvertrauen. Denn wie Ihr schmerzhaft erfahren habt, ist sie korrupt und ungenügend. Daher habe ich den Dogen gebeten, Euch einzuschalten.«

»Ihr wusstet alles von Anfang an?«, fragte Antonio ungläubig, der in dieser Adeligen endlich die Dame in Schwarz wiedererkannt hatte, die ihm zu Beginn dieser Geschichte in den Gemächern des Dogen Seine Durchlaucht dazu gebracht hatte, ihm den Auftrag zu erteilen, herauszufinden, was ihr Mann auf seinem Gemälde des Rio dei Mendicanti tat.

»Überrascht Euch das?«, wollte sie mit einem Lächeln wissen, das etwas Grausames hatte. »Ich war mir dessen so bewusst, dass ich Euch sogar von einem meiner Männer habe verfolgen lassen. Er war recht ungeschickt, das muss ich zugeben. Aber dank Euch ist mein Mann jetzt wenigstens als Vaterlandsverräter verurteilt worden. Und er hat nicht mal eine großartige Hinrichtung wie der Capitan Grando verdient, denn der Inquisitore Rosso hat sich darauf beschränkt, ihn mit einem Stein um den Hals in einen Kanal werfen zu lassen.«

»Aber was sagt Ihr da?«

»Dass jeder bekommt, was er verdient, Signor

Canal, und auch, dass der gute Name einer Baronin in Ungarn eine sehr ernste Angelegenheit ist. Die Untreue und Lügen eines Ehemannes werden mit Blut reingewaschen. Und eben wegen dieses tief verwurzelten Ehrbegriffs glaube ich nicht, dass Olaf Teufel Euch vergeben wird.«

»Olaf ...«

»Ob ich von ihm wusste?«, fragte sie höhnisch.

»Natürlich. Aber ich musste Euch ja zu etwas bewegen, nicht wahr? Ihr seid tüchtig gewesen, allerdings hatte ich nicht erwartet, dass Ihr es lebend bis zum Ende dieser Geschichte schaffen würdet und darüber hinaus sogar noch als Sieger. Gut für Euch«, bei diesen Worten ging die Adelige zur berühmten Wendeltreppe, die in den Hof hinunterführte.

»Wer seid Ihr?«, fragte Antonio, nachdem er sein Erstaunen überwunden hatte.

Die Adelige blieb nicht stehen. Doch während sie die Treppe hinunterstieg, murmelte sie unbekümmert über ihre Schulter: »Jemand, der zurückkehren wird, darauf könnt Ihr wetten, Canaletto.«

Schweigend schaute Antonio zu, wie sie die prächtige Wendeltreppe hinabging. Sollte er ihr folgen? Wozu? Und was hätte er schon tun können ... Sie verhaften lassen? Das war sehr unwahrscheinlich, da diese Frau, wer auch immer sie war, das Wohlwollen des Dogen genoss. Als er sie drei Etagen tiefer im Hof sah, empfand er nicht nur das unangenehme Gefühl, benutzt worden zu sein und sein Leben wie das von

Charlotte und seinen Freunden riskiert zu haben, bloß um den Blutdurst dieser diabolischen Frau zu stillen, sondern auch ein vages Gefühl der Unsicherheit, wegen der Drohung, die sie gerade ausgesprochen hatte.

Es lief ihm eiskalt den Rücken hinunter.

»Habt Ihr etwa schon aufgegeben? Reicht dafür, dass mein Vater verhindert, dass wir uns sehen?«

57

Venedig

Antonio drehte sich um und sah Charlotte.

Ihre grünen Augen strahlten warm. Es lag keine Wut darin, stattdessen war es ein Blick voller Ungestüm, Leidenschaft und Eifersucht, der ihn erbarmungslos hinterfragte.

Er wusste, dass er sich keinen Fehler erlauben durfte. Wenn er wollte, dass sie zu ihm zurückkehrte, dann musste er sehr aufpassen, was er sagte und tat. Er gestand seine Gefühle. Wie immer bei ihr. »Ich liebe dich, Charlotte«, sagte er, »aber ich musste die Angst eines Vaters respektieren.«

»Er ist nicht mein Vater«, entgegnete sie.

Antonio schwieg kurz. »Verstehe«, sagte er.

»So, jetzt weißt du es. Ich habe dir auch mein letztes Geheimnis verraten.«

»Das ändert nichts.«

»Bist du dir sicher?«

»Natürlich.«

»Deshalb liebt er mich über alle Maßen, verstehst du? Weil er sich für mich entschieden hat. Jeden Tag, seit er mich gerettet hat. Und er hätte es auch sein lassen können. Ich schulde ihm alles.«

Antonio begriff, sodass er jetzt auch die Ablehnung des Feldmarschalls in einem anderen Licht sah. Er fuhr fort: »Ich weiß, dass ich dich in etwas verwickelt habe, was tödlich hätte enden können, aber ich habe nicht vergessen, dass du gemeinsam mit mir in diesen Kampf ziehen wolltest, und nichts war mir teurer. Ohne dich wäre ich niemals bis ans Ende gelangt, aber gleichzeitig kann ich mir nicht verzeihen, dass ich dich im entscheidenden Moment nicht habe beschützen können. Man hätte dich fast umgebracht.«

»Aber du bist gekommen, um mich zu retten, erinnerst du dich?«

Antonio nickte. Er fühlte sich glücklich wie ein Kind.

»Und du hast ganz richtig gesagt, ich wollte mit dir in diesen Kampf ziehen. Ich hasse die Männer, die mich beschützen wollen«, sagte sie, dabei sah sie so schön aus wie noch nie zuvor. »Ich kann das schon ganz allein, und das, was ich an dir liebe, ist, dass du an meiner Seite bist und verstehen möchtest, was ich wirklich will. Anstatt zu reden, hörst du zu.«

Antonio atmete auf. »Ich bewundere dich. Seit dem ersten Augenblick, als ich dich gesehen habe. Du hättest alles haben können, aber du hast dich dafür entschieden, deinen Weg zu gehen und eine schwierige und immer seltenere Kunst zu erlernen, eine Kunst, die so sehr mit Venedig verbunden ist, dass sie dessen

Herz darstellt, zusammen mit dem Theater, der Musik und der Malerei. In diesem Herzen haben wir uns erkannt, das glaube ich, jedenfalls ist es für mich so gewesen. Daher denke ich, dass wir uns gefunden haben, um Seite an Seite zu kämpfen, weil etwas, das größer ist als wir, diese Stadt, die wir so sehr lieben, zerfrisst. Etwas so Düsteres und Mächtiges, dass es für eine noch viel schrecklichere Bedrohung steht als nur für die Tragödie dieser beiden barbarisch ermordeten Mädchen und diesem jüdischen Jungen, der nur getötet wurde, um das Böse zu schützen, etwas, was die Pockenepidemie willkommen heißt und ihr erlaubt, wie der Odem Luzifers zu töten. Ich habe mal zwei Freunden versprochen, dass ich versuchen würde, Venedig Bild um Bild zu retten. Ich weiß, dass das nicht reicht, dass es nicht genug sein kann und nur die albernen Fantasien eines Malers sind, aber ich glaube an die Schönheit und an die Anmut und an die Möglichkeit, mit der Kraft der Träume und der Kunst zu überleben. Nicht für immer, aber vielleicht noch für eine Weile. Nur für eine Weile. Und du bist mein größter Traum, Charlotte.«

Tränen liefen über ihre Wangen. »Küss mich, Antonio, küss mich jetzt«, forderte sie ihn auf.

Doch er hatte sie bereits umarmt. Er spürte ihre Zartheit und ihren Lebensmut. Ihre Lippen suchten einander ungeduldig. »Ich liebe dich, Charlotte«, sagte er dann. Er schlang seine Arme von hinten um sie.

Sie gab sich ihm hin. Einige Zeit schwiegen sie. Die Tränen trockneten.

»Wir bieten einen Skandal«, meinte Antonio.

»Na, das hoffe ich doch«, erwiderte sie.

Sie betrachteten die Sonne, die hinter den Dächern Venedigs unterging.

Und bei diesem Anblick verstand Antonio Canal, genannt Canaletto, endlich, wer er war.

58

Das Versprechen

E r gab sich selbst das Versprechen, sich zu rächen. Der Anblick dieses dummen Malers mit seiner Schönen im Arm widerte ihn an. Er hatte eine Schlacht gewonnen, aber der Krieg war etwas ganz anderes. Und am Ende würde er selbst triumphieren. Er würde Venedig eine Weile in Frieden lassen, sodass sein nächster Schlag die Stadt unvorbereitet treffen würde.

Er würde geduldig auf seine Revanche waren, wie das Unkraut, das nach und nach wächst, bis es schließlich ein ganzes Feld zuwuchert. Er hatte schon eine Idee, wie er es anstellen würde. Diese verfluchte Baronin hatte ihm Stöcke zwischen die Beine geworfen. Aber wenn sie glaubte, sie könnte seine Pläne ruinieren, dann würde sie schon bald feststellen, dass sie sich da völlig verkalkuliert hatte.

Er betrachtete den Himmel, der sich in der Abenddämmerung blutrot färbte. Dann dachte er an seine Heimat. Sie fehlte ihm nicht. In seinen ständigen Reisen hatte er eine neue Dimension gefunden, und nachdem er weit gewandert war, hatte er sich in diese auf dem Wasser gebaute Stadt verliebt. Diese Stadt, die auch von seiner Familie gegründet worden war, die eine der *duodecim nobiliorum proles Venetiarum* war.

Wer konnte sich einer solchen Faszination schon entziehen? Was gab es Schöneres als diese Palazzi? Dieses grün schillernde Wasser?

Olaf wusste nichts. Er hasste jedoch die unbedeutenden Venezianer, die sich ihres Glücks gar nicht bewusst waren und damit beschäftigt zu sein schienen, die letzten übrig gebliebenen Krümel der Macht an sich zu reißen, ohne das Glück, das sie hatten, wirklich zu begreifen. Jämmerliche Kleingeister! Auch in ihren kleinen Träumen. Wenn sie sich wirklich eine Wiedergeburt vorstellen wollten, dann doch eine großartige. Aber nicht mal im Reich der Fantasie waren sie fähig, sich etwas Gewaltiges vorzustellen.

Er wusste allerdings, dass ein Teil von ihnen einen Groll hegte, der bereit war zu explodieren. Und so wie er in Giovanni Morosini und Cornelia Zane wertvolle Verbündete gefunden hatte, würde er schon bald auf neue Beziehungen zählen können.

Im Laufe der Zeit hatte er ein Vermögen angehäuft, und obwohl der Doge und der Inquisitor eifrig daran arbeiteten, alle an der Logenverschwörung Beteiligten zu beseitigen oder zum Schweigen zu bringen, war das Schöne an seiner Arbeit, dass er andere finden würde. Andere unzufriedene Patrizier. Andere Aristokratinnen, verzweifelt auf der Suche nach Abenteuern. Andere Taugenichtse, die bereit waren, für ihn zu arbeiten. Andere Spione und andere Mörder.

Angst war eine mächtige Waffe.

Er würde sie erneut verbreiten. Und zwar umfassend. Und wenn er am Ziel war, würde er diese Stadt im Schatten regieren. Es reichte, wenn er zu warten wusste. Er war noch jung, hatte die Zeit auf seiner Seite.

Er hob den Blick und sah erneut Canaletto und Charlotte, die sich umarmten. Gut für sie, sagte er sich. Es war besser, wenn sie ihre Liebe jetzt genossen, denn früher oder später würden sie den Preis für ihre Unverschämtheit zahlen. Olaf Teufel würde nicht verlieren.

Er verließ den Hof und ging zum Palazzo Ducale. Die Abendsonne färbte die Gassen rot. Er schritt durch den Torre dell'Orologio und in Richtung der Säulen von San Teodoro und San Marco. Dort, auf dem Schafott, hing zur Mahnung noch die Leiche von Giovanni Morosini.

Die Möwen hatten seine Augen gefressen und Hautfetzen abgerissen. Teufel blieb einen Moment vor ihm stehen.

Dann ging er weiter. Sein langer Umhang schützte ihn vor indiskreten Blicken. Er schritt durch die Riva degli Schiavoni. Nach einer Weile beugte er sich vor, und seine Gestalt verschwand in den ersten Schatten der Nacht.

Anmerkungen des Autors

Ich wollte schon seit Jahren beim Erzählen wieder zurück nach Venedig, und da ich frei auswählen konnte, wollte ich mir nicht die Chance entgehen lassen, noch einmal das achtzehnte Jahrhundert aufzugreifen. Ich verrate nichts Neues, wenn ich behaupte, dass dieser Epoche – die auch für die unausweichliche Dekadenz der Serenissima steht – ein kaum zu wiederholender Zauber innewohnt. Es scheint, als hätten die größten Genies beschlossen, sich in Venedig zu treffen: unter anderem Antonio Vivaldi, Carlo Goldoni, Giambattista und Giandomenico Tiepolo, Giacomo Casanova, Benedetto Marcello, Francesco Guardi und vor allem der Mann, der das Konzept der Malerei selbst verändert: Giovanni Antonio Canal, genannt Canaletto.

Über die Jahre ist meine Liebe zu Venedig übermäßig gewachsen, ich kann nicht sagen, wieso; vielleicht ist meine Bewunderung der Schönheit und der Kunst mit dem Alter zu einem Bedürfnis, einem Verlangen, einer Notwendigkeit geworden. Es ist eine Stadt auf dem Wasser, einzigartig auf der Welt, die einzige, die immer noch vollkommen in der Vergangenheit steckt, die einzige, die für den unmöglichen, menschlichen Traum steht, so wie sie geplant und gebaut wurde, sie verkörpert ein romantisches Ideal, dem ich nicht mehr widerstehen kann. Daher bin ich meinem Verleger doppelt dankbar. Weil er an diese Geschichte geglaubt und mir daher geraten hat, wieder ins Venedig des achtzehnten Jahrhunderts zurückzukehren, um dessen Farben und Formen, die Palazzi, die Ansichten, die Lichter und die Schatten, die Architektur und die Reflexe im Wasser zum Leben zu erwecken. Und wer, wenn nicht Canaletto, kann mir dabei helfen, diese Welt zu feiern.

Ich pflege die abenteuerliche Komponente, die ich nicht ablegen kann, dank der Romane von Alexandre Dumas, Heinrich von Kleist, Alexander Sergejewitsch Puschkin sowie dem Theater von Friedrich Schiller und Edmond Rostand. Ich habe mir vorgestellt, dass Antonio Canal sich widerwillig in der Position findet, wegen etwas, das er auf einem Gemälde abgebildet hat, in einem Kriminalfall ermitteln zu müssen. Ich bin schon immer von seinem Gemälde Rio dei Mendicanti besessen und von den Personen darauf. Aus einem so außergewöhnlichen Künstler wollte ich keinen Detektiv machen, daher habe ich darauf geachtet, ihn soweit möglich als unvorbereitet und sachfremd erscheinen zu lassen, auch wenn Canaletto im Laufe der Ereignisse einen gewissen Instinkt entwickelt. Aber es ist die Notwendigkeit zu überleben, die ihn dazu bringt, einige gut abgestimmte Züge zu machen. Mir half dabei die Tatsache, dass wir nur sehr wenig über sein Leben wissen: Er hatte keine Kinder und war nicht verheiratet, daher wiederholen alle Biografen und Forscher, dass er sein Leben ganz seiner Kunst gewidmet hat. Doch da so vieles in seinem Leben im Dunkeln liegt, dachte ich, dass ich dort die Feder des Romanautors ansetzen kann, um Leerstellen auszufüllen und mir Dinge vorzustellen, ohne den Anspruch, irgendetwas enthüllen zu wollen.

Um es ganz klar zu sagen: Das hier ist kein historischer Roman, sondern ein historischer Abenteuerkrimi, der aber genau deswegen nicht auf eine treue Darstellung der Zeit verzichtet, schließlich haben viele der beschriebenen Personen tatsächlich existiert, und einige Dinge sind tatsächlich geschehen.

Die Komplexität der Themen – das Werk des großen Malers, Studien zur Optik, der Vedutismus, das Venedig des achtzehnten Jahrhunderts, das britische Mäzenatentum, die oligarchische Politik der sogenannten Republik, das jüdische Ghetto – verlangte natürlich eine eingehende Untersuchung, um es vorsichtig auszudrücken.

Ich habe mir also einige bedeutende Texte zur Geschichte Venedigs noch einmal vorgenommen: Alvise Zorzi (Venedig. *Die Geschichte der Löwenrepublik* (Berlin 1985); Riccardo Calimani, *Storia della Repubblica di Venezia* (Mailand 2019); Pompeo G. Molmenti, *La Storia di Venezia nella vita privata: dalle origini alla caduta della Repubblica*, voll. 1–3 (Vittorio Veneto 2020–2021); Luca Colferai, *Breve storia di Venezia: un grande viaggio nell'avvincente storia della Serenissima* (Rom 2021); Francesco Ferracin, *Storie segrete della storia di Venezia* (Rom 2017).

Mit Fokus auf das Venedig des achtzehnten Jahrhunderts empfehle ich: Bruno Rosada, *Il Settecento Veneziano. La letteratura* (Venedig 2007); Ivone Cacciavillani, *Il Settecento Veneziano. La politica* (Venedig 2009); Filippo Pedrocco, *Il Settecento Veneziano. La pittura* (Venedig 2012); Leonardo Mello, *Il Settecento Veneziano. Il teatro comico* (Venedig 2016); Silvino Gonzato, *Venezia libertina. Cortigiane, avventurieri, amori e intrighi tra Settecento e Ottocento* (Vicenza 2015).

Zu den Recherchen zur Spionage, siehe: *Leggende veneziane e storie di fantasmi* (Venedig 2011); *La Venezia segreta dei Dogi (Rom 2015); I tesori nascosti di Venezia (Rom 2016); Un giorno a Venezia con i dogi (Rom 2017),* alle aus der Feder von Alberto Toso Fei; und dann Paolo Preto, *I servizi segreti di Venezia: spionaggio e controspionaggio ai tempi della Serenissima* (Mailand 2016).

Was die Kunst Canalettos angeht, fand ich Folgendes besonders informativ: Alessandro Bettagno (Hrsg.), *Canaletto. Disegni – dipinti – incisioni* (Vicenza 1982); Cinzia Manco (Hrsg.), *Canaletto* (Mailand 2003); Giuseppe Pavanello und Alberto Craievich (Hrsg.), *Canaletto. Venezia e i suoi splendori* (Venedig 2008); Anna Kowalczyk Bożena (Hrsg.), *Canaletto 1697–1768* (Cinisello Balsamo 2018); Filippo Pedrocco, *Canaletto* (Florenz 2018); Vittoria

Markova und Stefano Zuffi (Hrsg.), *Il trionfo del colore. Da Tiepolo a Canaletto e Guardi. Vicenza e i capolavori del Museo Puškin di Mosca* (Mailand 2018).

Soweit der erste, allgemeinere Teil, dann habe ich gezielter zu ganz bestimmten Themen gelesen. Was die jüdische Kultur angeht: Riccardo Calimani, *Die Geschichte des Ghettos von Venedig 1516–2016* (München 2016); *Storia del pregiudizio contro gli ebrei* (Mailand 2014); und dann Riccardo Calimani, Anna-Vera Sullam, Davide Calimani, *Ghetto di Venezia* (Mailand 2005); AA.VV., *Venezia, gli ebrei e l'Europa, 1516–2016* (Venedig 2016).

In Bezug auf die Glasindustrie und die optischen Studien und damit zusammenhängende Fragen möchte ich zumindest die folgenden Texte erwähnen: Rosa Barovier Mentasti und Giulia Mentasti, *Murano: una storia di vetro* (Venedig 2015); Aldo Bova (Hrsg.), *L'avventura del vetro: dal Rinascimento al Novecento tra Venezia e mondi lontani* (Mailand 2010); Rosa Barovier Mentasti, *Il vetro Veneziano: dal Medioevo al Novecento* (Mailand 1988); Francesco Algarotti, *Dialoghi sopra l'ottica neutoniana* (Turin 1977); Paolo Galluzzi, Evangelista Torricelli. *Concezione della matematica e segreto degli occhiali* (Florenz 1976); Fabio Toscano, *L'erede di Galileo. Vita breve e mirabile di Evangelista Torricelli* (Mailand 2008).

All dies wurde natürlich durch verschiedene Monografien ergänzt, die darauf abzielten, das Leben und

die Intrigen des unglaublichen Venedigs des achtzehnten Jahrhunderts zu rekonstruieren, und zwar auch
deshalb, weil trotz der Anlehnung des Romans an die
Abenteuer- und Spannungsliteratur der historische
Schauplatz so wahrhaftig wie möglich erscheinen soll,
was eine breite und vielfältige Lektüre erforderte. In
diesem Zusammenhang möchte ich einige Texte erwähnen: Elena Righetto, *I signori di notte al criminal*
(Torrazza Piemonte 2020); Giulia Torri, *La vita in
villa. Svaghi, lussi e raffinatezze nell'Italia del Settecento* (Rom 2017); James Anderson, *I doveri del li-
bero massone – estratti dagli antichi registri delle
Logge di Oltremare, d'Inghilterra, Scozia e Irlanda ad
uso delle Logge di Londra 1723* (Modena 2012); Alberto Prelli, *Sotto le bandiere di San Marco* (Bassano
del Grappa 2012); Alfredo Viggiano, *Lo specchio
della Repubblica. Venezia e il governo delle isole Ionie
nel Settecento* (Verona 2008); Filippo Pedrocco, *Il
Settecento a Venezia. I vedutisti* (Mailand 2001); Ce-
sare de Seta, *Vedutisti e viaggiatori in Italia tra Settecento e Ottocento* (Turin 1999).

Padua-Venedig, 28. Februar 2022

Danksagung

Ich danke meinem Verlag Newton Compton.

Danke Vittorio und Maria Grazia Avanzini für die Zuneigung und Freundlichkeit, die sie mir immer entgegenbringen.

Raffaello Avanzini erstaunt mich immer wieder. Er ist ein höchst kultivierter Mann, und unsere Telefonate sind Momente der großen persönlichen Bereicherung. Sein provokanter Geist und seine von Romantik durchdrungene Art überraschen mich immer wieder. Mit ihm wird es nie langweilig.

Ein besonderer Dank geht an meine Agenten: Monica Malatesta und Simone Marchi. Sie haben immer eine äußerst wertvolle Arbeit geleistet und tun dies in vorbildlicher Weise und mit einzigartigem Engagement. Ich habe als Autor wirklich Glück.

Alessandra Penna ist meine Verlegerin. Neun gemeinsame Romane sind ein wahnsinniges Ziel. Ich entwickle eine gewisse Abhängigkeit.

Danke Martina Donati und Roberto Galofaro. Antonella Sarandrea, Clelia Frasca und Gabriele Anniballi. Ich bedanke mich beim ganzen Team von

Newton Compton Editori für seine außergewöhnliche Professionalität.

Dank an die Übersetzer und Übersetzerinnen meiner Romane im Ausland. Ich nenne diejenigen, die ich persönlich kennengelernt habe. Danke Gabriela Lungu für die rumänische Ausgabe, Ekaterina Panteleeva für die russische, Maria Stefankova für die slowakische, Eszter Sermann für die ungarische, Bożena Topolska für die polnische, Richard McKenna für die englische. An alle anderen: Schreibt mir ruhig eine E-Mail!

Danke Sugarpulp: Giacomo Brunoro, Valeria Finozzi, Andrea Andreetta, Isa Bagnasco, Massimo Zammataro, Chiara Testa, Matteo Bernardi, Piero Maggioni, Marilena Piran, Martina Padovan, Carlo »Charlie Brown« Odorizzi.

Danke Lucia und Giorgio Strukul und Leonardo, Chiara, Alice und Greta Strukul.

Danke dem Gorgi-Clan: Anna und Odino, Lorenzo, Marta, Alessandro und Federico.

Danke Marisa, Margherita und Andrea »il Bull« Camporese.

Danke Caterina und Luciano, Oddone und Teresa und Silvia, Angelica, Lillo und Sole.

Danke Andrea Mutti, Maestro für immer, Sua Raffinatezza Francesco Ferracin, Livia Sambrotta und Francesco Fantoni. Danke Enrico Lando, Marilù Oliva, Romano de Marco, Nicolai Lilin, Tito Faraci, Sabina Piperno, Francesca Bertuzzi, Marcello Bernardi,

Valentina Bertuzzi, Tim Willocks, Diego Loreggian, Andrea Fabris, Francesco Invernizzi, Barbara Baraldi, Marcello Simoni, Alessandro Barbaglia, Alessio Romano, Mirko Zilahi de Gyurgyokai. Ihr seid mein sicherer Hafen. Jetzt und immer.

Großen Dank an Paola Ranzato und Davide Gianella. An Paola Ergi und Marcello Pozza.

Schließlich, großen Dank an: Andrea Berti, Jacopo Masini, Alex Connor, Victor Gischler, Jason Starr, Allan Guthrie, Gabriele Macchietto, Elisabetta Zaramella, Alessandro und den Clan Tarantola, Lyda Patitucci, Mary Laino, Leonardo Nicoletti, Andrea Kais Alibardi, Rossella Scarso, Federica Bellon, Gianluca Marinelli, Alessandro Zangrando, Francesca Visentin, Anna Sandri, Leandro Barsotti, Paolo Navarro Dina, Claudia Onisto, Massimo Zilio, Chiara Ermolli, Giulio Nicolazzi, Giuliano Ramazzina, Giampietro Spigolon, Erika Vanuzzo, Thomas Javier Buratti, Marco Accordi Rickards, Raoul Carbone, Francesca Noto, Micaela Romanini, Guglielmo De Gregori, Daniele Cutali, Stefania Baracco, Piero Ferrante, Tatjana Giorcelli, Giulia Ghirardello, Gabriella Ziraldo, Marco Piva aka. il Gran Balivo, Paolo Donorà, Massimo Boni, Alessia Padula, Enrico Barison, Federica Fanzago, Nausica Scarparo, Luca Finzi Contini, Anna Mantovani, Laura Ester Ruffino, Renato Umberto Ruffino, Livia Frigiotti, Claudia Julia Catalano, Piero Melati, Cecilia Serafini, Sara Ziraldo, Sara Boero, Laura Campion Zagato, Elena

Rama, Gianluca Morozzi, Alessandra Costa, Và Twin, Eleonora Forno, Maria Grazia Padovan, Davide De Felicis, Simone Martinello, Attilio Bruno, Chicca Rosa Casalini, Fabio Migneco, Stefano Zattera, Andrea Giuseppe Castriotta, Patrizia Seghezzi, Eleonora Aracri, Federica Belleri, Monica Conserotti, Roberta Camerlengo, Agnese Meneghel, Marco Tavanti, Pasquale Ruju, Marisa Negrato, Martina De Rossi, Silvana Battaglioli, Fabio Chiesa, Andrea Tralli, Susy Valpreda Micelli, Tiziana Battaiuoli, Erika Gardin, Walter Ocule, Lucia Garaio, Chiara Calò, Anna Piva, Enrico »Ozzy« Rossi, Cristina Cecchini, Iaia Bruni, Marco »Killer Mantovano« Piva, Buddy Giovinazzo, Gesine Giovinazzo Todt, Carlo Scarabello, Elena Crescentini, Simone Piva & Viola Velluto, Anna Cavaliere, AnnCleire Pi, Franci Karou Cat, Paola Rambaldi, Alessandro Berselli, Danilo Villani, Marco Busatta, Irene Lodi, Matteo Bianchi, Patrizia Oliva, Margherita Corradin, Alberto Botton, Alberto Amorelli, Carlo Vanin, Valentina Gambarini, Alexandra Fischer, Thomas Tono, Martina Sartor, Giorgio Picarone, Cormac Cor, Laura Mura, Giovanni Cagnoni, Gilberto Moretti, Beatrice Biondi, Fabio Niciarelli, Jakub Walczak, Diana Severati, Marta Ricci, Anna Lorefice, Carla VMar, Davide Avanzo, Sachi Alexandra Osti, Emanuela Maria Quinto Ferro, Vèramones Cooper, Alberto Vedovato, Diana Albertin, Elisabetta Convento, Mauro Ratti, Mauro Biasi, Nicola Giraldi, Alessia Menin, Michele di Marco, Sara Tagliente,

Vy-Lydia Andersen, Elena Bigoni, Corrado Artale, Marco Guglielmi, Martina Mezzadri.

Ich vergesse immer irgendwen, es geht gar nicht anders … ich entschuldige mich und verspreche, im nächsten Buch bist du drin.

Eine Umarmung und ein riesiger Dank an alle Leserinnen und Leser, Buchhändlerinnen und Buchhändler, die Förderinnen und Förderer, die meinem neuen Buch ihr Vertrauen schenken. Die Zukunft der Literatur liegt in euren Händen.

Ich widme den Roman meiner Frau Silvia: Mit dir zu leben, ist reine Magie, es bedeutet, dich jeden Tag zu entdecken und dass mir deine Schönheit, Intelligenz und dein Mut den Atem rauben. Für immer und immer.

Glossar

Amidah   Stehend gesprochenes jüdisches Gebet, das ursprünglich achtzehn, später neunzehn Lobpreisungen und Bitten umfasst

Aron(**Aron ha-Kodesch**)   zu Deutsch: die heilige Lade, der heilige Schrein, Aufbewahrungsort für die Schriftrollen der Thora

Bacaro   Ein für Venedig typisches kleines Lokal, wo es ebenso typische regionale Kleinigkeiten zu essen gibt wie Stockfisch *(baccalà)* und *sarde in saor*, säuerlich eingelegte Sardinen mit Zwiebeln

Basetta-Spiel   Glücksspiel mit 52 Karten, mutmaßlich venezianischen Ursprungs und beliebt vor allem in vermögenden Kreisen, denn die Verluste konnten enorm sein

Bautta   Meist weiße Ganzgesichtsmaske mit langer spitzer Kinnpartie, wie die Moretta ohne Mundöffnung. Bautta kann aber auch die Bezeichnung für einen langen Mantel sein (anderer Name: Tabarro)

Bima   Lesepult für die Lesung aus der Thora

Briccola(**Pl.: briccole**)   Pfähle, die in den Boden der Lagune gerammt worden waren und dem Festmachen der Boote dienten

Bussolai Venezianische Butterkekse, Kringel

Capitan Grando Das Oberhaupt der Signori di Notte al Criminal und somit hochstehender Magistrat, zu dessen Aufgaben es gehörte, die Ermittlungen zu all den Delikten zu koordinieren, die nach Sonnenuntergang begangen worden waren

Cicisbeo Im Italien des 18. und 19. Jahrhunderts ein galanter Begleiter der Dame des Hauses. Ursprünglich war seine Aufgabe, den Hausherren bei dessen Abwesenheit bei gesellschaftlichen Anlässen zu vertreten und die Dame zu begleiten. Später war es gang und gäbe, auch erotische Beziehungen mit dem Cicisbeo (oder Galan) zu unterhalten

Inokulation Eine Form der Impfung. Infektiöses Sekret eines bereits Genesenden wird in die Haut eines Gesunden eingebracht, um eine abgeschwächte Form der Erkrankung auszulösen

Kamisol Als Herrenbekleidungsstück des 16. bis 18. Jahrhunderts eine Art Weste, die bis zu den Knien reichen konnte. Form und Stoffart richteten sich meist nach dem dazu getragenen Überrock

Kontusch war die in Deutschland übliche Bezeichnung für die Andrienne, die im 18. Jahrhundert vorherrschende Kleidform mit enger Taille, weitem Rock und großzügigen Rückenfalten

Marsina Taillenkurzer Frackrock mit langen Schößen hinten. Die Dreiergruppe auf Canalettos Bild vom Rio dei Mendicanti scheint aber eher eine andere Art von Überrock oder Mantel zu tragen

Mezzanin   Ein Halb- oder Zwischengeschoss, meist zwischen Erdgeschoss und dem ersten Obergeschoss oder als sogenanntes Attikageschoss unter dem Dach

Moeche   Krebse ohne Rückenschild, eine venezianische Spezialität. Diese Krebse werden in der Lagune von Venedig gefangen. Zweimal im Jahr legen sie ihren Panzer ab, um ihn anschließend neu zu bilden. Für kurze Zeit sind die Krebse sehr zart und fast weich

Morea-Krieg   Morea ist eine Bezeichnung für die Peloponnes, auf der Venedig Besitzungen hatte. Für die Republik Venedig spielt Morea im Zusammenhang mit dem Krieg um Kreta in den Jahren 1645–1669 eine Rolle, in dem Venedig mit seinen Verbündeten gegen das Osmanische Reich kämpfte

Moretta   Maske für Damen, mit schwarzem Samt bezogen. Sie bedeckte das ganze Gesicht und wurde von innen mit den Zähnen gehalten, indem man auf einen dort angebrachten Knopf biss. Diese Maske wurde in Venedig bis etwa 1760 verwendet

Paniers   von frz. *panier*: Korb. Ein Gestell in zumeist quer ovaler Form, das in Art eines Reifrocks dazu diente, die Röcke voluminöser zu machen und seitlich auszustellen. Vorbild waren damals auf den Märkten übliche Hühnerkörbe, daher der Name der zunächst auch eher runden oder kegelförmigen Unterkonstruktionen

Prokuratien   (italienisch: Procuratie di San Marco) ist die Bezeichnung für die seit dem Mittelalter bestehende venezianische Baubehörde

Provveditori alla Sanità Beamte der Republik Venedig, Gesundheitsaufsicht

Sandolo typisch venezianisches Flachboot

Sanpierota ebenfalls ein typisch venezianisches Flachboot zum Segeln wie zum Rudern

Sestiere Das historische Zentrum von Venedig ist in sechs Stadtteile gegliedert. Die Bezeichnung leitet sich von *sesto* für Sechstel ab

Signori di Notte al Criminal Spezielle Ordnungshüter der Republik Venedig mit polizeilichen Aufgaben

Variolation Eingesetzt zum Schutz vor Pocken. Dazu wird der Pustelinhalt eines Menschen durch Inokulation auf einen anderen übertragen. Dieses Verfahren wurde bis ins 18. Jahrhundert vor allem in China und im Nahen Osten angewendet

Zechine auch: Dukat oder Dukaten. Venezianische Goldmünze, die in ganz Europa Verwendung fand. Sie wurde von 1284 bis 1797 weitgehend unverändert mit einem Goldgehalt von etwa 3,44 g Feingewicht geprägt

Zendale typisch venezianisches Schaltuch mit Fransen

Zogia Neben dem Corno Ducale ist auch die Zogia eine Form der Krönungskappe des Dogen von Venedig. Sie ist aus Brokat und mit Edelsteinen geschmückt und daher kostbarer gestaltet als der übliche Corno

Matteo Strukul im Goldmann Verlag

Medici. Die Macht des Geldes. Historischer Roman
Medici. Die Kunst der Intrige. Historischer Roman
Medici. Das Blut der Königin. Historischer Roman
Medici. Der Niedergang einer Familie. Historischer Roman
Das Geheimnis des Michelangelo. Historischer Roman
Die Macht der sieben Familien. Historischer Roman
Das Erbe der sieben Familien. Historischer Roman
Die venezianische Verschwörung. Historischer Kriminalroman

(Alle auch als E-Book erhältlich.)